Nina MacKay

The Darkest Queen – Kuss der Dämonen

Für Anika ♡
Stay weird!

Nina MacKay

THE DARKEST QUEEN

KUSS DER DÄMONEN

PIPER

Wenn Ihnen dieser Roman gefallen hat, schreiben Sie uns unter Nennung des Titels »The Darkest Queen« an *empfehlungen@piper.de*, und wir empfehlen Ihnen gerne vergleichbare Bücher.

Von Nina MacKay liegen im Piper Verlag vor:
Plötzlich Banshee
Teenie Voodoo Queen
Dämonentage 1–3
Black Forest High 1–3
The Darkest Queen 1. Kuss der Dämonen

Originalausgabe
ISBN 978-3-492-70861-6

Redaktion: Michaela Retetzki
Satz: Satz für Satz, Wangen im Allgäu
Gesetzt aus der Dante MT
Druck und Bindung: CPI Books GmbH, Leck
Printed in the EU

Für meinen Schatz,
den besten Ehemann, den man sich wünschen kann <3
Du und ich für immer!

Triggerwarnung: Im Buch erzählt eine Nebenfigur von ihrer Vergangenheit, in der sie Gewalt in der Familie erlebt hat und ihr sexuelle Gewalt angedroht wurde.

Playlist

Das Besondere an dieser Playlist ist, dass man sie in Endlosschleife beim Lesen hören kann oder auch jeden Track einzeln zum jeweiligen Kapitel. Track 1 passt perfekt zur Stimmung von Kapitel 1 und so weiter. Viel Spaß damit! 😊

1 Beth Crowley – *Empire*
2 NEFFEX – *Rumors*
3 As December Falls – *Tears*
4 Wildcrow, V3NTOM – *Out of My Head*
5 American Hi-Fi – *Flavor of The Weak*
6 Beth Crowley – *Monster*
7 American Avenue – *Ocean Eyes*
8 Spirit Link, KataribeSan – *Not Okay*
9 TeraBrite – *Medicine*
10 City Wolf – *Protector*
11 Faith Marie – *Devil on My Shoulder*
12 Anna Blue – *I Against Me*
13 Damien Dawn – *Silent Scream*
14 Chord Overstreet – *Hold On*
15 Beth Crowley – *I Scare Myself*
16 Landon Austin, Carmen Justice – *Wanted*

17 Alex & Sierra – *Little Do You Know*
18 Julia Sheer, Landon Austin – *Everything Has Changed*
19 Kevin Krust – *Paper Crown*
20 Future Sunsets, David Michael Frank – *Never Enough*
21 Our Last Night – *Let Light Overcome the Darkness*
22 Fly By Midnight – *North*
23 Landon Austin, Cover Girl – *Hold Me While You Wait*
24 August Royals – *Kiss My Scars*
25 Roll For It – *Head Above Water*
26 Jenix – *Catch Fire*
27 Why Don't We – *8 Letters*
28 Forest Blakk – *If You Love Her*
29 Andy Grammer – *Don't Give Up on Me*
30 Beth Crowley – *Hard to Kill*
31 Beth Crowley – *Electrified*

Kapitel 1

Wenn der Dämon nicht gewesen wäre, ich hätte keinen Fuß in das Schloss dieses dämlichen Prinzen gesetzt. Wirklich. Aus den Augenwinkeln bemerkte ich das Tuscheln. Und dahinter den Fluss, der sich wie eine Schlange durch die Stadt wand und hinter dem königlichen Schloss verschwand.

Ein Ball, um den Prinzen zu verkuppeln. In seinem zwanzigsten Erntejahr. Hatte man je etwas Klischeehafteres gehört? Fast hätte ich mich genauso klischeehaft geschüttelt. Aber dann erinnerte ich mich daran, dass Tausende Augenpaare auf mich gerichtet waren. Denn ich war auf dem Weg zu ebendiesem Prinzen. Der Auftrag, auf den mich der verdammte Dämon drei Erntejahre lang vorbereitet hatte. Unauffällig hob ich den Taftrock an meinem Kleid an, um meine Finger am Stoff abzuwischen. Wenn einfach alles auf dem Spiel stand, konnte es vorkommen, dass selbst mir der Schweiß ausbrach. Die Kunst bestand darin, es niemanden merken zu lassen. Ich hob den Kopf. Die achtzig Stufen bis zum Schlossportal konnte ich sicher als Vorwand für meine schweißnassen Finger ausgeben. Einen Moment atmete ich tief ein, genoss den kühlen Windhauch auf meinen nackten Schultern. Auf den weißen Marmorstufen spiegelte sich das Mondlicht. Genau wie in der Nacht, die mein Leben verändert hatte. Vor ziemlich genau drei Erntejahren.

Noch zwanzig Stufen, vielleicht weniger. Mit meinen Eckzähnen zwickte ich mir von innen in das Fleisch meiner Wange, die sich nun wie ein aufgeschlitzter Fisch anfühlte. Wieso gestattete ich es meinen Gedanken, derart abzuschweifen? Man könnte meinen, ich hätte sämtliche Trainingseinheiten von Andras, meinem dämonischen Ausbilder und seines Zeichens einer der obersten Dämonenfürsten, verdrängt. Das Raunen der Bevölkerung am Fuß der Treppe verstummte langsam. Auf dieser Höhe konnte ich sie zumindest nicht mehr hören. Dabei war mir durchaus bewusst, dass ich nur noch einen einzigen Gedanken zulassen durfte. Den an unseren Plan. Ansonsten war nicht bloß diese Stadt verloren. Bevor ich das oberste Plateau vor den Flügeltüren zum Schloss erreichte, warf ich einen Blick zurück. Auf die Bevölkerung und die letzten zwei Mädchen in Ballkleidern, die mir nach oben folgten. Wem machte ich etwas vor? Sie alle bedeuteten mir nichts. Nur Harlyn bedeutete einfach alles für mich. Andras und ich waren den Plan mehr als hundertmal durchgegangen, vielleicht annähernd tausendfach. Ich wusste, was ich zu tun hatte, um das Große Sünderfressen der Dämonen zu stoppen. Den Tag, an dem sich alles ändern würde. An dem Sünder wie ich von Dämonen gefressen wurden. Unumstößlich. Zusätzlich hatte Andras versprochen, sollte ich es aufhalten können, würde er meine Zwillingsschwester von den Toten zurückholen. Das war Ansporn genug.

Entschlossen warf ich die restlichen Haare, die nicht halb hochgesteckt und mit rubinbespickten Nadeln fixiert waren, über meine Schulter. »Gräfin Calla Da Silva«, informierte ich den weiß behandschuhten Pagen mit seiner Pergamentrolle, der den Türsteher spielte. Es gab lediglich einen Weg: Indem ich den Prinzen tötete und seine Schwester heiratete, würde ich sie alle retten. Auch diesen Jungen vor mir, bei dessen Anblick mir sofort das Wort »Opfer« durch den Kopf schoss. Der erste Eindruck, der sich bei mir meist bewahrheitete. Meine Schicksalssicht, wie Harlyn es genannt hatte. Gut, ihn konnte ich vermutlich nicht retten. Dagegen hoffentlich so viele wie möglich in dieser Stadt und auf dem ganzen Kontinent, deren

Leben durch das Große Sünderfressen auf dem Spiel stand. Allen voran Graf Prahar und Risha – die beiden Sterblichen, die einer lebenden Familie für mich am nächsten kamen. Ich blinzelte, verbot mir, daran zu denken, was geschehen würde, wenn der Plan scheiterte. Auch mit mir. Denn nicht nur der Graf hatte unbeschreibliche Sünden begangen, sondern auch ich. Wie fast alle Menschen – weshalb die Dämonen uns beim Großen Sünderfressen als Erste verschlingen würden.

»Da Silva«, murmelte der Page. Auf dem Pergament bemerkte ich, dass einige der Namen in goldenen, andere in silbernen Lettern geschrieben waren, die meisten jedoch mit einem tiefschwarzen Kohlestift. Diejenigen, die ganz unten standen. Wie mein Name. Der drittletzte. Niemand würde an diesem Abend auf mich setzen. Mein Herz sackte genau wie mein hektischer Atem in meinen Magen und schnellte dann wieder nach oben. Ich musste das Reinheitsritual überstehen, den Prinzen für mich gewinnen und ihn in weniger als zwei Monden töten, koste es, was es wolle. *Den Prinzen verführen, den Prinzen töten, seine Schwester heiraten,* betete ich wie ein Mantra in meinem Kopf herunter.

Kapitel 2

Zwei Pagen führten mich in einen Nebenraum, in dem schon einige Mädchen in den kostbarsten Ballkleidern auf Stühlen und Chaiselongues saßen. Einige unterhielten sich gedämpft. Was mir direkt auffiel, war erstens, wie sie mich musterten – was sie höchstwahrscheinlich bei jedem Neuankömmling vor mir getan hatten –, und zweitens, dass einige von ihnen Diademe trugen. Auf dem Kopf eines Mädchens mit dunkelblondem Haar und eisblauen Augen funkelte sogar eine ausladende Krone. Selbstverständlich wusste ich, wer sie war. Prinzessin Amaryllis. Sowohl mein Herr und Meister auf Zeit – Dämonenfürst Andras – als auch Graf Prahar Da Silva hatten mir Zeichnungen von den höchsten adeligen Junggesellinnen der fünf Königreiche gezeigt, die bei der ersten Auswahl dabei sein würden. Ich zwang mich, flach zu atmen, unauffällig jedes der Mädchen zu mustern. Beginnend mit Prinzessin Amaryllis, der künftigen Großfürstin der Seenlande. Sollte sie Prinz Read heiraten, würden sie beide nicht nur über Itdris, meine Heimat, herrschen, sondern auch über die Seenlande.

Es stellte sich heraus, dass die beiden Mädchen, die nach mir eintrafen, Bürgerliche waren. Mutig. Bürgerliche wurden traditionell, wenn sie bei der Brautschau ausschieden, getötet. Lediglich wirklich verzweifelte nicht adelige Frauen nahmen daher daran teil. Ich musterte das Mädchen, das viel zu jung aussah, vielleicht erst fünfzehn Erntejahre, und dazu mager wie ein trockener Zweig daherkam. Ihr rotbraunes Haar hing glatt herunter. Durch das beige Kleid mit den Puffärmeln wirkte sie recht blass. Die andere Bürgerliche trug Schwarz. Aus diesen beiden Farben durften Nichtadelige bei Bällen wählen. Das war aber auch alles. Die zweite Bürgerliche scannte die Adeligen, wie es gewöhnlich Wachmänner taten, die potenzielle Bedrohungen einschätzten. Durch ihre rechte rabenschwarze Augenbraue zog sich eine Narbe, was sie nicht nur schön, sondern auch interessant machte. Ebenso das nachlässig hochgesteckte schwarze Haar. Gerade bei ihr hätte ich angenommen, dass sie sich besonders viel Zeit für ihr Äußeres genommen hätte.

Mein jadegrünes Kleid war tatsächlich so geschnitten, dass es meiner Figur schmeichelte und dazu genügend versteckte Taschen für Waffen bot. Obwohl mir natürlich meine Gabe als wirksamste Waffe blieb. Fluch und Segen zugleich. Und weil sie ausschließlich bei Frauen wirkte, musste Prinz Read sterben – etwas, was ich gern verhindert hätte, wenn ich es mir hätte aussuchen dürfen, doch ihn würde ich nie aussaugen und im Anschluss kontrollieren können. Dazu kam, dass ich es mir nicht leisten konnte, zu offenbaren, dass ich eine Halb-Reeva war. Aus eindeutigen Gründen. Da musste man sich hier bloß umsehen. Wie schon im Eingangsbereich des Schlosses und auch auf dem Korridor, der sich daran anschloss: Überall standen Ritterrüstungen herum, die Schrumpfköpfe von Dämonen in einer Hand hielten oder als Ketten trugen. Dazu überall Bilder an der Wand, die die Königin, den verstorbenen König oder deren Vorfahren zeigten, wie sie Dämonen ein Schwert sonst wohin rammten oder meinesgleichen enthaupteten. Ich kniff die Augen zusammen, als mein Blick auf ein besonders scheußliches, riesiges Gemälde fiel, das die Königin zeigte, die ein Schwert mitten durch das Auge eines Sukkubus stieß. Der weibliche Dämon mit dem Teufelsschwanz hatte seinen Kopf nach hinten geworfen und schrie. Autsch! Genau das taten Menschen mit Dämonen wie mir. Am Ende war es gut, dass mich diese Bilder an meinen Auftrag erinnerten und daran, dass die Anwesenden hier niemals meine Freunde werden konnten. Ich war zumindest zur Hälfte eine Reeva und damit eine nahe Verwandte von einem Sukkubus. Also zwang ich mich, das Bild länger zu betrachten. Dieses Schicksal würde auch meines sein, wenn sie herausfanden, dass ich eine Halbdämonin war.

Das Getuschel wurde lauter. Amaryllis, umgeben von zwei blonden Mädchen, von denen eine einen viel zu grellen roten Lippenstift trug, lästerte über die Bürgerlichen. Die jüngere im beigen Puffärmelkleid wusste offenbar gar nicht, wo sie hinsehen sollte, senkte den Kopf. Sicherlich verstand sie, dass es um sie ging. In meinen Fingerspitzen kribbelte es. Füllten sich ihre Augen gerade mit Tränen? Die ältere im schwarzen Kleid ballte die Hände zu Fäusten, sagte jedoch nichts.

Das Bedürfnis überkam mich, der jungen Bürgerlichen einen Arm um die Schultern zu legen – was natürlich ein vollkommen unsinniger Gedanke war.

»… so gut wie tot«, ätzte Prinzessin Amaryllis. Herzogin Margerite, die perlrosa Lippenstift aufgetragen hatte, stand links neben ihr und kicherte.

Ich atmete tief ein. »Heute Abend sind wir alle gleich vor dem Prinzen«, sagte ich laut, ehe ich mich zurückhalten konnte. »Noch ist keines unserer Schicksale entschieden.«

»Du solltest ganz ruhig sein, Da Silva«, fuhr mich Amaryllis ohne jegliche Höflichkeitsform an. Mein Einwurf schien sie nicht erzürnt zu haben. Stattdessen sprach sie mit mir wie mit einer Dienerin. »Du wirst nicht mal das Reinheitsritual bestehen. Wie man hört, hast du bereits heimlich ein Kind entbunden.«

Mist, wie konnte sie das wissen? Tatsächlich hatte ein ähnliches, wenn auch weitaus schlimmeres Schicksal die echte Calla Da Silva ereilt, deren Platz ich eingenommen hatte. Und das Reinheitsritual vor dem Ball konnte mir wahrlich gefährlich werden, bloß aus anderen Gründen. Wenn Andras recht hatte, würde die Königin damit nicht nur Jungfrauen von Nichtjungfrauen unterscheiden können, sondern auch Dämonen von Nichtdämonen. Ersteres war kein Problem für mich, Zweiteres schon.

»Du wirst gleich sehen, dass das lediglich ein fieses Gerücht ist«, erklärte ich mit erhobenem Kinn, obwohl das Gegenteil der Fall war. Immerhin konnte ich mit einem bestandenen Test die Ehre der echten, verstorbenen Calla Da Silva wiederherstellen, was ein kleiner Trost für den Grafen sein würde. Ach, Graf Prahar … auf einmal vermisste ich ihn schrecklich. Und noch mehr seine Hausangestellte Risha.

Ein Klopfen unterbrach meine Gedanken. Wieder ein behandschuhter Page in einem schwarzen Jackett mit goldenen Knöpfen. Er verneigte sich vor uns, wobei mir auffiel, wie jung er war. Vielleicht erst vierzehn oder fünfzehn Erntejahre und damit noch jünger als die schmale Bürgerliche. »Die Königin ist nun bereit, das Reinheitsritual durchzuführen.«

Natürlich würde das die Königin höchstpersönlich übernehmen. Nur mit Mühe konnte ich mir ein Augenrollen verkneifen. Wie es wohl ablaufen würde? Selbst Andras konnte nicht mit Sicherheit sagen, wie genau die Königin vorhatte, uns zu testen. Zweifellos die größte Hürde für mich an diesem Abend, doch ich zwang mich, nicht mehr auf die Innenseite meiner Wange zu beißen.

Junge Frauen mit rauschenden Kleidern in allen Farben quollen durch die Tür. Den Abschluss bildeten erneut die beiden Bürgerlichen.

Das Mädchen im schwarzen Kleid hielt mir mit einem anerkennenden Nicken die Tür auf. Zuerst verstand ich nicht, woher das kam, bis ich begriff, dass sie es guthieß, wie ich Amaryllis die Stirn geboten hatte.

»Danke!« Ich versuchte mich an einem Lächeln, was nicht gerade meine Spezialität war und vermutlich grässlich misslang.

Ich war schon halb aus der Tür. Spielte an meinen dunklen Haarsträhnen, als ich mich noch mal zu ihr umdrehte. »Wieso tust du dir das an? Du weißt, was für dich auf dem Spiel steht?« Was für eine Frage! Sie konnte wohl kaum so unwissend sein, dass ihr die Konsequenzen ihrer Teilnahme nicht bewusst waren. Oder nicht? Vielleicht hatte ich in den letzten drei Erntejahren zu viel unter Dämonen statt unter Menschen gelebt. Vielleicht hatten sich die Regeln dieser Welt verändert.

Ihr Körper wirkte auf einmal steif. Fast glaubte ich, sie würde mir überhaupt nicht antworten, doch dann senkte sie den Blick. »Manchmal muss man Opfer für ein höheres Ziel bringen.«

Ich blinzelte. Wenn jemand wusste, wie sich das anfühlte, dann ich. »Aber … heiligt in deinem Fall der Zweck wirklich die Mittel?«

»Du meinst meinen Einsatz?« Ihre Augen glühten förmlich, sobald sie ihr Kinn hob. »Für mich schon.«

Ich nickte. Damit war alles gesagt, und wir drohten bereits den Anschluss zu verlieren.

Wir hasteten den anderen hinterher bis zu einem runden Raum voller Marmorsäulen und Eimern, gefüllt mit Wasser. Eimer, gefüllt mit Wasser? Sollten wir etwa putzen? Oder uns waschen? Sah so das Reinheitsritual der königlichen Familie aus? Weder Andras noch Graf Prahar hatten das genau sagen können. Es gab zahlreiche Möglichkeiten, um zu prüfen, ob ein Mädchen noch unbefleckt war. Einige moralisch verwerflicher als andere. Noch eine Unbekannte in unserem Spiel – eine besonders gefährliche, wenn man bedachte, dass genau dieses Ritual meinen Tod bedeuten könnte. Wieder glitt mein Blick über die gerahmten Bilder an der Wand. Sie alle zeigten den verstorbenen König oder die Königin – bei dem wenigen Licht in diesem Raum konnte man bloß kaum sagen, wen von beiden die Gestalt darstellen sollte. Noch dazu trugen beide dieselbe Langhaarfrisur auf den Bildern, und die Königin besaß markante, harte Gesichtszüge, ganz ähnlich wie ihr Mann. Jedenfalls war einer von beiden auf einem Bild ganz in meiner Nähe zu sehen, wie er oder sie einer gehörnten Frau den Kopf abschlug. Sehr … einladend, was Gäste wie mich betraf.

Alle Mädchen hatten sich nahe der Tür in einem Knäuel an Reifröcken versammelt, offenbar unschlüssig, was sie tun sollten.

Während ich noch ein Bild nach dem anderen betrachtete, die an den blaugrünen Marmorwänden hingen, öffnete sich eine Tür am anderen Ende des runden Saals.

Ein Page hielt die massive Tür für niemand Geringeres als die Königin höchstpersönlich auf. Gekleidet in ein bodenlanges Kleid mit Trompetenärmeln und mit ihren weißblonden Haaren erinnerte sie mich an eine Elfe. Sie hatte einen Teil ihrer Haare geflochten, was den Eindruck noch verstärkte. Und das Kleid von der Farbe getrockneten Bluts vermittelte, wie viel Gefahr von ihr zweifellos ausging.

»Willkommen!« Ein schmales Lächeln von einer schmalen Königin, die ihren Sohn verheiraten wollte oder, besser gesagt, musste. An eine von uns. Irgendwie verlieh mir der Gedanke Auftrieb. Mit einer Hand fächelte ich mir Luft zu, bedeutete einem Pagen, das Fenster zu meiner Linken zu öffnen, obwohl ich mich in diesem Moment nicht kälter hätte fühlen können. Schritt eins meines Plans.

»Liebe Prinzessinnen, Edelfrauen, Damen und Bürgerliche.« Das letzte Wort betonte Königin Marigold so, als hätte sie Mühe, es auszusprechen. Es klang aus ihrem Mund eher, wie wenn man einen Frosch auswürgte. Und damit kannte ich mich aus.

»Ich freue mich, Euch zu sehen. Bevor Ihr gleich meinem Sohn, dem Kronprinzen von Itdris, vorgestellt werden könnt, müsst Ihr Eure Reinheit unter Beweis stellen. Dafür wird jede von Euch mit nackten Füßen in einen Eimer voll Weihwasser steigen.« Sie wies auf den Kreis aus Metalleimern, die in der

Mitte des Saals noch vor den Marmorsäulen aufgestellt waren. »Zweiundvierzig Eimer für zweiundvierzig Anwärterinnen um die Hand meines Sohnes.«

Für meinen Geschmack machte sie wirklich etwas viel Aufhebens um ihren Sohn. Allerdings bereitete mir die Sache mit dem Weihwasser größere Sorgen. Sobald ich mit dem Zeug in Berührung kam und vor Schmerzen schrie, wäre ich aufgeflogen.

»Das Weihwasser ist so präpariert, dass es ein weißes Leuchten erzeugt, wenn sich eine Person mit reiner Seele hineinbegibt«, erklärte die Königin weiterhin.

Damit stand sogar absolut fest, dass ich geliefert war. Und von einem Eimerritual hatte ich nie zuvor gehört. Mein Blick glitt zum geöffneten Fenster. Wie viele Ellenlängen lagen wir über dem Fluss? Zweihundert? Ziemlich weit oben jedenfalls.

»Eure letzte Hürde, bevor Ihr am Ball teilnehmen könnt.« Ein zynisches Lächeln zeigte sich auf dem Gesicht der Königin. Als könnte sie es kaum erwarten, zu sehen, wie viele von uns an ihrem Test scheiterten.

»Verzeihung, Eure Königliche Hoheit?«, meldete sich ein Mädchen in einem sonnenholzgelben Kleid zu Wort. »Darf ich sprechen?«

Großmütig winkte Königin Marigold in ihre Richtung, um die Erlaubnis zu erteilen, auch wenn die Frage eher stümperhaft vorgebracht klang. Ihr Name lautete … ich kramte in meinen Erinnerungen: Ivy, Gräfin von West-Nurnendal. Eine große, stolze junge Frau, die laut Graf Prahar Da Silva gern an sportlichen Wettkämpfen teilnahm. Eine Außenseiterin, die von ihrer Familie im frühen Kindesalter von Nurnendal nach Itdris geschickt oder, besser gesagt, verbannt worden war.

»Was passiert mit denjenigen von uns, die nicht bestehen?« Sie schluckte. Und mir war sofort bewusst, weshalb sie es fragte. Das Deckenlicht brach sich in ihren roten Haaren, betonte ihre spitzen Schlüsselbeine.

So als hätte sie sich eine Frage wie diese sehnlichst herbeigewünscht, zeigte die Königin ein breites Lächeln. Ihre Zähne mussten spitz zugefeilt worden sein, um Feinde zu verunsichern, nahm ich an. Niemand konnte von Natur aus mit solchen Nadelzähnen gesegnet oder eher verflucht sein. »Selbstverständlich haben die Adeligen unter Euch nicht mehr zu befürchten, als einfach nach Hause geschickt zu werden. Scheitert jedoch eine Bürgerliche auf welcher Stufe auch immer im Wettbewerb um die Hand des Kronprinzen – droht ihr der Gifttod.«

Die meisten der Mädchen atmeten hörbar ein oder aus. Nur die schwarz gekleidete Bürgerliche neben mir blieb vollkommen starr.

Die Königin erhob die Stimme über das Gemurmel hinweg. »Gibt es darüber hinaus noch Fragen? Nein, keine? Dann sollten wir beginnen. Bitte stellt Euch auf.«

Selbst diese Adelige aus Nurnendal wurde von der Königin respektlos abgekanzelt. Eigentlich ein Affront. Andererseits war genau das ihr Stil. Vor allem jüngeren Frauen gegenüber. Eilig stellte ich mich nach links, direkt vor das offene Fenster, platzierte mich dort hinter dem Eimer, etwa zehn Ellenlängen von der Freiheit entfernt. Direkt neben der Baroness von Altwingen, wobei ich es vermied, Blickkontakt zu ihr aufzunehmen. Nicht dass die Königin am Ende glaubte, Angst in meinen Augen zu erkennen. Wenn man eines im Angesicht einer Raubkatze wie der Königin nicht zeigen durfte, dann war es Angst – oder sonst eine Unvollkommenheit. Und sie, die wahrscheinlich gefährlichste Frau der Welt, die dunkelste Königin, die es je gegeben hatte, stand zwischen mir und meinem Ziel, Harlyn zurückzubekommen. Und natürlich den Plan des Dämons zu erfüllen, um die Welt vor seinen dämonischen Brüdern zu retten.

Inzwischen hatte sich auch das letzte Mädchen hinter einem Eimer platziert. Ironisch irgendwie, wie wir so dastanden, als wären wir das Putzkommando und nicht die Anwärterinnen auf den Platz an der Seite des Kronprinzen – wodurch eine von uns bald Königin sein würde.

»Gut.« Die Königin breitete ihre Hände mitsamt den Trompetenärmeln aus, wobei es eindeutig war, dass eine Armee an jungen Frauen nicht gerade ihr Lieblingspublikum darstellte. Kurz dachte ich an das Gerücht, dass sie angeblich Dienstmägde töten ließ, um in deren Blut zu baden, was ihre Haut verjüngte. Ihr Blick traf meinen, glitt an mir herunter und dann wieder zu meinem Gesicht. Ein Lächeln voller Zynismus zeigte sich auf ihren Lippen. Einen Moment spürte ich die Kälte, die aus dem Fenster hinter mir zu uns hereindrang, auf jedem kleinen Fleck meiner freien Haut. Aber nein, es konnte nicht sein, dass sie wusste, dass ich nicht die echte Calla war. Schlicht unmöglich.

»Bitte steigt nun mit bloßen Füßen in den Eimer. Die Kristalle piksen Euch vermutlich, doch das wird Euer geringstes Problem in den kommenden Stunden und Tagen sein.« Das Zähnefletschen, das die Königin bei diesen Worten zeigte, wirkte alles andere als einladend. Seltsamerweise erweckte ihre Art, mit uns zu reden, den Eindruck, als würde sie die Situation hassen und gleichzeitig genießen.

Tatsächlich kicherten ein paar Mädchen, sobald sie ihre Kleider rafften und in die Eimer stiegen. Instinktiv wusste ich, dass ich genau das nicht tun sollte. Neben mir beobachtete mich die Baroness genau, stieg dann in ihren Eimer, woraufhin das Wasser kurz flackerte, erlosch und dann in gleißend weißem Licht erstrahlte. Reihum flackerte das Wasser in den Eimern wie Leuchttürme auf. Reinweiß. Es wurde Zeit. Ich biss die Zähne zusammen, reckte das Kinn. Lediglich ich und noch eine weitere Adelige, die vier Plätze rechts von mir stand, waren noch nicht ins Wasser getreten. Die Adelige im roten

Kleid zitterte so sehr, dass ich ihre Zähne bis zu mir klappern hörte. Ich konnte es nicht länger hinauszögern. Gleich würde sich mein Schicksal zeigen.

»Nun?« Die Königin sah erst mich und dann die Adelige mit den braunen Locken im roten Kleid an. »Tretet in Eure Eimer.« Es hätte nicht viel gefehlt, und sie hätte vor Ungeduld die Augen verdreht. Obwohl ich es nicht für möglich gehalten hätte, wurden ihre Züge noch härter, sodass sie mich an einen wütenden Krieger auf dem Schlachtfeld erinnerte. Ganz wie auf dem Bild von ihr, das ich vorhin passiert hatte.

Um ihr nicht die kleinste Angriffsfläche zu bieten, blinzelte ich nicht einmal, während ich den Rock meines Kleids anhob und meinen nackten Fuß über den Eimer hielt. Das Mädchen im roten Kleid blieb starr, strich sich lediglich über ihren seitlichen Zopf, aus dem dunkle Locken hervorquollen, die sie mit Rosenblütenspangen bestückt hatte.

Und dann passierte es. Ein schwarzer Blitz schoss durch das Fenster herein, direkt an meiner linken Schulter vorbei.

»Eine Fledermaus!« Prinzessin Amaryllis kreischte. Mädchen sprangen aus ihren Eimern, die Baroness neben mir stieß ihren sogar um beim Versuch zu fliehen.

Die Fledermaus, die eigentlich ein ziemlich großer Flughund war, kümmerte das Chaos jedoch nicht. Palastdiener flitzten umher, öffneten noch mehr Fenster. Seelenruhig drehte der Flughund eine weitere Runde oben an der Kuppel, ehe er dem Zug der Nachtluft folgte, herabstieß und durch eins der Fenster verschwand. Jagger – mein bester und einziger Freund auf der Welt – hatte ganze Arbeit geleistet. Der klügste Flughund – und der flauschigste. Nur mit Mühe konnte ich mein Grinsen verbergen und stieg in den Eimer. Wie bei der Baroness von Altwingen flackerte das Wasser kurz und erlosch, ehe es weiß erstrahlte – was der Moment war, in dem ich ausatmete. Es hatte funktioniert. Obwohl die Illusion nicht ganz perfekt war, aber das konnte man von den wenigsten behaupten. Unser Ablenkungsmanöver war geglückt.

Die Königin klatschte in die Hände. »Ruhe bitte. Ihr werdet Euch wohl nicht wegen einer Fledermaus in kopflose Hühnchen verwandeln.«

Ich sah mich um. Doch, das hatten einige getan. Vier Eimer waren umgekippt.

Der Blick der Königin fand mich, die als Einzige im Wasser stand, das mich von unten weiß anstrahlte. Die Kristalle kitzelten an meinen Fußsohlen, was ich ohne eine Regung hinnahm.

Das Mädchen im roten Kleid hatte mehrere Schritte rückwärts gemacht und presste sich gegen die Wand. Genau neben dem schrecklichen Jagdbild, das die Königin zeigte.

»Wisteria von Everlaine?« Die Königin sprach das Mädchen direkt an. »Bitte tretet in den Eimer, damit wir endlich fortfahren können.« Wieder fiel mir auf, wie respektlos sie mit uns sprach.

Wisteria blieb schlichtweg nichts anderes übrig. Mit kurzen, tapsigen Schritten näherte sie sich dem Eimer, während ich meinen bereits verließ. Den Kopf gesenkt, streifte sie ihre Schuhe ab, die so flach wie die von Balletttänzerinnen waren. Sie berührte die Wasseroberfläche – erst mit einem Fuß, den sie sogleich zurückzog, wieder absetzte, um dann den zweiten zu heben. Nicht nur sie hielt den Atem an. Mehrere Mädchen versteiften sich, wobei die Spannung im Raum beinahe greifbar war. Und dann berührte sie mit ihrem nackten Fuß das Wasser. Wisteria von Everlaine schniefte – vielleicht vor Schreck oder Panik, weil sie wusste, was kommen würde, oder aus beiden Gründen, ehe sie den zweiten Fuß nachzog. Dieses Mal sprang das Licht sofort ohne ein Flackern an. Aus dem Eimer von Wisteria schoss ein Lichtstrahl nach oben, so rot wie ihr Kleid.

Einige der Mädchen atmeten scharf ein.

»Ihre arme Mutter«, flüsterte diese schreckliche Margerite ebenso zynisch wie die Königin vorhin. Am liebsten hätte ich ihr verboten, so zu reden. Sah sie nicht, wie sehr Wisteria sowieso schon litt? Ihr Gesicht hatte fast komplett die Farbe verloren.

»Wisteria von Everlaine.« Die Stimme der Königin hallte gnadenlos durch den Turmsaal, sodass alle Mädchen verstummten, die eben noch miteinander geflüstert hatten. »Da Ihr nicht mehr unbefleckt seid, werdet Ihr von der Teilnahme am heutigen Abend ausgeschlossen und müsst sogleich den Palast verlassen.«

Obwohl ich Wisteria nicht kannte und normalerweise nichts für Adelige übrighatte – abgesehen von Graf Prahar –, fühlte ich ihren Schmerz zu gut. Wie ungerecht war das bitte? Was machte es, wenn man schon Erfahrungen mit Männern hatte? Ich atmete tief ein. Selbstverständlich mussten sich einzig Frauen diesem Ritual unterziehen. Laut Andras waren bei der letzten Auswahl für den inzwischen verstorbenen König auch Jünglinge mit dabei gewesen, weil der König nicht ausschließlich Frauen zugeneigt gewesen war. Dem Ritual, das damals aus einem Blütenbad bestanden hatte, hatten sich jedoch nur Frauen unterziehen müssen.

Verbissen versuchte Wisteria, nicht in Tränen auszubrechen, das war deutlich zu erkennen. Mit gesenktem Kopf stieg sie aus dem Eimer. Gleich würde sie die Außentreppe nehmen und sich dem Gespött der wartenden Menge draußen stellen müssen. Was für eine Schmach! Das Publikum unten würde starren, hatte aus genau diesem Grund ausgeharrt. Um die Ersten von uns scheitern zu sehen. Hautnah. Alle würden über ihre Familie hinter vorgehaltener Hand flüstern, bis sich ein noch skandalöseres Thema in adeligen Kreisen auftat.

Knarrend öffneten sich die Türen auf beiden Seiten des Raumes.

Während alle anderen schweigend auf den Ausgang hinter

der Königin zuströmten, blieb Wisteria, wo sie war. Die Baroness von Altwingen und ich hatten uns ebenfalls nicht gerührt.

»Ich eskortiere Euch nach unten«, sagte die Baroness unvermittelt und fügte mit lauter Stimme in Richtung Königin hinzu: »Das ist doch gestattet? Sie braucht eine Begleitung. Und ich bin in wenigen Momenten zurück. Die Pagen können mir den Weg zeigen.«

An den Augen der Königin konnte man nicht ablesen, was sie davon hielt. An den durchgedrückten Schultern der Baroness jedoch konnte ich ihre Entschlossenheit erkennen. Gespielte Entschlossenheit. Denn das alles gehörte zu unserem Plan, und jetzt, da wir die große Unbekannte der Reinheitsprüfung hinter uns hatten, konnten wir uns leichten Herzens trennen. Andras, der mit seiner dämonischen Illusionsmagie die Gestalt der Baroness von Altwingen angenommen hatte und gleich mit der echten den Platz zurücktauschen würde. Ein Handel, den die Baroness zu gern eingegangen war, da ihr Wasser genau wie das von Wisteria rot erstrahlt wäre. Sie hatte keinen Dreijahresvertrag wie ich mit Andras unterschrieben. Lediglich ein kleines Abkommen, damit er mich zur Prüfung begleiten konnte. Kurz sah ich den beiden hinterher. Der armen Wisteria und Andras in Gestalt der Baroness von Altwingen. Ich hatte die Hürde genommen, dank Andras' Illusionsmagie und dank Jagger, der alle so lange abgelenkt hatte, dass Andras sein Wasser hatte umkippen und die Illusion auf mein Wasser hatte lenken können. Leider konnte selbst er nicht mehrere Illusionen auf einmal für längere Zeit aufrechterhalten. Nicht gleichzeitig und schon gar nicht zwei gleiche wie zwei bestandene Reinheitsrituale. Einen Moment dachte ich daran, wie einfach es gewesen wäre, wenn er es doch fertiggebracht hätte. Dann hätte Andras nämlich selbst als Calla das Herz des Prinzen gewinnen können, aber da das nicht dauerhaft funktionierte und er unbedingt meine Kräfte brauchte, um die Prinzessin zu kontrollieren, hatte er natürlich mich dafür ausfindig machen müssen.

Für mehr Gedanken an die Vergangenheit blieb mir keine Zeit. Auch so schon würde ich mich beeilen müssen, um die anderen Mädchen einzuholen. Also schlüpfte ich in meine Schuhe und hastete ihnen hinterher. Die Treppe empor, die etwas schräg in den Stein gehauen war, wie um einen anstrengenden Bergaufstieg zu simulieren.

Kapitel 3

Entgegen meinen Erwartungen trafen wir im nächsten Raum nicht auf den Prinzen. Was wahrscheinlich im Nachhinein betrachtet sogar ziemlich logisch war. Stattdessen führte uns die Königin in ein Zimmer ähnlich dem Präparierraum im Theater meines Heimatortes, in dem sich Dutzende Spiegel und Frisiertische aneinanderreihten. Hatten sie das extra für diesen Abend herrichten lassen? Was für eine Verschwendung!

»Ihr habt eine halbe Stunde Zeit, um Euch frisch zu machen, danach werdet Ihr in den Ballsaal gerufen, könnt Euch am Büfett bedienen und gemeinsam den Prinzen erwarten.«

Wir durften ihn also erwarten. Ich musste mich beherrschen, um nicht die Augen zu verdrehen.

Einige Mädchen stürzten sofort an die Frisiertische, rissen Schubladen voller Puder, Pasten und Haarbürsten auf. Wie eine Herde Zirkuselefanten – nein, die hätten das vermutlich eleganter fertiggebracht. Nicht so Herzogin Margerite von Soundso, die ihrer Konkurrentin den rosa Lippenstift aus den Händen riss. Sobald die Königin fort und die Tür hinter ihr von einem beflissenen Pagen geschlossen worden war, ging es erst so richtig los. Ich verzog mich an den Rand, überprüfte kurz meine Haare, die ich auf Befehl von Andras und Graf Prahar hatte wachsen lassen, sodass sie mir wie ein dunkler Schleier bis zur Mitte des Rückens fielen. Ich sah … gut aus. Und Risha hatte mir genug über Kniffe beim Schminken beigebracht, sodass mein Puder noch hielt. Dazu diese schmierige schwarze Paste, die Schuhcreme gleichkam und meine dunklen Augenbrauen noch dichter wirken ließ. Wie zwei behaarte Raupen. Laut Risha die neuste Mode und ein Zeichen von Schönheit. Wie auch immer … Viel mehr benötigte und wollte ich auch nicht. Niemand wusste genau, wie die echte Calla Da Silva aussah, da sie im Exil aufgewachsen war und lediglich ein Porträt von ihr als Neunjährige existierte. Und so sahen wir uns ähnlich genug. Was sie wohl zu meinem Auftritt sagen würde? Der Gedanke kam mir nicht zum ersten Mal. Aber da man Tote nur mithilfe ganz besonderer Wege kontaktieren konnte – die mir bereits zum Verhängnis geworden waren –, würde ich es nicht wagen. Ohne diesen verfluchten Tag vor drei Erntejahren … Ich blinzelte. Wenn ich nie versucht hätte, einen Geist zu kontaktieren, dann stünde ich jetzt nicht hier. Auf dem Weg, den Prinzen zu erobern und dann zu töten; wäre nicht im Auftrag des Dämonenfürsten Andras hier.

Kurz darauf öffnete ein Page die Tür für die echte Flora, Baroness von Altwingen, die offenbar sehr zufrieden mit sich den Aufhübschungsraum betrat. Natürlich, sie war soeben auch durch ein Ritual gekommen, bei dem sie eigentlich ausgeschieden wäre. Sicherlich fiel niemandem sonst auf, dass die braunen Haarspitzen dieser Flora spröde wirkten und sich nicht so perfekt an ihren Ausschnitt schmiegten wie gerade noch. Neununddreißig weitere Anwärterinnen richteten um mich herum ihre Kleider, während ich dastand und mich in meinen Gedanken verlor. Wenigstens hingen hier drin keine grausigen Bilder, die die königliche Familie zeigten, wie sie meinesgleichen abschlachteten.

Ohne es kontrollieren zu können, drifteten meine Gedanken dorthin ab, wo ich sie nicht haben wollte. Zu dem Tag vor drei Erntejahren, an dem alles begonnen hatte. Und alles nur, weil ich mit meiner toten Mutter hatte reden wollen. Als Harlyn und ich noch keine Ahnung davon gehabt hatten, dass wir als Halbdämoninnen zur Welt gekommen waren. Als wir nur von Andras gehört, ihn aber nicht persönlich gekannt hatten.

Den Dämonenfürsten, der am Ende jedes Erntejahres gegen seine jüngeren Zwillingsbrüder kämpfen und sie besiegen musste, damit ein neues Jahr beginnen konnte, in dem alles so friedlich blieb wie im vorangegangenen.

Drei Erntejahre zuvor

»Ohne dieses Ouija-Brett gehe ich nicht.« Meine Stimme klang so fest und zornig, dass Harlyn darüber die Augen verdrehte.

»Das ist zu teuer. Wir müssten unser Haushaltsgeld zusammenlegen, bloß möchte ich mir von meinem Geld eine Schreibfeder kaufen. Und Tinte.«

»Ich schnitze dir eine Schreibfeder«, wandte ich ein. »Und statt Tinte könntest du Hühnerblut verwenden.«

Harlyn bedachte mich mit diesem Blick, der besagte, dass ich mich seit Mutters Tod ausgesprochen makaber verhielt.

»Bitte.« Ich schob die Unterlippe vor, versuchte mich so klein und dünn wie möglich zu machen.

»Glaubst du wirklich, dass wir durch dieses Brett mit Mutter reden können?«

Hatte sie mir nicht zugehört? »Ja, das glaube ich, und in all meinen fünfzehn Erntejahren habe ich mir nie etwas mehr gewünscht als das.«

Ich sah, wie Harlyn einknickte, bevor sie es selbst wusste. Und das nicht nur, weil wir uns äußerlich und innerlich glichen wie ein Floh dem anderen. Nun ja, außer vielleicht abgesehen von der Tatsache, dass Harlyn das Konzept von Mut fremd war. Sie strich sich ihre dunklen Haare über die Schulter, die jedoch aufgrund ihrer Länge sofort wieder nach vorn rutschten.

Mit klopfendem Herzen nahm ich ihr die Silbermünzen ab, die sie mir wortlos hinhielt, reichte sie dem Verkäufer und griff nach meinem Schatz. Den ganzen Weg bis zur Kutsche hielt ich das Brett an meine Brust gepresst.

»Gut, dass Vater uns nicht gefahren hat«, meinte Harlyn leichthin. Schweiß rann über ihre Stirn. Vielleicht war es nicht die beste Idee gewesen, so kurz nach der Sommersonnenwende zur Mittagszeit auf den Markt zu gehen. Für mich hatte es sich dennoch definitiv gelohnt. Mein Herz raste, und das Holz des Ouija-Bretts schien im selben Rhythmus zu klopfen.

Abends warteten wir, bis die Hausangestellten in ihr Quartier verschwanden und Vater die Öllampe in seinem Arbeitszimmer löschte.

»Bist du sicher, dass es um diese Zeit funktioniert und wir nicht bis zur Geisterstunde oder bis zur Dämonenstunde warten müssen?«, wisperte mir Harlyn zu, die neben mir auf dem Boden kauerte, wo wir unter dem Türspalt hindurch bis ins untere Stockwerk gespäht hatten.

»So lange kann ich nicht tatenlos rumsitzen.« Ich erhob mich, strich mein Nachthemd glatt.

»Skylar …« Harlyns Stimme klang sanft, so als wollte sie mir sagen, dass wir diese paar Stunden auch noch abwarten konnten, jetzt, da Mutter bereits über ein Erntejahr fort war.

Aber ich war schon dabei, das Ouija-Brett unter meinem Bett hervorzuziehen, nestelte an dem Lederbeutel, der hinten angebracht war, herum. Der Zeiger fiel daraus hervor, schlug mit einem lauten Klonk auf dem Dielenboden auf.

»Bei allen Dämonenfürsten, Skylar!«, wisperte meine Schwester eindringlich. Zwar bückte sie sich nach dem dreieckigen Holzplättchen, das den Zeiger darstellte, zögerte dann jedoch. Offensichtlich konnte sie sich nicht überwinden, es zu berühren. Das übernahm ich für sie. »Zünde du die Kerzen an«, bat ich meine Schwester, damit sie auch etwas zu tun hatte. Dann öffnete ich das Fenster, zog die Vorhänge zu, sodass sie sich fast berührten.

Das Brett legte ich genau in die Mitte zwischen unsere Betten, betrachtete es, ehe ich mich im Schneidersitz davor niederließ. Eingeritzt im Holz befanden sich die Wörter *Ja* und

Nein sowie alle Buchstaben des Alphabets, die in zwei Reihen in einem Halbkreis angeordnet waren, und darunter die Zahlen von Null bis Neun.

»Komm!« Ich streckte meine Hand nach Harlyn aus, die die Flamme am Streichholz mit heftigem Gewedel löschte.

»Willst du das wirklich tun?« Ihre Stimme zitterte. Genau wie ihre Hand.

Ja, das wollte ich. Mehr als alles andere.

Gegenwart

Ein Page öffnete die Tür, bat uns, ihm zu folgen.

Blinzelnd verdrängte ich die Bilder in meinem Kopf. Genau genommen wollte ich nicht an diese Nacht zurückdenken. Daher war es besser, aus meinen Tagträumen gerissen zu werden. Hart und schmerzhaft. Vor meinen Augen verschwamm die Sicht, doch ich schaffte es gerade so, mich zu sammeln und so würdevoll wie möglich unter den ersten Anwärterinnen aus der Tür zu schreiten. Ich tat das hier, um Harlyn zurückzuholen. Und dafür würde ich jedes Königreich zum Einsturz bringen. Selbst meine Heimat Itdris, wenn es sein musste.

Kapitel 4

Dieses Mal führte uns der Page einen Gang entlang, an dessen Wänden zahlreiche Wandteppiche hingen. Der größte davon zeigte den Kontinent Orianda mit allen fünf Königreichen. Im Vorbeigehen versuchte ich unseren Standort darauf auszumachen. Iria, die Silberstadt – und die Hauptstadt von Itdris –, ich schaffte es jedoch nicht wirklich, uns zu lokalisieren. Stattdessen wurde mir wieder einmal bewusst, wie eingekesselt das riesige Itdris von den kleineren Reichen Kankarra, Nurnendal, Sofia und den Seenlanden war.

Selbstverständlich fuhr Amaryllis mit den Fingerspitzen über ihr Heimatland und konnte sich eine Bemerkung darüber nicht verkneifen, dass ihre Familie die Großfürsten der Seenlande waren. Was wirklich jede Einzelne von uns bereits wusste.

Ich wandte den Blick ab, fest entschlossen, die künftige Fürstin mit den eisblauen Augen und dem Körperbau einer Ballerina zu ignorieren. Zu meinem Missfallen stach mir direkt ein Wandteppich ins Auge, der in Rot- und Orangetönen gewebt war – und das Große Sünderfressen zeigte. Unser aller Untergang. Eingeleitet von dem Tag an, an dem Andras seinen Brüdern unterlag. Der Tag, der laut ihm schon am Ende dieses Erntejahres kommen würde. Dieses Mal würde er seine Brüder nicht im Kampf besiegen können, um somit ein neues Jahr in seinem Zeichen einzuläuten. Sobald Bajang und Baka die Oberhand gewannen, kam das Große Sünderfressen. Das wusste jeder, und selbst einige der Sektenführer des Landes hatten bereits gepredigt, dass es dieses Jahr so weit sei – wobei deren Stimmen wie so oft als übertriebenes Gerede abgestempelt wurden.

Ich fiel im Tross der Anwärterinnen zurück, was mir ebenso missfiel wie der Wandteppich. Weil er mich daran erinnerte, weshalb ich hier war und was auf dem Spiel stand. Auch wenn es mich nicht kümmerte, dass das Große Sünderfressen Menschen wie die Königin dahinraffte. Sie zuerst, Graf Prahar und ich als Nächste, und danach vermutlich alle anderen. Ich atmete tief ein. Es hatte Zeiten gegeben, da hatten sich heitere Gedanken durch meine Gehirnwindungen gepflügt.

Plötzlich lief ich an vorderster Front mit. Amaryllis richtete sich die Haare, weshalb es mir gelang, sie zu überholen und als Erste den Saal zu betreten, dessen Türen zwei Pagen für uns öffneten. Der Ballsaal. Ich setzte ein Lächeln auf. Genau wie ich es gehofft hatte, befand sich schon Prinzessin Dahlia mit ihren Hofdamen darin.

Prinzessin Dahlia, das zweite und jüngste Kind von Königin Marigold und König Yorind. Wie alle Adeligen trug sie einen Blumennamen, doch eigentlich hätte ein mystischer Name viel besser zu ihr gepasst. Graf Prahar hatte mir zahllose Porträtbilder, abgedruckt in Büchern, von ihr und sogar einige dieser neuartigen Fotografien gezeigt, sodass ich das Gefühl hatte, sie schon wie eine Nachbarin zu kennen. Auch im realen Leben erinnerte sie mich an die silberne Mondsichel, wenn ich sie ansah. Zwar schimmerten die Haare ihrer königlichen Eltern bereits in einem hellen Blond, doch Dahlias unendlich langen Haare waren fast weiß, umspielten ihre zarte Gestalt wie ein Mantel. Sie hätte zweifellos als Schauspielerin im Theater die Rolle einer Fee oder Elfe erhalten, ohne ein einziges Wort vorsprechen zu müssen.

Gerade wandte sie sich mit ihrem Glas Blutbeerensaft zu mir um, lachte dabei über etwas, das ihr eine der Hofdamen zugeflüstert hatte. In ihrem eng anliegenden weißen Kleid mit

Alabasterperlen sah sie heute sogar noch mehr wie die leibhaftige Mondgöttin aus als auf ihren Porträts. Einfach wunderschön. Aber das waren eigentlich alle weiblichen Formen in meinem Verständnis. Männliche im Grunde auch.

Außer der kleinen Gruppe um Dahlia herum hatten sich ein paar edle Herren in Fracks um das Büfett versammelt. Eine Partygesellschaft, lediglich dafür da, um es dem Prinzen angenehmer zu machen. Eindeutig. Manche mit mehr, manche mit weniger ergebenen Gesichtern. Ergeben in ihre jeweiligen Schicksale. Mein Blick glitt weiter zu den Ritterrüstungen am Rand des Ballsaals und dann zu den Statuen, die links und rechts vor dem Podest mit den drei königlichen Thronen aufgereiht standen. Die schneeweißen Statuen zeigten jeweils, wie die Königin oder der König – von hinten konnte ich die weißen Marmorabbilder nicht unterscheiden – einen Dämon ausweideten. Nett ... und absolut einladend. Wie konnte man sich hier als Gast nicht direkt wie zu Hause fühlen?

Immerhin waren die Rüstungen halbwegs interessant, wenn sie auch alle in steifer Pose mit nach unten hängenden Armen dastanden. Ganz die braven Soldaten.

Ein paar Mädchen schubsten einander, um besser sehen zu können, bis alle einundvierzig von uns in einer beinahe makellosen Reihe vor der Tür standen. Die Königin schälte sich aus einer Gruppe junger Herren, die Wangen gerötet, was sich nach unserem Anblick jedoch sofort verflüchtigte. »Wie schön, dass Ihr erscheint.«

Wie bitte? Sie hatte uns doch gebeten, eine halbe Stunde zu warten. Gut, wenn sie auf Machtspielchen wie dieses stand ... Mir konnte es egal sein. Ich legte den Kopf in den Nacken, betrachtete die Decke über uns. Tatsächlich sah sie aus, wie Andras sie mir geschildert hatte. Die Kuppel des Ballsaals zierten die wunderschönsten Sternbilder, die ich je gesehen hatte. Auf einem nachtgrauen Himmel. Sterne ... definitiv etwas, von dessen Anblick ich nie genug bekam. Sterne bedeuteten

Freiheit und die Augen, mit denen mich meine Vorfahren betrachteten. Auch Mutter und selbst Harlyn. Auch wenn diese Sterne hier mit Pinseln aufgemalt waren.

»Bitte bedient Euch am Büfett.« Mit der Hand wies die Königin in Richtung der mit Fenstern versehenen Erker, nur um sich gleich wieder von uns abzuwenden. Von uns, den unwürdigen jungen Dingern, denen sie gern so wenig Beachtung wie möglich schenkte. »Der Kronprinz dürfte bald eintreffen.«

Kronprinz Read schien ebenso wenig Wert auf unsere Gesellschaft zu legen wie ich auf seine. Da ich absolut keinen Appetit verspürte, nahm ich mir lediglich ein Glas Wasser mit einer Blutorangenscheibe, um dann durch den Saal zu flanieren. Wie viel Zeit wir totschlagen mussten, wusste bloß die Mondgöttin. Und selbst an sie glaubten nur Kinder. Und ich. Also hob ich das Visier an der Ritterrüstung, die mir am nächsten war, und lugte hinein. Nichts. Gähnende Leere, wie vermutet.

Aus den Augenwinkeln betrachtete ich Prinzessin Dahlia. Sie war drei Erntejahre jünger als Prinz Read und hatte vor Kurzem von ihrem Onkel das Königreich Kankarra geerbt, das ihr zufallen würde, sobald sie ihr einundzwanzigstes Erntejahr erreichte. Ihr Onkel hatte sie auf ihrem Sterbebett benannt, doch solange sie minderjährig war, übernahm die Königin oder vielmehr ein Stellvertreter in ihrem Namen die Staatsgeschäfte. Und Read musste vor dem Jahreswechsel heiraten, da er kurz danach sein einundzwanzigstes Erntejahr erreichte und – so wollte es das Gesetz – dann König von Itdris werden konnte. Jedoch nur wenn er verheiratet war. Gleiches galt für Dahlia, wobei ihr noch mehr Erntejahre für die Partnerwahl blieben – und wie man hörte, würden zu ihrer Auswahl sowohl Herren als auch Damen erscheinen … Allerdings hatte sie keine Ahnung, dass Andras und ich planten, sie noch vor Jahresende mit mir zu verheiraten.

Nachdenklich strich ich über den Handschuh des Ritters, tat so, als würden wir uns mit Handschlag begrüßen. Während ich noch sämtliche Informationen über die Prinzessin in meinem Kopf durchging, die ich von Andras über sie erhalten hatte, wandte sie sich unvermittelt zu mir um. Die Prinzessin. Und sie sah mich direkt an. Vor Schreck riss ich dem armen Ritter den Blecharm ab, der zu allem Unglück auch noch auf den Boden fiel, mit einem Knallgeräusch, das sicherlich im ganzen Schloss zu hören war. Ausgerechnet. »Nicht zu viel Aufmerksamkeit auf dich ziehen«, hallten Andras' Worte in mir nach. »Am Anfang distanziert und geheimnisvoll wirken, das wird dich sowohl für den Prinzen als auch für die Prinzessin interessant machen.«

Ich hielt nur noch den blechernen Handschuh in der Hand. Gerade als sich alle Anwesenden zu mir umdrehten und ich dachte, es könnte nicht schlimmer kommen, öffneten sich die Flügeltüren erneut, und Prinz Read betrat den Ballsaal. Ich wusste einfach, dass er es war, noch bevor ich ihn sah. Ausgerechnet jetzt. Was hatte er für ein Timing?

Das war … so gar nicht meine Absicht gewesen. Weder dass mich sämtliche Augenpaare im Saal taxierten noch auf diese Weise die Aufmerksamkeit des Prinzen zu gewinnen.

Prinz Read wirkte im realen Leben weniger beeindruckend als auf seinen Porträts, wo er ausnahmslos mit arroganten Zügen präsentiert wurde und meist mit leicht zurückgelegtem Kopf. Nichtsdestotrotz musste ich mir eingestehen, dass ich nie zuvor einen Mann wie ihn gesehen hatte. Mit dunklen Augen, ebenso ebenholzfarbenen Haaren und einer Seele, die von derselben Art sein musste. Fast konnte ich die Dunkelheit um ihn herum wabern sehen.

Irgendwo seufzte ein Mädchen bei seinem Anblick. Bloß hafteten immer noch die meisten Blicke auf mir.

Weder der Prinz noch die Prinzessin zeigten irgendeine Regung auf ihren Gesichtern. Allerdings lasteten genau ihre

Blicke am schwersten auf mir. Oder ich bildete mir das ein, weil sie meine Mission waren. Diese beiden. Im Stillen dankte ich der Mondgöttin dafür, dass die Prinzessin, die ich ehelichen sollte, viel netter aussah als der Kronprinz – den ich umbringen sollte.

Schon kämpfte sich die Königin zu ihrem Sohn vor. Wobei es eher so war, dass sich die adeligen Herren wie das Meer vor Kankarra teilten, um sie durchzulassen. »Read, Liebling, wie schön, dass du so pünktlich bei uns erscheinst.« Dann, nach einer kurzen Pause, musste sie feststellen, wie er mich immer noch anstarrte, weshalb sie sich kurz räusperte. »Beachte sie gar nicht.« Eilig sah die Königin in eine andere Richtung. Bloß nicht zu mir.

Wie … freundlich von ihr.

Ein Page huschte heran, nahm mir sanft den Rest der Rüstung aus der Hand, um alles zu richten, was ich in Einzelteile zerlegt hatte.

»Spielt!«, herrschte die Königin das Orchester an, das tatenlos neben dem Podest verharrte. Nur um Augenblicke später zu verkünden, dass der erste Tanz ein Squaré sein würde. Mit weiß behandschuhten Fingern glitten die Musiker über Saiteninstrumente und drückten goldene Knöpfe an Blasinstrumenten. Jetzt wandte sich auch das letzte Augenpaar von mir ab, was ich zum Anlass nahm, tief einzuatmen. Immerhin. Ich scannte den Raum um mich herum, versuchte mich zu konzentrieren. Auf den Plan. Wer von den anderen Mädchen wohl die besten Chancen auf den Prinzen hatte?

Prinzessin Amaryllis jedenfalls schien unter den Topkandidatinnen zu sein. Wieso ich mich überhaupt mit diesem Gedanken befasste, war mir selbst nicht klar. Schließlich war der Prinz nicht von Belang für mich. Mein Blick glitt zurück zu Prinz Read, der mit seiner Mutter redete. Den Oberkörper leicht nach vorn geneigt, sah er einfach verboten gut aus. Und das wusste er mit Sicherheit. Ganz erschloss sich mir nicht, wieso er nicht vollkommen aufrecht stand wie andere Prinzen – aber was kümmerte es mich? Und was kümmerte mich diese lächerlich modische Frisur – soweit ich das beurteilen konnte? Kurze dunkle Haare mit Seitenscheitel. Und weshalb fiel mir das überhaupt auf?

Die ältere bürgerliche Kandidatin näherte sich ihm, knickste und wartete darauf, sprechen zu dürfen, das Kinn höher gereckt als das von Amaryllis. Beeindruckt schob ich die Unterlippe vor. Sie hatte Schneid – gut, sie und die andere Bürgerliche hatten auch definitiv das meiste zu verlieren von allen Anwesenden. Ob es ihr Plan war, frühzeitig abzuhauen, wenn sich zeigen sollte, dass sich Prinz Read nicht für sie entscheiden würde? In einem Anflug von plötzlicher Entschlossenheit nahm ich mir vor, sie dabei zu unterstützen. Den beiden zur Flucht zu verhelfen und vorher Informationen zu sammeln, um feststellen zu können, welche Auswahlrunde die beiden Bürgerlichen nicht überstehen würden.

Jedenfalls musste ich unbedingt mehr von dieser Konversation mitbekommen. Also schlich ich vorwärts. Obwohl ich geübt hatte, mit diesen Schuhen und in diesem Kleid zügig auf glattem Holzboden zu laufen, verhedderte ich mich bei jedem zweiten Schritt im Unterrock. Immerhin schaffte ich es recht unauffällig zu einer Gruppe Kandidatinnen, wo ich mich mit dem Rücken zum Prinzen platzierte, um nicht den Eindruck zu erwecken, dass ich lauschte. Leider überlagerte das Getuschel der Mädchen um mich herum das Gespräch des Prinzen mit der Bürgerlichen. Herzogin Margerites schrille Stimme übertönte quasi alles. »… wenn ihr glaubt, die Fledermaus sei das Zeichen eines Dämons gewesen, dann solltet ihr lieber sofort verschwinden. Habt ihr so wenig Vertrauen in die Königin? Als ob sie einen Dämon im Schloss nicht sofort spüren würde.«

Wenn sie wüsste … dennoch eine interessante These. Mein Blick glitt zu Flora, der Baroness von Altwingen, die vollkommen entspannt an ihrer Beerenbrause nippte – ganz so, als wäre sie nie einen Handel mit einem Dämon eingegangen, um das Reinheitsritual zu bestehen. Zugegeben, Andras konnte charmant und beinahe nett erscheinen – das sollte aber niemanden darüber hinwegtäuschen, wie mächtig und berechnend der Dämonenfürst war. Und dass für ihn ein einzelnes Leben wie unseres absolut nichts zählte.

Prinzessin Dahlia schwebte in ihrem Schwanenkleid an mir vorbei. Eine Gelegenheit, die ich mir nicht entgehen lassen konnte. Also lächelte ich ihr unter halb gesenkten Lidern zu. Anerkennend und … eindeutig. Wie es einer schönen jungen Frau wie ihr gebührte.

Tatsächlich stockte sie für einen Moment, verlangsamte ihren Schritt. Zwar lächelte sie nicht, doch dass sie mich überhaupt wahrnahm und so lange mit ihrer Aufmerksamkeit bedachte, verbuchte ich dennoch als Erfolg. Mindestens zum zweiten Mal an diesem Abend war ich ihr aufgefallen.

»Poppy, du siehst aus, als würdest du vor Furcht gleich hintenüberkippen«, säuselte Margerite, gänzlich ohne eine respektvolle Form der Anrede, während ich noch Dahlia hinterhersah. »Bist du sicher, dass du diesen ersten Abend überhaupt überstehen wirst?«

Das war also Margerites Strategie? Verunsicherung der anderen Teilnehmerinnen, um sie zum Ausstieg zu bewegen? Vielleicht sogar auf Geheiß von Amaryllis?

Mit einem winzigen Schnauben verdrehte ich die Augen. Wahrscheinlich jedoch nicht leise genug. Oder Margerite besaß die Ohren eines Baumluchses.

»Calla, an deiner Stelle wäre ich ganz still.« Schon hörte ich, wie sie sich zu mir umwandte, weswegen ich mich umdrehte. Was bitte wollte sie denn damit sagen? Obwohl mich eine Vorahnung so heiß wie das Innere von Andras' Herkunftsort packte, versuchte ich mich an einem unterkühlten Blick, den ich Margerite schenkte. Allein dafür, wie respektlos sie mit Poppy und mir sprach. »Ist das so?«

»Genau so sogar und nicht anders.« Margerites perlrosa Lippenstift löste sich vor meinen Augen auf der Mitte ihrer Unterlippe auf, so erschien es mir wenigstens. Vielleicht sollte sie einfach weniger tratschen.

Bevor sie weitersprach, tauschte sie einen Blick mit Flora und Poppy. Letztere versuchte die Falten an ihrem geblümten Kleid glatt zu ziehen, jedoch rutschte es ihr immer wieder über die breiten Hüften nach oben. »Wir alle haben gesehen, dass mit dir irgendetwas nicht stimmt.«

Gerade noch wollte ich eine bohrende Nachfrage an Margerite richten, doch dieser Satz von ihr ließ mich wie vom Blitz getroffen blinzeln. Starr und unbeweglich. Nun ja, bis Tausende Gedanken durch mein Innerstes tosten. Margerite konnte unmöglich meinen, dass sie wusste, wer ich war. Eine Halbdämonin. Eine Reeva.

Kapitel 5

Margerites Lippen zuckten in einer hämischen Geste. Dabei konnte sie nicht wissen, was in mir vorging. Meinen unbeeindruckten Gesichtsausdruck hatte ich in den letzten drei Erntejahren perfektioniert. Niemandem mehr meine echten Gefühle gezeigt – mit Ausnahme vielleicht, wenn ich allein mit Jagger war und über seinen flauschigen Kopf streicheln durfte. Wenn er gute Laune hatte.

»Alle bis auf Wisteria und du haben das Ritual anstandslos passiert«, fuhr Margerite fort. »Du hast ewig gezögert. Gib es doch zu. Du hast irgendeinen Trick angewandt, um das Reinheitsritual zu bestehen, obwohl du keine Jungfrau mehr bist.«

Ach, das meinte sie. Andras' Illusion. Selbst die Schmerzen, die eigentlich durch das Weihwasser über mich hätten einbrechen müssen wie eine Feuersbrunst, waren dank der Illusion, die sogar körperlich wirkte, ausgeblieben. Kurz war ich mir unsicher, ob ich erleichtert sein sollte über das, was sie mir unterstellte, oder nicht. Bis sie weitersprach und mir der Verstand endgültig wegglühte wie eins von Andras' Zündhölzern.

»Ich sollte ganz sicher darüber mit der Königin sprechen«, durchschnitt Margerites eisige Stimme meine Gedanken. »Und ihr vorschlagen, dein Reinheitsritual zu wiederholen.«

»Das kannst du ruhig tun, denn mich und mein reines Gewissen wird das nicht belasten«, entgegnete ich so ruhig wie möglich, obwohl das Gegenteil der Fall war. Meine Ruhe lediglich gespielt und mein Gewissen so schwarz wie die Nacht um das Schloss herum. Doch was blieb mir anderes übrig? Sicher kein Geständnis darüber, wer ich wirklich war.

»Das glaubst du doch selbst nicht.« Margerite stieß ein Kichern aus. »Dieses Märchen kannst du deiner Amme erzählen. Die Arme glaubt sicher deine Lügen, dass du freiwillig ein Erntejahr im Kloster gelebt hast. Oder sollen es sogar zwei gewesen sein? Als ob du in der Zeit nicht mit einem Bürgerlichen durchgebrannt und ein Kind ausgetragen hättest. Und danach hat dich deine Familie verstoßen. Das tuschelt unser gesamtes Herrenhaus über dich.«

Was? Das konnte unmöglich ... Graf Prahar hatte nichts dergleichen erwähnt, dass dieses Gerücht, wenn auch nur zur Hälfte wahr, über seine Tochter in den adeligen Kreisen von Itdris kursierte. Ich zwang mich dazu, ruhig zu bleiben. Nicht den Kopf zu heben und zu hoffen, Jagger an irgendeiner Fensterscheibe kleben zu sehen.

»Ich wiederhole den Test jederzeit«, presste ich hervor. »Schon um deine Lügen als das zu entlarven, was sie sind. Ausgedachte Gerüchte, um meiner Familie zu schaden.« Meine Zehen fühlten sich taub an bei dieser Lüge. Etwas, das mir viel zu oft widerfuhr. Selbstverständlich konnte ich ohne Hilfe den Test nicht wiederholen und bestehen. Aber das kleinste Zeichen eines Eingeständnisses gegenüber Margerites Vermutungen konnte mich alles kosten. Schon sah ich, wie sich andere Mädchen interessiert zu uns umdrehten. Sie würden schon bald das Thema dieses Gesprächs erfahren und es dann hinter vorgehaltener Hand weitertuscheln. Bei allen dämonischen Brüdern! Ich brauchte einen neuen Plan. Eine Ablenkung ... irgendetwas.

Tatsächlich rettete mich ein Hüsteln hinter mir davor, mich noch mehr in Rage zu reden und am Ende zu verplappern. Mein Temperament stand mir wie immer im Weg – würde Andras dazu sagen. Das Hüsteln ließ selbst Margerite aufmerksam den Kopf drehen, weshalb ich ihrem Beispiel folgte, insgeheim oder, besser gesagt, offen froh über diese Unterbrechung.

Obwohl ich eines der bürgerlichen Mädchen oder einen Pagen erwartet hätte, stand Prinzessin Dahlia hinter mir. In ihrem perlenbestickten Schwanenkleid, inzwischen ohne das Glas mit Blutbeerensaft, dafür mit einem Lächeln auf den Lippen. »Ein wunderschönes Kleid, das Ihr da tragt, Lady Da Silva.«

Perplex darüber, dass sie mich angesprochen hatte, blieb ich vollkommen still. Wahrscheinlich hätte ich knicksen oder zumindest lächeln sollen, doch ich tat keines von beidem. Lady … Mir fiel wieder ein, dass es Sitte war, jegliche Damen von halbwegs adeligem Geblüt mit Lady anzusprechen statt mit Gräfin oder einem anderen Titel. Der Einheitlichkeit wegen. Was für eine Ironie …

Offensichtlich fühlte sich die Schwester des Kronprinzen von meinem Schweigen keineswegs verprellt. Sie lächelte sogar noch sanfter, verzog ihre perfekt geschwungenen Lippen. »Ihr müsst mir unbedingt erzählen, von welchem Schneider Ihr es habt. Vielleicht bei einem Glas Blutbeerensaft?« Die Prinzessin vollführte eine ruckartige Kopfbewegung, die mich an eine Marionette erinnerte, dann hielt sie mir ihren Ellenbogen hin. Sollte das eine Einladung sein, mich bei ihr unterzuhaken? Meine Augenbrauen wanderten in die Höhe, sobald ich erkannte, dass es sich exakt so verhielt.

Da es schlichtweg unhöflich gewesen wäre, diese Einladung abzulehnen, hakte ich mich tatsächlich bei ihr unter. Und weil es eigentlich genau das war, was ich brauchte. Eine Gelegenheit, mich ihr zu nähern und gleichzeitig Margerite sprachlos hinter mir zu lassen. Wenn mir Prinzessin Dahlia nach dem folgenden Gespräch vertraute, würde ich viel schneller einen Weg finden können, sie allein zu treffen, die Reeva in mir zu entfesseln und – ich schluckte – den Prinzen zu töten.

Energischen Schrittes führte mich Dahlia weg von Margerite, Flora, Poppy und all den anderen neugierigen Ohren. Direkt zu einem kleinen Erker, auf dessen breiter Fensterbank mehrere rote Samtkissen auslagen.

Auf dem Weg schnappte sich die Prinzessin zwei Gläser mit Blutbeerensaft – und zwar mit einer Hand, wofür ich sie nur bewundern konnte. Dann ließ sie sich auf ein Samtkissen fallen und hielt mir eins der schmalen Gläser hin. Eigentlich wollte ich keinen Schwips riskieren, und Gebrautes war ich wirklich nicht gewohnt, andererseits handelte es sich da neben mir um die Prinzessin, deren Herz ich gewinnen und behalten wollte. So schrieb es Andras' Mission vor. Also nahm ich ihr das Glas ab – war mir dabei bewusst, dass uns sowohl die Königin als auch Prinz Read anstarrten, wie wahrscheinlich so ziemlich jede atmende Person im Ballsaal. Ungewöhnlich, in der Tat, dass sich die Prinzessin ausgerechnet mit mir abgab. Ob das einen Grund hatte? Ich sollte definitiv vorsichtig sein. Das hier war nicht umsonst der Hof der Intrigen. Gleichzeitig weigerte ich mich, mich umzusehen – insbesondere in Richtung der Königin und des Prinzen. Stattdessen schlug ich die Augen nieder, setzte mich mitsamt Blutbeerensaft, der tatsächlich viel zu sehr nach vergorenen Beeren roch, neben Prinzessin Dahlia.

Ihre schneeweißen Haare streiften meine Halsbeuge. »Manchmal weiß man nicht, wer von beiden schlimmer ist, nicht wahr?« Sie lächelte mich an. Hellgraue Augen wie ein Wintermorgen – voller Aufrichtigkeit, wie es den Anschein machte. Oder sie war eine verdammt gute Schauspielerin und wollte mich aufs Glatteis führen wie eben noch Margerite. Ob sie im Geiste schon ein zweites Reinheitsritual für mich plante? Ich blieb still, starrte nur und wartete ab.

»Ich meine Amaryllis und Margerite«, erklärte Dahlia, nahm einen Schluck Beerensaft, wonach ein Abdruck ihres korallenroten Lippenstifts am Glas zurückblieb. »Oh, ich vergaß, Ihr habt in den letzten Erntejahren so abgeschottet vom

Hof gelebt, daher hattet Ihr sicher nicht viele Berührungspunkte mit ihnen.«

Die Untertreibung des gesamten Königreichs schlechthin. Aber dieses Thema – das Leben oder, besser gesagt, das Nichtleben der echten Calla Da Silva – würde ich sicher nicht anschneiden, sollte es sich vermeiden lassen.

Allerdings musste ich langsam wirklich etwas zur Unterhaltung beitragen, also räusperte ich mich. »Gibt es etwas, was die beiden getan haben, um Euch so zu verärgern?« Dann besann ich mich und fügte hastig ein »Eure Hoheit« hinzu.

Dahlias rechtes Augenlid zuckte. »Ich lege keinen Wert darauf, so förmlich angesprochen zu werden.«

Praktisch konnte ich spüren, wie sie sich von mir zurückzog, etwas, was ich unbedingt verhindern musste. »Mir ist es auch lieber, mit einer Vertrauten offen zu reden«, sagte ich leise, beugte mich ein Stück zu ihr. »In diesem Haifischbecken.«

Glücklicherweise entspannten sich die Gesichtszüge der Prinzessin daraufhin. Blitzte da Belustigung in ihren Augen auf? »Selbst Haie wären mir lieber bei all den bevorstehenden Mahlzeiten und Bällen. Die wären sicher auch besser gekleidet und würden sich respektvoller benehmen als Margerite und Amaryllis.« Sie schnaubte.

»Nicht zu vergessen die besseren Tischmanieren«, pflichtete ich ihr bei. »Was immer man mit zwei Flossen bewerkstelligen kann, jedenfalls.«

Dahlia kicherte über meinen halbherzig vorgebrachten Witz. Welch unerwartete Verbündete gegen Margerite und Amaryllis.

Dahlia betrachtete ihre Fingernägel. »Wenn Ihr es genau wissen wollt, und Ihr werdet es so oder so bald erfahren, sobald Ihr länger als drei Stunden am Hof verbracht habt: Margerite und ihre Mutter verbreiten jeden Funken an Klatsch, den sie zusammenkratzen können. Ob er stimmt oder nicht.«

Der Blick der Prinzessin schweifte zur Seite ab. Dachte sie da an eine besonders unliebsame Erinnerung? »Aber im Gegensatz zu dem, was Margerite letzten Sommer über mich verbreitet hat, ist der momentane Klatsch ihrer Familie beinahe lächerlich unwesentlich.«

Ja? Gespannt, was wohl gleich kommen würde, neigte ich meinen Oberkörper weiter nach vorn. Ob es zu viel verlangt wäre, wenn ich jetzt schon … nein, ich verwarf den Gedanken genauso schnell wieder, wie er gekommen war. Dieses zarte Band zwischen der Prinzessin und mir musste ich wesentlich langsamer aufbauen, damit es später allem standhielt. Selbst ihrer Mutter und allen im Königreich, die gegen unsere Verbindung sein würden. Ich musste ihnen allen die langsam keimende, glaubhafte Liebesgeschichte mit Dahlia vorspielen.

Aus dem Augenwinkel bemerkte ich, wie sich jemand unserer gemütlichen Erkersitzecke näherte. Gerade jetzt, wo es spannend wurde. Zuerst hielt ich ihn für einen Pagen, ehe ich blinzelte und mir bewusst wurde, dass da Prinz Read auf uns zusteuerte. Ausgerechnet an der Stelle unseres Gesprächs, wo ich gebannt darauf wartete, wie Amaryllis und Margerite wohl die Prinzessin verletzt hatten – eine Information, die mir noch nützlich sein könnte.

»Oh.« Die Prinzessin seufzte. »Mein Bruder ist sicher auf dem Weg zu Euch, um Euch zum Tanz aufzufordern. Wir müssen unser Gespräch auf später verschieben.« Sie trank von ihrem Glas, wobei sie dieses Mal den Kopf so weit in den Nacken legte, um es in einem Rutsch zu leeren. Als ginge es für sie zum Klingenbrecher-Amboss. »Schade, gerade wo ich mich seit Tagen zum ersten Mal wieder so richtig gut unterhalte.«

Das Gespräch zu beenden war auch das Letzte, was ich wollte. »Bitte seid nicht albern. Was kann Euer Bruder von mir wollen? Ich bin eine Da Silva und ihm bereits negativ aufgefallen. Bestimmt will er zu Euch.«

Dahlia kicherte. »Nein ganz sicher will er nicht zu mir. Aber Ihr … und dieses Kleid …« Wie um mich zu necken, wanderten ihre Augenbrauen in die Höhe.

Gleichzeitig erinnerte ich mich daran, dass ich auch unbedingt in diesem Spiel um Reads Herz eine Runde weiterkommen musste. Also lächeln. Oder auch nicht. Den Anschein wahren. Mich unnahbar und geheimnisvoll geben. Gerade bekam ich sowieso nicht viel mehr hin, als Read anzustarren, der direkt vor mir zum Stehen kam. Ein ausdrucksloses Gesicht aufsetzen – wie ich es geübt hatte.

»Calla Da Silva?« Er formulierte es tatsächlich wie eine Frage. Meinen Namen – nun ja, meinen Decknamen.

»Kann ich Euch helfen?« Meine Gegenfrage kam mir so scharf über die Lippen, dass mich die königlichen Geschwister einen Wimpernschlag lang überrascht anblinzelten.

»Verzeihung, vermutlich liegt es daran, dass ich keine Rüstung trage, dass Ihr mir nicht die Hand zum Kuss reichen wollt?«, sagte Prinz Read mit einem Hauch Belustigung in der Stimme. »Mein Fehler.«

Erdreistete er sich tatsächlich, mich mit meinem unglücklichen Ritterrüstungsvorfall aufzuziehen? Ich verengte die Augen. O ja, es war ganz sicher sein Fehler. Vor allem, dass er mein Gespräch mit Dahlia genau in diesem Moment unterbrach. Andererseits … warum lief dieser Abend nur derart abseits von allen Plänen, die Andras, Jagger, Graf Prahar, Risha und ich als mögliche Abläufe konstruiert hatten?

Aber was konnte der Prinz wollen? Einundvierzig Anwärterinnen, und er kam zu mir. Einundvierzig mehr oder weniger elegante Edeldamen, und er wollte zu mir – der Halbdämonin.

Schon raschelte Dahlia mit ihren Röcken, im Begriff aufzustehen, doch mit einem Blick von mir hielt ich sie zurück.

Ehe ich zu Read aufsah, zwang ich mir ein spöttisch-liebliches Lächeln ins Gesicht. »Was kann ich für Euch tun? Seid

Ihr auf der Suche nach Erheiterung?« Eigentlich hatte ich vor, noch eine Äußerung in Bezug auf einen Ritter einfließen zu lassen, bloß kam ich nicht schnell genug auf einen guten Witz, weshalb die nächste Runde unseres kleinen Schlagabtauschs an den Prinzen ging.

»Tatsächlich bin ich auf der Suche nach der Gesellschaft einer Dame, die mir nicht ausschließlich Seufzer entgegenbringt, und da dachte ich explizit an Euch, die sogar einen einsamen Ritter dazu bringt, vor ihr in die Knie zu gehen.« Sein Mundwinkel zuckte, doch das Lächeln, das er zeigte, blieb blass und irgendwie starr – griff nicht mal bis zu seinen Wangen über.

Langsam deutete ich ein Nicken an. »Ihr meint wohl, Ihr möchtet ausgerechnet mit mir tanzen, da Ihr schon genug Zeit mit den Bürgerlichen verbracht habt und ich die Nächste in der Reihe wäre, um Eure Mutter zu verärgern. Habt Ihr daran Spaß? Ist das irgendeine Form der Zerstreuung für Euch?«

»Zwar fühle ich mich ertappt, doch weiter darin bestärkt, die nächsten Augenblicke mit niemand anderem als Euch zu verbringen. Eure Klarsicht auf die Dinge ist beeindruckend.« Er deutete eine Verneigung an, garniert mit einer Portion Spott und Hohn. »Und wenn dieser Plan dazu führt, dass sich Prinzessin Amaryllis und Herzogin Margerite vor Wut spontan selbst entzünden, umso besser.«

Ich verstand. »Nein danke«, sagte ich lauter als nötig. Wenn er glaubte, mich auf so eine billige Art und Weise einwickeln zu können, würde ich in seinem Ansehen sicher niemals weit genug nach oben steigen, dass es für das Finale dieser Brautschau reichte. Und genauso viel Zeit wäre mir am liebsten. Zeit genug, um mich mit seiner Schwester vertraut zu machen. In jeglicher Form.

Prinzessin Dahlia zuckte kaum merklich zusammen und musterte mich.

»Ich unterhalte mich gerade mit Eurer Schwester, und solange Ihr Euch weiter an die niederen Adeligen bei der Wahl Eurer Tanzpartnerinnen haltet, wird der Grad an Verärgerung im Gesicht Eurer Mutter gewiss ausreichend amüsant sein. Für Euch.«

Die Stille um mich war beinahe greifbar geworden. Sie starrten alle. Prinz, Prinzessin, zwei Bedienstete mit Tabletts und die Gräfin von West-Nurnendal, Ivy, die die Königin vor dem Reinheitsritual angesprochen hatte. Ein paar der Gläser klirrten. Gut, wenn sich das herumsprach, konnte ich nur davon profitieren, nicht wahr? Laut Andras war es gut, den Prinzen herauszufordern, der Wettkämpfe liebte und mich deshalb sicher nicht verstoßen würde. Gleichzeitig würde ich auf diese Weise bekommen, was ich wirklich wollte. Ein intimes Gespräch mit Dahlia.

»Dahlia.« Die Aufmerksamkeit des Prinzen wanderte von mir zu ihr. »Was hast du ihr ins Glas getan, damit sie mich abweist?« Seltsamerweise wirkte er immer noch nicht brüskiert, was nur bedeuten konnte, dass ich ihn nicht ausreichend herausforderte. Wie enttäuschend!

Augenblicklich setzte sich die Prinzessin aufrechter hin, schlug die Beine übereinander, wodurch der Stoff an ihrem Schoß spannte. »Mach nicht mich dafür verantwortlich, dass Calla dich durchschaut hat.«

»Und du bist da besser?« Der Prinz atmete ein, ließ sich offenkundig jedoch nicht aus der Ruhe bringen, obwohl sich sein schönes Gesicht verdunkelte, sobald er die Stirn in Falten legte. »Du hast sie doch in diese Ecke gezerrt, um die Wahrheit darüber zu erfahren, weshalb sie sich so lange abseits vom Hof aufgehalten hat.«

Oh …? Irgendetwas schwelte da zwischen den beiden.

»Und du bist so verzweifelt, ausgerechnet jetzt Calla aufzufordern? Bist du allen anderen derart überdrüssig geworden? Tanz doch mit den Adeligen, die dich noch nicht bis ins Mark anwidern.«

Bemerkenswert, diese Geschwister verwendeten Worte wie spitze Dolche. Nicht uninteressant.

»Wie gesagt«, ging ich dazwischen. »Gerade möchte ich mit Dahlia plaudern.«

»Das heißt, später wärt Ihr bereit, Zeit aufzuwenden, um mich kennenzulernen?« Prinz Read blinzelte so aufgebracht und gleichzeitig gelangweilt auf mich herab, dass er eigentlich unmöglich ein Mensch sein konnte. Vielleicht hatte er ebenso wie ich Schauspielunterricht genommen? Wer war er, und was sollte dieses Drängen?

»Reserviert mir doch den allerletzten Tanz, sollte es so weit kommen«, schlug ich vor, wobei dieses Mal ich den Spott nicht aus meiner Stimme vertreiben konnte. »Sollte es Eurer Mutter kein Dorn im Auge sein, können wir diese Absprache auch platzen lassen.«

Daraufhin blinzelte mich Prinz Read an, als wäre ich die exotischste Blume, die ihm je unter die Augen gekommen war.

Kapitel 6

»Darauf komme ich zurück.« Wieder dieser Ansatz einer Verbeugung, dann machte Prinz Read auf dem Absatz kehrt. Und ich war mir sicher, dass nicht mal die Mäuse in den Wänden verpasst hatten, was sich eben zwischen uns dreien abgespielt hatte. Der Ballsaal bebte geradezu vor Entsetzen.

»Das ist nicht passiert«, hauchte Dahlia. »Das habt Ihr nicht getan?« Mit glühenden Wangen drehte sie ihren kompletten Oberkörper zu mir, entspannte ihre Haltung. Selbst ihre Knie befanden sich plötzlich wieder parallel vor ihr. »Habt Ihr meinen Bruder abgewiesen, um mit mir zu plaudern?« Sie hörte sich so ungläubig an wie Jagger, wenn ich vergessen hatte, ihm Honig vom Frühstück aufzuheben. Plötzlich sehnte ich mich nach einem Abend nur mit meinem kleinen Flughund-Freund. Ich war einfach nicht geschaffen für Veranstaltungen wie diese in einem Königspalast, wo es … Prinzen gab. Drei Erntejahre Vorbereitung hin oder her. Das war eher etwas für Harlyn. Ach, Harlyn, plötzlich vermisste ich sie noch viel mehr. Sie hätte überleben sollen und nicht ich. Sie wäre wie geschaffen dazu, den Prinzen für sich zu gewinnen und dadurch am Ende eine ganze Welt zu retten.

»Ja und wieso genau haltet Ihr das nicht für selbstverständlich?«, fragte ich zurück, ehe die Stille zwischen uns greifbar wurde. Besser ich spielte die Frage noch einmal zurück, um Zeit zu gewinnen, damit ich mich sammeln konnte. Gedanken an Harlyn und an die Vergangenheit gehörten nicht hierher. Sie brachten mich nicht weiter – im Gegenteil, sie würden mich wieder und wieder zurück in die Vergangenheit ziehen.

Dahlia betrachtete mich, neigte den Kopf wie ein Rabe, der seine nächsten Schritte abwog. »Na ja, ich nehme an, damit seid Ihr die Einzige in diesem Raum, die so etwas tun würde. Vielleicht sogar die Einzige in diesem Königreich.«

»Ach.« Gespielt belustigt kräuselte ich die Lippen. »Nur in diesem Königreich? Und was ist mit Kankarra?«

Irgendwie störte es mich nicht, von so vielen im Raum angestarrt zu werden, selbst wenn es die meisten nicht mal zu verbergen versuchten, dass sie mich beobachteten. Mit Dahlia hier zu sitzen, machte auf verdrehte Art und Weise inzwischen so etwas wie Spaß. Obwohl Spaß das Letzte war, was ich mit der Königsfamilie haben wollte. Meine Gedanken wanderten zu den Gemälden in den anderen Räumen und zu denen auf dem Korridor. Zu Kunstwerken, auf denen diese Familie meinesgleichen abschlachte.

»Kankarra, ja …« Der Blick der Prinzessin verdüsterte sich.

Interessant. »Freut Ihr Euch nicht darauf, dort hinzuziehen und Regentin zu werden? Die mächtigste Frau des Landes?« Vielleicht war meine Frage zu direkt, jedenfalls ließ sich Dahlia Zeit, bevor sie antwortete. »Manchmal sieht es von außen betrachtet besser aus, als es tatsächlich ist.«

»Im Inneren ist es also anders? Unerfreulich anders?« Ich kam nicht wirklich mit. Vielleicht würde das erst mit der Zeit Sinn ergeben. Jedenfalls war meine Neugier geweckt.

»Nun, nach diesem indiskreten Zwischenfall mit meinem Bruder müsst Ihr einfach Du zu mir sagen.« Dahlia starrte zuerst auf meine Hand auf der gepolsterten Sitzbank und danach in mein Gesicht. »Nach diesem Erlebnis … und Ihr würdet mir einen Gefallen tun, wenn wir ganz ungezwungen reden könnten.«

»Natürlich. Genau genommen ist mir das sogar sehr recht.«

Das spielte mir umso mehr in die Karten und in meine Pläne hinein, was die Prinzessin natürlich nicht wissen konnte.

Ganz offensichtlich atmete sie bei meiner Antwort erleichtert aus, als hätte sie zumindest zum Teil mit meiner Ablehnung ihres Vorschlags gerechnet.

»Also du und diese Ritterrüstung.« Dahlia schlug die Augen nieder, zupfte an ihrem Zeigefinger und dann an ihrem Mittelfinger. »Ist das was Ernstes?«

Unwillkürlich schlich sich ein Lächeln auf meine Lippen. »Kommt drauf an«, sagte ich leichthin. »Meinst du, er ist umgänglicher als dein Bruder? Und was ist mit seinen Tanzkünsten? Denkst du, er wäre interessiert? Allerdings wurde ich bisher nicht seiner Familie vorgestellt …«

Dahlia lachte, und ich konnte mir ein Grinsen nicht verkneifen. »Jeder ist umgänglicher als mein Bruder.«

Als hätte sie das Lachen ihrer Tochter alarmiert, drehte in diesem Moment Königin Marigold ihren Kopf zu uns herum. Am Rand der Tanzfläche hatte sie sowohl ein Auge auf Read als auch auf Dahlia – wobei ich wohl eher den sprichwörtlichen Splitter in ihrer Nasenspitze darstellte.

Allerdings fiel es mir leicht, sie zu ignorieren. In derart angenehmer Gesellschaft wie der von Dahlia – die so echt auf mich wirkte.

Um mich weiter abzulenken, sprach ich das Erstbeste an, was mir in den Sinn kam. »Wird dein Bruder heute noch die nächsten Mädchen nach Hause schicken?« Ich besah mir meine Fußspitzen, als wäre mir das Thema recht gleichgültig – obwohl das Gegenteil der Fall war, auch wenn ich aus anderen Gründen bleiben musste.

Ehe ich die Frage ganz ausgesprochen hatte, wurde Dahlia still. »Ja, das wird er.« Und dann blickte sie auf, direkt in meine Augen. Mit einem Ausdruck des Bedauerns, so als fürchtete sie eine neu gewonnene Freundin gleich wieder zu verlieren. Was natürlich absoluter Quatsch war. Wir waren weder Freundinnen, noch würde mich der Prinz als eine der Ersten aussortieren. Schließlich hatte er zugegeben, dass ich interessant für ihn war … Ich biss mir auf die Unterlippe. Vielleicht sollte ich dennoch zur Sicherheit einen einzigen Tanz mit ihm …

So als hätten ihn meine Gedanken an ihn herbestellt, schälte sich Prinz Read aus der Menge an Tüllkleidern, die in der Mitte über das Parkett wirbelten. Mit energischen Schritten steuerte er genau auf uns zu.

Dahlia seufzte, jedoch konnte ich nicht heraushören, ob mehr Genervtheit oder Erleichterung darin lag.

Abrupt bremste der Prinz vor uns ab, wobei seine Lederschuhe leise quietschten. »Ich halte das keine Sekunde länger aus.«

Aha. Und was sollten wir seiner Meinung nach dazu sagen? Ich neigte den Kopf, befeuchtete die Lippen und musterte Read von oben bis unten. Quälend langsam, wie ich es mit Risha geübt hatte.

Tatsächlich begannen die Fingerspitzen des Prinzen zu zucken.

»Wieso?«, hakte ich schließlich nach, ehe er seine Augen weiter verengen konnte. »Kennt Ihr nicht die Hälfte der Kandidatinnen von anderen Bällen, oder gar drei Viertel? Ihr müsst Situationen wie diese doch gewohnt sein.«

Dahlia lachte auf, hakte sich dann bei mir unter, obwohl wir beide mit übereinandergeschlagenen Beinen immer noch auf der Erkerbank saßen. »Das kannst du nicht wissen, aber Read beehrt Bälle wie diesen immer nur für kurze Zeit mit seiner Anwesenheit, wenn es sich einrichten lässt. Für sehr kurze Zeit. Und ja, er kennt mehr als die Hälfte der Damen hier flüchtig.«

»Dann dürfte es doch kein Problem darstellen, gleich eine Auswahl zu treffen und sich im Anschluss ins Studierzimmer zurückzuziehen, oder was immer ein viel beschäftigter Kronprinz um diese Zeit vorhat.« Mein Lächeln glich einem Zähnefletschen, und ich wusste es genau.

Wahrscheinlich so genau, wie Read wusste, dass einem Augenaufschlag mit seinen dichten Wimpern fast keine der Damen im Saal widerstehen konnte. Beinahe lächerlich, wie er von der Natur mit gutem Aussehen gesegnet war – und dazu diese düstere, geheimnisvolle Ausstrahlung. Wenn er direkt neben Dahlia stand, wirkten die beiden wie Dunkelheit und Licht auf mich. Dunkle Haare und noch dunklere Iriden gegenüber von beinahe weißem Haar und hellgrauen Augen.

Nur dass er nun einen Blick mit seiner Schwester tauschte, als hätte er Angst, sie habe mir Geheimnisse über ihn anvertraut, passte nicht ganz zu seiner einschüchternden Aura. Obwohl darin noch so viel mehr lag als das. Sollte ich lange genug hierbleiben und ihn lange genug am Leben lassen, könnte ich vielleicht noch herausfinden, was es war. Falls es von Relevanz für Andras und mich sein könnte.

»Es geht Euch absolut nichts an, was ich vorhabe.« Read blähte seine Nasenflügel kaum merklich auf. »Außer dass es bedeutend erfreulicher für mich wäre, genau das zu tun, anstatt hier wie eine Marionette das Opfertier für meine Mutter zu spielen.«

Dahlia lachte glockenhell auf, wenngleich sie ihre Fingernägel in meinen Oberarm bohrte. »Willkommen in meinem Leben, geliebter Bruder!«

Jetzt war es an Read, die Zähne zu fletschen.

Sanft drückte ich Dahlias Handgelenk. »Also seid Ihr gekommen, um Euch bei uns zu beschweren?«

Womöglich nicht, bloß konnte ich mir diesen spitzen Seitenhieb einfach nicht verkneifen.

In der Tat wandte sich Prinz Read nach rechts um, wie um zu prüfen, ob jemand meine Worte mitbekommen hatte.

»Das hier ist der letzte Tanz für mich«, brachte er in mürrisch-gequältem Tonfall hervor. »Und ich gedenke ihn mit Euch abzuliefern, anstatt von …« Er presste die Lippen aufeinander, aber ich konnte es mir auch so denken.

»Selten habe ich etwas Romantischeres gehört.« Meine Stimme klang dumpf, und Dahlia kicherte schon wieder. Abliefern … einen Tanz mit mir. Also wirklich …

Genau wie ich es vermutet hatte, steuerte in diesem Augenblick Königin Marigold mit Prinzessin Amaryllis im Schlepptau auf uns zu.

»Nicht noch ein Tanz mit Amaryllis?«, bemerkte ich. »Dabei gibt sie doch die passendste Ehefrau für Euch ab.« Mit der Zungenspitze fuhr ich mir über die Eckzähne, gab mir dabei Mühe, ihn mit meinem Blick nicht zu sehr zu provozieren. Obwohl … eigentlich doch. Was kümmerten mich die Gefühle von ausgerechnet diesem Prinzen, der auf meine Äußerung hin das Gesicht verzog? Dem Mitglied einer der brutalsten Familien, wenn es um die Jagd auf Dämonen ging?

Selbst dem Prinzen fiel auf, dass seine Zeit knapp wurde. »Ich bitte Euch.« Er streckte eine Hand nach mir aus, verzichtete jedoch auf eine Verneigung. »Haltet Euer Versprechen ein und schenkt mir den letzten Tanz. Wenn möglich, noch ehe meine Mutter die Hand von Amaryllis in meine legen kann.«

Ja, da rann ihm die Zeit wahrlich durch die Finger wie Sand in einer Sanduhr. Allein die Vorstellung ließ mich noch breiter grinsen. Gepaart mit der Erkenntnis, dass mir der gute Mann ausgeliefert war. Vollkommen. Zumindest in diesem Augenblick. Und dieser Gesichtsausdruck wie ein Tier auf der Flucht. Ein Ausdruck, der mir bei ihm dauerhaft gefallen könnte. Verzweifelt, keine Aussicht auf Rettung. Exakt wo ich ihn haben wollte.

Unglücklicherweise hörte ich, wie Margerite in der Nähe wieder mit meinem Test anfing, ihre Theorie an Ivy weitergab, die zu uns herüberstarrte. Es war also wirklich Zeit zu handeln. Rasch erinnerte ich mich an den Schwur, den ich mir selbst geleistet hatte. Und daran, dass es wichtig war, die Nähe des Prinzen zu suchen, um weiter im Palast bleiben zu können.

»Ich mache Euch einen Vorschlag.« Um Zeit zu gewinnen, erhob ich mich, glättete mein Kleid. »Wenn Ihr versprecht, die beiden bürgerlichen Mädchen mit in die nächste Runde zu nehmen, tanze ich mit Euch.«

»Das ist Eure Forderung?« Der Prinz kräuselte die Stirn. »Eure einzige Forderung? Ungewöhnlich.« Einen Atemzug lang durchbohrte er mich mit seinem intensiven Blick, ehe er fortfuhr. »Nichtsdestotrotz nehme ich an.«

Es blieb ihm auch schlichtweg nichts anderes übrig, da sich ihm die Königin und Amaryllis bereits auf drei Trippelschritte genähert hatten.

Also spannte ich die Lippen zu so etwas wie einem zähnefletschenden Grinsen, legte meine Hand in seine und zwinkerte Dahlia zum Abschied zu. »Es war mir ein Vergnügen, nein, viel mehr als das.«

»Für mich auch.« Sie hauchte die Worte unbedarft und stockend, als könnte sie nicht glauben, was da vor ihren Augen geschah.

Ich beinahe auch nicht, allerdings war ich mir bewusst, dass das noch kein Grund dafür war, mich siegreich zu fühlen. Vielleicht hatte ich in Dahlia eine Freundin gewonnen, wobei ich ihr die Freundschaft selbstverständlich nur vorgaukeln konnte. Doch gleichzeitig bekam ich die Aufmerksamkeit des Prinzen. Gewiss kein Grund, zu glauben, bereits so gut wie am Ziel zu sein. Schließlich hatte mich das Schicksal schon einige Male in trügerischer Sicherheit gewogen, die am Ende genau das gewesen war: nichts als Betrug.

»Es ist mir eine Ehre.« Nur für seine Mutter, so viel war klar, verfiel Prinz Read nun endlich in die gebotene Verneigung vor mir.

Kapitel 7

Ganz offensichtlich stand ich wieder einmal im Mittelpunkt der Aufmerksamkeit, und ganz offensichtlich gefiel es mir dieses Mal. Jedenfalls mehr als bei den Malen zuvor. Kam es mir nur so vor, oder führte mich Prinz Read ganz ohne Eile an allen Umstehenden vorbei? Lässig, so als wollte er nicht unbedingt weg von hier?

Bis er mich schwungvoll zu sich drehte. Natürlich, wir standen mitten auf dem Tanzparkett, und das Orchester stimmte einen langsamen Vallernz an. Wie … aufmerksam.

Daher war der Prinz gezwungen, mich eng an sich zu ziehen. Schweigend drehte er die erste Runde mit mir, sah mich dabei nicht an, sondern über mich hinweg. Alles, was ich erkannte, waren seine Schulter und verschwommene Gesichter, die starrten.

»Lächelt Ihr eigentlich nie?«, fragte ich nah an seinem Ohr.

»Warum sollte ich?«, fragte er zurück. Nicht mal ein Muskel zuckte dabei in seinem Gesicht.

Auch wieder wahr. Ich schwieg, was vielleicht der Grund war, weshalb er weiterredete. »Ich muss niemanden beeindrucken, niemanden umwerben und für nichts kämpfen. Was habe ich vor mir, was es sich noch zu holen lohnt mithilfe eines Lächelns?«

Er hatte nichts, wofür es sich zu kämpfen lohnte? Das irritierte mich am allermeisten an seiner Aussage, die im Grunde ein einziger Beweis dafür war, wie sehr die königliche Familie ihren Kronprinzen verwöhnte. Vermutlich konnte er nicht mal etwas dafür. Und irgendwie tat er mir sogar leid. Aber sobald ich ihn tötete, konnte ich ihn von seinem Elend erlösen. Der Gedanke fühlte sich zum ersten Mal fast friedlich in meinem Inneren an, wo er nachhallte. Und Reads Tod würde viele Menschenleben retten, war also im Grunde eine gute Sache. Dazu musste ich ihn nur vor Ende dieses Erntejahres unter die Erde befördern. Gut, und seine Schwester heiraten, die ich vorher mit einem Reeva-Kuss unter meine Kontrolle bringen musste, um Andras' Plan zu erfüllen.

Dahlia sah uns zu, wie ich bemerkte. Neben ihr stand Ivy mit zwei Gläsern Brause, versuchte Dahlia ganz offensichtlich in ein Gespräch zu verwickeln. Doch die Prinzessin sah starr zu Read und mir herüber. Auch wenn Ivy, die mich mit ihrer roten langen Haarmähne an einen schlanken Löwen erinnerte, neben ihr stand und ihr ein Getränk vor die Nase hielt.

Sie waren wie Tag und Nacht, diese beiden Geschwister, auch vom Wesen her. Ich dachte an Dahlias glockenhelles Lachen und Reads dauerdüstere Miene. Davon hatte Graf Prahar gar nichts erzählt. Oder lag es daran, dass er seit dem Verschwinden der echten Calla den Hof gemieden hatte und daher nichts von ihrem Charakter wusste? Vielleicht kannte er lediglich die königlichen Geschwister von vor ein paar Erntejahren. Ein wenig wehmütig dachte ich daran, dass sich auch mein Leben in den letzten drei Erntejahren verändert hatte. Allerdings dachte ich gleichzeitig daran, wie ich gelernt hatte, für die kleinen Dinge im Leben dankbar zu sein, zum Beispiel für Jagger – seine kleine hochwohlgeborene Knuddeligkeit. Weil ich inzwischen wusste, dass es immer noch schlimmer kommen konnte. Noch schlimmer und noch schlimmer.

Immerhin war ich am Leben und die Welt noch nicht untergegangen. Noch nicht … Wofür konnte ich darüber hinaus dankbar sein? Jedenfalls nicht dafür, in den Armen eines arroganten Prinzen über das Parkett zu schweben, und wenn er noch so gut aussah. Etwas Hartes presste sich an meine Körpermitte, was seine Bauchmuskeln sein mussten, wie ich mit Verzögerung feststellte. Auch das noch. Harte, ausgeprägte Bauchmuskeln. Welch klischeehafter Traumprinz. Am liebsten hätte ich mich übergeben. Doch am allermeisten hasste ich diese fürchterliche arrogante Schönling-Ausstrahlung. Und wie bitte konnte man nichts im Leben haben, wofür es sich zu kämpfen lohnte? Bei jedem weiteren Gedanken über ihn brodelte es mehr in mir. Ich musste mich selbst dringend runterfahren. Das hier war nur ein Tanz. Nur einer, und dazu hatte er mir dafür ein Versprechen gegeben.

Als hätte er meine Gedanken gelesen, beugte sich der düstere Prinz zu mir nach unten. »Es irritiert mich ein wenig, dass Ihr ausschließlich um das Weiterkommen der beiden Bürgerlichen gefeilscht habt. Warum nicht um Euer eigenes?«

Ich zuckte mit den Schultern. »Weil die beiden viel mehr zu verlieren haben als ich.« Schon wieder eine Lüge. Während die Mädchen lediglich ihr eigenes Leben zu verlieren hatten, konnte mein Ausscheiden bedeuten, dass viel mehr Leben am Ende dieses Erntejahres ausgelöscht wurden. Viel, viel mehr sogar. Aber Read würde mich nicht rauswählen. Dafür war ich zu interessant für ihn, besonders nach unserem Tauschgeschäft. Interessanter als eine vorhersehbare Amaryllis oder Margerite mit ihren Lästereien zumindest.

»Wie viele Mädchen werdet Ihr gleich nach Hause schicken?«, fragte ich in ruhigem, samtigem Tonfall.

»Mutter möchte, dass ich jeden Tag ein oder zwei Mädchen eliminiere. Damit wir uns in absehbarer Zeit sicher sein können, die Frau meines Lebens gefunden zu haben.« Wie er das aussprach. Als handelte es sich um den Angriff eines Krokodils, den er zu erwarten hatte.

Wenn er seine Vermählung so sah? Achselzuckend dachte ich daran, dass ich ihm wahrhaft einen großen Gefallen mit seiner Ermordung erweisen würde. Sobald der richtige Zeitpunkt und ein Alibi für mich gekommen waren. Und natürlich – während der nächsten Drehung lächelte ich Dahlia zu –, sobald ich ihr Herz gewonnen hatte. Mit meinen Reeva-Fähigkeiten. Vielleicht hatte es bereits begonnen. Vielleicht wirkten meine Kräfte inzwischen durch bloßes Berühren. Bei Dahlia hatte es zumindest keinen Kuss gebraucht, damit sie mich nicht aus den Augen ließ. Und mir blieb noch genug Zeit, um den Reeva-Kuss bei ihr anzuwenden. Einfach bevor der Prinz seine Zukünftige wählte.

Da sich Read räusperte, wandte ich ihm erneut meine Aufmerksamkeit zu. »Das heißt, jetzt gleich werdet Ihr die erste Entscheidung verkünden?«

»Korrekt. Ich bin auch schon gespannt, ob Ihr es in die nächste Runde schafft, Da Silva.« Er spannte seine Armmuskeln an, während er wie eine Baumnatter grinste, wodurch sein Brustkorb vibrierte.

»Ich muss mich wohl verhört haben, und ich glaube, wir sind gerade Opfer eines winzigen Erdbebens geworden, denn Ihr, mein Prinz, könnt unmöglich einen Scherz gemacht haben.«

»Ein recht unwahrscheinliches Szenario. Mir gefällt es hingegen, dass Ihr mich mein Prinz nennt.«

»Wieder etwas, was mich irritiert, denn genauso müssen Euch die anderen Mädchen doch auch nennen. Vielleicht sollte ich Euch lieber verspotten, um mich von ihnen abzuheben.«

»Das habt Ihr bereits, keine Sorge, und ich habe es zur Kenntnis genommen.«

Das Lied endete, und er ließ mich ungläubig zurück. Löste sich von mir, nur um zielstrebig auf seine Mutter zuzusteuern. Ohne einen Blick zurück zu mir oder ein Wort des Abschieds. Wie … enttäuschend! Im Grunde machte es mir nichts aus, auf einmal seine kalte Schulter zu spüren zu bekommen. Schließlich war das alles bloß Theater. Seins und meins. Für die Anwesenden. Eine nette Aufführung – mehr nicht.

Jemand stellte sich neben mich. Viel zu dicht. Blonde Haare

wehten in mein Gesicht. »Du wirst dich freuen zu erfahren, dass die Königin tatsächlich erwägt, dich noch einmal dem Reinheitsritual zu unterziehen.«

Natürlich. Margerite hatte ihre Chance kommen sehen.

»Solltest du die nächste Runde erreichen, selbstverständlich. Das wird sich gleich zeigen.« Sie lachte auf, wenngleich ihre Stimme dabei nicht mehr so selbstbewusst klang wie vorhin noch – bevor mich der Prinz zweimal gezielt aufgesucht hatte.

»Verzeiht«, piepste ein Stimmchen hinter uns.

Sowohl ich als auch Margerite drehten uns um.

Die junge Bürgerliche mit den rotbraunen Haaren stand hinter uns. »Auf ein Wort, Lady Da Silva?«

Automatisch legte ich die Stirn in Falten. Was konnte sie wollen? Andererseits war ich über jede Möglichkeit froh, das Gespräch mit Margerite, das mehr einer Drohung glich, zu beenden. »Natürlich. Holen wir uns etwas Beerensaft«, sagte ich, ehe ich das Büfett ansteuerte, die kleine Bürgerliche knapp hinter mir. Ich reichte ihr ein Glas. »Weswegen wolltest du mit mir reden?« Hatte sich der Handel mit Read in Bezug auf sie bereits herumgesprochen? Nein, oder? Wieso hätten er oder Dahlia jemandem davon erzählen sollen?

»Eigentlich wollte ich Euch lediglich die Flucht von dieser nervtötenden Margerite ermöglichen. Das war's auch schon.« Das Mädchen hob und senkte die schmalen Schultern.

Wirklich? Das hieß, die kleine Bürgerliche hatte mich zuerst gerettet, bevor ich sie retten konnte? Tausend Fragen lagen mir auf der Zunge. Von der Frage, wieso sie sich das getraut hatte, wie ihr Name lautete, zu noch einigen mehr. Allerdings konnte ich sie gerade nur sprachlos anblinzeln. »Danke!« Mehr brachte ich nicht hervor.

»Viel Glück mit dem Prinzen«, murmelte meine Retterin, senkte den Kopf und huschte davon. Schneller, als ich meine Sprache und meinen Verstand wiederfinden konnte.

Immer noch in Gedanken bei dem, was gerade passiert war, sah ich mich im Ballsaal um, entdeckte schließlich den Prinzen und zu meinem Missfallen auch die von mir am wenigsten geliebten Mitstreiterinnen um sein Herz, die ihn gemeinsam mit Königin Marigold umzingelt hatten. Der arme Prinz Read war in ein Gespräch mit seiner Mutter vertieft, die immer wieder von mir zu Margerite und Amaryllis sah. Meine gute Laune sank bei diesem Anblick. Doch was hatte ich zu befürchten? Read würde mich allein aus Neugier in die nächste Runde lassen. Dafür hatte ich soeben den Grundstein gelegt. Read würde herausfinden wollen, wieso ich teilnahm, wenn ich offenkundig kein Interesse an ihm zeigte. So hatten Andras und ich es uns ausgerechnet. Nachdenklich nagte ich an meiner Unterlippe. Wie automatisch glitt mein Blick nach rechts zu Dahlia. Als würden wir ein Geheimnis teilen, nickte sie mir zu, ehe sie auf ihren Bruder zusteuerte. Die Prinzessin ließ die arme Ivy, die immer noch um ihre Aufmerksamkeit buhlte, einfach stehen wie der Prinz eben noch mich – nein, auf andere Art. Gleichgültiger irgendwie.

Hach, ich sehnte mich nach Jagger und Ruhe, doch beide würden noch ein wenig auf mich warten müssen. Bis nach dieser elenden offiziellen Vorstellung und der darauf folgenden Auswahl der ersten Favoritinnen.

Nach ungefähr einem halben Dutzend Herzschlägen meinerseits spielte das Orchester einen Tusch. Öllampen wurden heller gedreht, als wollte man dem Raum die Gemütlichkeit nehmen, um uns allen den Ernst der Lage zu demonstrieren. Die restlichen vierzig Anwärterinnen verfielen in gespanntes Schweigen. Ich eher in gelangweiltes. Die königliche Familie und ihre Feste hatte ich mir durchaus prunkvoller vorgestellt – wenngleich das heute nur der erste Abend der Prinzessinnenauswahl war.

»Bitte reiht Euch Eurer Stellung gemäß auf, damit wir Euch offiziell dem Prinzen vorstellen können«, sagte die Königin deutlich hörbar. »Das wird Eure letzte Chance sein, einen bleibenden Eindruck bei ihm zu hinterlassen und sein Gedächtnis dahingehend aufzufrischen, wer Ihr seid und ob er Euch in die nächste Runde mitnehmen sollte.«

Also mir wäre das Theater ja zu anstrengend gewesen. Die nächste Zeit musste Prinz Read ab sofort jeden Tag mit einem Haufen Anwärterinnen verbringen. Allein diese Aussicht … ich rubbelte mir über die Nase.

Noch während ich das dachte, bemerkte ich, wie Königin Marigold in meine Richtung sah und dann leicht den Kopf schüttelte.

»Siehst du«, raunte mir Margerite zu, die auf einmal wieder neben mir stand. »Sie glaubt auch daran, dass du geschummelt hast.«

»Solltest du dich nicht beeilen und dich ganz vorn in die Schlange stellen?« Ich atmete ein, in der Gewissheit, dass mir noch jede Menge Zeit blieb.

Tatsächlich stieß Margerite, sobald ich es erwähnt hatte, einen kieksenden Laut aus, raffte ihre Röcke und sprintete in ihrem Trippelgang los – was mich an eine Theaterschauspielerin erinnerte, die einmal die böse Schwester in dem Stück *Die Jungfer-Königin und der Dämon* gespielt hatte.

Die beiden Bürgerlichen hatten mir bereits einen Platz in der Schlange frei gehalten. Den drittletzten. Die jüngere knetete nervös die Hände, und am liebsten hätte ich ihr verraten, dass sie sich keine Sorgen machen brauchte. Aber wie hätte das ausgesehen? Als ob ich mich wie ihre Gönnerin aufspielen würde. Noch dazu bestand die winzige Chance, dass mich Prinz Read hintergehen und unseren Handel platzen lassen könnte. »Wie heißt ihr eigentlich?«, fragte ich, um unsere Wartezeit zu überbrücken und weil es mich interessierte. »Die Namen aller anderen kenne ich, bloß eure nicht.« In ihre ausdruckslosen Gesichter zu sehen, tat fast ein bisschen weh – natürlich, denn sie nahmen an, ich wäre eine von denen. Von den Adeligen, die Bürgerliche stets links liegen ließen – oder Schlimmeres.

»Brynn.« Die ältere nickte mir zu, strich dann ihre Haare glatt, die ihr hinunter bis zum Bauchnabel fielen. So glatt wie ein mitternachtsschwarzer Seidenschal.

»Ich bin Metis, und wir wissen, wer du bist«, flüsterte das schmale junge Mädchen. »Du musst dir sicher keine Sorgen machen, dass du nicht weiterkommst.«

Ob es an ihrer Nervosität lag, dass sie mich so vertraut ansprach? Oder hatte es einen anderen Grund? Ich hob die Augenbrauen. Wenn ich sie so ansah, kam mir unweigerlich in den Sinn, dass andere sie als Fußabtreter benutzten. Metis hatte es weder hier leicht noch anderswo. Doch … Nein, ich sah überall schon zu viele Fäden des Schicksals, die sich kreuzten. Also nickte ich lediglich und rang mir ein Lächeln ab.

Wir rückten ein paar Schritte nach vorn, denn es begann.

Die Königin winkte Amaryllis, die Erste in der Schlange, zu sich und dem Prinzen, wo die Prinzessin knickste und Königin Marigold laut ihren Namen nannte. Eigentlich der Job des Pagen mit der Liste neben ihr, vermutete ich. Doch bei Amaryllis wollte sie es sich wohl nicht nehmen lassen, selbst tätig zu werden.

»Glaubst du?«, nahm ich unser Gespräch wieder auf, drehte mich zu Metis um, die noch blasser geworden war, seit ich sie vor wenigen Sekunden zuletzt betrachtet hatte. »Und denkst du, dass du nicht weiterkommst?«

Metis schüttelte den Kopf, schielte auf ihre Knethände. »Ich hatte keine Gelegenheit, allein mit dem Prinzen zu sprechen oder mit ihm zu tanzen. Und selbst wenn, hätte ich kaum eine Chance bei ihm.«

»Wieso bist du hier, wenn du denkst, keine Chance zu haben?« Gleich zwei Bürgerliche, und dann eine so junge ohne

Selbstbewusstsein? Was hatte sich Metis gedacht, so wahllos ihr Leben aufs Spiel zu setzen? Am besten, ich schmuggelte sie gleich morgen aus dem Schloss.

Brynn atmete schneller, als würde sie die Geschichte bereits kennen.

Wieder machten wir einen Schritt vorwärts, nachdem Margerite vorgestellt worden war.

»Mein Vater hat mich für die Brautschau angemeldet, ohne dass ich davon wusste.«

»Du musst es ihr nicht erzählen«, zischte Brynn ihr zu. »Du kannst einfach schweigen.«

Ich nickte, um das zu bestätigen. Metis brauchte sich nicht vor mir zu erklären, und mir stand es nicht zu, solch persönliche Informationen einzufordern. Andererseits ... Meine Zehen fühlten sich auf einmal taub und kalt an. Was für ein Vater tat so etwas?

»Schon gut. Was schadet es, wenn ich sowieso in wenigen Augenblicken sterbe?« Ein winziges, freudloses Lächeln, gepaart mit einem heiseren Lachen aus Metis' Kehle. Ohne hinzusehen, weil ich immer noch mit ihrer Geschichte beschäftigt war, schloss ich in der Schlange auf.

»Mein Vater war nicht erfreut darüber, dass ich mich geweigert habe, das Bett mit seinem Geschäftspartner zu teilen, um einen Handel abzuschließen. Es ging um ein paar kleine Segelboote – nicht mehr.« Sie schluckte. Und ich konnte nicht glauben, was ich da hörte. »Er sagte, ich sei eine Schande und meine Mutter hätte besser einen vierten Sohn an meiner statt gebären sollen. Und wenn ich unbedingt Jungfer bleiben will, dann habe er nur eine einzige Verwendung für mich. Ein paar Wochen später stellte sich heraus, dass er die Brautschau des Prinzen meinte. In der Hauptstadt hat er mir mehrere schicke Kleider in Beige und Schwarz schneidern lassen und mich hierhergeschickt. Mitsamt einer Nachricht, mit der er mir ausrichten ließ, dass ich nicht mehr zurückkommen brauche.

So oder so. Und wie sollte ich auch den Palast verlassen ohne finanzielle Mittel?«

Das konnte unmöglich passiert sein! Gleichzeitig war mir klar, wie viele Monster unter uns lebten. Vor allem männliche. Arme, arme Metis. Bei ihren Worten, die immer noch in mir nachhallten, wurde meine Brust ganz eng.

Kapitel 8

Drei Erntejahre zuvor

»Bitte, Harlyn, lass es uns versuchen.« Schon lange hatte meine Stimme nicht mehr so weinerlich geklungen. »Was, wenn wir wirklich mit Mutter reden könnten?« Mit den Fingerspitzen fuhr ich über eine Ecke des Ouija-Bretts.

»Was, wenn nicht?«, fragte sie zurück.

Langsam spürte ich, wie ich die Geduld mit ihr verlor – gerade weil sie in viel zu langsamen Bewegungen ihre Haare auf eine Seite strich und sich einen Zopf flocht. Mein braves Spiegelbild. Also versuchte ich es mit einer anderen Methode. »Wenn du mir hilfst, helfe ich dir, dich vor Vater davonzustehlen, um diesen Jungen zu treffen. Ich könnte dich spielen und deine Hausarbeit verrichten.«

Sobald meine Schwester den Kopf hob, wusste ich, dass ich gewonnen hatte. »Er ist nicht irgendein Junge«, brummte sie. Nein, das war der Sohn des Grafen wahrlich nicht.

Ihre Schwäche für einen adeligen jungen Mann, der sie auch zu schätzen schien, hatte mich tatsächlich überrascht. Der einzige Punkt in Harlyns Leben, bei dem sie beschlossen hatte, einmal nicht brav zu sein.

»Also gut.« Mit einem Seufzer lehnte sich Harlyn mit dem Rücken an ihr Bett. »Aber mach nichts Gefährliches, und nach dem Tempelbesuch diese Woche spielst du mich.«

Ein guter Handel, an dem ich nichts auszusetzen hatte. »So sei es.« Ich streckte ihr eine Hand hin, in die sie einschlug und danach ihre Faust küsste. Besiegelt wie in Kindertagen. Für einen Moment erfasste mich Wehmut. Harlyn hatte so gut wie ihren ersten Verehrer, was bedeutete, dass unsere Kindheit endgültig vorbei war, und mit jedem Erntejahr, das verging, und jedem Wachstumsschritt von uns hatte ich das Gefühl, Mutter weiter und weiter hinter uns zu lassen. Es war nicht fair. Bloß konnte ich es andererseits nicht aufhalten, dass wir uns dem Erwachsenenalter näherten. Ich musterte meine Schwester, wie sie im Schneidersitz dasaß. Mit glühenden Wangen, weil sie zweifellos an *ihn* dachte.

Dann fiel ihr Blick zurück zum Brett. »Lass es uns schnell hinter uns bringen. Das hier fühlt sich an wie die Albträume aus unserer Kindheit.«

Teilweise musste ich ihr da recht geben. Kurz bevor wir eingeschult wurden, hatten wir immer wieder denselben Traum gehabt. Wir beide. »Sag nicht, du hast in letzter Zeit wieder geträumt, wie wir von einem Dämon unterrichtet werden.«

Wie damals – was zu diesem Zeitpunkt natürlich alle, denen wir davon berichtet hatten, als Unsinn oder Angst vor der Schule abgetan hatten.

»Doch. Dieses Mal klang er energischer.« Harlyn wich meinem Blick aus. »Er sagte, es wird Zeit, und wenn ich ihm nicht diene, wird die Welt untergehen.«

Oh! »Jetzt, wo du es sagst.« Ich kratzte mich an der Schläfe. »Ich glaube, ich auch. Er kam in einem Traum zu mir, und irgendwie war da auch Mutter, die ihn zurückgedrängt hat.«

Ruckartig hob Harlyn den Kopf, die Augen so schockiert aufgerissen, dass sich ein eiserner Geschmack auf meiner Zunge ausdehnte wie von verrotteten Kongapilzen. »Mutter? Bei dir?«

Und gerade weil sie es so ungläubig sagte, konnte ich einfach nicht anders, als es abzutun. »Nein, ich mache nur Spaß. Keine Sorge, da war nichts.« Selbstverständlich fühlte ich mich nach dieser Lüge noch schlechter, weshalb ich meine Kehle mit einem Räuspern von allem blockierenden Belag befreite und dann meine Aufmerksamkeit zurück auf das Brett richtete. »Kannst du bitte deinen Finger auf den Zeiger legen?«

Sie tat es ohne ein Wort des Widerspruchs, schnaufte allerdings, als wäre das ein ganz schön großes Opfer dafür, den Grafensohn wiedersehen zu können. Die Erkenntnis, dass sie nicht daran glaubte, dass Mutter kommen würde, brodelte in mir. Sonst waren wir uns in fast allem einig. Nur nicht, wenn es darum ging, dass wir Mutter zurückholen könnten.

Aber Gedanken wie diese waren jetzt egal. Absolute Nebensache.

»Weißt du überhaupt, wie man es macht?« Harlyn klang erneut so skeptisch, dass ich sie am liebsten gebeten hätte, den Mund zu halten. Konnte sie nicht an das Übernatürliche glauben? Schließlich existierten auch Dämonen und Tempel, die Dämonen anbeteten. Die Königin predigte immer wieder, wie falsch das sei und dass man in die richtigen Tempel gehen solle, die die zwei Monde und das Universum verehrten. Die einzig wahre übernatürliche Kraft. Bloß wie konnte man die Tatsache abtun, dass unsere Weltordnung unwiederbringlich an die drei großen Dämonenbrüder gebunden war? Wenn Andras seine Brüder Bajang und Baka nicht jedes Mal am letzten Tag des Erntejahres im Kampf in der Hölle besiegte, konnte sich die Erde nicht weiterdrehen. Und sollten seine Brüder Andras einmal besiegen können, würde die Welt auf eine Apokalypse zusteuern, das sagten alle Bücher und sämtliche Priester. Die Zeichen lagen klar vor uns. Also weshalb glaubten Menschen wie Harlyn nicht an Übernatürliches? Verurteilten alle Dämonen? Scherten sie über einen Kamm? Selbst Fürst Andras der Unterwelt und seine Krieger, die für unsere gesamte Welt in die Schlacht zogen?

Die Gardine vor dem Fenster flatterte. Blitzartig zuckte mein Blick zwischen dem Ouija-Brett und dem Fenster hin und her. War das ein gutes Omen?

Nach Harlyn legte ich selbst einen Finger an den Zeiger. Es war so weit. Mein Herz schlug schneller bei dem Gedanken, dass das unser erstes Wiedersehen von vielen werden könnte. Genau jetzt. Mutter und Harlyn und ich. Vater würde niemals an so einer Séance teilnehmen. Eher würde er das Haus in Brand setzen.

»Mutter? Hörst du uns?«, flüsterte ich.

Nichts. Keine Antwort, nicht mal die Kerzen flackerten.

»Vielleicht musst du sie lauter rufen«, gab Harlyn zu bedenken.

»Rufen sollten wir nicht – außer wir wollen riskieren, dass Vater aufwacht.« Gut, welche Alternative blieb uns? Also versuchte ich es nach ein paar rasselnden Atemzügen noch mal ein wenig lauter. »Mutter? Wir sind es. Skylar und Harlyn. Wir … brauchen dich. Bitte komm uns besuchen.«

Harlyn sah mich so skeptisch an, wie wenn ich davon sprach, dass ich immer noch an die Mondgöttin glaubte. Und natürlich geschah wieder nichts, weshalb ich aufseufzte. Was, wenn wir hier die ganze Nacht sitzen würden, ohne dass sich etwas regte?

Doch gerade als ich diesen Gedanken vor- und rückwärts zerdachte, in alle Einzelteile zerlegte, knarrte auf einmal der Fensterrahmen. Sowohl ich als auch Harlyn wandten unsere Köpfe in die entsprechende Richtung. Das Geräusch hörten wir so selten, also konnte es kein Zufall sein, richtig?

»Der Vorhang«, wisperte ich. »Er bewegt sich.«

»Ja, sehe ich«, meinte Harlyn lahm. »Theoretisch könnte das auch am Wind liegen.«

»Da ist kein Wind«, sagte ich bestimmt, und um es zu beweisen, hielt ich eine der Kerzen nach oben. Die Flamme zuckte kein bisschen, sobald ich die Kerze still hielt. »Siehst du?«

Harlyn schwieg. Vielleicht weil sie es sich nicht eingestehen wollte, dass ich recht hatte, vielleicht weil sie das Flüstern ebenfalls hörte.

»Meine Töchter. Beide. Vereint.« Ganz leise zwar und irgendwie verzerrt, aber dennoch wahrnehmbar.

»Mutter?« Von einem Moment auf den anderen schwammen meine Augen in Tränen. Um mich zu beruhigen, grub ich die Fingernägel in das Fleisch der Handballen. »Kannst du uns hören?«

»Ich glaube, die Frage lautet wohl eher, ob sie uns sehen kann«, wandte meine Schwester ein.

»Bitte sprich mit uns«, bat ich. »Wir warten schon so lange darauf, mit dir reden zu können.« Ich kämpfte gegen die Tränen an, bekam den Satz fast ohne einen Schluchzer zusammengekratzt.

»Ihr müsst mich einladen, zu euch hereinzukommen«, sagte die verzerrte rauschige Stimme.

»Warte, das könnte …«, sagte Harlyn, doch ich war schneller, hörte nicht auf sie.

»Natürlich laden wir dich ein, wir wollen mit dir sprechen. Das hier ist sowieso dein Haus. War es und wird es immer sein.«

Und so hatte das Schicksal seinen Lauf genommen. In dieser Nacht hatten wir nicht Mutter zu uns eingeladen, sondern einen Dämon, dem es gelungen war, uns mit seiner Illusionsgabe zu täuschen, und in den Tagen darauf hatten wir den höchsten Preis dafür gezahlt.

Kapitel 9

Gegenwart

Inzwischen hatte sich die Schlange halbiert, und ich wusste einfach nicht, was ich davon halten sollte. Es musste die Wahrheit sein, so aufgelöst, wie Metis dreinsah, und so grimmig, wie Brynn zu Boden starrte. Warum auch hätte sie mich anlügen sollen, was den Grund ihrer Teilnahme betraf?

»Es tut mir so leid«, wisperte ich. »Das hast du nicht verdient. Dein Vater sollte Gift schlucken und du dein Leben selbst in die Hand nehmen. Das weißt du, oder?«

Metis schenkte mir ein schiefes Lächeln, sagte jedoch nichts dazu. Und das war es, was mich noch mehr aufregte. Die Kleine hatte sich bereits aufgegeben. Wie ein Rehkitz, das sich dem Angreifer ergab.

»War es bei dir ähnlich?«, fragte ich Brynn.

»Nein«, fuhr sie mich scharf an. »Es war meine Entscheidung, und ich tue es für meine Familie. Mehr musst du nicht wissen.«

Interessant. Selbstverständlich hatte ich keinen Grund, nachzubohren und meine Nase in Angelegenheiten zu stecken, die mich weder etwas angingen noch bei meiner Mission weiterbrachten. Ich musste es wirklich nicht wissen. Auch ohne Kenntnis darüber konnte ich sie beschützen. Hoffte ich zumindest.

Dahlia platzierte sich an Reads freier Seite, wisperte ihm etwas ins Ohr, wobei sie mich ansah.

Kurz fürchtete ich, sie wollte auch mit ihm mein fragwürdiges Ergebnis aus dem Reinheitsritual diskutieren, doch dann lächelte sie mich für den Bruchteil einer Sekunde an. Fast dachte ich, ich hätte es mir lediglich eingebildet.

Inzwischen standen nur noch ein Dutzend Mädchen vor uns an. Viel Zeit für Überlegungen blieb nicht, höchstens für ein Stoßgebet. Sicherlich würde Andras einen Weg finden, mich wieder hereinzuschmuggeln, sollte ich gleich ausscheiden – als Herr der Illusionen hatte er die Macht dazu –, mit einem anderen Gesicht, vielleicht sogar dem von Amaryllis. Andererseits hatte er mich gewarnt, dass seine Kräfte schwanden, keine Illusion perfekt sei und ich die Mission letztlich auf eigene Faust ausführen müsse, da sie ein Marathon und kein Sprint sei. Und noch weitere, tiefere Vorträge zum Thema, die er mir gern predigte, würden folgen, wenn er in diesem Moment anwesend gewesen wäre. Wir näherten uns dem Jahresende, und schon jetzt zehrte es an ihm. Schlimmer als sonst, wie er stets betont hatte, und was er für ein Zeichen dafür hielt, dass er in diesem Erntejahr seine Brüder nicht mehr würde schlagen können. Das erste Zeichen der Apokalypse. Des Großen Sünderfressens. Ich versuchte mich zu erinnern, was das Nächste war, machte einen Schritt vorwärts. Irgendetwas mit Tempelführern. Leider ließ mich da mein Gedächtnis im Stich. Ein kleiner Trost war da nur, dass das Große Sünderfressen Metis' Vater in jedem Fall dahinraffen würde. Er hatte eine der zehn Kapitalsünden begangen: seine Nachkommen nicht beschützt.

Es war nicht gerecht, was Metis widerfahren war. Genauso wenig gerecht, was Harlyn, meinem Vater und selbst meiner Mutter passiert war. Dass ich die Einzige in unserer Familie sein sollte, die noch atmete. Und auch dass mich erst das Verhältnis meiner Mutter mit einem Dämon in diese Lage gebracht hatte. Doch über Vergangenes konnte ich mir jetzt nicht den Kopf zerbrechen.

Noch fünf Kandidatinnen vor mir.

Noch vier.

Noch drei.

Was Jagger wohl machte? So oder so würde ich ihm das Zeichen senden, wie er mich finden konnte.

Noch eine vor mir.

»Gräfin Calla Da Silva«, krähte der Page wichtigtuerisch.

Angespannt, weil es wirklich meine letzte Chance sein konnte, etwas für mich oder die Mädchen hinter mir zu tun, versuchte ich mich an einem Lächeln. Komischerweise lächelten mich auch Dahlia und Read an. Kaum merklich, aber da spannte jeweils ein Lächeln auf ihren Lippen, verglichen jedenfalls mit dem Mund der Königin.

Mein Herz wurde leichter – nun ja, bis ich Margerite nicht weit entfernt lachen hörte. Und Amaryllis' Stimme, die in das Gelächter einstimmte. Eindeutig war ich der Grund für ihre Belustigung.

Als ob nichts geschehen wäre, knickste ich artig, obwohl artig das letzte Wort war, das man mit mir in Verbindung bringen mochte, und bog dann nach links ab, ohne noch einmal aufzusehen. Dorthin, wo nun alle Mädchen mehr oder weniger gespannt darauf warteten, was gleich passieren würde.

Sobald auch Brynn und Metis vorgestellt worden waren, räusperte sich der Page. Die Königin strebte schon wieder von dannen, in Richtung Büfett. »Prinz Read wird sich die gebührende Bedenkzeit nehmen, um dann zurückzukehren und seine Entscheidung zu verkünden. Jede von Euch, die er am morgigen Tag weiter kennenlernen möchte, wird einen Ring von ihm erhalten. Als Zeichen seiner Gunst.«

Ein Ring. Wie … abgedroschen. Dem Getuschel um mich herum konnte ich jedoch entnehmen, dass die meisten anderen erfreut bis gespannt optimistisch in ihren Positionen zu verharren gedachten, bis der Prinz zurückkehrte. Obwohl er noch nicht mal gegangen war. Fast hätte ich die Augen verdreht.

Prinz Read ließ jeder von uns eine kurze Musterung zukommen – wahrscheinlich auf Geheiß seiner Mutter, denn das passte überhaupt nicht zu ihm, sich länger mit uns zu beschäftigen als nötig. Dann wandte er sich mit einer Verneigung von uns ab, verfiel in einen militärischen Stechschritt. Sein Abgang machte mir Hoffnung. Wenn er uns aus den Augen ließ, konnte ich einen Moment abtauchen. Ich brauchte Luft und vor allem Abstand zu Margerite und Amaryllis – den blonden Nattern.

Obwohl sie nicht offen standen, zog es mich zu den hohen Fenstern in der Nähe. Mit ihren roten Samtvorhängen wirkten sie wie die Kulisse eines Theaters auf mich. Etwas, was ich mir früher ersehnt hatte. Auf einer Bühne zu stehen und am besten vorher noch selbst an den Kulissen gearbeitet zu haben. Teil des großen Ganzen zu sein. Von einer heilen Welt. Was vor Harlyns Tod noch möglich gewesen wäre, doch niemals danach. Der schmale Mond leuchtete mir entgegen, und er war es auch, der mein Favorit war. Die goldene Scheibe hatte mich nie so fasziniert wie dieser dünne Himmelskörper, der sich nach unten öffnete. Fast wie ein Ring eben. Beide wanderten über den Himmel, leuchteten manchmal mehr, manchmal weniger, veränderten ihre Form jedoch nie. Ich legte den Kopf in den Nacken, starrte die silberne Mondsichel an. Sie könne man stets von allen Ländern aus sehen, hatte mein Vater immer gesagt. Nur dass dieser Mond für manche nicht auf dem Bauch lag wie bei uns, sondern sich seitlich öffnete wie das Maul eines Rundfisches. Ich streckte eine Hand aus, kniff ein Auge zu und tat so, als würde ich ihn anstupsen. Wenn jetzt keine Wolke aufzog und die Sterne blinkten, würden Brynn, Metis und ich den nächsten Morgen im Schloss erleben. Ich betete dieses Mantra noch zwei weitere Male herunter, stupste den Mond noch zweimal an und wartete. Da! Sie hatten geblinkt! Die Sterne, und keine Wolke hatte sich verschoben. Zwar wusste ich, wie kindisch der Mondaberglaube war und dass nur Kinder an die Mondgöttin glaubten, aber für mich war es ein Zeichen. Die Mondgöttin hatte den Himmel für mich verschoben, damit ich meine Zukunft deuten konnte. Die Göttin wusste natürlich über unser aller Schicksal Bescheid, und manchmal war sie tatsächlich gnädig zu mir.

»Was tust du da?« Die Stimme hinter mir hätte mich zusammenzucken lassen, wenn es nicht die liebliche von Dahlia gewesen wäre. Daher drehte ich mich mit einem Lächeln zu ihr um. Ein reichlich geübtes Lächeln. »Lediglich ein Aberglaube, an dem ich festhalte.«

»So?« Sie neigte den Kopf, blinzelte nicht einmal.

»Sollte ich morgen noch hier sein, erzähle ich dir davon«, ergänzte ich, da sie offensichtlich auf eine Erklärung wartete.

»Ich denke, das wirst du. Du hast meinen Bruder definitiv neugierig auf dich gemacht.« In ihren Augen blitzte es.

Neugierig war gut – bloß dass sich Neugierde für gewöhnlich schnell verflüchtigte.

»Du bist ganz anders als dein Bruder«, entfuhr es mir, ohne dass ich es zurückhalten konnte. Und das gefiel mir. Wahrhaftig.

»Was? Meinst du das ernst?« Dahlia schüttelte den Kopf über mich. »Ich denke, das kann wirklich jeder sehen.«

»Ich wollte sagen, dass ich es gut finde, wie anders du bist«, schob ich hinterher, ehe sie sich in noch lauterem Gelächter üben konnte.

Dieser Satz ließ sie verstummen. Sofort.

Unser Gespräch war sowieso beendet. Ein Gong ertönte. So endete es also. Der Prinz musste seine Entscheidung getroffen haben. Mein Blick glitt zu Metis, die sich an Brynn festhielt, das Gesicht so weiß wie Tempelmarmor. Am liebsten hätte ich sie gedrückt wie Harlyn früher, wenn eine Prüfung in der Schule angestanden hatte. Lächerliche Gedanken – wenn es im Prinzip um so viel mehr ging als um die Zukunft dieses Mädchens. Aber wenn sie nicht einem Bauern in einem Kotis-Brettspiel gleich noch heute Abend geopfert werden würde, umso besser. Ein gerettetes Leben, nein, zwei. Vorerst.

Tatsächlich erschien der Prinz wie aus dem Nichts erneut im Saal. Nein, es hatten mir lediglich jede Menge ausladende Kleider den Blick auf ihn versperrt. Nicht mehr und nicht weniger. Oder er beherrschte auch einige Tricks, womit er nicht der Einzige im Raum war.

»Der Prinz wird jetzt in keiner bestimmten Reihenfolge die Namen derjenigen nennen, die er morgen beim Frühstück im Palast wiedersehen möchte. Jede der Aufgerufenen wird einen Ring entgegennehmen«, der nasal sprechende Page nickte in Richtung von zwei weiteren Pagen, die riesige Schmuckschatullen auf den Handflächen balancierten, »und sich danach hinter dem Prinzen aufreihen. Im Anschluss wird jeder von Euch ein eigenes Gemach im Nordturm zugewiesen.«

Im Nordturm also – das klang ja einladend. Ein Turm, den die Sonne nie erreichte. Andras hatte das vorausgesehen, da es der schlechtere von zwei den Gästen vorbehaltenen Bereichen im Palast war.

Gespanntes Schweigen breitete sich wie eine samtige Decke über uns aus. Nur das Klirren von Gläsern, das von der Königin und ein paar der männlichen Gäste stammte, irritierte mich. Die Königin gab sich also siegesgewiss, was bedeuten musste, dass Amaryllis, ihre offenkundige Favoritin, auch morgen noch im Palast verweilen würde. Wahrscheinlich sogar in direkter Nähe von Reads Stuhl beim Frühstück. Ich lächelte grimmig. Die Königin hatte definitiv nicht den besten Geschmack – wenn auch den exklusivsten.

Bevor ich wusste, was geschah, hatte der Prinz bereits den ersten Namen aufgerufen. »Poppy Da Franca.«

Neben mir zuckte Margerite zusammen, als wäre sie geschlagen worden. »Wieso sie?«, raunte sie Amaryllis zu. »Und warum nennt er nicht deinen Namen zuerst? Du hättest es verdient.«

Das Geschleime ließ mich innerlich erbrechen.

Tatsächlich tuschelten noch mehr Mädchen miteinander, sobald Poppy unbeholfen nach vorn stolperte. Eine breit gebaute Adelige mit braunen Locken, von denen sie die Hälfte hochgesteckt hatte. Was hatte Andras über sie erzählt? Dass ihre Familie verarmt sei und beschlossen hatte, als Farmer zu leben. Sicherlich hatte Poppy bisher eher weniger Gelegenheiten gehabt, in einem edlen Kleid auf den Prinzen zuzugehen – was man ihr definitiv anmerkte. Selbst ihr Knicks mutete unbeholfen an. Jemand hüstelte.

Immerhin drückte sie von da an ihre Schultern durch und holte sich ihren Ring ab.

»Lady Magnolia von Dornenfels.«

Der Page versuchte offenbar seine Liste dem Prinzen zu reichen, doch der wehrte ab, taxierte uns stattdessen intensiv.

Lady Magnolia trug ein mit Magnolien besticktes Kleid, wie mir erst jetzt auffiel, die blonden Haare etwas zu steif hochgesteckt, und der Ausschnitt war etwas zu tief. Außerdem konnte sie ihre Freude kaum verbergen. Hüpfte beinahe in Richtung Read.

Als Nächstes kamen Flora und Ivy an die Reihe. Dann mehrere Adelige aus Kankarra und Nurnendal. Schließlich eine kleine Herzogin aus Sofia, bis er zu den Seenlanden kam. Amaryllis' Name fiel, was niemanden verwunderte. Dann Brynns Name, woraufhin Margerite aufkeuchte. Hinter einer Bürgerlichen an die Reihe zu kommen, musste in ihren Augen einem Affront gleichkommen.

Mir entlockte diese Tatsache ein breites anerkennendes Grinsen in Richtung Read. Der Prinz ließ mir im Gegenzug einen langsamen Augenaufschlag zukommen, der wohl bedeutete, dass ich nicht an ihm und seinen Versprechen zweifeln sollte.

Sobald Margerite als Übernächste aufgerufen wurde, wechselte ihr Gesichtsausdruck recht schnell von Schock zu freudiger Siegesgewissheit.

Am Ende fand ich mich unter den sechs letzten Wartenden wieder. Metis war näher an mich herangerückt. Außer uns warteten noch Lady Willow, Baroness Zahra von Frohnhofen, Herzogin Calanthe und Lady Linnea. Ich sah viele zuckende Schläfen und noch mehr angespannte Muskeln. Alle starrten geradeaus. Bis auf Metis, die mich musterte.

»Herzogin Calanthe.«

Das blonde Mädchen mit den gelben Rosen im Haar atmete auf.

Nur noch fünf Kandidatinnen. Nur noch fünf!

O bitte, Mondgöttin. Tu es für Metis.

»Baroness Zahra von Frohnhofen!«

Nur noch vier! Mist, verfluchter, das durfte doch nicht wahr sein.

Würde er noch zwei oder drei von uns vieren weiterlassen? Ich vermutete stark, dass Read heute zwei Damen fortschicken würde.

Metis griff nach meiner Hand. Ihre Finger fühlten sich eiskalt auf meiner Haut an.

Ich wusste nicht, was kommen würde, bloß dass mein Herzschlag heftiger schlug als jede Glockenturmuhr.

Der Prinz lächelte aus dem Nichts heraus. Gut, es war eher ein hämisches Grinsen. Sollte das bedeuten, er würde unsere Abmachung brechen und Metis im Stich lassen?

»Calla Da Silva.«

Ich? Und er rief mich ohne meinen – zugegebenermaßen falschen – Titel auf? Rasch tauschte ich einen Blick mit Metis. »Das wird schon, vertrau mir«, raunte ich ihr zu. Und dann war ich diejenige, die sie im Stich ließ. Die ihr den Rücken zudrehte, um vor dem Prinzen zu knicksen und sich dann einen goldenen Ring in der entsprechenden Größe abzuholen, die ich rasch schätzte. Ringe waren nie mein Ding gewesen, doch es stellte sich heraus, dass mir Größe vier passte wie angegossen. Wie eine Fessel, genau genommen.

Hinter Read drehte ich mich sofort wieder zu den drei letzten Teilnehmerinnen um, die noch darauf warteten, aufgerufen zu werden. Nur noch drei!

Metis zitterte wie eine Trauerfichte im Schneesturm.

»Miss Metis Rincello.«

Ich atmete stoßweise aus, und mir wurde dabei schwindelig, was ich niemals zugegeben hätte. Ihr Name war gefallen, was gleichzeitig bedeutete, dass der Prinz sein Wort gehalten hatte.

Metis wirkte, als könnte sie es kaum glauben, lächelte dann aber und riss die Augen auf. Selbst die sonst so angespannte Brynn legte beide Daumen an ihre Lippen, küsste sie wie bei einem Gebet.

»Das war es für heute«, verkündete der Page.

»Nein!«, flüsterte Lady Willow – dennoch für alle hörbar. Ihre Nachbarin Lady Linnea knickste bereits, um sich zu verabschieden, doch nicht Lady Willow. Sie schob sich die krausen blonden Haare aus der Stirn. »Das könnt Ihr nicht machen, Eure Hoheit. Wie könnt Ihr zwei Bürgerliche uns vorziehen? Das wird sich rumsprechen! Unser Ruf …«

»Der Ruf von zwei Ladys ist nicht von Belang für den künftigen König«, donnerte die Königin, worauf Lady Willow verstummte, ihre Augen aufgerissen wie zwei Goldmonde.

Ja, ein bisschen so wie im Theater.

Kapitel 10

Drei Pagen geleiteten uns in den Nordturm. Jeder von ihnen war für ein anderes Stockwerk zuständig, und ich folgte dem kleinsten von ihnen, der meinen Namen aufgerufen hatte, bis ganz nach oben in den Turm. Den letzten Rest bis zu meinem Zimmer erbat ich mir allein gehen zu dürfen. Es sollte am Ende des Gangs liegen. Wer auch immer sich das ausgedacht hatte. Ivy, Brynn und Metis waren bereits in die ersten Zimmer rechts und links vom obersten Treppenabsatz abgebogen, und Metis hatte sich den Weg über an mir festgehalten, was wohl hieß, dass wir nun Vertraute waren. Der Gedanke gefiel mir. Natürlich ausschließlich aus dem Grund, weil das bedeutete, dass sie mir eher zuhören würde, wenn ich ihr riet zu fliehen. Alles in allem konnte ich mich nicht über diesen ersten Abend im Schloss beschweren. Genau genommen summte ich vor mich hin, steuerte in Schlangenlinien – bedingt durch mein Hochgefühl – auf die letzte Tür zu. Metis und Brynn waren am Leben, und ich würde morgen die nächste Chance erhalten, mich Dahlia zu nähern.

In der Mitte des Korridors wachte eine Ritterrüstung über uns. Schon wieder. Immerhin hielt sie lediglich ein Kurzschwert in der Hand und keinen Dämonenkopf. Fast hätte ich gekichert. Womöglich eine Nachwirkung des Blutbeerensafts. Statt ihm die Hand zu schütteln, salutierte ich dieses Mal vor dem steifen Ritter, der genauso groß oder, besser gesagt, genauso klein wie ich geraten war. Kompakt, wendig – gerissen. So hatte ich es immer Harlyn erklärt, wenn sie sich gewünscht hatte, größer zu sein. Kurz dachte ich daran, dass Harlyn das jadegrüne Kleid, das ich trug, geliebt hätte. Jadegrün – ihre Lieblingsfarbe, und seit ihrem Tod war es auch zu meiner geworden, um sie zu ehren. Langsam nahm ich meine Hand herunter, beendete damit den Salut vor der Ritterrüstung.

Dann überlegte ich, besah mir genauer die Beschaffenheit der Scharniere. Ob der Ritter auch salutieren konnte? Es dauerte eine Weile, bis ich es raushatte, wie ich die Gelenke drehen musste und bis die Hand nicht mehr nach unten sackte, doch dann salutierte die Ritterrüstung tatsächlich. Ein weiterer Sieg an diesem Abend. Aller guten Dinge waren vier. Wie in den alten Sagen. Ich hatte das Reinheitsritual überstanden, außerdem die Auswahl des Prinzen – genau wie Brynn und Metis, denen ich durch meine Bedingung geholfen hatte –, und jetzt kam noch mein finaler Triumph über die Ritterrüstung. Wenn es morgen ebenso weiterging, war diese Welt so gut wie gerettet.

In meinem Zimmer stellte ich zwei Kerzen in die Mitte des Fensterbretts. Ich hatte mich noch nicht mal richtig umgesehen, wusste nur, dass es halbrund war und ein Bett mit rostrotem Bettüberzug darin stand, aber das Wichtigste war, Jagger anzulocken. Sofort. Die Lippen aufeinandergepresst, starrte ich auf die zwei Flammen, die an den Kerzendochten leckten. Ich sehnte mich danach, mit ihm zu sprechen. Waren wir je länger als an diesem Abend getrennt gewesen? Vermutlich ab und zu, dennoch erschien es mir auf einmal unerträglich. Ein Schatten landete außen an meinem Fensterbrett. Staksige Beinchen, die mehr dafür gemacht waren, kopfüber von Balken zu hängen, tapsten von links nach rechts. Das war ja schnell gegangen. Rasch schob ich das Fensterglas nach oben, das unter meiner ruckartigen Bewegung klirrte. Billiges Glas für billige Gäste. »Endlich, endlich. Ich dachte schon, heute früh wäre das letzte Mal gewesen, dass ich meine Lieblingshoniglieferantin gedrückt hätte!«, begrüßte mich Jagger. Der Flughund rauschte zu mir herein, landete auf meiner Schulter. »Ich hoffe, du hast meine Kuscheldecke eingepackt. Die gelbe.«

Seine Lieblingsfarbe und seine Lieblingsschmusedecke. Lächelnd kraulte ich seinen flauschigen Kopf. »Sie werden meine Reisetasche schon ausgepackt haben. Ich sehe gleich in meinem Schrank nach, keine Sorge. Niemals hätte ich vergessen können, sie mitzubringen.«

Jagger plapperte etwas davon, dass er sich sehr wohl Sorgen gemacht habe, und Andras auch, allerdings spuckte er die Worte so hastig und holprig aus, dass ich kaum mitkam. Bloß dass sich der große Dämonenfürst Andras um mich sorgte, hielt ich für ein Gerücht. Und selbst wenn … er konnte mich am Ende ja von den Toten auferstehen lassen und mit neuem Gesicht hier einschmuggeln – oder auf sein zweites Pferd Baroness Flora von Altwingen setzen, dachte ich bitter. Auch wenn die über keinerlei Fähigkeiten verfügte, um Prinz oder Prinzessin an sich zu binden, um sicherzugehen, dass wir das Große Sünderfressen aufhalten konnten.

»Und wie ist er so?« Jagger sah mich mit seinen großen Kulleraugen an.

»Wer?« Jetzt kam ich endgültig nicht mehr mit.

»Na, der Fleischsalat.«

Ungläubig drehte ich mich zu ihm um.

Jagger verdrehte den ganzen Kopf, wie nur Flughunde es vermochten. »Nein, der Prinz natürlich.«

Der Prinz? Wie kam er denn darauf?

»In der Stadt reden die Menschen einzig über dieses Thema. Prinz Read und seine zweiundvierzig Kandidatinnen.«

»Inzwischen sind es lediglich neununddreißig«, wandte ich ein. Um Zeit zu gewinnen, durchforstete ich das Zimmer nach meinen Sachen. Ich fand tatsächlich einen Wandschrank, vor den meine Reisetasche gestellt worden war. Und im Schrank meine Kleider, ordentlich aufgehängt, und in einem der Fächer: Jaggers gelbe Schmusedecke – schon deutlich abgenutzt, geradezu *zerliebt*. Aber er hatte sein Herz so sehr daran gehängt, dass ich sie kaum zweimal pro Erntejahr waschen durfte. Jagger, der Bote und Assistent des Dämonenfürsten. Nicht dass es Andras interessierte, wie es seinem sprechenden Flughund ging – der Dämon hatte höhere Pläne, die er tagtäglich verfolgte, darunter auch die von der düsteren Sorte. Ich verzog den Mund. Man durfte sich nicht von manchen netten Angewohnheiten seinerseits darüber hinwegtäuschen lassen, dass er ein Dämonenfürst war, dem ein einzelnes Leben nichts bedeutete. Ihm waren Harlyn, mein Vater und meine Mutter völlig gleich. Ausschließlich der Pakt und der Nutzen, den ich ihm bieten konnte, bedeuteten ihm etwas.

»Dein Ablenkungsmanöver vorhin beim Reinheitsritual war übrigens grandios«, lobte ich ihn.

»Ach ja?« Geschmeichelt hob Jagger beide Flügel vor sein Gesicht, trippelte auf dem Bett auf und ab. »Andras meinte, ich hätte ruhig ein paar Augenblicke früher eintreffen können.«

»Nein, du warst ganz und gar großartig.« Endlich hatte ich die Decke hervorgekramt, setzte mich damit zu Jagger, dessen Augen aufleuchteten. Nur zu bereitwillig ließ er sich von mir darin einwickeln, sodass er wie eine Flughund-Fleischrolle aussah. »Bleibst du heute Nacht hier?«

Das Leuchten in seinen Augen wurde blasser. »Andras will, dass ich mich unter dein Fensterbrett hänge und abwarte.«

Typisch.

Er sah zu mir auf. »Und was wirst du tun?«

»Was wohl? Eine Gelegenheit finden, um Prinzessin Dahlia näherzukommen. Außerdem muss ich wissen, was hinter den Absichten der Königin steckt. Ich vermute, sie plant irgendeine Intrige, um sicherzustellen, dass Amaryllis die nächste Königin von Itdris wird.« An Reads Seite. Komischerweise begleitete ein fader Beigeschmack meine letzten Gedanken.

Read und Amaryllis … Ich verzog das Gesicht. Nicht weil ich selbst romantisches Interesse an diesem royalen Schönling hegte – die Mondgöttin bewahre mich davor! Aber er und Amaryllis? Diese mögliche Paarung drehte mir wahrhaftig den Magen um. Vor allem, wenn ich an sie als Königin dachte. Obwohl ich selbst keinen großen Wert auf den Thron von Itdris legte, wollte ich ihn doch keinesfalls dieser eingebildeten Prinzessin überlassen.

Jagger nickte, als wären das auch seine Überlegungen gewesen.

»Und es besteht die Möglichkeit, dass mich Königin Marigold erneut dem Reinheitsritual unterziehen wird. Das muss ich in Erfahrung bringen und einkalkulieren.«

»Wie gut, dass wir dich darauf trainiert haben, mit nur vier Stunden Schlaf auszukommen.« Jagger schmiegte sein Köpfchen an meinen Oberarm.

»Danke«, sagte ich mit hochgezogenen Augenbrauen.

»So kannst du wie ich fast die ganze Nacht Dinge erledigen.« Jagger klang stolz auf seinen Erfolg, den er darin sah, dass ich dank ihm und Andras mit vier Stunden Schlaf so wach war wie andere mit acht. Das Training war fürchterlich gewesen, doch jetzt musste ich zugeben, wie praktisch es war. Wie sollte ich auch im Palast unserer Feinde schlafen? Jedenfalls ohne den kleinsten Spionageversuch zu unternehmen?

»Also versuchst du es in den Gärten?« Damit spielte Jagger darauf an, dass Gerüchte besagten, dass sich sowohl Prinz als auch Prinzessin nachts gern im Palastgarten herumtrieben. Was genau sie da taten, war nicht bekannt – aber ich vermutete, dass sie sich mit ihren Geliebten trafen. Welchen Grund konnte es sonst für Normalsterbliche geben, in der Dunkelheit herumzuspazieren, wenn andere schliefen?

»Warte – noch mal einen Schritt zurück.« Jagger strampelte, befreite sich damit aus seiner Kuscheldecke. »Ein zweites Reinheitsritual? Habe ich das richtig verstanden?«

»Ja. Herzogin Margerite hat sich skeptisch über mein erstes geäußert. Sie erzählt überall herum, ich hätte getrickst, weil ich so lange gebraucht habe, um in den Eimer zu steigen. Und sie glaubt an das Gerücht, dass die echte Calla ein Kind zur Welt gebracht hat und deshalb ewig nicht am Hof gesehen worden ist.«

»Oh.« Jetzt ließ Jagger betrübt seine Öhrchen hängen, und ich wünschte mir, es nicht ausgesprochen zu haben. »Also von wegen perfekt abgestimmter Zeitpunkt meines Eintreffens beim ersten Reinheitsritual.«

»Das ist wirklich nicht deine Schuld. Diese Margerite hätte auch einen anderen Grund gefunden, um die Königin zu bedrängen, mich loszuwerden.« Da stieß sie bei Königin Marigold wahrscheinlich sogar auf offene Ohren. Sie war nicht gerade meine größte Anhängerin.

Um ihn aufzumuntern, zupfte ich an Jaggers Fell. »Hast du Lust, mich in die Gärten zu begleiten? Wir könnten uns dort treffen.« Ihn mit durch den Palast zu transportieren, würde ich nicht wagen. Ein Flughund in meiner Begleitung … da hätte ich mir auch gleich das Wort *Dämon* auf die Stirn schreiben können.

»Wo genau?« Sofort stieg Jaggers Aufmerksamkeitsspanne wie die eines Hundes, dem ein Knochen versprochen worden war.

Eine gute Frage. Bisher hatte ich nur Zeichnungen vom Palastgarten studiert und wusste nicht, wo genau sich die Königskinder herumtrieben.

Einen Ort, den Jagger jedenfalls auf Anhieb finden würde, war der See in der Mitte.

»Wie wäre es am südlichen Ende des Sees, also auf der dem Palast zugewandten Seite? Ich komme so schnell ich kann.« Gespielt betrübt deutete ich auf mein Kleid und meine Füße. »Flieg du schon mal vor. Allerdings sollten wir vorsichtig sein. Halt dich im Hintergrund und rede nicht mit mir.« Eine Vorsichtsmaßnahme – schließlich war es möglich, dass uns jemand beobachtete.

Jagger nickte heftig, rollte sich einmal über seine Kuscheldecke, wahrscheinlich um den Geruch davon tief in sich aufzunehmen, und sauste im nächsten Moment aus dem Fenster. »Bis gleich!«

Dieses Wettrennen würde ich definitiv verlieren. Ich konnte nicht anders und musste lächeln bei dem Gedanken, wie sich Jagger gleich als großer Gewinner geben würde.

Auf dem Korridor fühlte ich mich ein wenig so wie vor ein paar Monden, als ich nachts durch das Anwesen von Graf Prahar gestreift war. Ebenfalls barfuß wie jetzt, damit niemand meine Schritte hörte. Mein auffälliges jadegrünes Kleid, das zu laut gerauscht hätte, hatte ich gegen ein pfirsichfarbenes Nachtgewand getauscht. So konnte ich behaupten, nicht schlafen zu können und daher einen Spaziergang durch die Gärten einzulegen. Nichts leichter als das. Außer ich lief direkt der Königin in die Arme. Oder noch schlimmer: Margerite.

Die Treppen nach unten im Nordturm nahm ich mit Leichtigkeit, orientierte mich dann nach Süden, um zum Hauptteil des Palastes zu gelangen. Im Erdgeschoss des Hauptgebäudes sah ich mich um. Die große Treppe hatte mich genau in der Eingangshalle ausgespuckt, wo der goldene Mond die unteren Treppenstufen erhellte. Durch die riesigen Bogenfenster, die sich über zwei Stockwerke erstreckten, konnte ich sogar beide Monde erkennen. Auch die Sichel – und dazu Tausende Sterne. Ob es noch einen anderen Weg zum Garten gab? Vermutlich. Aber ob ich den finden konnte? War es zu auffällig, vorn herumzugehen? In diesem Palast konnte man sich wahrhaftig verlaufen. Das Anwesen von Graf Prahar Da Silva hätte einhundertmal hineingepasst, da war ich mir sicher. Kurz entschlossen bog ich nach rechts in einen schmalen Gang ab. Mit etwas Glück würde ich ein Dienstbotentreppenhaus mit Beschilderung finden und von dort den Weg der Gärtner nehmen können. Ich rüttelte an ein paar Türen, doch keine ließ sich öffnen. Schon wollte ich umdrehen, als ich hinter mir Stimmen hörte. Angetrunkene männliche Stimmen.

»Hast du den Aufstand mitbekommen, den Lady Willow veranstaltet hat?«

Es klang, als würden zwei oder drei junge Männer in Schlangenlinien den Korridor hinter mir herkommen, wobei sie ab und zu gegen Wände stießen. Verflucht! Ich beschleunigte meine Schritte, tippte noch mehr Türklinken an. Die schwarzweißen Fliesen verschwammen unter meinen Füßen bei dem Tempo, das ich vorlegte. Immerhin spürte ich so meine kalten Zehen wieder.

»Ach, Lady Willow …«, lallte ein anderer. »Ich hab versucht, sie zu trösten, aber sie war so schnell fort.«

»Also ich hätte viel lieber Gräfin Da Silva getröstet, wenn ihr versteht, was ich meine«, sagte eine dritte Stimme. »Die ganze Nacht.«

Gelächter ertönte.

Über mich? Sie redeten über mich? Jetzt war es definitiv keine Option mehr, stehen zu bleiben, und das war es bei der Aussicht, drei betrunkenen Adelssprösslingen bei Hofe zu begegnen, sowieso nicht.

»Diese Taille.« Die dritte Stimme seufzte. »Und diese Haare.«

»Nun – mein Typ ist sie eher nicht. Mir würde Prinzessin Amaryllis zusagen, doch die wird die Letzte sein, die für uns abfällt.«

Ich biss mir auf die Lippen. Keine Türen, gut, dann anders. Der Gang beschrieb eine Kurve, und wie ich es erwartet hatte, lag kurz dahinter das erste Fenster, das ins Freie zeigte. Direkt darunter stand ein dunkles Holztischchen mit einer Blumenvase darauf, die genau mittig platziert war. Hastig zog ich das Fenster nach innen auf, bemühte mich, nicht die Vase hinunterzustoßen, während ich auf den Minitisch stieg und von da weiter aufs Fensterbrett. Unter mir im Freien entdeckte ich tatsächlich einen schmalen Kiesstreifen und dahinter Rasen und akkurat beschnittene Büsche. Weil mir nicht mehr viel Zeit blieb, und ich mir darüber hinaus nicht zu viele Gedanken machen wollte und konnte, sprang ich einfach, ohne nachzudenken. Unglücklicherweise hörte ich hinter mir den Tisch wackeln und dann das Geräusch einer zersplitternden Vase. Genau das, was mir noch gefehlt hatte. Kurz entschlossen sprintete ich in gebückter Haltung nach vorn, hinter den nächsten Busch, wo ich mich im Schutz der Dunkelheit zusammenkauerte. Vielleicht lag es am Wind, jedenfalls hörte ich die Stimmen der drei Höflinge nicht mehr. Bis etwa zwei Herzschläge später das Fenster noch ein wenig weiter nach innen aufgezogen wurde, wie ich von meinem Versteck aus durch die Zweige des Busches beobachten konnte. Ein Höfling mit dunklen Locken, den ich auf dem Ball gesehen hatte, beugte sich nach draußen, sah sich nach allen Seiten um. »Hier ist niemand. Vielleicht der Wind oder eine Katze.« Und dann, einfach so – schloss er das Fenster, womit er meinen Weg zurück kappte wie ein Arzt eine Nabelschnur. Aber ich würde schon wieder irgendwie nach drinnen gelangen – versuchte ich mir zumindest einzureden. Vielleicht wusste Jagger, wo noch ein Fenster im Erdgeschoss offen stand, oder ob jemand durch eine andere Tür ins Freie getreten war – womöglich der Prinz oder die Prinzessin. Gut, Zeit, mich selbst zu bemitleiden, hatte ich sowieso nicht und wäre wie immer reine Verschwendung gewesen.

Also vorwärts, in Ermangelung von Alternativen. Wenn ich richtiglag, befand ich mich gerade auf der Ostseite des Schlosses. Dann also weiter nach links, Richtung Süden. Außer dem Licht, das die Monde spendeten, war es so dunkel, dass ich nicht besonders weit sehen konnte. Auf meinem Weg traf ich keine Menschenseele mehr. Ein Bergkauz schrie, und ich hörte eine Stromschnelle unten am Fluss rauschen, doch sonst blieb es still – zu meinem Leidwesen. Denn eigentlich hatte ich gehofft, Dahlia irgendwo auf einer Bank zu entdecken, wo sie so etwas tat wie im Schein einer Öllampe Gedichte schreiben oder sticken. Taten das nicht alle Prinzessinnen? Offenbar nicht diese, oder sie tat es zumindest zu einer anderen Zeit oder an einem anderen Ort. Wie auch immer – das hieß nicht, dass ich sie heute überhaupt nicht mehr finden konnte. Ich brauchte einen weiteren Vorteil, um die morgige Auswahl der Kandidatinnen zu überstehen, und Dahlia war genau das. Wenn ich die Kontrolle über sie erlangte, wie ich es zuletzt mit Andras geübt hatte … Gut, es war kein schöner Anblick gewesen und nichts, was ich gern tat, aber durch einen Kuss war ich in der Lage, sie in mich verliebt zu machen. Mehr als das. Sie auszusaugen und so zu steuern, dass sie tat, was ich von ihr wollte. Wie eine Handpuppe. Etwas, das mir ausschließlich bei Frauen gelang, weswegen der Kronprinz sterben musste, um die Thronfolge zu verändern. Nur für den guten Zweck – versuchte ich mir einzureden. Nur so lange, dass wir das Große Sünderfressen aufhalten konnten. Und bis ich Harlyn zurückbekam. Nach ein paar weiteren schnellen Schritten über weiche Grashalme, die meine Füße fast ebenso herunterkühlten wie eben noch der Fliesenboden, entdeckte ich vor mir den See – der vielmehr ein großer Teich war. Geradezu winzig für einen See. Vielleicht war Andras' Karte veraltet oder das Wasser kürzlich zurückgegangen.

»Guten Abend, werte Gräfin, die ich nicht kenne und nie zuvor gesehen habe.« Jaggers Stimme. Aufgeplustert und gestelzt.

Mit zusammengepressten Lippen drehte ich mich zu ihm um. Natürlich hing er kopfüber in einem Baum ganz in meiner Nähe, und natürlich hielt er sich nicht an die Abmachung. Im Grunde war mir schleierhaft, warum Andras ihn überhaupt in seine Dienste gestellt hatte – oder am Leben ließ. Vermutlich war das der weichen Seite des Dämons zuzuschreiben, die er jedoch meistens verbarg.

»Oh, stimmt. Nicht reden. Nicht reden!«, wisperte Jagger so dramatisch wie mein ehemaliger Schauspiellehrer.

Mit etwas Glück hatte das niemand mitbekommen. Immerhin war keine Menschenseele zu sehen und außer den von uns verursachten Geräuschen nichts zu hören. Ich sah mich um, dann zu Jagger, der wiederum mit einem Flügel zum See deutete.

Hm, schwarze Wasseroberfläche, sonst nichts. Oder kräuselte sich da vorn das Wasser? Ich kniff die Augen zusammen. Ja, tatsächlich. Wenn das keine Einbildung war … konnte das ein Wasserdämon sein? Nein, das war nicht möglich. Nicht im königlichen Palast. Vielleicht ein Tier?

Im nächsten Moment durchbrach ein menschlicher Kopf die Wasseroberfläche. So plötzlich, dass ich fast aufgeschrien hätte.

Mit einem Quieken fiel Jagger von seinem Ast, landete zwei Etagen tiefer und fing sich dort wieder.

Nur konnte ich nicht nach ihm sehen oder ihn ansprechen – jetzt, da wir Zuschauer hatten. Wirklich nicht. Er war sicher in Ordnung.

Stattdessen richtete ich meine Aufmerksamkeit auf den Mann im Wasser. War das *der Prinz?*

Kapitel 11

Ja, eindeutig. Kein Tier, sondern Prinz Read schwamm im tiefdunklen See. Innerlich atmete ich auf. Keine Gefahr und dazu noch eine Gelegenheit, ihn kurz zu treffen, ehe ich mich auf die Suche nach seiner Schwester begab. Am Rand machte ich mir eine geistige Notiz, dass das hier der optimale Ort wäre, um den Prinzen zu töten. Aber zu einem späteren Zeitpunkt. Wenn Dahlia so weit war, mich zu heiraten – auf mein Geheiß hin.

Also starrte ich lediglich, erkannte, wie sich Prinz Read dem Himmel zuwandte, den goldenen und den Sichelmond betrachtete und dann umdrehte. Direkt auf mich zuschwamm. Bei meinem Anblick stutzte er jedoch. Allerdings bloß für einen Moment, eher er schweigend weiterkraulte. Als er sich mir bis auf wenige Schwimmzüge genähert hatte, bemerkte ich, wie ihm bei seinen Kraulbewegungen die Wassertropfen aus den Haaren flogen. Angestrahlt vom schwachen Licht der beiden Monde war das gut zu erkennen. Irgendwie … göttlich. Himmel, ich tat gerade so, als hätte ich noch nie einen Jungen beim Schwimmen gesehen. Nun ja … zumindest nicht bei fast vollkommener Mitternachtsschwärze um uns herum.

»Du?« Mehr als dieses eine Wort sagte er nicht, glitt dann leichtfüßig aus dem Wasser, indem er das abschüssige Ufer wie ein Athlet erklomm. Keine förmliche Anrede mehr? Gut, wenn er wollte. Vielleicht fiel die für ihn einfach weg, wenn man ihn in halb nacktem Zustand erwischte.

»Euch habe ich hier auch nicht erwartet«, gab ich zurück.

Erst jetzt fiel mir auf, dass da ein oberkörperfreier Prinz vor mir stand, von dem das Wasser abperlte, während er – nun, nur in seiner kurzen Nachthose vor mir stand. Rasch wandte ich den Blick ab. »Ich denke, ich habe hier auch schon genug gesehen. Am besten setze ich meinen Spaziergang dort hinten fort.«

»Wartet!« Wieder nur ein Wort aus seinem Mund, dieses Mal wieder formell wie zuvor. Doch ich hielt still. Keine Ahnung, was ich von ihm erwartete.

»Ihr geht um Mitternacht spazieren?«

»Und Ihr geht um Mitternacht schwimmen?«

»Ja, seit meiner Kindheit schon. Die perfekte Zeit, wenn man nicht von Angestellten verfolgt werden möchte. Ich schätze diese Ruhe.«

Dann hatte er Jagger tatsächlich nicht gehört.

»Ruhe … Ich würde gern in den Schlaf finden, aber das geht um diese Zeit noch nicht. Deswegen laufe ich.«

Abschätzend richtete er seinen Blick auf meine blanken Füße, die unter dem Nachtkleid hervorblitzten. »Ohne Schuhe?«

»Ich möchte niemanden wecken.« Wollte er mich verhören, oder langweilte ich ihn bereits? Genau konnte ich das nicht benennen. Denn natürlich hatte er diesen eisig starren Gesichtsausdruck aufgelegt, und noch dazu war es dunkel. Andererseits nicht dunkel genug, um nicht zu erkennen, dass seine Brust ansehnlich trainiert war. Auch seine Körpermitte musste sich nicht verstecken, wie ich nach einer kurzen Musterung feststellte.

Der Prinz räusperte sich. Starrte er mich gerade in Grund und Boden, oder bildete ich mir nur ein, dass er mich so intensiv taxierte? Mein Herz schlug schneller wie im Angesicht eines Raubtiers.

»Also dann.« Ich deutete über meine Schulter.

»Ihr müsst los«, vervollständigte er meinen Satz. »Schon klar. Bitte beantwortet mir noch eine Frage, bevor Ihr geht.«

Wie? Ich hob beide Augenbrauen. Was sollte das sein? Ein Spiel von ihm?

»Wieso liegt Euch so viel an den Bürgerlichen?«

Weil ich selbst eine war – doch das konnte ich unmöglich preisgeben. Also wich ich der Wahrheit um Haaresbreite aus. Allerdings imitierte ich zuerst diese Geste, die er so wunderbar herablassend beherrschte, und legte meinen Kopf für einen Moment in den Nacken. »Das interessiert Euch? Gerade das? Nun, manchmal sind es die, auf die niemand setzen würde, die am Schluss gewinnen. Dürre Kläffer bei Hunderennen, die überraschend den Sieg erringen. Es wird interessant sein, zu sehen, wie weit sie kommen.«

Dass ich ihnen helfen wollte zu überleben, ließ ich aus. Manche Informationen blieben besser geheim, sodass man sie später nicht gegen mich verwenden konnte.

Der Prinz sah mich lange an, als würde er mir nicht mal die Hälfte von dem glauben, was ich gesagt hatte. Wenn überhaupt.

Und ich betrachtete wieder seinen trainierten Körper, was ein Kribbeln in meinem Inneren erzeugte. Ja … ich hatte definitiv zu lange in einer Höhle in der Hölle gewohnt und nie zuvor einen attraktiven, halb nackten Mann gesehen. Besser ich verschwand früher als später von hier. »Ihr erlaubt?« Ich knickste artig, um sofort auf dem Absatz meiner nackten Füße kehrtzumachen. Den Prinzen zu langweilen lag mir genauso fern, wie vor seinen Augen mit Jagger zu reden. Besser, ich blieb weiterhin interessant für ihn, und das würde ich wahrscheinlich mit einem frühen Abgang meinerseits, so viel hatte ich in meiner Ausbildung gelernt.

Glücklicherweise wartete Jagger eine Weile, ehe er mir folgte. Schlaues Kerlchen. Und der Prinz … wurde eventuell langsam misstrauisch. Aber er konnte nicht ahnen, dass ich nicht die echte Gräfin Calla Da Silva war. Schließlich hatte sie seit mehreren Erntejahren niemand mehr zu Gesicht bekommen, und wir hatten eine ähnliche Statur, dieselbe dunkle Haarmähne, und ich trug sie offen und nicht als Zopf, also genau wie Calla es in ihrer Teenagerzeit getan hatte. Bevor sie ins Kloster gegangen und dort gestorben war.

Weil ich einfach zu aufgewühlt von diesen Gedanken und auch von der Begegnung mit dem Prinzen im Allgemeinen war, ließ ich mich kurz entschlossen auf einer Holzbank vor einem kleinen Springbrunnen nieder. Die Wasserfontäne war abgeschaltet, doch ich brauchte genau die Art von Ruhe, um meinen Herzschlag zu beruhigen und zurück zu meiner Konzentration zu finden. Der Prinz war Nebensache. Nur wichtig, solange er mich in die nächste Runde brachte. Wenn ich richtiglag, hatte Dahlia gestern schon mit ihm über mich geredet und ihn dazu gebracht, mich eine Runde weiterkommen zu lassen. Selbst ohne den Kuss einer Reeva, oder ein wackeliges Abkommen mit dem Prinzen. Sie … mochte mich, und allzu lange würde sie ihn nicht mehr dazu überreden müssen. Nicht mehr allzu lange, und Prinz Read würde tot sein.

Komischerweise empfand ich diesen Gedanken zum ersten Mal nicht als beruhigend. Konnte das daran liegen, dass Andras den Kronprinzen völlig anders beschrieben hatte? Als kaltherzig, egoistisch und nicht fähig, eines der Königreiche Oriandas zu führen? Und jetzt gab er ein ganz anderes Bild ab. Read hatte sich an unsere Abmachung gehalten und sich sogar nach mir und den Bürgerlichen erkundigt. Wenn man das mit seiner Beschreibung abglich, passte irgendetwas einfach nicht. Oder verfolgte der Prinz ein Ziel, das ich jetzt noch nicht erkannte? Hatte er aus selbstsüchtigen Gründen wissen wollen, was hinter meinen Absichten steckte?

»Hier ist absolut niemand«, flüsterte es aus den Blättern über mir. Gerade als ein Windstoß den Baum zum Rascheln brachte. Sehr weise von Jagger. Denn das Rauschen übertönte seine Stimme beinahe. »Du solltest zurück nach oben gehen.

Dir ist kalt. Falls die Prinzessin heute Nacht noch auftaucht, klopfe ich an dein Fenster.«

Enttäuschend, aber wahrscheinlich wirklich besser.

Nachdem ich mich von Jagger verabschiedet hatte, schlug ich denselben Weg wie zuvor ein, bis mir einfiel, dass ich ihn eigentlich hatte fragen wollen, ob er mir einen Weg zurück in den Palast zeigen könne. Allerdings konnte ich es einfach über den Haupteingang versuchen, wo sicher Wachen stehen und mir öffnen würden. Jetzt, da ich sowieso schon aufgefallen war … was machte es schon? Gedankenverloren ging ich am See vorbei, der vollkommen ruhig den Mondschein reflektierte. In silber-goldenem Licht. Natürlich keine Spur mehr von Read, und das war auch gut so. Oder hätte ich ihn noch mehr nach seiner Mutter aushorchen sollen? Danach, wer sie wirklich war und ob sie ein zweites Reinheitsritual abhalten würde – obwohl, mit letzterer Frage hätte ich ihn definitiv ins Grübeln gebracht und am Ende mit der Nase darauf gestoßen, dass an mir etwas faul war.

Mitten in meinen Gedanken blieb ich mit dem Fuß an etwas hängen. Schmerz schoss durch meine mittleren Zehen, und es stürzte etwas ins Gras. Blinzelnd sah ich nach unten, ignorierte den Schmerz, wie Andras es mir beigebracht hatte. Ich hatte einen Steinhaufen umgestoßen? Einen aufgeschichteten Stapel, wie Kinder ihn gern bauten, um zu zeigen, dass sie an einem bestimmten Ort gewesen waren. Das hatte ich noch nie verstehen können. War es anderen Menschen nicht schlichtweg egal, wo man sich befunden hatte? Diese Information war kaum einen einzigen Gedanken wert. Andererseits … vielleicht bedeutete dieses Kunstwerk dem Kind so viel, dass es weinen würde, wenn es wieder an diesen Ort käme und sein eingestürztes Bauwerk vorfand.

Also bückte ich mich, um es wieder in Ordnung zu bringen. Keine große Sache – wenn man sowieso keinen Schlaf brauchte. Während ich die Steine aufschichtete, fragte ich mich, ob der Steinhaufen eben schon da gewesen war. Hatte ich ihn lediglich übersehen, oder …

Ein Rascheln hinter mir ertönte. Gerade als ich Jagger fragen wollte, warum er mir hinterherflog, statt nach der Prinzessin Ausschau zu halten, erklang ein mir bekanntes Räuspern. »Was tut Ihr da? Versteht Ihr das unter einem Spaziergang? Wenn ja, erscheint er mir doch aufregender als die Definition davon, die bei uns im Palast kursiert.«

Der Prinz. Schon wieder. Machte er sich etwa lustig über mich? »Wie schön, dass Ihr für mich definiert, was meine nächtliche Aktivität beinhalten sollte und was nicht«, gab ich zurück, ohne mich umzudrehen. Die obersten Steine rutschten immer wieder ab, und ich musste mich konzentrieren, um sie auszubalancieren. Ha! Endlich. Ein wenig außer Atem drehte ich mich zu ihm um. Ein weiterer Sieg für heute Nacht. Vielleicht deshalb bemerkte ich zu spät, wie ich strahlte. Wie ein Kind irgendwie, und abseits von den Empfehlungen von Andras, mich dem Prinzen gegenüber kühl zu verhalten.

Der Prinz musterte mich und dann den Steinhaufen. Erst jetzt bemerkte ich die einzelne schwarze Orchidee in seinen Händen.

»Danke!« Wieder nur ein Ein-Wort-Satz von Prinz Read. Was hatte ich auch erwartet? Ein vollständiges Gespräch?

»Für was?« Um ein Haar hätte ich ihn mit seinen eigenen Waffen gepikst – mit meinem Zwei-Wort-Satz. Jetzt war es an mir, ihn zu mustern. Diesen für meinen Geschmack viel zu gut aussehenden Prinzen. Immerhin war er jetzt nicht mehr halb nackt, das musste ich ihm wirklich zugutehalten.

Mit einer Bewegung seines Kopfes zeigte er in Richtung des nun schief, aber stabil stehenden Steinhaufens. Ich zog die Augenbrauen zusammen. »Ihr habt diesen Turm gebaut? Ich habe ihn aus Versehen umgestoßen, und daher …« Ich brach ab. »Wieso baut Ihr so etwas?« Gleich darauf wurde mir bewusst, dass es sich nicht gehörte, dem Prinzen derartige Fragen zu stellen, und schon gar nicht gleich zwei davon hintereinander. Das hier war sein Palast, sein Zuhause, seine Regeln. Allerdings interessierte mich schon, was dahintersteckte. Ungewöhnlich für einen Mann. Und noch ungewöhnlicher für einen Prinzen.

Zwar hätte ich nicht erwartet, dass er darauf einging, doch Read tat es. Hinter mir raschelte es so, als bekämen wir neugierigen, fledermausflügeligen Besuch.

»Das hilft mir, den Kopf freizubekommen. Ein Stein für jeden Gedanken, der mich quält.«

Was bitte konnte ihn quälen? Sicher nicht die Erinnerung an die von seiner Familie dahingemetzelten Dämonen.

Prinz Read blickte auf seine Hände, machte dann mehrere Schritte nach vorn, beugte sich um mich herum und platzierte die schwarze Orchidee auf dem obersten Stein.

Jetzt wirkte der Steinhaufen wie ein Grabdenkmal. »Eine schwarze Orchidee?«

»Ja, sie wurde zu meiner Geburt als meine Blume bestimmt. So wie bei dir die Calla Orchidee.«

Ich blinzelte. »Das ist doch eher eine Tradition für Mädchen?«

»Nicht in diesem Königshaus. Und stell dir vor, der ganze Garten ist voll davon. Vater hat sie einfach überall pflanzen lassen, weil er seinen Erben feiern wollte.« So, wie er es sagte, klang es jedoch gar nicht feierlich. Stattdessen schien ihm der Gedanke die Laune getrübt zu haben.

Mir fiel wieder ein, dass Andras erzählt hatte, wie der König und sein Sohn schon ein Erntejahr vor dem Tod des Königs nicht mehr miteinander gesehen worden waren. Auf irgendeine Art hatte sich der König damals von seinem Sohn abgewandt. Nur weshalb wusste ich nicht. Ich sah zurück in Richtung des Steinhaufendenkmals. Vielleicht brauchte der Prinz deshalb eine Zerstreuung wie diese. Seinen Sorgehaufen. So wie Jagger seine Kuscheldecke, weil seine Mutter den Flughund als Baby viel zu früh verstoßen hatte. Das Wieso konnte ich später immer noch herausfinden.

»Dann lasse ich Euch und Euer Kunstwerk besser allein.« Im letzten Moment fiel mir ein, dass ein Knicks zu meinem Abgang gehörte. Wahrscheinlich wurde ich langsam wirklich müde, oder es lag an der Kälte, die meine Knie zittern ließ.

»Wartet!« Der Prinz stieß das Wort so bestimmt aus wie einen Befehl.

Besser ich folgte selbigem – also hob ich den Kopf.

»Ihr friert.« Zwei ganze Worte. Direkt an mich gerichtet. Er war zu gut zu mir.

Ehe ich darauf eingehen konnte, hielt er mir ein Stück Stoff hin. Einen schwarzen Umhang mit goldener Stickerei – die das Wappen seines Königshauses darstellte: Blumen und Löwen, auf kunstvolle Art und Weise ineinander verwoben.

»Das … kann ich nicht annehmen. Das ist ein königlicher Umhang. Was, wenn mich jemand damit sieht?«

Seine Kiefermuskulatur zuckte. »Was dann? Und spielt es eine Rolle?«

»Man würde annehmen, ich sei eine Eurer Favoritinnen«, gab ich zu bedenken. Langsam hervorgebrachte Worte, obwohl meine Gedanken rasten. Würde das von Vorteil sein oder als Nachteil für mich enden?

»Und?«, hakte er nach. »Ist das kein angenehmer Gedanke für Euch?«

»Einen Schein zu wahren, wo nichts dahinter ist?«, fragte ich zurück.

»Ich denke nicht, dass eins der anderen Mädchen zögern würde.«

Oh, das hieß, er wurde schon wieder misstrauisch, was mich betraf? Vermutlich sollte ich mich wirklich wie alle anderen verhalten. Oder auch nicht – um herauszustechen. Bloß konnte mich sein Misstrauen noch in des Erzdämons Rachen bringen.

In einer auffordernden Geste neigte er den Kopf. Schön und unnahbar wie stets, was mich noch ungehaltener werden ließ. Alles an ihm war ungerecht. Seine Herkunft, seine Macht, sein Äußeres – was hatte sich die Mondgöttin nur dabei gedacht?

Kapitel 12

»Schon gut.« Ich griff mir den Umhang, legte ihn mir selbst um die Schultern, ehe er mir helfen konnte. Was besser so war, da er mich auf diese Weise nicht länger aufhalten würde als nötig.

»Ich begleite Euch zurück.«

Hatte ich mich da eben verhört? Auch das noch. Ein gemeinsamer Spaziergang mit dem Prinzen durch den dunklen Garten und den Palast. Wollte ich überhaupt so viel Zeit mit jemandem verbringen, den ich in den nächsten Tagen auszuschalten gedachte? Das war ja wie einem Lamm einen Namen zu geben, das man sowieso bald zur Schlachtbank führen musste. Andererseits kannte ich den schnellsten Weg zurück tatsächlich nicht. »Aber nur wenn wir durch einen Nebeneingang gehen, wo uns keiner sieht.«

Der Prinz blinzelte wie in Zeitlupe – geradezu ungläubig. »Ihr wollt also nicht mit mir gesehen werden? Sehr schmeichelhaft.«

»So meinte ich das nicht.«

»Verstehe.«

Nein, das kaufte ich ihm nicht ab, dass er verstand.

Für ein paar Sekunden lieferten wir uns einen Anstarr-Wettbewerb. Aus den Augenwinkeln bemerkte ich, dass Jagger unruhig kopfüber an einem Ast in der Nähe hin- und herschwang. Nicht mehr lange, und der Prinz würde auf ihn aufmerksam werden. »Ihr dürft mir jetzt Euren Arm zum Geleit reichen.« Oh, woher war das gekommen? Ich hatte kaum darüber nachgedacht, einen Satz wie diesen bisher lediglich in einem Roman gelesen und sicher nicht geglaubt, ihn einmal selbst auszusprechen.

Der Prinz schaute genauso ungläubig drein wie ich.

Bloß jetzt konnte ich es nicht mehr zurücknehmen. »Oder braucht Ihr noch Bedenkzeit?« Ich befeuchtete mir die Lippen. Auf irgendeine Art kam es mir plötzlich nicht mehr nur wegen Jagger dringend vor, von hier zu verschwinden. Der honiggoldene Mond stand inzwischen genau über uns. Etwas, das viele Menschen nervös machte. Dazu kam der Düstere Gedankensteinhaufen und irgendetwas, das noch in der Luft lag. So gefährlich wie der Prinz selbst.

»Bitte«, fügte ich hinzu.

Read deutete ein Kopfnicken an. »Dass dieses Wort zu Eurem Wortschatz gehört, hätte ich fast nicht mehr zu hoffen gewagt.«

»Ihr kennt mich erst seit wenigen Stunden«, gab ich zurück.

»Die waren bereits ausreichend.«

Was wollte er denn damit sagen? Das Brodeln in meinem Inneren intensivierte sich, und ich musste mir auf die Innenseite meiner Wange beißen, um mir nicht anmerken zu lassen, wie sehr er mich reizte. *Ruhig bleiben, Skylar!*

Immerhin hielt er mir endlich seinen Arm hin. Ich hakte mich unter, während er schon den ersten von vielen Stechschritten in Richtung Palast zurücklegte. Doch ich beschwerte mich nicht. Langsame Menschen machten mich tendenziell eher nervös. Er führte mich zu dem Busch, hinter dem ich mich versteckt hatte. Oh … bedeutete das, er wusste, dass ich eine Vase zerschmettert hatte? Kurz wurde mir flau im Magen, denn das hieß, dass er in dem Fall vermutlich auch über Jagger Bescheid wusste. Hatte Read mich durchschaut? Ob er mich auf direktem Weg zu seiner Mutter bringen würde? Damit sie mich foltern und dann jagen konnte wie Rotwild? Vor meinen Augen sah ich plötzlich wieder die grausigen Malereien, die sie überall im Palast aufgehängt hatten. Bei allen Dämonenfürsten …

Der Prinz wies auf eine Tür. Eine Tür, die ins Untergeschoss führte. In den Keller. »Ich nehme immer diesen Weg«, erklärte er.

Oh! Eine Kellertür. Keine Hintergedanken. Das war … erleichternd.

Weil er mich fragend ansah, statt die Tür zu öffnen, stieß ich sie auf.

»Oder so«, brummte der Prinz. »Eigentlich hatte ich fragen wollen, ob Ihr Euch vor dunklen Kellern fürchtet.«

Er hatte ja keine Ahnung, wovor ich mich fürchtete. Sicherlich nicht vor einem Keller, der in etwa genauso aussah und roch wie der im Untergeschoss von Graf Prahar, wo ich die letzten Monde verbracht hatte. Und verglichen damit, was die Zukunft für Itdris und die umliegenden Länder bereithielt, war ein königlicher Keller einfach nichts. In Anbetracht des Großen Sünderfressens fühlte sich ein Keller sogar wie eine warme Umarmung an. Allerdings konnte Read wirklich nicht wissen, wie viel Schlimmeres Orianda bevorstand. Oder doch? Wie viel sagten sie einem Prinzen davon, dass immer mehr der Dämonenanbeter-Sekten da draußen davon sprachen, dass die Apokalypse bevorstand? Dass Bajang und Baka zu Neujahr das Große Sünderfressen einleiten würden? Mit großer Wahrscheinlichkeit.

Statt zu antworten, zuckte ich nur mit den Schultern.

Ebenso schweigend drehte der Prinz eine Öllampe an. »Ich bin mir nicht sicher, ob ich beeindruckt oder abgeschreckt sein sollte. Ihr wirkt, als würdet Ihr Euch mit dunklen Kellern und Männern darin auskennen. Ohne Anstandsdamen.«

Oh, wieder ein Fehler von mir, der den Prinzen einen Schritt weiterbrachte, bis er herausfand, was mit mir nicht stimmte.

»O nein, wie gruselig«, sagte ich wenig überzeugend und selbstverständlich viel zu spät. Obwohl ich es mit meinen

Schauspielkünsten durchaus überzeugender hätte hervorbringen können. Aber ich wollte nicht. Und in ein paar Tagen würde es ohnehin keine Rolle mehr spielen, ob Prinz Read glaubte, ich sei schon öfter mit einem Mann in einen dunklen Keller gestiegen. Dabei waren es sonst lediglich Dämonen gewesen. Oder Jagger oder Risha.

»Mein Reinheitsritual gilt als bestanden.« Verflucht, wieso kam ich ausgerechnet jetzt darauf zu sprechen, und wieso gerade mit dieser Formulierung? Langsam sollte ich wirklich ins Bett. Ich erbrachte mir gerade selbst keinen guten Dienst mehr. »Und zu Hause haben wir einen ähnlichen Keller«, fügte ich hinzu, obwohl ich wusste, dass es zu spät war.

Read betrachtete mich – und zwar deutlich und intensiv. Viel zu intensiv. Das konnte ich selbst in diesem schummrigen Licht erkennen. »Und ich bin mir sicher, dass ein ehrbarer Prinz wie Ihr eine Situation wie diese nicht ausnutzt«, schob ich schnell hinterher.

Prinz Read lachte freudlos auf.

Dieser Prinz war … seltsam. Gut, wenn er nicht auf Komplimente wie dieses stand, würde ich mir das künftig verkneifen. Vergebliche Liebesmüh bei diesem Königssohn. In irgendeiner Ecke des Kellerraums, der bis auf einen Haufen aufgeschichteter Kohle leer war, raschelte es. Eine Maus oder eine Mausfamilie – vermutete ich. Davon musste ich Jagger unbedingt erzählen. Er vergötterte alle Säugetiere, die kleiner waren als er, und wollte sie immer am liebsten umsorgen wie seine eigenen Babys.

»Ich vermute, dann ängstigt Ihr Euch auch nicht vor Mäusen und Asseln, Lady Calla.« So als hätte er es schon tausendmal gemacht, steuerte Read auf eine Tür zu. Und vermutlich war genau das der Fall. Dahinter erstreckte sich eine metallene Treppe, die nach oben führte. Genau bis zu einer ebenholzfarbenen Tür. Sobald wir auf den Korridor traten, bemerkte ich, wieso ich sie vorhin nicht hatte entdecken können. Die

Tür war ohne Klinke in die Holzpaneele des Korridors eingelassen, schmiegte sich an die benachbarten mannshohen Bretter.

»Irgendein Vorfahre von mir hat sehr viele Geheimtüren zu Ausgängen im Palast eingebaut. Er war wohl paranoid, was mögliche Angriffe betraf.« Read drückte die Tür in den Rahmen und dann noch mal darauf, sodass sie wieder aufsprang, ehe er sie erneut verschloss. So funktionierte das also. Clever.

Wortlos schlug Read den Weg zur Eingangshalle ein, und ich folgte ihm. Weil das auch die Route war, die ich nehmen musste, und weil ich immer noch seinen Umhang trug, den ich ihm zurückgeben wollte.

Dieses Mal, als hätte er die Anwesenheit des Prinzen gespürt, spähte ein Wachmann durch das Fensterglas neben den Eingangstüren zu uns hinein, nickte dann.

Read tat so, als wäre nichts gewesen.

Aber dann hörte ich das Schluchzen, das mich von dem Gedanken ablenkte, ob der Wachmann über unsere Begegnung schweigen würde. Lady Poppy Da Franca, in einem geblümten Nachtgewand, wählte genau diesen Moment, um über die Haupttreppe zu uns herunterzustürmen. Ausgerechnet. Mit tränenfeuchten Augen und einem Brief, den sie an ihre Brust gepresst hielt. Mist! Am liebsten wäre ich irgendwohin abgetaucht, doch es war zu spät. Poppy warf dem Prinzen und mir einen Seitenblick zu. Ihre braunen Locken klebten an ihrem Gesicht, über das sich Tränenspuren zogen. Bei unserem Anblick stutzte sie kurz, setzte dann ihren Weg bis zu den Eingangstüren fort, wo sie gegen das Holz hämmerte. Eine Wache öffnete ihr und ließ sie nach draußen. In meinem Kopf drehten sich die Gedanken. War etwas passiert? Und würde Poppy darüber sprechen, dass sie mich und den Prinzen allein, ohne weitere Begleitung mitten in der Nacht gesehen hatte? Im dunklen Palast. Was, wenn Dahlia davon erfuhr?

Am besten endete das genau hier. Ich zog mir den Umhang von den Schultern. »Danke hierfür, aber wir sollten ab jetzt besser getrennte Wege gehen.« Ich hielt ihm sein Kleidungsstück hin, wurde mir erst da bewusst, wie das geklungen hatte.

Prinz Read hob seine zuckenden Mundwinkel. »Ihr wollt also immer noch nicht mit mir gesehen werden.« Er starrte auf seinen Umhang, nahm ihn mir jedoch nicht ab.

Wieder ertönte Fußgetrappel auf der Treppe. Himmel, das war ja wie bei einem schlechten Theaterstück – und damit kannte ich mich wirklich aus.

»Poppy!« War das Ivys zischende Stimme? In der Tat rauschte wenige Herzschläge später Gräfin Ivy von West-Nurnendal auf uns zu. Wie viele Mitwisser wollte mir die Mondgöttin denn noch schicken?

»Oh!« Im Gegensatz zu Poppy besaß Ivy immerhin den Anstand, vor dem Prinzen zu knicksen. »Seid Ihr zufällig Lady Poppy begegnet? Entschuldigt, wenn ich Euch so überfalle. Es ist nur so, dass aus ihrem Zimmer laute, heulende Geräusche kamen, und dann – als ich mich vergewissern wollte, dass es ihr gut geht, habe ich sie weglaufen sehen.« Auf Ivys elfenhaftem Gesicht zeigte sich aufrichtige Zerknirschtheit. Ganz ähnlich wie bei Dahlia, die ebenso etwas Elfenhaftes an sich hatte. In der Zeit, die sie auf eine Antwort des Prinzen wartete, wickelte sie sich ihre welligen roten Haare um ihr Handgelenk.

»Sie ist gerade zur Tür raus.« Read nahm mir den Umhang ab – ausgerechnet jetzt –, nickte Ivy dann zu, als wäre das die normalste Konversation der Welt.

Ivy, die eben noch mit niedergeschlagenen Augenlidern auf ihre Fußspitzen, die wie meine auch blank und ohne Schuhe waren, gestarrt hatte, hob den Kopf.

Ich schwieg, obwohl ich so viel zu sagen gehabt hätte.

»Gute Nacht! Und vielen Dank, Eure Hoheit!« Ivy knickste so anmutig, dass mir der Blutbeerensaft wieder hochkam. Gerade so konnte ich das saure Zeug wieder hinunterwürgen.

Immerhin huschte sie so schnell Poppy hinterher, wie es einem menschlichen Wesen nur möglich war.

»Nun.« Ich verfiel in einen wackeligen Knicks, den ich auch genau so geplant hatte. Spöttisch und ein schlechter Abklatsch von Ivys Version. »Gute Nacht, Eure Hoheit! Gehabt Euch wohl.«

Der Prinz zeigte wieder dieses halbe schiefe Lächeln mit zuckenden Mundwinkeln. »Euch auch. Auf dass sich unsere Wege nicht so schnell wieder kreuzen mögen.«

Fast wäre ich beleidigt gewesen. Wenn mir dieser Prinz etwas bedeutet hätte. Oder überhaupt irgendetwas – abgesehen vielleicht von Harlyn und Jagger.

»Die Monde mögen es verhindern.« Ich nickte, zog eine Grimasse und stieg noch vor ihm die Treppe empor. Wahrscheinlich absolut gegen das Hofprotokoll, dessen Inhalt ich schon wieder halb vergessen hatte. Graf Prahar hatte darauf großen Wert gelegt, aber wie sollte mich ein Hofprotokoll weiterbringen? Gerade wenn der Prinz selbst so wenig darauf zu geben schien? Auch wenn Harlyn es nicht gutgeheißen hätte, ich vertraute auf mich selbst und meine Fähigkeiten, statt darauf, etwas auswendig zu lernen und irgendwelche Regeln zu befolgen. Tief atmete ich ein. Ich brauchte lediglich genug Zeit, die ich mit Prinzessin Dahlia verbringen konnte. Was kümmerten mich da ein Prinz und ein Hofprotokoll? Zugegeben, ein Prinz, mit dem es nie langweilig wurde. In letzter Zeit hatte ich hitzige Konversationen wie die unsrige fast ein wenig vermisst.

Kapitel 13

Das Frühstück war nicht ganz das, was ich erwartet hatte. Ganz und gar nicht, genau genommen. Alle Mädchen hatten sich beinahe so herausgeputzt wie gestern auf dem Ball und sich in der Mitte des langen Frühstückssaals zusammengequetscht. Erst auf den zweiten Blick wurde mir klar, dass sie sich so nahe wie möglich um den noch freien goldenen Stuhl des Prinzen gruppiert hatten.

Ich hatte mir lediglich das bequemste petrolblaue Kleid aus meinem Schrank geschnappt. Eins von Rishas Schneiderkunstwerken. Sie hatte mir versprochen, noch mehr in den Palast schicken zu lassen, wenn ich weitere benötigte. Heute sollte ich ihr wirklich schreiben. Aber zuerst essen. Am Büfett, das eher lustlos dekoriert und absolut nicht in der Weise üppig war, wie ich erwartet hätte, schnappte ich mir von allem etwas, sodass der Berg auf meinem Teller fast umzukippen drohte. Metis lächelte mich scheu an, und ich lächelte zurück. Um ihr Schicksal musste ich mich heute ebenso kümmern wie um meins. Doch erst mal ging das Frühstück mit Dahlia vor. Sie musste einfach auftauchen und ich meine nächste Chance nutzen.

Daher setzte ich mich bewusst so weit von den anderen Kandidatinnen entfernt wie möglich ans Tischende und begann zu essen. Einen Platz neben mir frei zu halten würde so jedenfalls kein Problem darstellen. Alle anderen konnten sich ja um den Prinzen schlagen. Ich grinste.

»Dir fällt gleich ein halbes Brötchen aus dem Mund«, bemerkte Margerite, die die Lippen spitzte und mich betrachtete.

»Wie gut, dass dir das nicht passieren kann«, antwortete ich mit tatsächlich recht vollem Mund. »Du hast ja kaum eine Brötchenhälfte gegessen.« Ich wies auf ihren blanken Teller.

»Wir warten auf den Prinzen.« Amaryllis musterte mich mit ihren kalten Augen.

»Wieso? Gibt er jetzt die Befehle?« Ich war kurz davor, mir die Finger abzulecken, einfach um die starrende Meute noch mehr zu brüskieren, da betrat Prinz Read und hinter ihm Dahlia den Frühstückssaal. Endlich.

Während der Prinz wieder ganz in Schwarz und Gold gekleidet war, umspielte Prinzessin Dahlias Knie ein luftiges hellblaues Kleid.

Immerhin keine Königin. Mit Mühe gelang es mir, den Brötchenrest hinunterzuschlucken und Dahlia anzulächeln.

Die Geschwister schienen sich nicht gerade wohlzufühlen in diesem Raum voller flüsternder, kichernder Mädchen – auch wenn Read das geradezu gelassen hinnahm, während Dahlia an ihrem Kleid zupfte. Hatte die Königin sie nicht auf Situationen wie diese gedrillt? Oder nur den Kronprinzen? Eventuell hatte das früher der König übernommen. Bevor er diesen grausigen Tod gestorben war.

Dahlias Blick fand meinen, und ich gestikulierte ihr verstohlen, dass sie sich zu mir setzen solle. Durch ihren Körper ging eine Welle des Aufatmens, dann stakste sie auf mich zu.

Read verneigte sich vor unserem Tisch, steuerte dann mit eiserner Miene seinen Platz in der Mitte an. Es schien, als wollte er niemanden von uns eines Blickes würdigen, doch dann sah er nach rechts, genau ans Ende des Tisches, wo ich auf Dahlia wartete. Unsere Blicke trafen sich, und ich hielt mit meinem Zimtbrötchen auf halbem Weg zu meinem Mund inne. Ob er mich auch rügen würde, dass ich schon mit dem

Essen begonnen hatte? Weil ich nicht wusste, was ich sonst tun sollte, reckte ich das angebissene Gebäckstück in die Luft, als wollte ich mit dem Prinzen anstoßen.

Amaryllis, die natürlich den Platz rechts des Prinzen ergattert hatte, legte ihre Hand so nah neben seine, dass sie sich fast berührten. Sämtliche Blicke im Saal richteten sich darauf. Selbst der des Prinzen. Selbst meiner. »Habt Ihr gar keinen Hunger, Eure Hoheit?«, säuselte Amaryllis, reckte dabei ihr spitzes, filigranes Kinn nach oben. Sie trug ein weißes Kleid, das schon fast als Hochzeitskleid durchging. Dazu ein goldenes Diadem. Ein Zeichen – für uns alle, dass sie schon so gut wie gewonnen hatte im Kampf um den Prinzen. Von mir aus. Wenn ich lange genug durchhielt, würde der Prinz nicht mehr lange genug durchhalten. Der Gedanke belustigte mich irgendwie – auch wenn er von der makabren Sorte war.

Der Prinz und ich … nein, das würde sowieso kein gutes Ende nehmen.

Etwas Kratziges und gleichzeitig Sanftes berührte meinen Ellenbogen. Dahlias Rauscheärmel.

»Guten Morgen«, wisperte ich ihr zu.

Ihr Lächeln wirkte verhalten, aber auch dankbar.

»Du bist Situationen wie diese nicht gewohnt, hm?«, spekulierte ich und schob ihr meinen Teller hin, von dem sie sich eine Erdbeere nahm.

»Große Ansammlungen von Frauen, die nahe dran sind, in Ohnmacht zu fallen, sind mir einfach im Generellen suspekt«, flüsterte sie zurück.

Weise Worte. »Mit dieser Aussage fühle ich mich Euch sogar noch verbundener als vorher.« Ich lächelte sie an, was Dahlia blinzeln ließ. Färbten sich da ihre Wangen rosa?

Dann hielt sie sich die Erdbeere an die Lippen, verschlang sie komplett, um sich kurz darauf die grünen Blätter in einer anmutigen Geste zwischen den Lippen hervorzupulen. Genau wie es Harlyn früher getan hatte. Die Geräusche um mich herum schienen dumpfer zu werden und das Licht weicher, während ich an meine tote Zwillingsschwester dachte.

Daran, wie wir geglaubt hatten, unsere Mutter durch ein Ritual zu uns zurückholen zu können. Wie unglaublich naiv wir gewesen waren …

Drei Erntejahre zuvor

Die Kerzen hatten geflackert, und der Zeiger auf dem Ouija-Brett war zerbrochen. Genau in der Mitte durch.

Harlyn war zusammengezuckt. »Das ist nicht Mutter. Auf keinen Fall.«

Inzwischen war mir das auch klar geworden. Wir mussten irgendeinen Fehler gemacht haben.

Direkt auf dem Ouija-Brett materialisierte sich ein Mann mit Hörnern. Größer als unser Vater. Harlyn riss den Mund auf und rutschte auf dem Boden sitzend weiter nach hinten, doch ich starrte einfach, den Kopf in den Nacken gelegt, zu ihm auf. Zuerst dachte ich, es sei eine mystische Figur wie ein sprechender Stier. Doch dann realisierte ich, dass es sich um einen Dämon handeln musste. Ein Dämon mit goldglühenden Augen wie der runde Mond ließ unser Brett komplett zerbrechen. Genau der gehörnte Dämon, den ich in meinen Träumen gesehen hatte.

»Endlich«, sagte er. Nur dieses eine Wort mit seiner rauchigen Stimme, als hätte er Kohlestücke verschluckt. Danach roch er auch. Nach Kohle, Brennholz und Unbehagen.

Während Harlyn aufsprang und zurückwich, zog ich lediglich meine Beine an. »Du. Du hast uns schon mal besucht«, brachte ich stockend hervor.

»Schlaues Mädchen.« Der Dämon lächelte auf mich hinab. Es war ein menschliches Lächeln mit gelblichen Zähnen. »Ihr habt nichts zu befürchten. Hört euch einfach an, was ich zu sagen habe, dann verlasse ich euch wieder.«

Harlyn und ich tauschten einen Blick. Das klang immer noch wenig beruhigend, aber was für eine Wahl hatten wir? Also nickte ich. »In Ordnung.«

So als hätte er damit schon gewonnen, lächelte der Dämon noch breiter. Seine Gesichtshaut spannte und wirkte generell, als wäre er gerade aus einem brennenden Haus geflohen. Rötlich, geschmolzen mit abblätternder Haut. »Ich möchte euch einen Handel anbieten. Ihr wollt eure Mutter, das verstehe ich. Und ich kann sie von den Toten zurückholen – wenn ihr euch drei Erntejahre in meine Dienste stellt und danach eure erstgeborene Tochter bis in die sechshundertsechsundsechzigste Generation.«

»Ich verstehe nicht …« Ein Handel mit einem Dämon? Das war … nicht nur verboten, sondern auch gefährlich.

Als hätte er meine Gedanken gelesen, fuhr er fort. »Ich bestreite nicht, dass es gefährlich ist, einen Handel mit einem der drei hohen Dämonen einzugehen, bloß bleibt euch nichts anderes übrig. Ihr seid Halbdämoninnen, Halb-Reeven, um genau zu sein, und müsst lernen, mit euren Fähigkeiten umzugehen. Dringend. Bevor ihr einen Jungen oder ein Mädchen zum ersten Mal küsst. Und ich kann euch diesbezüglich helfen.«

»Du lügst«, sagte ich in schneidendem Tonfall. »Unser Vater ist ein Mensch, und unsere Mutter war ebenfalls einer. Wie soll das möglich sein?«

»Der Mann im Erdgeschoss ist nicht euer biologischer Vater«, sagte der Dämon schlicht.

»Was?« Harlyn atmete hektisch ein.

»Sorgt euch nicht darum. Eure Mutter wurde getäuscht. Hohe Dämonen sind Meister der Illusionen.«

Der Satz hing einfach so zwischen uns in der Luft. Als würde es nichts bedeuten und doch alles.

»Was zählt, ist, dass ihr nicht auffallt, aber das werdet ihr. Der König und die Königin werden euch töten lassen, wenn sie erfahren, was ihr seid.«

Was? Angeblich eine Reeva? Harlyn und auch ich? So etwas Ähnliches wie ein Sukkubus, der Menschen die Liebe aussaugte und damit gefügig wie eine Marionette machte, weil sie einfach nur noch leere Hüllen waren? Nein, das würde ich nie im Leben glauben.

»Und du kannst unsere Mutter zurückholen?«, fragte Harlyn unvermittelt. Weil sie weiter nach hinten zurückwich, stieß sie den Krug mit Wasser von ihrem Nachttisch, der zu Boden fiel und zersplitterte.

»Genau. Nach drei Erntejahren in meinem Dienst.«

Er log doch. Niemand konnte Tote wieder lebendig machen. Obwohl … sagte man nicht, dass die drei hohen Dämonen das vermochten? »Wer bist du?«, hakte ich nach.

»Mädchen?« Vaters Schritte erklangen auf der Treppe. »Ist alles in Ordnung bei euch?«

Er musste den Aufprall des Krugs gehört haben. Mein Blick traf den von Harlyn. O nein! Nicht jetzt.

»Ich komme wieder. Überlegt es euch«, sagte der Dämon und verschwand einfach so, als ob man eine Kerze gelöscht hätte.

In den Tagen darauf hatten wir wieder und wieder darüber gesprochen. Harlyn hatte ihren Herzallerliebsten, den Sohn des Grafen, der selbst, wie es üblich war, den Grafentitel seit Geburt trug, getroffen, und ich hatte sie gedeckt. Davor und danach versuchte ich sie zu überreden, den Handel mit dem Dämon einzugehen. Selbst in der Pause zwischen unseren Unterrichtsstunden im Dorf. Harlyn hielt sich ihr Handelsbuch vor die Brust, wippte auf der Bank vor und zurück. »Du hast ebenso wie ich gehört, dass es gefährlich ist.«

»Und du hast gehört, dass wir auch so sterben könnten. Wenn es stimmt, dass wir Halb-Reeven sind, werden uns die

Königin und der König niederstrecken lassen. Unerbittlich. Hast du nicht das Bild gesehen?« Damit spielte ich auf das Amtsblatt von dieser Woche an, wo ein Bild von Königin Marigold abgebildet gewesen war. Darauf hatte die Königin, die Pfeil und Bogen auf dem Rücken trug, vor einem Scheiterhaufen gestanden und gelacht, während in den Flammen gerade ein Mann ums Leben kam, der ein Dämon gewesen sein sollte. Ein Raju oder etwas Ähnliches.

»Wo bitte ist der Beweis dafür, dass wir keine Vollmenschen sind?«, flüsterte Harlyn zurück. »Das könnte nicht mehr als ein Trick sein. Dein Ego steht dir mal wieder selbst im Weg. Immer glaubst du alles hinzukriegen, dabei hast du nicht mal einen richtigen Plan.«

Teilweise mochte sie da recht haben, aber darum ging es hier nicht.

»Willst du es wirklich riskieren? Was, wenn du diesen Syrill küsst und ihm aus Versehen alle Liebe aussaugst? Seine Seele? Er wäre nicht mehr er selbst, und diese von Schwarzfels-Grafensippe könnte sich noch fürchterlicher an dir rächen, als die Königin dich zur Strecke zu bringen vermag.«

Tatsächlich klappte meine Schwester den Mund auf, wieder zu, wurde dann aber blass, statt etwas zu antworten. Nach ein paar Wimpernschlägen brachte sie lediglich hervor: »Braunfels, nicht Schwarzfels.«

Als würde das eine Rolle spielen. Ich verdrehte die Augen. Typisch Harlyn. Als ob sie nicht wüsste, wie schwer ich mir Namen merken konnte. Ich zupfte ihr einen Grashalm aus dem Zopf. »Denk bitte einfach noch mal drüber nach, ja? Drei Erntejahre, und dann hätten wir Mutter zurück.«

Weil in diesem Moment der Gong ertönte, musste ich unser Gespräch auf unseren Nachhauseweg verschieben.

Was ich auch tat. Praktisch an unser Gespräch anknüpfte, als wäre keine Zeit vergangen, nachdem die letzte Unterrichtsstunde an diesem Tag geendet hatte. Unser Vater holte uns mit der Kutsche ab, da wir zuerst zum Friedhof und dann zum Nachtmarkt fahren wollten, um dort Waren zu verkaufen.

»Nicht jetzt«, zischte Harlyn. »Was, wenn Vater uns hört?«

Mit den Augen bedeutete ich ihr, so zu reden, dass Vater nicht verstand, worum es ging. Schließlich war das unsere Spezialität seit Kindertagen. Wir warfen unsere Schulsachen nach hinten auf den Planwagen in eine Kiste voll Wollwaren und kletterten zu Vater auf den Kutschbock.

»Etwas zu lernen kann nie verkehrt sein«, beharrte ich, wobei ich darauf anspielte, dass wir ohne Anleitung mit diesen Reeva-Kräften Schlimmes anrichten konnten.

Harlyn verdrehte lediglich die Augen, schwieg. Um uns herum färbte sich der Himmel düsterblau, weswegen Vater eine Öllampe entzündete. Der goldene Mond war nicht zu sehen, lediglich sein kleiner silberner Halbmondbruder.

Unglücklicherweise stellte Harlyn ab da ihre Ohren auf Durchzug, antwortete nicht. Statt mich anzusehen, richtete sie ihren Blick auf die Holperstraße. Der schnellste Weg zum Friedhof von der Schule aus, zugleich auch der unbequemste, weswegen wir kaum einer anderen Menschenseele begegneten.

Dieser Umstand erforderte einen Strategiewechsel meinerseits. Deutlicher werden, obwohl das gewisse Risiken mit sich brachte. »Das heißt also, wir müssen noch mal per Ouija-Brett versuchen, mit Mutter Kontakt aufzunehmen?«

Sowohl Harlyn als auch Vater drehten ihre Köpfe ruckartig zu mir herum. »Ouija-Brett?«, donnerte Vater. »Sag nicht, ihr benutzt so etwas. Wisst ihr nicht, wie gefährlich das enden kann? Eure Mutter hat vor Jahren damit fast das Haus abgefackelt. Vor eurer Geburt. Sie sind dämonischen Ursprungs!«

»Wir haben bloß …« Ja, was eigentlich? Ich wusste selbst nicht, wie ich den Satz vervollständigen sollte.

»Niemals wieder will ich hören, dass ihr so etwas macht!«

Vaters Gesicht lief rot an, sodass er dem Dämon in unserem Zimmer auf skurrile Weise ähnelte. Statt auf den Weg vor uns starrte er mir ins Gesicht, wohl wissend, dass es meine Idee gewesen sein musste. Ein Wagenrad holperte über einen besonders großen Stein, knackte.

»Ich …«, stammelte ich. Doch in diesem Moment scherte die Kutsche aus, als wäre ein Wagenrad gebrochen. Nein, ganz sicher sogar war ein Wagenrad gebrochen, denn das Holpern fühlte sich ganz und gar nicht normal an!

»Was?« Ich beugte mich über den Rand zu meiner Seite der Kutsche, die mächtig in Schieflage geriet.

»Ho!« Vater versuchte die Kutsche zu stoppen. Alles ging so schnell. Im nächsten Moment stürzte ich hinunter, spürte, wie ich mir Kinn und Unterarme aufschrammte, und konnte gleichzeitig nicht wirklich realisieren, was gerade geschah. Die Welt drehte sich um mich herum. Auch ganz und gar nicht normal. Ich hielt die Luft an.

Harlyn schrie, doch durch den Staub in meinen Augen konnte ich nur hektisch blinzeln. Es krachte heftig. Die Pferde wieherten in Todesangst. Und dann verstand ich. Die Kutsche hatte sich überschlagen. Eins der Pferde galoppierte davon, und erst jetzt gelang es mir, die Augen so weit aufzureißen, dass ich den Planwagen sehen konnte. Oder was davon übrig war. Die Öllampe flimmerte nur noch und erstarb. Allerdings gewöhnten sich meine Augen blitzschnell an die Dunkelheit. Unsere Ware – alles Mögliche von Töpfen über Wolle bis Unterröcke – lag auf dem Weg verteilt, die Wagenräder abgebrochen, doch das Schlimmste war die Stille, abgesehen von einem sich noch quietschend drehenden Wagenrad. Bloß sah ich meine Familie nirgends.

»Harlyn? Vater?« Irgendwie kam ich auf die Beine, obwohl sich mein rechter Knöchel anfühlte, als wäre er verstaucht.

Keine Antwort. Ich humpelte vorwärts. Staub wirbelte um mich herum auf. Das Erste, was ich sah, war das tote Pferd.

Hyperion, unser wunderschöner fuchsbrauner Wallach, regte sich nicht mehr. Mein Blick glitt nach links, und ich schrie. Schrie beim Anblick von Harlyn, die halb unter der Kutsche lag. Praktisch zerteilt von den Haltegriffen des Kutschbocks. Ich presste mir die Hand auf den Mund, wandte den Blick ab. Das war zu viel. Meine Schwester! Und wo war Vater? Ich sah mich um, fand ihn am Wegesrand, wo er mit dem Rücken gegen einen Baum geprallt war. Ein riesiger Blutfleck breitete sich vor meinen Augen auf seinem Hemd aus. Nein! Stach da eine Rippe durch die Baumwolle? Ich stürzte auf ihn zu. Alles in mir fühlte sich taub an, selbst der Schmerz in meinem rechten Knöchel rückte in den Hintergrund. Das hier konnte gerade nicht wirklich passieren. Und wenn ja, war es meine Schuld. Weil Vater sich so über meine Idee mit dem Ouija-Brett geärgert und nicht auf die Straße geachtet hatte, war das Wagenrad gebrochen und die Kutsche verunfallt. Meine Schuld. Meine elendige Schuld! Tränen rannen über mein Gesicht, als ich mich vor Vater auf die Knie fallen ließ.

»Vater?« Meine Stimme brach.

»Liebling.« Vater hustete, war statt rot vor Ärger nun ganz blass im Gesicht. Er streckte eine Hand nach mir aus oder, besser gesagt, versuchte es, ehe sie zitternd nach unten sackte. Blut lief aus seinen Mundwinkeln.

»Bitte versprich mir, nie wieder … nie wieder …« Die Worte kamen blubbernd aus seinem Mund hervor, gefolgt von Blutbläschen.

Irgendwo schrien Raben zwischen den Bäumen und stoben dann in den dunkler werdenden Himmel.

»Was?« In meinen Ohren dröhnte es, während ich seine Hand in meine nahm. Was sollte ich tun? Da blitzte tatsächlich ein Stück abgebrochene Rippe aus ihm hervor. Zwei sogar. Zitternd drückte ich seine Hand und Schulter. Man konnte nichts mehr tun, begriff ich – außer bei ihm zu sein, wenn er … ging.

»Nie wieder mit einem Dämon zu reden. Sie versprechen dir … alles. Für nichts. Bitte, Skylar … Versprich es mir.« Und dann erstarrte mein Vater. Ganz und gar. Jeder Muskel, und sein Kopf sackte noch tiefer. Alles an Leben war aus seinem Körper gewichen. Es war vorbei. Ich realisierte es, und gleichzeitig doch nicht. Stille. Nichts als Stille legte sich über den Waldweg. Nicht mal eine Grille zirpte. Vielleicht war ich zu geschockt, jedenfalls konnte ich nichts anderes tun, als dort zu knien und die Schulter meines Vaters festzuhalten. Nicht mal weinen, und mich erst recht nicht zu meiner in zwei Hälften geteilten Schwester umdrehen. Also saß ich da. Saß da, starrte, atmete flach, während es um mich herum beinahe stockdunkel wurde.

Bis ich die Stimme des Dämons hörte. Mir anhörte, was er mir dieses Mal vorschlagen wollte. Natürlich war er gekommen. Ausgerechnet jetzt. Besagten Handel, den er bereits erwähnt hatte, unterbreitete er mir erneut. Drei Erntejahre sollte ich für ihn arbeiten, und dafür würde er mir eins meiner toten Familienmitglieder zurückbringen. Ich hatte die Wahl, wen ich wieder lebendig machen wollte. Mutter, Vater oder Harlyn. Aber niemals alle. Sämtliches Flehen meinerseits wurde im Keim erstickt, also ließ ich das Betteln irgendwann bleiben. Wieder und wieder drängte mich der Dämon, endlich einzuwilligen. Vielleicht weil ich immer noch Vaters letzte Bitte im Ohr hatte, antwortete ich nicht darauf. Stattdessen sah ich in Endlosschleife die Gesichter meiner Familie vor mir. Vater, Mutter und meine Zwillingsschwester. Es war einfach nicht gerecht. Sie waren tot und ich hier. Allein. Ohne sie. Und wie sollte ich mich für einen von ihnen entscheiden? Wenn ich doch Harlyn und Vater nur nicht in diese Lage gebracht hätte, dann wären wenigstens sie noch am Leben. Stattdessen würde ich die beiden jetzt beerdigen müssen.

»Überleg es dir. Es sind nur drei Erntejahre. Wohin wirst du sonst gehen? Warten, bis jemand vorbeikommt und dich rettet? Allein in eurem Haus ohne Familie wohnen?« Die Stimme des Dämons klang sanft. Sicherlich nur Süßholzgeraspel.

»Weißt du«, sagte er nach einer Pause. »Manchmal liegen die Dinge ganz anders, als sie scheinen. Wenn du wüsstest, warum ich das alles tue.«

»Und warum?«, entfuhr es mir. Mist, ich war auf den Vortrag des Dämons eingegangen. Zwar ohne ihn anzusehen, weil mich immer noch die toten Augen meines Vaters gefangen hielten, aber dennoch. Harlyn und Vater waren wegen mir gestorben. Hätte ich das Ouija-Brett bloß nicht erwähnt …

»Weil es meine Aufgabe ist, die Apokalypse zu verhindern. Das Große Sünderfressen. Du weißt, was das ist, oder?«

Natürlich. Das lehrten sie uns in der Schule.

»Das heißt, du bist Andras? Der Dämon, der stets am letzten Tag des Erntejahres seine Heere in die Schlacht gegen seine Brüder führt?« Vor meinem geistigen Auge sah ich den Text und die Zeichnungen dazu in meinem Geschichtsbuch. Der Andras? Bei allen Dämonenfürsten, der leibhaftige hohe Dämonenfürst! Er musste es sein, wenn ich alle Informationen bedachte, die er mir über sich geliefert hatte. Die drei hohen Dämonen … von denen die zwei jüngeren das Große Sünderfressen einleiten wollten. Und wenn er ebendas verhindern wollte, musste er der große Bruder der Zwillingsdämonen sein. Andras höchstpersönlich. Der stärkste Dämon überhaupt. Zumindest noch.

»Korrekt. Und ich muss dir sagen, dass ich deine Hilfe brauche, um auch in den kommenden Erntejahren meine Brüder aufzuhalten.«

Ich musste mich verhört haben. »Wieso meine Hilfe? Ich bin fünfzehn und ein Niemand.«

»Letzteres ist nicht korrekt. Du bist eine Halb-Reeva, und mit deinen Fähigkeiten können wir beide das letzte Heer der Menschen auf unsere Seite bringen. Die größte Macht von euch Sterblichen.«

Ich sah auf. Das musste wieder so ein Trick sein. Die größte Macht von uns Sterblichen?

»Sag mir, Skylar, Kaufmannstochter. Wen deiner Liebsten würdest du wählen? Und sollten wir deinen Vater, Mutter oder Schwester wieder unter uns haben, würde es sich dann nicht lohnen, die Welt weiter am Laufen zu halten? Würdest du nicht dafür kämpfen, dass meine Brüder auch in den kommenden Erntejahren gegen meine dämonischen Heere unterliegen? Dass unsere Welt so bleibt, wie sie ist?«

Ich drehte mich zu Andras um, sah in seine goldleuchtenden Augen. »Beweise es mir, dass alles wahr ist.«

Kapitel 14

Gegenwart

»Träumst du?« Prinzessin Dahlia lächelte mich an. »Wahrscheinlich von meinem Bruder, stimmt's?«

Mhm? Oh, richtig.

Ich rubbelte mir über die Stirn. »Habe ich denn so laut geschrien, dass es auf einen Albtraum hingedeutet hätte?« Obwohl es genau das gewesen war, ein Albtraum, nur eben nicht in Bezug auf Prinz Read.

Dahlia kicherte. »Du bist wahrlich erfrischend. Findest du ihn so schrecklich?« Dann wurde sie wieder ernst. »Heißt das, du hast kein Interesse und willst freiwillig abreisen?«

Ich sah in ihre unschuldig glänzenden Augen, die flackerten und eine Antwort zu erbetteln schienen. Vermutlich war sie einfach eine genauso gute Schauspielerin wie ich. Sie war die Tochter ihrer Mutter und konnte nicht wirklich die sympathische junge Frau verkörpern, die sie vorgab zu sein. Wieso sollte sie sich gerade für mich interessieren?

»Nein, will ich nicht.« Ich schob mir eine Traube in den Mund und zwinkerte Dahlia zu. »Eigentlich finde ich es hier ganz spannend. Und es wird sicher noch amüsanter in den kommenden Tagen.« Allerdings sah ich immer wieder meine tote Familie vor mir, weswegen ich nicht wirklich ein Lächeln zustande brachte. »Weißt du, was heute ansteht?«

»Die erste Prüfung für euch. Aber was es genau ist, weiß ich nicht.« Sie zuckte mit den Schultern. »Nichtsdestotrotz habe ich das Gerücht gehört, dass dich Amaryllis und Margerite unbedingt loswerden wollen.«

Oh, das war sogar der Prinzessin zu Ohren gekommen? Gut, Margerite hatte mit dieser Reinheitssache wahrlich nicht hinter dem Berg gehalten. Und da sie es selbst ansprach … Ich senkte die Stimme, behielt dabei Prinz Read im Auge, der mit abwesendem Blick auf seinem Butterbrot herumkaute, ohne auf die Avancen der Mädchen um sich herum einzugehen. »Margerite steigert sich da in irgendetwas rein. Denkst du, weil sie es so will, würde ein zweites Reinheitsritual für mich abgehalten werden?«

Dahlia überlegte einen Moment, als würde sie abwägen, wie viel sie mir verraten durfte. »Meine Mutter würde für so etwas eher keine Zeit oder Nerven verschwenden. Allerdings ist sie nicht deine größte Befürworterin, und gerade deshalb wird sie mit einer Anspielung auf Margerites Theorie immer wieder Druck auf dich ausüben. Nur wenn du sie richtig verärgerst, wird sie einen Weg finden, dich loszuwerden, vielleicht sogar über ein manipuliertes zweites Reinheitsritual.«

Oh! Meine Kehle wurde eng. Gute, aber auch schlechte Nachrichten.

»Wie gesagt«, fuhr Dahlia fort. »Vorerst wird sie diesen Trumpf nicht ausspielen, lediglich damit drohen.«

Vorerst also. Bloß wie beruhigend klang das?

»Schon seltsam, dass Margerite einfach jedem ihre Meinung zu dir aufdrängt. Selbst dieser Brynn hat sie heute früh im Garten dazu einen Vortrag gehalten.«

Brynn? Da musste sich Dahlia irren. Margerite würde sich kaum mit einer Bürgerlichen abgeben.

Eine Weile versuchte ich mich daran, unser Gespräch auf unverfängliche Themen zu lenken, und Dahlia erzählte mir davon, dass sie gerade einen kleinen Garten mit ihren Lieblingsblumen anlegte, als die Königin angekündigt wurde.

Neben mir seufzte Dahlia so, als hätte auch sie auf die Anwesenheit ihrer Mutter verzichten können.

Weil sich meine Gedanken immer noch darum drehten, was ich am Todestag meiner Familie hätte anders machen können, um die Katastrophe zu verhindern, verschiedene Szenarien durchspielte, bekam ich kaum zur Hälfte mit, was die Königin uns zu sagen hatte. Ich war schuld am Tod meiner Liebsten.

Selbstverständlich hingen alle anderen Anwärterinnen an den Lippen der Königin. »… wird sich heute zeigen, wie Ihr den Umgang mit dem Volk meistert. Es werden Maler parat stehen, um die Szene für das Amtsblatt einzufangen, und dazu werden sogar Fotografien angefertigt.« Bei diesen Worten tuschelten einige der Mädchen wegen der neuartigen Technik. Vermutlich hatten noch nicht alle von ihnen so eine Fotografie von sich anfertigen lassen. Mir war das ja vollkommen gleich.

»Alle, die die Auswahl heute Abend bestehen, werden im Anschluss die zweite Prüfung ablegen. Noch heute Nacht.« Und damit beendete die Königin ihre Ansprache.

Zwei Prüfungen an einem Tag? Gut, genau genommen war, sich dem Volk zu präsentieren oder worauf der erste Termin hinauslief, keine richtige Prüfung. Sicherlich wollte die Königin so einfach ein paar ungeschickte Kandidatinnen aussortieren, und danach kam etwas Schwereres an die Reihe. Mein Blick glitt zu Dahlia, doch die hob und senkte die Schultern, formte mit den Lippen die Worte »Ich weiß es nicht«.

Und das glaubte ich ihr, wie auch schon beim ersten Mal. Die Königin gab ungern Trümpfe aus der Hand – das sah ihr auch bei dieser Angelegenheit ähnlich.

Kurzerhand wurden wir alle nach dem Frühstück in mehrere Kutschen verfrachtet. Der Prinz und seine Anwärterinnen. Dahlia war es offenbar nicht gestattet mitzukommen, denn sie diskutierte zwar mit ihrer Mutter darüber, winkte uns am Ende aber lediglich mit zusammengekniffenen Lippen vom Palastportal hinterher. Zu schade, denn mehr Zeit mit ihr hätte mich meinem Ziel definitiv näher gebracht. Und ganz offensichtlich konnte sie eine Vertraute brauchen. Eine Aufgabe, die ich nur zu gern übernehmen würde. Solange es möglich war, starrte ich sie an. Wie schön Dahlia wirkte und wie zerbrechlich. Der Wind spielte mit ihren Haaren, während sie meiner Kutsche hinterhersah, die Hände vor ihrer Brust zu einer Kugel geformt. Dann geriet sie außer Sichtweite.

In der Kutsche schwiegen alle. Flora saß mir gegenüber und starrte aus dem Fenster. Ich dachte daran, dass ich nicht die Einzige war, die ein Reinheitsritual kein zweites Mal überstehen würde, bloß dass mir wenigstens die Prinzessin zur Seite stand – wie es schien –, und schlagartig fühlte ich mich um einiges besser.

Ich hatte keine Ahnung, wo genau wir hinfuhren, und genauso wenig Lust, die Anwärterinnen danach zu fragen. Wahrscheinlich hatte die Königin diese Information fallen lassen, als ich mit meinen eigenen Gedanken beschäftigt gewesen war. Andererseits spielte es kaum eine Rolle. Ungefähr so hatte ich mich bei den wenigen Malen gefühlt, als mich Graf Prahar und Risha in ihrer Kutsche zu unbekannten Zielen mitgenommen hatten. Um mich einzukleiden oder meine angeeigneten Umgangsformen an Außenstehenden zu testen. Seufzend lehnte ich den Kopf gegen die Glasscheibe der Kutsche. Rishas Lachen fehlte mir, ihre Fürsorglichkeit, obwohl ich es kaum verdient hatte, so behandelt zu werden, und sogar der strenge Blick des Grafen, der ab und zu von einem schelmischen Lächeln begleitet worden war. Zumindest gegen Ende meiner Zeit bei ihm. Ob er mich auch vermisste? Vielleicht nur, weil ich seiner verstorbenen Tochter Calla ähnelte? Oder wegen mir? Ich dachte daran, wie er stundenlang vor ihrem Gemälde im Kaminzimmer gesessen hatte, versunken in seine eigenen Gedanken.

Die Kutsche drehte ab, und ich hörte Möwengekreische. Sobald ich aus dem Fenster sah, bemerkte ich, wie wir auf den großen Güterhafen am Fluss zusteuerten.

Unsere Kutsche war die letzte der Kolonne, die zum Halten kam. Ein Page, der im Gegensatz zu den anderen breite goldene Schnüre an seinen Schultern trug, begrüßte uns beim Ausstieg. »Guten Morgen, mein Name ist Hofmarschall Greenhorn, und ich werde heute an Eurer Seite sein, um Euch durch die Prüfung zu geleiten.« Eine winzige Verneigung, was ein wenig untertrieben bei so einem riesigen, schlaksigen Mann wirkte. Wo sein braunes Haupthaar langsam schütter wurde, sträubten sich buschige Koteletten an seinen Schläfen gegen die Alterung, wie es schien.

Er geleitete uns zu einem Lagerhaus, nein, das war eine Schiffswerft, richtig? Im Inneren hatte man ein kleines Büfett mit Erfrischungen aufgebaut. Ich war die Vorletzte, die den Raum betrat, und betrachtete die anderen Kandidatinnen, die jeweils mit sich beschäftigt waren. Wie musste es sein, lediglich diese eine Sorge auf der Welt zu haben? Dass sich der Prinz nicht für einen entscheiden würde? Wie fühlte es sich an, ein richtiges Zuhause mit Eltern zu haben, die einem sogar Briefe in den königlichen Palast schickten? Ein gemütliches eigenes Zimmer in einem eigenen Schloss zu besitzen, das auf einen wartete?

Ich dachte an die Höhle von Andras in der Unterwelt, die ich in den letzten Erntejahren bewohnt, und an den Strohsack, auf dem ich in ihr geschlafen hatte, ehe ich die Ausbildung zur Gräfin bei Graf Prahar absolviert hatte.

Ich seufzte. Immerhin hatte ich eine Zukunft: Harlyn.

Amaryllis rümpfte ganz in meiner Nähe auffällig die Nase, und ich wusste nicht, ob es wegen mir oder dem modrigen Geruch von feuchten Balken geschuldet war.

»Beruhige dich«, flüsterte Margerite für alle gut hörbar Amaryllis zu. Ihre Porzellangesichtsfarbe schimmerte heute besonders hell, wie mit einem Glitzerpuder überzogen. »Du bist die schönste und mächtigste Prinzessin. Der Prinz wird sich für dich entscheiden, und wenn wir dafür ein paar Prüfungen in einem widerlichen Bootshaus ablegen müssen. Bald stehst du an der Spitze dieses Landes, vertrau mir.«

Amaryllis' Blick glitt zu mir, an mir herunter, ehe sie sich mit genauso klar flüsternder Stimme Margerite zuwandte, die an ihren blonden Haarwellen zupfte. Offensichtlich war sie gewillt, Amaryllis den Prinzen zu überlassen, um dann den Platz der ersten Hofdame von Amaryllis einzunehmen. In ihrer Vorstellung von ihrem zukünftigen Leben zumindest. »Da hast du recht.« Deutlich leiser fügte Amaryllis hinzu: »Die mächtigste Frau der Welt ist aktuell allerdings die Königin von Itdris, und danach folgt Prinzessin Dahlia.«

»Ich bin mir nicht sicher«, wisperte Margerite zurück, »ob man Dahlia die Krone Kankarras nicht wieder streitig machen wird. Findest du es nicht auch ungewöhnlich, dass der alte König auf dem Sterbebett völlig überraschend den Namen seiner Nichte Dahlia gewispert hat?«

Sie tauschten einen Blick und dachten wahrscheinlich dasselbe wie ich. So, wie sie es ausdrückte, klang es tatsächlich wie eine Verschwörung. Doch Dahlia hatte nicht den Anschein erweckt, als ob sie die Krone von Kankarra wollte. Gedankenverloren schenkte ich mir einen Krug Wasser ein. Wer kam als Strippenzieher noch infrage? Königin Marigold? Oder wer hatte darüber hinaus ein Interesse daran, Dahlia zu einer der mächtigsten Frauen von ganz Orianda zu machen?

»Calla.« Metis schob sich neben mich.

»Metis.« Sanft drückte ich ihre Hand, was sie zum Lächeln brachte. Die Stimme gesenkt, neigte sie den Kopf in meine Richtung. »Ich glaube, mit Brynn stimmt etwas nicht.«

»Ist ihr nicht gut? Braucht sie etwas?«

»Nein, das ist es nicht. Sie … verhält sich nicht wie die anderen.«

Meine Augenbrauen wanderten nach oben. »Das ist wahr, bloß nicht ganz ungewöhnlich für ihren Charakter, oder?«

»Nein, aber ich meine, sie verbirgt etwas.«

Wie wir alle. Wieder drückte ich aufmunternd Metis' Hand. Um sie und Brynn würde ich mich später kümmern.

Metis warf Margerite einen schiefen Blick zu. »Und ich fürchte, Margerite will nicht nur dich, sondern auch Brynn aus dem Rennen werfen. Sie hat Brynn schon mehrmals aufgelauert. Weshalb genau, verstehe ich zwar nicht ... ich meine, bei dir schon: Du bist schön, hast diesen attraktiven Kirschmund, wärst nicht die schlechteste Partie, aber Brynn? Gut, sie besitzt diese langen glänzenden Ebenholzhaare ...«

Ich verzog den Mund. Sie sorgte sich also wirklich.

»Und was«, fuhr Metis fort, »wenn Margerite ihr das nächste Mal mit ihren Freundinnen auflauert, um sie zu verprügeln?« Metis rubbelte sich über die Oberarme, begann zu zittern.

Oh, oh! Mir schwante Übles. »Hast du selbst schon mal so etwas erlebt?«

»Ja.« Metis sah zu Boden, schwieg ein paar Atemzüge lang, ehe sie erneut zu sprechen begann. »Gestern habe ich dir nicht alles erzählt. Einiges ausgelassen.«

»Du musst auch nicht«, warf ich ein.

»Ich will aber. Damit du verstehst.« Bevor sie weitersprach, atmete Metis einmal tief durch. »Weißt du, als ich vor ein paar Tagen in einem Gasthaus in Iria verzweifelt dasaß, bewacht von Vaters Männern, damit ich auch brav bis zur Brautschau des Prinzen blieb und daran teilnahm, beschloss ich, abzuhauen und noch einmal mit meinem Vater zu reden. Von Angesicht zu Angesicht. Dann würde er alles rückgängig machen, so hoffte ich.« Sie unterbrach sich, und ich ahnte bereits, wie das Ganze ausgegangen war. Arme kleine Metis.

»Also schlich ich mich nachts fort, holte mein Pferd aus dem Stall des Gasthauses und ritt nach Hause. Natürlich wollte mein Vater nichts davon hören, er rief meine drei großen Brüder hinzu – in unsere Wohnstube –, und dann begann er mich zu schlagen. Ich flehte ihn an aufzuhören, erhoffte mir, dass meine Brüder mir halfen. Doch anstatt mir beizustehen, erhoben sie ebenfalls die Hände gegen mich, halfen meinem Vater und nicht mir.«

Was? Das konnte nicht wahr sein! Ihre eigenen Brüder hatten Metis zusammengeschlagen?

Offensichtlich um mir den Beweis dazu zu erbringen, schob Metis ihren Puffärmel von ihrem Ellenbogen hoch bis zu ihrem Schulterblatt. Durch diese Bewegung entblößte sie eine enorme Ansammlung blauer Flecken. Bei den Dämonenbrüdern! Also stimmte es!

»Es tut mir so leid, Metis.« Tatsächlich verhedderten sich die Worte in meinem Mund. »Das hast du alles nicht verdient, ich hoffe, du weißt das. Und wenn du jemanden zum Reden brauchst …«

»Brynn braucht uns«, unterbrach mich Metis.

Da hatte sie recht. »Aber du brauchst ebenfalls Hilfe«, sagte ich sanft.

Metis sah mich fest an. »Versprich mir einfach, dass du Brynn hilfst. Sie hat sonst niemanden außer uns, und ich bin offensichtlich ungeeignet, ihr in einem Faustkampf beizustehen.«

»Gut.« Ich nickte. »Ich verspreche es.«

In diesem Moment betrat Hofmarschall Greenhorn gemeinsam mit Prinz Read den Raum. Sofort verstummten alle Gespräche, und auch ich ließ Metis' Hand los. Sämtliche Mädchen drehten sich zur Tür um, wo sich der Hofmarschall räusperte und Prinz Read vor sich hin starrte, als wäre das Fenster, das den Fluss zeigte, das Interessanteste zwischen den zwei Monden, was er je gesehen hatte.

Meine Gedanken hingen weiter dem nach, was Metis gesagt hatte, und deshalb schien die Zeit zu springen. Unkontrolliert nach vorn. Irgendetwas hatte ich verpasst.

»Meine Damen.« Ein sanftes Lächeln erschien auf dem Gesicht von Hofmarschall Greenhorn. »In wenigen Momenten werden wir Euch abholen, um der Schiffstaufe des royalen Kreuzers der Königsfamilie beizuwohnen. Ein ehrwürdiges Ereignis, bei dem Maler und sogar diese neumodischen Fotografen vor Ort sein werden, um Euch alle für das Amtsblatt abzulichten.«

Getuschel setzte rechts von mir ein, doch Hofmarschall Greenhorn tat so, als wäre nichts gewesen. »Daher werdet Ihr jetzt die Gelegenheit haben, Euch frisch zu machen, und der Prinz wollte ein paar Worte an Euch alle richten.« Offensichtlich genauso gespannt wie die meisten Mädchen, wandte sich Hofmarschall Greenhorn Prinz Read zu.

Immer noch sah der Prinz uns kaum an, schien mehr Augen für die Möwen zu haben, während er sprach. »Ich weiß, einige von Euch sind öffentliche Auftritte gewohnt, andere kaum oder gar nicht. Teil der heutigen Prüfung wird es sein, ein gutes Bild in der Öffentlichkeit während einer Schiffstaufe abzugeben, das einer künftigen Königin würdig ist. Das soll ich Euch von meiner Mutter ausrichten, die bereits oben auf dem Deck weilt. Viel Glück!«

Natürlich befand sich die Königin schon auf dem besten Platz, während wir unter ihr stehen würden, so viel war selbst mir klar. Die Königin wusste genau, was sie tat. Und das nicht nur, weil sie einmal selbst an unserer Stelle gestanden hatte. Bei der Auswahl einer Braut für König Yorind. Mir fiel ein, dass sie damals nicht unbedingt als Favoritin gehandelt worden war, schlussendlich jedoch das Rennen um das Herz des Königs für sich entschieden hatte.

Mit einer Verbeugung seitens Greenhorns und einem schwachen Lächeln von Prinz Read verabschiedeten sich die zwei von uns.

Ein Page zog einen Vorhang, der als Raumtrenner diente, zur Seite. Sogleich stürzten sich alle Mädchen in diese Ecke, und ich begriff, dass dort wieder eine Reihe Tische samt Spiegeln und Schminkutensilien aufgereiht stand. Davon konnte man schließlich nie genug haben. Langsam fühlte ich mich wie im Theater. Obwohl ich dort schon keine Freundin der dicken Schminkschichten gewesen war. Gleichwohl musste man manchmal einfach Opfer für seinen großen Traum bringen.

Ein Luftzug streifte meine Schläfe. Ob sich Dahlia auch auf dem Schiff befand? Zumindest bestand die Chance, dass sie in Begleitung ihrer Mutter dorthin gebracht worden war. Vielleicht konnte ich es im Anschluss nach der Prüfung irgendwie schaffen, mit ihr in derselben Kutsche zum Palast zurückzufahren … Wenn wir allein wären, konnte ich die erste sich bietende Gelegenheit nutzen, sie zu küssen und so mit ihrer Liebe einen Teil ihrer Seele zu stehlen, damit sie sich in mich verliebte. Allein der Gedanke daran, ihr das anzutun, war so grauenhaft, wie er letztlich sein konnte, aber das war der Plan. Zum Wohl der Menschheit. Doch vor allem für meine Schwester. Ich musste Dahlia vollends kontrollieren können, nur so würde ich Harlyn zurückbekommen.

Jemand packte mich – so unvermittelt, dass ich beinahe aufgeschrien hätte. Da ich jedoch nicht ausschließen konnte, dass Andras in der Nähe war und irgendeine Illusion benutzte, um sich an mich heranzuschleichen, verkniff ich mir, zu schreien oder gar zu japsen.

Margerite zerrte mich am Arm mit sich. Doch war es wirklich Margerite oder Andras? Ich durchbohrte sie mit meinem Blick. Keine Illusion war perfekt, weshalb ich Margerites Äußeres auf ebendiese untersuchte. Wenn doch wenigstens Jagger mitgekommen wäre, um mir ein Zeichen zu geben, doch das war einfach nicht seine Tageszeit. Ich konnte erst am frühen Nachmittag mit ihm rechnen.

»Sei still«, zischte mir Margerite überflüssigerweise zu – schließlich hatte ich keinen Ton von mir gegeben. Sie schleppte mich auf eine Hintertür zu, die Amaryllis aufhielt und die zu einem Steg führte, der um das Gebäude verlief. Also wahrscheinlich doch kein Andras, wenn Amaryllis mit von der Partie war. Erst jetzt begann ich mich zur Wehr zu setzen. Was wollten die beiden von mir? Unglücklicherweise packte nun Amaryllis meinen anderen Arm und zog mich den letzten Schritt über die Schwelle nach draußen.

Das … war … nicht gut. Wollten sie mich ertränken? Vom Steg schubsen?

»Könntet ihr mich bitte loslassen? Wo bleiben eure Manieren?«

»Dort, wo du deine schon begraben hast.« Amaryllis stieß mich zu Boden, direkt auf die Planken, es hätte nicht viel gefehlt, und ich wäre in den Fluss gerollt.

»Du wurdest gesehen. Mit dem Prinzen«, zischte Margerite knapp. Ihr hellgelbes Kleid bauschte sich im Wind, und ich wünschte, eine Möwe würde ihr Geschäft darauf verrichten.

Also das war der Grund für diesen Überfall.

»Hört mal, ich bin euch zwar keine Erklärung schuldig, aber da war nichts mit mir und Read gestern Nacht.« Ich hasste es, überhaupt darüber zu sprechen. Wie unglaublich lächerlich, dass ich mich zu rechtfertigen versuchte. Vor zwei … verwöhnten, hochrangigen Adeligen.

»Poppy und Ivy haben ausgepackt.« Amaryllis tauschte einen Blick mit Margerite, woraus ich schloss, dass zumindest eine der beiden Informantinnen nicht ganz freiwillig »ausgepackt« hatte.

»Heutzutage kann man einfach keinem Mädchen mit Blumennamen mehr trauen«, knurrte ich. Zwar versuchte ich wieder auf die Beine zu kommen, doch Amaryllis trat mit ihrem Stöckelschuh gegen meine Brust, sodass ich zurücksank und nach Luft röchelte. Bei der Mondgöttin – konnte dieses Mädchen zutreten. Und jetzt hatte ich vermutlich ihren

Schuhabdruck auf meinem Kleid – was natürlich mein geringstes Problem war.

Schon wollte ich ihnen einen spöttischen Kommentar entgegenschleudern, da packte mich Margerite an den Haaren, riss meinen Kopf zurück, drehte mich und drückte mich dann nach vorn, über den Steg dem Wasser entgegen.

»Du verstehst das nicht«, presste Amaryllis hervor, der erstaunlich viel Kraft in Anbetracht ihres zierlichen Körpers innewohnte und die gegen meinen Rücken drückte wie ein Stier. »Meine Familie bereitet mich seit Jahren darauf vor, den künftigen König von Itdris zu heiraten. Es ist meine Pflicht, und wenn er nicht immer im letzten Moment seine Teilnahme an Bällen absagen würde, hätte ich es auch längst geschafft. Diese Brautschau hier wäre nicht nötig gewesen.«

Also tat sie das hier aus Pflichtbewusstsein? Hegte sie in Wahrheit gar keine Gefühle für Prinz Read, sondern wurde von ihren Eltern in seine Arme gedrängt? Beinahe tat sie mir jetzt leid. Aber nur beinahe. Der Druck auf meinen Rücken nahm zu, und ich kam der Wasseroberfläche viel zu nahe. Sie wollte mich also tatsächlich ertränken, oder zumindest so durchnässen, damit ich mich vor unserem Publikum gleich blamieren würde. Gar nicht mal so unintelligent, mich auf diese Weise zu erledigen. Selbstverständlich wehrte ich mich, stützte mich mit den Armen an einem Holzpfeiler und den Brettern unter mir ab.

»Würdet ihr das bitte lassen? Ihr ruiniert mein Kleid«, presste ich hervor, konnte dabei fast nicht ernst bleiben. Mein Kleid, genau. Allerdings konnte ich absolut nicht einwilligen, ertränkt zu werden. Es wurde immer schwieriger, den beiden standzuhalten. Mein Gesicht kam dem grünbraunen Wasser immer näher. Nein, damit lohnte es sich keinesfalls in Kontakt zu kommen. Nicht mal, um den Prinzen und die Königin mit meinem Anblick aus der Fassung zu bringen. Also versuchte ich nach den beiden zu treten, nicht ganz einfach, wenn man meine halb sitzende, halb nach vorn gebeugte Position berücksichtigte. Andererseits hatte mir Andras ein paar Kampftricks beigebracht. Und die wandte ich nun an. Mehr oder weniger jedenfalls, da mir die beiden stets auswichen – bis ich mit meinem Bein ein anderes wegzog. Kreischend stürzte Amaryllis, rutschte auf den Planken nach vorn. Und zwar so weit, dass ihre Schuhe und der Saum ihres weißen Kleids ein gutes Stück ins Brackwasser tauchten. Wie unschön für sie.

Ich nutzte die Gelegenheit, um Margerite abzuschütteln, die wiederum nach dem Arm der Prinzessin griff. Die Chance für mich, wieder auf die Beine zu kommen. Nur verschwendete auch Amaryllis diesbezüglich keine Zeit, kam zügiger zurück auf den Steg, als mir lieb war. »Du kleine Missgeburt. Sieh dir an, was du angerichtet hast.« Mit hochrotem Kopf deutete Amaryllis auf ihr Kleid, das unten für alle Augen sichtbar nass und ein wenig grünlich anmutete.

Ich hob beide Augenbrauen. Das fragte sie gerade nicht wirklich?

Schneller, als ich schauen konnte, rauschte Margerite schon zur Tür ins Innere des Bootshauses, Amaryllis dicht auf ihren Fersen. Die Tür flog hinter ihnen ins Schloss und es klickte. Natürlich. Sie hatten mich ausgesperrt. Also gut. Ich klopfte. Nichts. Keine der Anwesenden kam zu meiner Rettung geeilt. Selbstverständlich nicht. Ein Stück weiter, beim nächsten Fenster erkannte ich, dass alle Mädchen mit sich selbst beschäftigt waren und sich Margerite so vor dem Fenster aufgebaut hatte, dass mich sowieso niemand sehen konnte. Metis und Brynn waren nirgends auszumachen. Vielleicht hatten sie sich in die Waschräume zurückgezogen. Auf mein Klopfen gegen das Fensterglas reagierte auch niemand. Vielleicht wollten sie einfach nichts hören, nichts mitbekommen und hofften, mich auf diese Art loszuwerden. Eine Konkurrentin weniger im Kampf um den Prinzen. Was blieb mir übrig? Ich musste versuchen, auf andere Weise hineinzugelangen. Vielleicht konnte ich über den Steg außen herum den Haupteingang erreichen. Ohne zu zögern, lief ich los, schließlich konnte ich nicht riskieren, den Beginn der Prüfung zu verpassen und deswegen auszuscheiden, hier und jetzt, ohne dass Dahlia noch ein gutes Wort für mich einlegen konnte. Ohne die Chance auf einen Kuss.

Kapitel 15

Tatsächlich erwies sich meine Intuition, rechtsherum zu laufen, als richtig. Dort stieß ich auf ein niedriges Tor, das Unbefugte vom Betreten des Stegs abhalten sollte. Ohne zu zögern, kletterte ich darüber und fand mich auf der anderen Seite direkt dem Prinzen gegenüber. Gut, ich sprang nach unten auf den Kies, sah nach links, und da war er, stand im Schatten neben der Eingangstür. Sein Blick glitt vom Tor zu mir und wieder zurück. »Wollt Ihr abhauen? Soll ich Euch eine Kutsche für die Flucht besorgen?« Er lächelte schief, was mich die Augen verdrehen ließ.

»Witzig. Nein, ich hatte nur … einen kleinen Unfall.«

Er betrachtete mich von oben bis unten, wie um mich nach Verletzungen abzusuchen. Am liebsten hätte ich die Arme vor der Brust verschränkt. Vielleicht lag es an der aufziehenden Mittagsschwüle – jedenfalls begann meine Haut zu prickeln und gleichzeitig zu glühen.

»In der Tat wirkt Ihr so mitgenommen, als hättet Ihr euch mit Dieben geprügelt. Das würde auch diesen staubigen Schuhabdruck erklären.«

Ich schielte auf meine Brust und das in Mitleidenschaft geratene Kleid. »Gehört es sich bei einer Dame, in diesen Bereich ihres Körpers einzudringen?«

»Was?« Er gluckste. Lachte der Prinz etwa? Das wäre das erste Mal.

»Was?«, äffte ich ihn nach.

»Was?«

»Was?«

»In Ordnung, ich gebe auf.« Read hob beide Hände, wie um zu kapitulieren.

»Ich vergebe Euch«, sagte ich leise, während ich mein Kleid abklopfte. »Und wenn Ihr mich nicht bei Eurer Mutter verpfeift, verrate ich ihr nicht, wie desinteressiert Ihr Euch heute sowohl beim Frühstück als auch bei der Ansprache eben gegeben habt.«

Prinz Read sah mich an, die Stirn in Falten gelegt.

Wirklich, ich fragte mich, weshalb er überhaupt zugestimmt hatte, diese Brautsuche mitzumachen. »Also gut. Ich sage nichts. Obwohl es nicht an Euch ist, Forderungen zu stellen.«

»Ist es nicht?« War es auch nicht.

In diesem Moment öffnete sich die Tür hinter Read. Hofmarschall Greenhorn, gefolgt von den bis zur Unkenntlichkeit aufgehübschten Kandidatinnen, trat ins Freie.

»Gräfin Da Silva, wir hatten Euch bereits vermisst.« Hofmarschall Greenhorn strahlte mich so ehrlich an, dass ich beschloss, ihn zu mögen. Im Gegensatz zu Amaryllis und Margerite direkt hinter ihm – die ich natürlich ignorierte. Um sie zu ärgern, trat ich noch einen Schritt näher an den Prinzen heran. Read – seines Zeichens scharfer Beobachter – betrachtete Amaryllis' im unteren Bereich durchnässtes Kleid intensiv, ehe sein Blick zu mir umschwenkte. Mit hochgezogenen Brauen, als könnte ich für Amaryllis' mitleiderregenden Auftritt irgendetwas. Wie eine Braut-Wasserleiche, die man aus dem Fluss gefischt hatte. Ich grinste.

»Was?«, formte ich mit den Lippen.

Kopfschüttelnd wandte er sich von mir ab, wahrscheinlich hatte er für heute schon wieder genug von Dramen unter den Bewerberinnen. Wer konnte es ihm verübeln?

Ich folgte der Gruppe als Letzte, überließ es den anderen, vorn um den Prinzen und Hofmarschall Greenhorn herumzuschwänzeln wie um den angesagtesten Schneider der Stadt.

Greenhorn führte uns bis zu einem riesigen Landesteg so breit wie eine Pferderennbahn. Schon von Weitem hatte ich sie gehört, doch die Menschenmasse zu sehen war noch etwas anderes. Etwa dieselbe Anzahl, wenn nicht mehr als gestern Abend, an Bürgern hatte sich am Hafen versammelt. Dieses Mal auch Hunderte Kinder mit Fähnchen in der Farbe der Königsfamilie: Schwarz und Gold. Alle hinter Absperrungen, die von Gardisten in Militäruniformen gesichert wurden.

Poppy zog den Kopf ein, einige der anderen Mädchen winkten unserem Publikum elegant zu. Ich nicht. Wozu auch? Was würde Andras dazu sagen? Dass sich die Menschen wie Schafe verhielten, wahrscheinlich. Sich in großen Gruppen sicher fühlten und taten, was ihr Anführer sagte. Ohne eigenes Denken. Ohne etwas gegen das Große Sünderfressen zu unternehmen. Dabei predigten so viele ihrer Tempelführer den Weltuntergang. Menschen verschlossen eben gern die Augen vor Katastrophen. Mich eingeschlossen. Ich hätte das damals mit dem Dämon ahnen müssen, und auch was danach gekommen war und was Andras von mir gewollt hatte.

Ich legte den Kopf in den Nacken. Kein Mond zu sehen, keine Sterne, kein Jagger. Hieß: Ich war vollkommen allein. Abgesehen von diesem überirdisch großen Publikum und den Kandidatinnen. Und abgesehen von Read. Einige Damen im Publikum hielten ihm schwarze Orchideen hin, kreischten seinen Namen. Und er – obwohl ich angenommen hätte, er würde sie ignorieren – lächelte seinem Volk zu, ließ von Pagen die Geschenke an ihn einsammeln, winkte sogar beim Lächeln. Ein mildes, gütiges Lächeln, das so gar nicht zu dem passen wollte, was ich in letzter Zeit über ihn gelernt hatte – und das dennoch so echt war.

Der Ozeankreuzer warf einen riesigen Schatten auf den Anlegesteg. Hier winkte das Volk viel ordentlicher in zwei Reihen hinter Absperrzäunen rechts und links mit deutlich mehr Fähnchen. Einige Menschen hielten sogar Pappröhren in den Händen. Konfettikanonen, betrieben von Schwarzpulver. Ein kleiner Junge rechts von mir mit Kapitänsmütze erregte meine Aufmerksamkeit. Er drehte seine Konfettikanone in den Händen, wusste offensichtlich nicht, wo daran oben und unten war. Dabei waren sie stets so wie Streichhölzer markiert. Das rote Ende gehörte nach oben. Vater hatte zuletzt zwei für Harlyn und mich zu unserem fünfzehnten Geburtstag abgefeuert.

Und da plumpste dem Jungen, der kaum fünf Erntejahre alt sein konnte, die Konfettikanone aus der Hand. Sie rollte nach vorn, und er war nicht imstande, ihr hinterherzustürzen, da ihn die Absperrung aufhielt – genau wie seinen Vater, der ihn am Schlafittchen packte. Der ihm am nächsten stehende Gardist schüttelte ebenfalls warnend den Kopf. Schon sah ich Tränen in den Augen des Jungen aufsteigen, also machte ich drei schnelle Schritte nach vorn an ein paar Kandidatinnen vorbei und bückte mich. »Hier.« Ich hielt dem Jungen lächelnd sein Spielzeug hin. »Und du musst sie so halten, dass das rote Ende nach oben zeigt, wenn du sie abfeuerst.«

Zuerst zögerte der Kleine, starrte mich verschüchtert an, bis sein Vater seine Schulter drückte. »Danke!« Mit Verzögerung nahm mir der Knirps die Konfettikanone ab, lächelte dabei scheu.

Ich nickte, wollte mich verabschieden, da feuerte der Junge auch schon die Kanone ab. Direkt über mich. Na toll! Bunte Papierfetzen rieselten um mich herum zu Boden. Und blieben in meinen Haaren und an meinem petrolblauen Kleid hängen.

»Das war etwas früh, Leonard«, hörte ich seinen Vater sagen, während immer noch buntes Konfetti auf mich herabregnete, gefolgt von einer dünnen pudrigen Schicht Schwarzpulver. Mit geschlossenen Augen wartete ich einfach ab, bis es vorüber war, seufzte innerlich. Unglücklicherweise poppte es in der Nähe auf, als hätte ein Fotograf seine Fotoapparatur mit Blitz auf mich gerichtet. Der Geruch von Weißpulver, das man für Fotos verwendete, mischte sich mit dem von Schwarzpulver. Noch besser.

Ein klein wenig ebbte der Lärmpegel um mich herum ab, und als ich die Augen öffnete, bemerkte ich, dass mich so ziemlich alle im Umkreis anstarrten. Das Publikum, der Prinz, die anderen Mädchen … Gut, das mit der Konfettikanone hätte ich kommen sehen müssen. In diesem Alter hätte ich meine Begeisterung dafür vermutlich auch nicht im Griff haben können, und letztlich konnte ich froh sein, dass das Ding nicht direkt vor meinem Gesicht explodiert war.

»Bis dann!« Ich winkte dem Jungen zu, der mich sprachlos anstarrte, gesellte mich dann zu meiner Gruppe zurück, in der vollen Gewissheit, dass mir überall Konfetti anhaftete. Auf dem Kopf, meinem Rücken, und die hohen Dämonen wussten sonst wo. Aber man hatte uns um ein königliches, anmutiges Auftreten gebeten, daher hoffte ich auf den Wind, statt mir mithilfe peinlicher Gesten das Zeug abzuschütteln.

Die anderen stellten sich gerade um den Prinzen herum auf einem schmalen Podest mit rotem Teppichboden auf. In der Mitte baumelte eine Flasche Perlwein an einer Schnur, die an einem Balken hoch über uns angebracht war. Wie ein Henkersbalken – nur zur Einweihung eines Schiffs. Wohin wollte die Königin damit eigentlich fahren? Heute und generell? Demnächst sicher nach Kankarra. Das Meer lag nicht weit von hier, und die Strecke bis Kankarra und zu den Seenlanden war eine vergleichsweise kurze Reise. Im Gegensatz bis zu Nurnendal oder gar Sofia. Und dann gab es noch andere Kontinente abseits von Orianda – dorthin wagten sich gemeinhin ausschließlich Forscher, die nach ihrer Rückkehr von anderen Kulturen berichteten, die so fremd klangen wie Pferdemenschen.

»So.« Vor uns schritt Hofmarschall Greenhorn auf und

ab, maß uns genau, als wollte er irgendeine Auswahl treffen. Selbstverständlich stand ich ganz außen, was auch gut war, denn hier pustete mich die Seebrise gerade richtig schön durch, am weitesten vom Schiffrumpf entfernt. Konfetti flog mir aus den Haaren, was die Kinder um mich herum fröhlich jauchzend kommentierten. Mir fiel auf, dass manche von ihnen Fotografien von Amaryllis, Margerite oder Gräfin Azalea in den Händen hielten. Vereinzelt sah ich auch andere Bilder von anderen Kandidatinnen – wie Trophäen in Kinder- oder Frauenhänden. Ob sie gleich nach Unterschriften fragen würden? Graf Prahar hatte mir von diesem neumodischen Brauch erzählt, doch ich hatte es nicht wirklich glauben können. Wieso würde man so etwas wollen? Ich runzelte die Stirn. Und wozu? Wo bewahrte man diese unterzeichneten Fotografien auf? Nun ja, sicher würden wir nach dem Spektakel Hände schütteln müssen, und sicher hatte Hofmarschall Greenhorn das eben allen erklärt, als ich außen am Steg entlanggelaufen war.

Hofmarschall Greenhorns Blick wanderte an Amaryllis' Kleid herunter, das unten unschön grün verfärbt war. Sie stand natürlich gleich rechts von Read. Ob ihr alle anderen diesen Platz freiwillig überlassen hatten? Irgendwie glaubte ich nicht daran.

»Gräfin Da Silva, würdet Ihr bitte die Güte haben, zu mir zu kommen?« Hofmarschall Greenhorns Stimme klang respektvoll und gleichwohl bestimmend.

Ich? Von mir aus ... Sanft lächelnd – wie es von mir erwartet wurde – schritt ich auf ihn zu. »Bitte tauscht den Platz mit Prinzessin Amaryllis.« Sein Blick huschte zwischen uns hin und her. »Außen im Schatten wird man das Missgeschick auf Eurem Kleid fast nicht wahrnehmen können, Prinzessin«, fuhr er fort. »Jedenfalls nicht auf den Fotografien.«

Amaryllis blinzelte, als wachte sie gerade auf – aus einem Albtraum gewissermaßen. Sie blinzelte und blinzelte und schwieg. Da sie sich nicht im Ansatz bewegte, blieb ich neben Hofmarschall Greenhorn stehen.

Prinz Read räusperte sich. »Es ist am besten so.« Ganz der Diplomat.

Wie in Zeitlupe machte Amaryllis den Platz für mich frei – nicht ohne mich anzublitzen, als wünschte sie mir die grüne Pest an den Hals. Aber was konnte ich dafür? Ich hatte weder darum gebeten noch konnte ich diesem Zirkus irgendetwas abgewinnen.

Und plötzlich stand ich neben dem Prinzen, der starr nach vorn blickte. Von der Reling oben am Schiff starrten mehrere Edelleute auf uns hinab, ganz in der Mitte: die Königin und Dahlia. Sie lächelte mich schwach an, doch ich stand einfach nur da. Auch weil nun die Fotografen anrückten und ich keinesfalls die Aufmerksamkeit der Königin auf Dahlia und mich lenken wollte. Auch zwei Maler mit grauen Haaren stellten ihre Staffeleien seitlich neben uns auf, in einigem Abstand zum Schiff und vor allem zum Radius der Perlweinflasche. Ein Fotograf nahm sich ein Beispiel an ihnen und rückte zu uns auf.

Weiße Blitze, Rauch – am liebsten hätte ich die Augen geschlossen.

Der Prinz nahm die Flasche Perlwein in die Hand, setzte mit lauter Stimme zu einer Ansprache an, in der er den Schiffsbauern dankte und den Namen des Schiffs nannte. Erstaunlicherweise war die Akustik so gut und die Menge so still, dass man ihn sicher bis in die letzten Reihen hören konnte.

Dann holte er mit der Flasche aus, schleuderte sie an ihrem Seil nach vorn.

Alle um mich herum hielten mit strahlenden Gesichtern den Atem an – so wirkte es. Nun, bis auf mich. Mich beeindruckte dieses Schauspiel wenig. Ein wenig Blabla, eine Flasche werfen, dazu brauchte man weder adelig zu sein noch über eine Ausbildung zu verfügen. Mit Wehmut dachte ich daran, dass ich meine Schauspielausbildung nun drei Erntejahre hatte brachliegen lassen. Ob ich je wieder einen Einstieg finden konnte, sobald Harlyn zurück war? Im Grunde hatten wir nicht mal die Schule abgeschlossen. Ich hatte lediglich nebenbei schon mit einer Wochenendausbildung im Theater angefangen.

Swusch – die Flasche traf den Schiffsrumpf nicht, schwang zurück. Da musste der Prinz wohl mit mehr Kraft werfen.

Beim zweiten Versuch lag definitiv mehr Kraft dahinter, allerdings schwenkte die Flasche zu weit nach links und verfehlte wieder ihr Ziel. Erstes Raunen setzte ein. Das würde morgen definitiv im Amtsblatt erwähnt werden. Oder nicht? Was wusste ich schon, was dieses Blatt druckte.

Beim dritten Versuch sah ich, wie die Hand von Read zitterte. Dieses Mal schwang sie zu weit nach rechts, drehte um, direkt auf mein Gesicht zu. Rasch fing ich die Flasche ab, ehe sie mir die Nase brechen konnte. Margerite kicherte, und Amaryllis stimmte mit ein. Ganz ähnlich wie vorhin auf dem Steg. Natürlich machte mir das nichts aus. Absolut nicht. Aus einem Impuls heraus schleuderte ich die Flasche nach vorn, Wut lag in meinem Schwung. Wut auf einfach alles heute. Die Flasche traf das Schiff genau mittig vorn am Bug, kurz unterhalb des Oberdecks. Perlwein spritzte, und die Königin wich zurück. Befriedigend anzusehen, allerdings ging mir langsam auf, dass es nicht die klügste Entscheidung gewesen war, die Flasche selbst zu werfen. Das war Reads Aufgabe gewesen … Spätestens als ich den Gesichtsausdruck des Prinzen bemerkte, wurde mir klar, wie er meine impulsive Aktion aufgefasst haben musste. Er atmete tief ein. Nun, er würde mir vor unserem Publikum keine Szene machen können.

Aus einem Reflex heraus griff ich nach dem Seil, das mitsamt dem abgeschlagenen Flaschenkopf auf den Prinzen zuschwang, fing es vor ihm ab. Er nahm es seufzend zur Kenntnis – dass ich ihn schon zum zweiten Mal »gerettet« hatte.

Tatsächlich entspannte er sich jetzt – augenscheinlich zumindest. »Ihr habt da Schwarzpulver auf der Nase, Lady Da Silva«, wisperte er. Lag da wieder dieses winzige schiefe Lächeln auf seinen Lippen, oder spielten mir Licht und Schatten einen Streich?

Ich rubbelte mir über die Nasenspitze. Wie auch immer.

»Bei Euch muss man wohl auf alles gefasst sein?«, schob er hinterher.

Fragte er das gerade wirklich? Komischerweise konnte ich meinen Blick nicht von seinem Gesicht abwenden, auf dem sich die unterschiedlichsten Emotionen zeigten. Seine Augen glänzten, doch sein Blick flatterte, verhärtete sich, ehe so etwas wie Resignation in seinen Augen aufblitzte. Gesichtsmuskeln verschoben sich zu einem Lächeln, das jedoch eher von der nachdenklichen Sorte war. »Ihr wisst, wie Ihr mir danken könnt«, sagte ich leise und ließ meinen Blick in Richtung Metis und Brynn schweifen. Sicherlich verstand Read meinen unterschwelligen Hinweis.

Erst jetzt setzte verhaltener Applaus ein. Applaus, den ich mir irgendwie frenetischer vorgestellt hatte. Und wo blieben die Konfettikanonen? Zugegeben, die Umsetzung dieser Schiffstaufe hatte sich das Publikum sicher anders vorgestellt. Als hätten meine Gedanken sie herbeigerufen, hörte ich die ersten Plopps der Konfettikanonen, gefolgt von Kindergekreische. Immerhin sie hatten ihren Spaß. Hieß das im Gesamten betrachtet, ich war bei der Prüfung durchgefallen? Bei allen hohen Dämonen, das durfte nicht die Konsequenz für mein impulsives Handeln sein. Genau davor hatte mich Andras gewarnt. Und Harlyn hatte es schon immer gesagt. Dass mir mein Ego im Weg stand. Doch noch war nichts verloren, redete ich mir ein. Schnell setzte ich ein Lächeln auf, wahrscheinlich nicht ganz so lieblich wie das der anderen Kandidatinnen, aber gut genug für die Zuschauer um uns herum.

Sogleich bat uns Hofmarschall Greenhorn vom Podest und

führte uns den ganzen Weg zurück, wobei wir tatsächlich Hände schütteln sollten, alle brav ein paar Schritte hinter dem Prinzen. Aus den Augenwinkeln erkannte ich, dass uns die Königin steif hinterherstarrte. Von ihr kam nicht das kleinste Winken.

Hofmarschall Greenhorn drängte mich, nah am Prinzen zu bleiben, was ich nicht ganz nachvollziehen konnte. Ich hätte erwartet, dass er mich wie Amaryllis »aussortieren« würde.

Doch nicht nur das überraschte mich. Die Menschen um uns herum schwenkten ihre Fahnen und winkten mir frenetisch zu. Mir! Vereinzelt hörte ich meinen Namen aus der Menge heraus. Richtig, man verfolgte die Brautschau des Prinzen, wie ich gehört hatte, und kannte daher alle Namen der Teilnehmerinnen. Vor allem die Kinder rissen sich darum, mir die Hand zu schütteln.

»Du hast es dem Prinzen gezeigt!«, wisperte mir ein kleines Mädchen mit roten Zöpfen zu.

»Das war unglaublich«, erklärte mir ein noch kleineres. »Mädchen können auch Helden sein.«

Nickend nahm ich die Kommentare auf. »Nett von euch, ihr hättet das auch geschafft.«

Darauf lächelten die beiden noch breiter. Zu ihren Füßen lagen Fotografien von Amaryllis im Staub. Unbeachtet und zertrampelt.

Ich bahnte mir einen Weg an gefühlt allen kleinen Mädchen und Frauen des Landes vorbei, die auf einmal mit mir reden wollten, bis zu den Kutschen am Ende des Piers. Alle anderen Kandidatinnen waren schneller vorangekommen und mussten auf mich warten. Mittlerweile knurrte mein Magen schrecklich, aber viel wichtiger als Essen war, Dahlia ausfindig zu machen. Unauffällig drehte ich mich zur Seite.

»Die Kutschen bringen Euch direkt ins Schloss«, verkündete Greenhorn, »wo Ihr ein Mittagessen einnehmen werdet, und im Anschluss erfolgt die zweite Auswahl durch den Prinzen. Abends dann die zweite Prüfung, und nach dem morgigen Frühstück die dritte Auswahl. Und dabei werden wir uns nach Rücksprache auf die zwanzig vielversprechendsten Kandidatinnen beschränken.«

Zwanzig? Morgen schon? Das war verflucht wenig. Ich atmete tief ein. Damit hatte ich nicht gerechnet. Dadurch sank die Chance rapide, dass ich noch ein paar Runden überstand. Die Zeit wurde knapp. Ich musste dringend mit Dahlia reden … allein.

Kapitel 16

Unglücklicherweise umfasste Greenhorn sanft, aber bestimmt meinen Ellenbogen und bugsierte mich in eine Kutsche, in der schon Ivy, Azalea und ein Mädchen saßen, von dem ich glaubte, dass es sich bei ihr um Baroness Hyacinth Irgendwas-mit-Wurzel-im-Familiennamen handelte. Letztere ignorierte mich, strich sich über die kurzen Haare und sah aus dem Fenster. Wobei mir schon gestern aufgefallen war, dass Hyacinth niemals Augenkontakt zu irgendwem herstellte – also nahm ich ihr das nicht mal übel.

Im Gegensatz zu ihr musterte mich Ivy umso neugieriger, und Azalea starrte mich an, als wäre ich ihre Todfeindin. Also bitte. Nur weil ich eine Flasche geworfen und ein Schiff getroffen hatte, das man kaum verfehlen konnte? Gut, außer man hieß Prinz Read.

Ruckelnd setzte sich die Kutsche in Bewegung, und ich lehnte mich wieder gegen das Fensterglas. Am liebsten hätte ich diese Folterwerkzeuge von Absatzschuhen abgestreift, unterließ es jedoch, da es heute sicherlich schon genug Tratsch über mich gab. Nicht dass mich das irgendwie kümmerte.

»Wieso hast du das getan?«, fragte Ivy neugierig.

Ich betrachtete sie, zuckte mit den Schultern. Mir fiel auf, wie sie wieder ganze Strähnen ihres roten Haars um ihr Handgelenk wickelte. »Es war ein Reflex, und ich wollte die Sache irgendwie zu Ende bringen – schätze ich.« Und das war die Wahrheit. Den Rest der Fahrt sprach mich niemand an, und ich war froh darüber, schließlich brauchte ich einen neuen

Plan. Wenn morgen schon knapp die Hälfte der Mädchen aussortiert werden sollte, musste ich meinen Plan in Bezug auf Dahlia deutlich schneller umsetzen. Obwohl ich alles daran hasste. Es war beinahe so grausam wie sie zu töten – ein Schicksal, das ich dem Prinzen würde antun müssen. Danach. Oder … die Kutsche rumpelte die Einfahrt zum Palast nach oben … oder ich fand eine andere Lösung in Bezug auf den Prinzen. So etwas wie eine Verbannung? Würde das Andras zufriedenstellen? Oder würde er darauf beharren, dass ich nur die mächtigste Frau der Welt werden konnte, wenn Dahlia und mir niemand mehr den Thron streitig machen konnte? Ich wusste es nicht. Vor uns stiegen Metis, Flora und Poppy aus der Kutsche, gefolgt von Brynn, die sich umsah, als wäre sie auf der Flucht. Die Kutschenräder knirschten – ein Geräusch, das mich schmerzhaft an die letzten Momente mit meiner Familie erinnerte. Mit Vater und Harlyn. An Mutter hatte ich seither kaum mehr gedacht – weil ich mich so schuldig gefühlt hatte, wegen ihr so viel mehr aufs Spiel gesetzt und verloren zu haben. Grausame Welt.

Im Frühstückssaal, der wohl allgemein als Speisesaal diente, standen nun deutlich mehr goldene Stühle, woraus ich schloss, dass sowohl Prinz Read als auch seine Mutter und Schwester mit uns essen würden. Ein Gedanke, der meine Stimmung augenblicklich hob. Vielleicht war mir das Glück heute doch noch hold, wenn es um Dahlia ging.

Selbstverständlich mussten wir eine Weile auf die königliche Familie warten, und Hofmarschall Greenhorn bat uns aufzustehen, sobald sie eintraten, was wir auch taten.

Die Königin nickte uns lediglich knapp zu. Sobald ich bemerkte, auf welchen vergoldeten Platz sich Dahlia setzen würde, schob ich mich auf den Stuhl neben sie, was sie mit leuchtenden Augen quittierte. Das war um einiges leichter, als sich den Platz neben Read zu schnappen, den alle begehrten und Magnolia am Ende besetzte, wobei ihr blondes Haar etwas in Mitleidenschaft geraten war und nicht mehr wie sonst in einem strengen Knoten sein Dasein fristete. Dafür strahlten ihre riesigen Augen, die sie sich auch noch mit einem Kohlestift umrandet hatte, umso mehr. Ähnlich begehrt war der Platz gegenüber dem Prinzen, eigentlich drei Stühle in seiner Nähe, die sich Margerite, Amaryllis und eine weitere Herzogin schnappten, von der ich den kompletten Namen vergessen hatte. Wenn die Königin nicht an Reads anderer Seite gesessen hätte, wäre dieser Platz zweifellos auch in Sekundenschnelle besetzt gewesen.

Dahlia beugte sich zu mir, flüsterte, wahrscheinlich damit ihre Mutter nichts von unserem Gespräch mitbekam. »Dein Auftritt war unglaublich. Ich glaube, du hast einige Sympathiepunkte beim Volk gesammelt.«

»Ja, vielleicht.« Ich faltete meine Stoffserviette auseinander und wieder zusammen zu einem Dreieck. »Bloß was hilft es mir, wenn ich dadurch die Prüfung nicht bestanden habe?«

Dahlia legte ihre Hand auf meine. »Keine Sorge, ich kümmere mich um meine Mutter, und ich denke, dass Read dich sowieso weiterkommen lassen wird. Du hast … einen gewissen Unterhaltungswert.«

Oh, wenn sie es so ausdrückte. Ich sah zu ihrer Hand auf meiner. Und bemerkte, dass Ivy zu uns herübersah. Fast wie jemand, der mir hinterherspionieren wollte … Aber sie konnte nichts ahnen, oder? Und selbst wenn … den ganzen Weg zurück ins Schloss über und beim Warten auf die königliche Familie war kein einziges Mal das Thema Reinheitsritual erwähnt worden, was vielleicht dem Umstand geschuldet war, dass sich alle über mein nächtliches Treffen mit dem Prinzen Sorgen machten oder über die Sache mit der Schiffstaufe flüsterten. Gut, vielleicht alle abgesehen von Ivy, Poppy und Hyacinth, die selbst größere Probleme mit sich rumzuschleppen schienen. Hyacinth war die Einzige an der Tafel, die mit gesenktem Kopf auf ihren Teller starrte, und das, obwohl uns noch nicht mal die Vorspeise serviert worden war.

In diesem Moment nahm Dahlia ihre Hand von meiner. Der Kontakt unserer Haut hatte lange angehalten. Mir schoss der Gedanke durch den Kopf, dass ich den Kuss der Reeva vielleicht gar nicht würde einsetzen müssen. Den Kuss, bei dem ich die Augen schloss und saugte. So, wie es mir Andras beigebracht hatte, und so, wie es Harlyn aus Versehen bei ihrem ersten Freund getan hatte, ohne zu wissen, was sie damit anrichten würde. Kurz nach dem Abend mit dem Ouija-Brett und nur wenige Tage vor ihrem Tod. Ein kurzes Saugen, ohne ihre Lippen zu berühren, führte zu einem kurzfristigen Effekt. Dann konnte ich das *Opfer* für einige Zeit kontrollieren, sodass es tat, was ich wollte. Allerdings nicht für einen längeren Zeitraum. Ob Andras mir das durchgehen lassen würde? In meinem Kopf hörte ich bereits ein deutliches Nein – obwohl das selbstverständlich Einbildung war.

»Danke«, wisperte ich Dahlia zu, die schon verwirrt dreinsah, wahrscheinlich, weil ich so lange geschwiegen hatte. »Hast du mitbekommen, wie der kleine Junge seine Konfettikanone genau über mir abgefeuert hat?«

Dahlia hielt sich eine Hand vor den Mund. Winzige Lachfältchen bildeten sich an ihren Augenwinkeln. »Natürlich, das hat zu komisch ausgesehen, wie das Konfetti auf dich niedergeregnet ist. Vor allen Leuten.« Ein Glucksen, als ob sie von einem Schluckauf geschüttelt werden würde. »Ich hoffe wirklich, dass davon Fotografien angefertigt wurden. Für das Amtsblatt. Noch besser wäre allerdings ein buntes Porträtgemälde.«

»Also ich hoffe das nicht, ganz im Gegenteil sogar«, entgegnete ich. »Glaubst du wirklich, dass das passieren könnte?«

Jetzt gluckste sie noch lauter. »Mit Sicherheit. So etwas wollen die Leute lesen. Genau das. Wie du aus der Masse der Kandidatinnen herausgestochen hast. Und denk erst daran, dass jetzt alle Kinder der Stadt ein Porträtbild von dir unterzeichnet haben wollen, wie es aktuell Mode ist.«

Ob Dahlia auch die weggeworfenen Bilder von Amaryllis vor Augen hatte? Nachdenklich ließ ich mir ihre Worte durch den Kopf gehen und dachte daran, was vor der Schiffstaufe mit Amaryllis und Margerite vorgefallen war. Wenn ich weiterhin eine der Favoritinnen blieb, würden sie mir weiter Steine in den Weg legen, vielleicht sogar ein spontanes zweites Reinheitsritual für mich organisieren. Besser ich hielt mich im Hintergrund – doch das war noch nie meine Stärke gewesen.

Draußen zogen Wolken vor die Sonne, sodass es im Speisesaal dämmrig wurde, und das am frühen Nachmittag. Der aussichtsreichste Plan war wohl, ich setzte weiter auf Dahlia und ihre Unterstützung, ging dem Prinzen aus dem Weg. Das war auch Andras' Rat gewesen. Blieb nur die Königin, die mich aus den Augenwinkeln beobachtete wie eine Natter. Womöglich weil ich ihrer Favoritin Amaryllis heute den Platz an Reads Seite streitig gemacht hatte. Sie hätte sich ganz sicher über Fotografien von Read und Amaryllis gemeinsam vor dem königlichen Kreuzer gefreut.

»Mach dir keine Sorgen.« Dahlia drückte wieder meine Hand. Ein Satz, bei dem ich mir stets noch mehr Sorgen machte. Kontraproduktiv und nicht das, was ich jetzt hören musste. Während sich die Königin mit Azalea unterhielt, glitt ihr Blick von mir zu ihrer Gabel, mit der sie ein Stück Flussaal aufspießte. Ganz ähnlich, wie König Yorind auf einem Gemälde, das im Eingangsbereich hing, mit einer Harpune eine Sirene aufgespießt hatte.

Das Mittagessen ging schneller vorüber, als mir lieb war, und ehe ich michs versah, stand ich in einer Reihe mit den anderen Mädchen vor Prinz Read und mehreren Pagen, während hinter uns das Mittagessen abgeräumt wurde. Ein Page verkündete, dass der Prinz allen Auserwählten eine Brosche überreichen würde.

Ich hielt den Atem an, bei jeder aufgerufenen Kandidatin. Vier Mädchen waren schon weiter, darunter Ivy und Magnolia. Dann fiel zu meiner Überraschung als fünfter Name meiner – nun ja, mein falscher Name, aber er war so richtig, wie er in dieser Situation sein konnte.

Der Prinz überreichte mir eine kristallene Brosche, die mich von den Farben an das Kleid eines Pfaus erinnerte. Dabei machte er eine Bewegung, die wohl ausdrücken sollte, dass ich sie mir ja vor die Brust stecken könnte, um die Reste von Staub zu kaschieren, die Amaryllis' Tritt dort hinterlassen hatte. Sehr ritterlich … und urkomisch. Ich bedachte ihn lediglich mit einem müden Augenaufschlag. Mehr hatte er sich mit diesem lahmen Witz auch nicht verdient. Da gaben Jaggers Würmerwitze mehr her. Ich stellte mich an den Rand neben Ivy, betete, dass die Bürgerlichen weiterkamen. Sicherlich hatte er meine Anspielung vorhin verstanden, und es kam mir wirklich so vor, als wäre Read kein Monster und würde die zwei nicht dem Tod überlassen. Zudem hatte er nicht den Eindruck erweckt, als würde ihm viel an dieser Brautschau liegen, weswegen er weiterlassen konnte, wen er wollte, ohne dass es etwas bedeutete. Gut für Metis und Brynn. Heute am Hafen hätten sie eine gute Gelegenheit gehabt, um zu fliehen. Ich verzog den Mund. Sie hatten es aber nicht getan. Und ich fühlte mich auf einmal schuldig, dass ich zu sehr mit meinen eigenen Problemen beschäftigt gewesen war, statt ihnen ins Gewissen zu reden. Egal welches Päckchen sie zu tragen hatten – in Metis' Fall natürlich ein nicht unerhebliches –, ein Neuanfang, zum Beispiel als Kindermädchen bei einer fremden Familie, war besser als der Tod. War besser als das hier – ihre tägliche Angst. Zumindest was Metis betraf.

Menschen kann man nicht bekehren, hörte ich Andras' Stimme in meinem Kopf. *Sie wollen, was ihr Herz begehrt, und reden sich jede Katastrophe schön.*

Ja, das war vermutlich nicht zu weit von der Wahrheit entfernt, bloß konnte man das wirklich über alle vier Milliarden Einwohner Oriandas sagen? Allein zwei Milliarden davon lebten in Itdris, und ich bezweifelte, dass es darunter niemanden gab, der anders tickte. Ich atmete auf, sobald Metis und kurz darauf auch Brynn von Prinz Read namentlich aufgerufen wurden. Die Welt war doch gerecht. Auf eine gewisse Weise zumindest. Manchmal.

Irgendwann hatten sich die Schmuckschatullen geleert. Übrig und schmucklos geblieben waren Hyacinth, diese Lady Gingko Irgendwas und Landgräfin Soley.

Damit waren sechsunddreißig von uns übrig. Für die nächste Prüfung.

Brynn beobachtete mich, wie ich mit einem Seitenblick feststellte. Sie trug die blutrote Brosche in den Händen, wirkte dabei nicht halb so fröhlich wie die anderen Schmuckträgerinnen. Also ungefähr wie ich. Irgendetwas stimmte tatsächlich nicht mit ihr, ganz wie Metis gesagt hatte. Aber das war ihre Sache. Schließlich hatten wir alle unsere Geheimnisse – selbst die unschuldige Poppy, wie sich gezeigt hatte.

Dieses Mal veranstalteten die drei Ausgeschiedenen kein solches Drama wie gestern. Sie knicksten und verließen den Saal. Allen anderen wurde Brause in Flötengläsern gereicht. Natürlich stieß ich zuerst mit Dahlia an. »Steckst du dahinter?«, flüsterte ich ihr zu.

»Dieses Mal nicht.« Die Prinzessin nahm einen Schluck und grinste. Mir fiel auf, wie zerbrechlich sie heute aussah. Ihre Taille mochte halb so viel messen wie meine. Sie hustete und kippte schnell die Hälfte ihres Brauseglases hinunter, um das Husten zu ersticken.

»Mein Bruder ist ganz allein auf die Idee gekommen, dich eine Runde weiterzulassen. Ich vermute, das hängt damit zusammen, dass du immer für eine Überraschung gut bist. Oder mit deiner Schlagkraft, was Perlweinflaschen betrifft.« Sie prustete in ihr Glas.

»Oder vielleicht, weil mir Konfetti im Haar einfach besser als anderen steht?«, spekulierte ich.

»Könnte auch ein überzeugender Faktor gewesen sein.« Dahlia kicherte, und ich spürte den Blick des Prinzen auf mir.

Eine Weile unterhielt ich mich noch mit Dahlia. Bis mein Bedürfnis wuchs, mit Jagger zu sprechen und all die Mädchen in ihren bunten Kleidern hinter mir zu lassen. Wenn ich mich zuerst von Dahlia verabschiedete, würde es in meiner Vorstellung einen besseren Abgang abgeben und ich weniger bedürftig erscheinen, als wenn sie zuerst ging. Also verabschiedete ich mich als Erste.

Greenhorn hatte mich natürlich genau im Blick, und ehe ich die Tür erreichte, räusperte er sich. »Der Nachmittag steht den Damen zur freien Verfügung und kann zu einem Spaziergang im Palastgarten genutzt werden. Das Areal darf dabei nicht verlassen werden. Um halb sieben wird das Abendessen eingenommen, und danach folgt die zweite Prüfung.« Er sah mich wissend an, als ob er mir noch etwas mitteilen wollte. Ich neigte den Kopf. »Zum Abendessen werden nicht etwa die ersten Amtsblätter des Tages hier eintreffen, richtig?«

Greenhorn lächelte. »Sehr klug kombiniert. Eine Spezialausgabe zu den heutigen Ereignissen rund um das Königshaus. Wir werden sehen, was sie berichten.«

Ich konnte es mir lebhaft vorstellen.

Auf dem Korridor hörte ich Trippelschritte hinter mir. Metis in ihrem niedlichen beigen Puffärmelkleid. Die gelbe Brosche stand ihr hervorragend und betonte ihre elfenhafte Figur. »Warte bitte!«

»Ja?« Ich drehte mich zu ihr um. Da wir nahe einer Ritterrüstung standen, nutzte ich die Gelegenheit, eine der Hände zu drehen, als würde der Ritter Metis zuwinken.

Sie kicherte. »Du bist wahrlich mutig. Genau wie heute Mittag mit der Perlweinflasche.«

Gespielt belustigt deutete ich eine Verneigung an.

»Wegen Brynn …«, begann Metis erneut.

Rasch winkte ich ab. »Sicherlich hat sie irgendwelche Geheimnisse, doch das geht uns nichts an.« Und vorerst war sie sicher. Der Prinz würde es nicht wagen, sie dem Gifttod zu überlassen. So war er nicht, und er konnte sie unmöglich heute Mittag weiterkommen lassen, um sie heute Abend zu töten. Schließlich war das auch Teil unserer Abmachung, wenn man es so nennen konnte. Sein Dank an mich.

»Aber Margerite hat sie schon wieder bedroht, wenn ich das richtig mitbekommen habe«, beharrte Metis. »Eben beim Mittagessen.«

»Auf Margerite werde ich ein Auge haben, versprochen.« Genau so meinte ich es auch. Rasch versicherte ich Metis, dass alles gut werden würde, und stahl mich davon. Zugegeben, etwas irritierte mich daran, wie viel Interesse Margerite an Brynn zeigte, bloß Jagger und der Plan waren wichtiger.

Auf dem Weg zu meinem Zimmer positionierte ich eine weitere Ritterrüstung im Vorbeigehen so, dass es aussah, als würde sich der Ritter in der Nase bohren. Langsam hatte ich die Sache echt raus. Schade, dass ich keine Fotoapparatur besaß, um den Anblick dauerhaft festzuhalten – andererseits schien mir Weißpulver in meiner Nähe eine nicht besonders kluge Idee zu sein.

In meinem Zimmer stürzte ich sofort ans Fensterbrett, riss das Fenster auf. »Jagger?«, flüsterte ich kaum hörbar, sah mich dabei nach allen Seiten um.

»Anwesend.« Jagger schälte sich von seinem Platz unter dem Fensterbrett zu mir nach oben. »Und, wie war die erste Prüfung? Eklig, aufregend, erschreckend oder langweilig? Erzähl.«

Das hatte ich vor, und vor allem musste Jagger den Bericht von heute schnellstmöglich an Andras weitergeben. Wie besprochen. Ich konnte nicht riskieren, dass Andras weitere Strippen zog – vielleicht sogar Flora darauf ansetzte, den Prinzen zu töten, um mich unter Druck zu setzen. Oder weil er glaubte, ich sei nicht fähig dazu. Also gab ich in knappen Sätzen wieder, was vorgefallen war.

»Das heißt …« Jagger landete auf meinem Bett und sah sich suchend um. Weil ich den Blick kannte, holte ich die gelbe Decke aus meinem Schrank, drehte den Stoff zwischen meinen Fingern. Besah mir die Wolle, die ich verwendet hatte, um die Decke für ihn zu stricken. Von dem Wollknäuel, das sich an meinem Rucksack verfangen hatte in der Nacht, in der mein Vater und Harlyn gestorben waren. Das einzige Erinnerungsstück an meinen Vater. Von seinen Waren, mit denen er gehandelt hatte. Rasch schob ich diesen Gedanken beiseite, konzentrierte mich wieder auf Jagger. In letzter Zeit war der kleine Flughund wirklich kuschelbedürftig. Ob er mich vermisste? Vor meinem Auftrag hatten wir fast vierundzwanzig Stunden am Tag miteinander verbracht. Dieses Mal ließ ich ihn sich selbst in die flauschige Decke einrollen.

»Ahhhh.« Jagger schloss entspannt die Augen. »Soll ich alles so an Andras weitergeben oder irgendetwas auslassen?«

Ich dachte kurz nach. »Das mit dem Schwarzpulver auf meiner Nase musst du nicht unbedingt erwähnen.«

Er kicherte. »Also insgesamt hast du … Eindruck auf den Prinzen gemacht. Würde mich nicht wundern, wenn er sich längst in dich verliebt hätte.«

Ich warf Jagger einen vernichtenden Blick zu. »So wie ich mich immer vor ihm zum Regenwurm mache?«

»Du übertreibst.«

Besser wir wechselten das Thema und sprachen nicht über den Prinzen und Gefühle. Ich besah mir meine Fingernägel, die eindeutig etwas Honigwachs vertragen konnten. Aber wen kümmerte es? »Hast du denn gestern noch die Prinzessin im Garten gefunden?«

»Nein, ist nicht aufgetaucht. Versuchen wir es heute Nacht wieder?«

»Ja, je nachdem, wie lange die nächste Prüfung geht.«

»Aber ich habe ein paar der hohen Herren eben im Garten belauscht. Diese männlichen Kammerzofen.« Jagger rutschte noch etwas tiefer in sein Deckenbündel. »Sie sagen, der Prinzessin gehe es nicht gut. Presshusten.«

Hm, davon, dass sie an dieser Krankheit litt, hatte ich gehört.

»Außerdem geht das Gerücht um, dass Margerite dich zwingen will, ein zweites Reinheitsritual abzulegen. Einer der Edelherren ist überzeugt davon, dass sie dich heute Nacht aus dem Bett zerren wird, um das zu erledigen.«

Was für Klatsch und Tratsch diese Männer verbreiteten. Ganz kurz wurde mir mulmig. Das konnte nicht passieren, oder? Falls doch, und ich nicht auf Andras' Hilfe hoffen konnte, würde mich die Königin auf der Stelle hinrichten lassen.

»Ach, und es heißt, die Eltern von Amaryllis, die Großfürsten der Seenlande, hätten damit gedroht, wenn Amaryllis nicht Kronprinzessin wird, sich mit Sofia und Nurnendal gegen Kankarra und Itdris zu verbünden.«

Diese Information war mir neu, sackte genauso tief in meinen Magen wie die vorherige zum Thema Reinheitsritual. »Weil sich die königliche Familie von Itdris durch das Erbe von Dahlia den Thron von Kankarra holt und somit viel zu machtvoll für die anderen Länder erscheint?«, fragte ich. »Die Seenlande müssen sich wahrhaftig bedroht fühlen.«

Das bedeutete auch … ich musste mich hinsetzen, pulte an meiner Nagelhaut, um alles zu durchdenken. »Wenn das stimmt, haben wir ein echtes Problem. Es wird Krieg geben, und sollte das noch vor dem Großen Sünderfressen geschehen, werden viele, viele Menschenleben auf dem Spiel stehen. Wir dürfen nicht zulassen, dass Itdris' Armee geschwächt wird, bevor sie Andras gegen seine Brüder beistehen kann.«

»Aber du kannst andererseits auch nicht Amaryllis gewinnen lassen, nur um diesen Krieg zu verhindern.« Jagger zeigte seine spitzen Zähnchen. »Sonst ist die ganze Welt verloren.«

Das wusste ich selbst. Und seit drei Erntejahren arbeitete ich an einer Lösung für dieses Problem.

»Was machen wir jetzt?« Eigentlich eine rhetorische Frage.

Jagger seufzte, vergrub die Nase zufrieden im Stoff seiner Kuscheldecke. »Dir wird wie immer etwas einfallen.«

Kapitel 17

In den Stunden bis zum Abendessen fiel mir jedenfalls nichts ein. Meine Gedanken kreisten immer wieder um das Für und Wider, dass heute Nacht ein zweites Reinheitsritual abgehalten werden könnte. Und um Amaryllis.

»Wann, denkst du, kannst du Dahlia küssen?«, fragte Jagger, als das Licht draußen langsam schwächer wurde.

»In wenigen Tagen. Kann nicht mehr lange dauern, bis sie mir vertraut und wir so oft miteinander gesehen wurden, dass unsere Liebe glaubwürdig erscheint.« Und ab dem Kuss würde sie alles tun, was ich ihr sagte. Dank der Reeva-Magie. Meine Magie, um die ich nie gebeten hatte. Wieder setzten die grauen Gedanken ein. Konnte ich das einem menschlichen Wesen wirklich antun? Noch mal seit den Trainingsmenschen, die mir Andras geschickt hatte? Ihre Gesichter verfolgten mich immer noch. Dazu das Wissen, das nun aktueller denn je war: Sollte ich ums Leben kommen, würden alle, die ich geküsst hatte, ebenfalls sterben. Auch wenn ich hoffte, dass es da gewisse Ausnahmen gab, wie bei denen, denen ich nur einen klitzekleinen Teil ihrer gespeicherten Liebe – ihrer Seele sozusagen – genommen hatte.

»Ich muss nun gehen«, sagte ich lahm. »Bleib hier, bis es dunkel genug ist. Ich lasse das Fenster offen.« Besser so, als dass ihn jemand sah, wenn er mein Zimmer verließ. Jagger gähnte und grub sich statt einer Antwort tiefer in seiner Decke ein.

Immer noch in Gedanken schlich ich durch die Korridore. Stellte noch eine Rüstung so um, dass der Ritter sich den Mund zuhielt. Passte irgendwie zu meiner Stimmung. Obwohl ich gleich besser Konversation machte und Dahlia umschmeichelte, damit sie sich weiter bei mir wohlfühlte, statt mir den Mund zuzuhalten. Dahlia … Sie passte absolut nicht in das Bild, das ich von der Königsfamilie gehabt hatte – doch das tat Read auch nicht.

Zu allem Unglück war weder Read noch jemand anders aus der Königsfamilie beim Abendessen anwesend. Wahrscheinlich aßen sie irgendwo deutlich prunkvoller als wir. Wieder eine Chance vertan, Dahlia näherzukommen …

Beim Essen hörte ich sogar die anderen Kandidatinnen über das Gerücht flüstern, dass die Königin ihrer offensichtlichen Favoritin Amaryllis den Platz an der Seite von Read geben musste, um den drohenden Krieg zu verhindern. Natürlich hatte das die Runde gemacht. Einige Gesichter wurden daraufhin so blass wie ein Schlossgespenst. Andere Mädchen ballten die Fäuste um ihre Messer und warfen Amaryllis scharfe Blicke zu. Die jedoch unterhielt sich gedämpft, aber offensichtlich entspannt mit Margerite. Wie eine Kämpferin, die wusste, dass sie bereits gewonnen hatte. Nun, sobald Read tot war, hatte das absolut keine Bedeutung mehr. Man würde alle Mädchen nach Hause schicken. Außer mir, derjenigen, die Prinzessin Dahlia, die einzige lebende Thronerbin, zu heiraten gedachte. So eine Situation war schon in allen Ländern mindestens einmal eingetreten. Ein gleichgeschlechtliches Ehepaar, das auf die eine oder andere Weise mit Leihmüttern oder Samenspendern Nachwuchs zeugen konnte. Nichts einfacher als das. Und Königin Marigold würde schlichtweg keine andere Wahl bleiben. Kurz dachte ich daran, dass es Andras nach dem Jahreswechsel gleichgültig war, ob ich weiter mit Dahlia zusammenblieb. Nun, nicht ganz. Mein Vertrag mit ihm lief langsam aus, und bis zum nächsten Jahreswechsel brauchte er eine neue Idee, falls sein Problem dann immer noch bestand. Theoretisch könnte ich mich also zeitnah nach der Hochzeit von dannen stehlen. Irgendwo unerkannt einen Neuanfang mit Harlyn wagen.

Ich dachte an Dahlia. Es fehlte nicht mehr viel, und sie würde mich küssen wollen. Erst in dem Moment konnte ich loslegen.

Greenhorn stand so plötzlich am Tischende, dass ich meine Kuchengabel niederlegte und mich fragte, wie ich nicht hatte bemerken können, dass er eingetreten war. »Meine Damen, hierbei handelt es sich um die heutige Sonderausgabe des Amtsblatts.« Er legte einen Stapel auf den Tisch, und ich hatte das Gefühl, dass sich so manche Kandidatin am liebsten auf die Blätter gestürzt hätte. »Ihr alle seid darin abgebildet, aber eine von Euch besonders häufig. Sicher könnt Ihr Euch denken, wen ich meine.«

Natürlich schossen sofort sämtliche Blicke in meine Richtung. Magnolia und Margerite schüttelten sogar den Kopf. Beeindruckend, wie Magnolias kugelfischgroße Augen in ihren Höhlen rotierten.

Greenhorn schlug ein Amtsblatt auf und hielt es in die Höhe. Es war die aufgeklappte Titelseite.

Brautschau mit Folgen. Herz des Prinzen bereits vergeben?, prangte in dicken Lettern oben unter dem Datum des heutigen Tages. Und darunter sah man eine Fotografie von Read und mir. Wir sahen uns an, während ich den Flaschenhalsrest am Seil mit einer Hand festhielt. Das zerborstene Flaschenstück, das kurz davor gewesen war, das Gesicht des Prinzen aufzuschlitzen. Natürlich recht verschwommen, aber es wirkte, als hätten wir einander tief in die Augen geblickt, was definitiv nicht der Fall gewesen war. Alles eine Frage der Perspektive.

»Bitte.« Greenhorn wies auf den Amtsblattstapel. »Lest selbst und gönnt Euch noch eine letzte Tasse Kaffee. Es geht schneller zur nächsten Prüfung, als Ihr glaubt.«

Misstrauisch starrte ich ihn an, doch Greenhorn legte das

Amtsblatt nieder, strich über sein Jackett, während alle Damen außer mir nach den Blättern grapschten. Stühle wurden verrückt, und es entstand ein unfeiner Tumult – was mir natürlich egal war. Nicht nur ein böser Blick wurde erneut in meine Richtung abgefeuert. Kaum verwunderlich. Neben mir deutete Brynn auf mehrere Fotografien von mir, hob die Augenbrauen. Der kleine Junge und ich mit Konfetti auf dem Kopf. Ich, wie ich mich zu den kleinen Mädchen gebeugt hatte. Ich, wie ich die Flasche schleuderte. Daneben gab es noch ein Porträt des Prinzen und ein Gruppenbild, bei dem die einzelnen Kandidatinnen jedoch schwer zu erkennen waren. Ich beobachtete, wie sich Greenhorn in aller Seelenruhe eine kleine Tasse Kaffee einschenkte und das Geschehen beobachtete – bis er seine Tasse auf den Tisch stellte. Ein klirrendes Geräusch, das alle von ihrer Lektüre aufschauen ließ.

»Die Damen werden nun gebeten, mir zu folgen«, erklärte er in die Stille hinein. »Oh, und bitte nehmt Euch je ein Fläschchen mit Wasser mit.« Er deutete auf einen Tisch mit kleinen Glasflaschen, die ordentlich verkorkt in drei Reihen platziert auf uns warteten. Tatsächlich hatte ich mich bereits gefragt, weshalb sie hier standen. Also wurden wir auf eine Art Nachtspaziergang geschickt? Ein Überlebenstraining vielleicht? Ich besah mir die verbliebenen Teilnehmerinnen. Alle trugen mehr oder weniger unpraktische Kleider für solch eine Unternehmung. Poppy und Magnolia schwebten in ihren Blumenkleidern, ausgestopft mit reichlich Tüll durch die Tür. Hoffentlich ging es bei dieser Prüfung nicht wortwörtlich um Leben und Tod. Aber das würde Königin Marigold den Familien der Mädchen nicht antun. Ich dachte an die Wandmalereien und Bilder im Schloss. Oder doch?

Statt wie erwartet ins Freie, führte Greenhorn uns einen Korridor entlang, bis wir an einer breiten Kellertreppe ankamen. In den Keller? Die Mädchen um mich herum murmelten Gebete, manche keuchten und ein paar wenige fluchten. Allerdings fiel mir auf, dass Amaryllis vollkommen gelassen blieb. Als ob sie diese Prüfung bereits vorhergesehen hätte. Misstrauisch kniff ich die Augen zusammen. Hatte sie gewusst, was heute Abend anstand? Und falls ja: Aus welcher Quelle hatte sie das erfahren? Von der Königin höchstpersönlich?

Greenhorn entzündete eine Fackel an einer Öllampe, was wohl hieß, dass es dort unten kein Öllampensystem gab. Umso gruseliger. Jedenfalls wenn man keine dämonischen Höhlenunterkünfte gewohnt war. Niemand widersprach – wir alle folgten Greenhorn über die Kellertreppe aus Stein zwei Stockwerke nach unten.

Pagen öffneten uns eine Tür, hinter der uns nichts als Dunkelheit entgegensprang. Die Schritte der Mädchen vor mir verlangsamten sich, sodass ich schon bald in der ersten Reihe stand.

Greenhorn strahlte mich an, was mich wieder daran erinnerte, wie mein Schauspiellehrer Lee mich angesehen hatte. Wie ein Juwel, das er aus mir machen wollte. Doch dann war alles anders gekommen, und ich hatte das Theater nie wieder betreten, nachdem Harlyn und Vater …

»Meine Damen«, verkündete Greenhorn mit lauter Stimme. »In diesem Bereich des Palastes befinden sich ehemalige Gefängniszellen. Selbstverständlich werden diese seit gut zweihundert Erntejahren nicht mehr genutzt, seit das Gefängnis an den Stadtrand unserer schönen Hauptstadt Iria verlegt wurde.«

Schön und gut, doch was hieß das für uns? Ich atmete tief ein und aus – wartete, dass Greenhorn fortfuhr. Doch der nahm sich die Zeit, mit seiner eigenen Fackel die beiden Fackeln rechts und links der Tür zu entzünden. Die Pagen, das fiel mir auf, hielten stattdessen nur kleine Öllämpchen in Glaslaternen vor sich.

Plötzlich stand Metis neben mir und griff nach meiner Hand. Sie zitterte am ganzen schmächtigen Körper.

Greenhorn wies hinter sich. »Ihr alle werdet für die kommende Nacht in einer Einzelzelle untergebracht. Eine Steinzelle ohne Lichtquelle – lediglich mit einem Bett und einem Nachttopf ausgestattet. Und genau das wird Eure Prüfung sein. Bei vollkommener Dunkelheit die Nacht zu überstehen.«

Bei dem Wort *Nachttopf* atmeten einige Kandidatinnen scharf ein. Ich verstand. So wollte die Königin die Memmen unter den Mädchen aussortieren.

»O nein«, hauchte Metis.

»Das ist nicht Euer Ernst?« Lady Narcissa Soundso plusterte sich auf. Ihre Stimme klang kratzig. Genau wie wenn ich in den letzten Erntejahren mit meinen Fingernägeln über die Höhlenwand gefahren war. Zumindest hörte es sich ähnlich an.

»Seid versichert, es ist der Königin und mir vollkommen ernst.« Greenhorn lächelte sie nachsichtig an.

»Um keinen Preis der Welt.« Narcissa reckte das Kinn, wodurch ihre dunklen Korkenzieherlöckchen in Bewegung gerieten. »Da scheide ich lieber freiwillig aus. Das ist kein Prinz wert – mal davon abgesehen, dass er mir noch keine einzige Sekunde Aufmerksamkeit geschenkt hat.«

Das so offen zuzugeben, verdiente definitiv meinen Respekt. Ich nickte ihr bewundernd zu, was Narcissa allerdings nicht mitzubekommen schien. »Bitte veranlasst, dass meine Sachen gepackt werden und eine Kutsche bereit gemacht wird. Ich telegrafiere meinem Vater.« Sie raffte ihre Röcke und stapfte los.

»Bitte wartet noch einen Moment. Es ist viel zu dunkel im Treppenhaus. Wir geleiten Euch hinaus«, bat Greenhorn sie, worauf Narcissa seufzend innehielt.

Neben mir fing Metis an zu zittern. Dem armen Mädchen blieb keine Wahl. Sie konnte es nicht Narcissa gleichtun. Wenn Metis aufgab, würde die Königin sie aufgrund der Tradition als außenstehende Ausgeschiedene betrachten, die nichts über die Monarchie und die Geschehnisse im Schloss berichten durfte. So war es seit Jahrhunderten Brauch. Auch wenn das vollkommen unsinnig war, genauer betrachtet. Ich zumindest war mir sicher, dass ausgeschiedene Adelige wie Narcissa oder Willow allzu gern darüber berichten würden, was im Inneren des Palastes vorgefallen war.

»Wenn Ihr mir bitte folgen würdet? Diejenigen von Euch, die sich der Prüfung zu unterziehen gedenken.« Ohne eine Antwort von uns abzuwarten, ging Greenhorn vor, entzündete in dem alten Gefängnistrakt vier weitere Fackeln. Immer noch dominierten die Schatten das Licht. Zuerst entdeckte ich eine Art Gefängnisverschlag, ziemlich niedrig, der eher für Tiere gemacht war, oder für Kinder – was natürlich keinen Sinn ergab. Dahinter auf dem Gang war alle paar Schritte eine Tür in die Wand eingelassen. Und in diesen Türen wiederum Klappen auf Augenhöhe. Gefängniszellen ohne Licht darin. Ja, eindeutig. Was für eine perfide Prüfung, doch das passte zu Königin Marigold. Sie wollte eine starke, hoheitsvolle Nachfolgerin für ihren Thron.

»Gräfin Da Silva, würdet Ihr den Anfang machen?« Mit einer Fackel deutete Greenhorn auf die erste Tür.

Natürlich ich. Warum auch nicht?

Er öffnete die erste Tür auf der linken Seite – leuchtete hinein. Der Raum war kaum so breit, dass ich darin meine Arme vollständig ausstrecken konnte – und sah genauso erbärmlich aus, wie ich ihn mir vorgestellt hatte. Ein Schemel, eine Pritsche und ein Eimer – den ich definitiv nicht benutzen würde. Das Gegenteil von meinem gemütlichen Zimmer oben im Turm, wo Jagger wahrscheinlich gerade in seiner Kuschelrolle schnarchte. Trotz allem trat ich ein. Mir blieb schlichtweg keine andere Wahl.

»Bereit? Beim Morgengrauen wird diese Tür wieder geöffnet. Wer früher rauswill, fällt durch die Prüfung. Es ist Euch natürlich freigestellt, um Hilfe zu rufen. Dann wird sofort ein

Page herbeieilen – doch Ihr müsst dann genauso eilig den Palast verlassen.«

Ich nickte. Obwohl ich komplette Dunkelheit hasste. Obwohl ich das Alleinsein hasste. In Andras' Höhle war Jagger stets an meiner Seite gewesen, und ein Feuer hatte gebrannt – manchmal sogar bloß eine Illusion davon. Dennoch war es auf eine schräge Art und Weise gemütlich gewesen.

Die Tür schloss sich, ich erhaschte noch einen letzten Blick auf Ivys angsterfülltes Gesicht, dann klickte das Schloss. Nicht so schlimm – versuchte ich mir einzureden. Es war nur ein winziger Schritt bis zur Pritsche, und ich hielt meine Wasserflasche in der Hand. Also setzte ich mich, wollte meine Flasche auf dem Boden abstellen – die mir unglücklicherweise aus der Hand rutschte und sofort zersprang. Ich atmete tief ein. Hierbleiben. Nicht an der Tür rütteln. Nichts riskieren, was mein Ausscheiden bedeuten könnte, auch wenn ich nun nicht mal mehr Wasser hatte.

Langsam rutschte ich tiefer auf der Pritsche. Vermutlich war hier alles voller Spinnen und Ratten. Also schob ich die Hände unter meinen Körper und zog die Beine an. *Nicht viel schlimmer als meine erste Nacht bei Andras,* versuchte ich mir einzureden. Obwohl diese Dunkelheit hier drinnen etwas vollkommen anderes war. Der Modergeruch ließ mich würgen. Andererseits nicht ganz unähnlich zu meiner ersten Nacht im Keller von Graf Prahar. Als er noch verschlossen mir gegenüber gewesen war. Gebeugt von seiner eigenen Trauer und seinem Schmerz über den Verlust der echten Calla. Im Gegensatz zu meinen letzten Tagen bei ihm vor der Brautschau. Noch vor wenigen Stunden hatte ich im Gästezimmer bei ihm gewohnt und jeden Abend mit ihm und Risha am Kamin gesessen, wo wir bei Trinkschokolade miteinander gelacht hatten. Beinahe jeden Abend hatte der Graf mir mit einer anderen Anekdote Mut zuzusprechen versucht, dass ich es schaffen konnte, alles zu erreichen, was er gemeinsam mit Andras für die Zukunft der Welt geplant hatte. Meine Rolle am Königshof mit Dahlia anzutreten. Am besten gefallen hatte mir die Geschichte von der kleinen Ratte, die mit einer List sogar die größten Tiere ausgetrickst hatte, um ein Wettrennen zu gewinnen. Der Gedanke wärmte mich. Eine Weile summte ich vor mich hin – bis, nun ja, bis die ganz dunklen Gedanken kamen. Aus den hintersten Winkeln meiner Erinnerung. Gepaart mit den Gedanken an die Zukunft, die mindestens genauso düster waren. Meine tote Familie, ganz Orianda – tot, und am allerschlimmsten: Ich würde Prinz Read töten müssen und seiner Schwester zumindest einen Teil ihrer Seele rauben, wenn nicht alles davon, bis sie nur noch als meine Marionette vor sich hin vegetierte. Alles Schicksale, die ich niemandem wünschte. Absolut niemandem. Nicht mal Königin Marigold.

Kapitel 18

Ich wusste nicht, wie viel Zeit vergangen war, nur dass ich unkontrolliert zitterte, auf der Pritsche kauerte und mit dem Oberkörper vor- und zurückwippte. Irgendetwas stimmte hier nicht. Lag es daran, dass diese Zelle schon so viel Leid gesehen hatte? Der dunkle Gedankenstrudel riss mich in die Tiefe, und je mehr ich dagegen ankämpfte, wieder an die Oberfläche zu paddeln, desto heftiger und tiefer zog er mich erneut hinunter. Ironisch, denn mein Hals fühlte sich staubtrocken an, und ich hätte alles für zwei Schlucke Wasser gegeben.

Irgendwann kamen die säuselnden Stimmen. Pochten außen an der Tür. Sicherlich Teil dieser Mutprobe – von der Königin beauftragte Pagen vermutlich, doch es zerrte an meinen Nerven. Jedes Geräusch verursachte eine Gänsehaut bei mir, weswegen ich mit den Fingernägeln über meine Oberarme kratzte.

So ging es weiter und weiter. Durchhalten – ich musste durchhalten. Für Andras' und mein Ziel. Was Jagger wohl gerade machte? Nach niedlichen Nachttierchen Ausschau halten? Schreie ertönten um mich herum, aber ich wusste nicht, ob ich mir das einbildete oder ob die anderen Mädchen wirklich schrien. Jedenfalls bekam ich kein Auge zu.

Entsprechend war meine Laune, als sich endlich der Schlüssel im Türschloss drehte. »Guten Morgen, Gräfin Da Silva!« Greenhorn lächelte mich an, zwei Fackelträger hinter sich, die sich ans Öffnen weiterer Türen machten.

Ich rührte mich nicht. Stand da wirklich Greenhorn auf dem Gang, oder war es Vater? Wie er mich ansah, voller Stolz – so wie ich mir immer gewünscht hatte, dass er mich ansah, nachdem ich auf einer Bühne gespielt hatte. So ähnlich hatte ich es mir ausgemalt, wie es am Tag meines Abschlusses vom Theater sein würde – gut, ohne die modrige Zelle.

Das Beste war: Durch die Übernachtung im Keller hatten Amaryllis und Margerite keine Chance gehabt, mich zu entführen und ein zweites Reinheitsritual für mich anzusetzen. Wie immer man das machte. Mit einem Mondkristall aus einem der Tempel vermutlich.

Mit Verzögerung raffte ich mich auf. Greenhorn hatte bereits seinen Kopf schief gelegt, als beobachtete er ein besonders interessantes Objekt seiner Forschung.

Wie in Trance drückte ich mich an ihm vorbei. Während sich die anderen Mädchen auf dem Korridor mit blassen Gesichtern ihre Haare zu richten versuchten, unternahm ich nichts dergleichen. Wozu auch? Schließlich hatte man mich bereits mit Schwarzpulver auf der Nase gesehen, und was bedeutete das schon: Aussehen?

Ich schob mich an Amaryllis vorbei, begierig darauf, an Wasser zu kommen.

»Mein Vater wird ihr das nicht noch mal durchgehen lassen«, murmelte die Prinzessin vor sich hin. »Das kann sie nicht tun.«

Ich spitzte die Ohren. Das hieß wohl, dass Königin Marigold Amaryllis weder gewarnt noch in einer besseren Zelle als alle anderen für die Nacht untergebracht hatte. Diese Information hob meine Laune immerhin ein bisschen.

Dieses Mal betrat ich als Erste den Frühstückssaal und nach mir lange kein weiteres Mädchen. Alle schienen einen Umweg über ihre Zimmer einzulegen, um sich frisch zu machen. Alle außer mir.

Da Dahlia und Read bereits an ihren Kaffeetassen nippten,

knickste ich kurz, murmelte mit kratziger Stimme ein »Guten Morgen, Eure Hoheiten«, ehe ich zu den Wasserspendern hastete.

Prinz Read räusperte sich, für mich jedoch kein Grund, mich zu ihm umzudrehen. Stattdessen beobachtete ich, wie das Wasser in mein Glas floss. Ein wunderschöner Anblick.

»Hattet Ihr eine angenehme … Nacht?« Prinz Reads Satz hallte eine Weile in mir nach.

»Ist das Euer Ernst? Ihr wisst schon, was wir durchgemacht haben?«

»Nicht unbedingt«, meldete sich Dahlia zu Wort. »Mutter sprach von einer Prüfung im Keller, die die Spreu vom Weizen aussortieren würde.«

Eine wirklich passende Beschreibung.

Bevor ich mich umdrehte, kippte ich in einem Zug das ganze Glas Wasser hinunter und schenkte mir noch einmal nach. »Ihr wisst es wirklich nicht?« Auf meinem Kopf fühlte es sich so an, als würde eine Maus darin ihr Nest bauen, weshalb ich mich undamenhaft an dieser Stelle kratzte.

Dahlia schüttelte den Kopf.

»Wir mussten im Keller in den alten Zellen ohne Licht die Nacht verbringen. Allein. Und dann diese gruseligen Geräusche … Ich denke, dass nicht alle die Nacht überstanden haben. Lady Narcissa hat schon vorher freiwillig aufgegeben, und ich glaube, heute werden wir viel weniger Stühle im Speisesaal benötigen als gestern.« Ich verzog den Mund zu einer Grimasse.

»In den alten Gefängniszellen?«, hauchte Dahlia. Ihre Gesichtsfarbe wich, bis sie mir so blass wie ihre Haare erschien. Zitterte sie etwa? Dieses unschuldige, elfenhafte Wesen – oder zumindest erschien sie einem so. Langsam begann ich zu glauben, dass sie die zerbrechliche Prinzessin nicht nur spielte. Ich dachte daran, dass sie angeblich unter Presshusten litt und von der Königin oft im Hintergrund gehalten wurde.

Ich seufzte. »Es war kein Spaziergang – aber es gibt Schlimmeres. Ich meine, wir haben alle schon die Bekanntschaft von Margerite und Amaryllis gemacht.« Zugegeben nicht besonders nett, doch irgendwie verspürte ich den Drang, Dahlia zum Lachen zu bringen.

Tatsächlich prustete sie los wie erwartet. Viel echter sogar, als ich geglaubt hatte. Lediglich Read schaute irritiert.

Irgendwann würde ich in Ruhe mit Dahlia darüber reden, was Margerite ihr alles angetan hatte. Welche Gerüchte sie über die Prinzessin verbreitet hatte, und dann würde ich Margerite dafür bezahlen lassen. Nachdenklich belud ich mir einen Teller mit kleinen Köstlichkeiten. Begann ich wirklich etwas für Dahlia zu empfinden? Zumindest so etwas wie Freundschaft? Außer Harlyn und Jagger hatte ich genau genommen nie welche gehabt und entsprechend wenig Erfahrung darin.

»Es tut mir so leid, was du vergangene Nacht durchmachen musstest, ehrlich.« Das Schlimme daran war, dass Dahlia tatsächlich besorgt aussah. Nicht gerade wie jemand, den ich bald aussaugen konnte. Wenn sie doch bloß die grausame Prinzessin gewesen wäre, die ich erwartet hatte … Ich biss mir auf die Unterlippe. Offenbar deutete Dahlia meine Reaktion falsch, denn sie sprang auf, war mit wenigen Schritten bei mir. »Setz dich zu uns. Iss etwas. Frierst du?«

»Danke. Es geht mir eigentlich gut.« Natürlich ließ ich mir dennoch nicht die Chance entgehen, von Dahlia zu meinem Platz geführt zu werden. Komischerweise zitterte meine Hand, mit der ich meinen Teller hielt, sodass mir in dem Moment, als ich mich auf den Stuhl neben Dahlia setzen wollte, ein Quarkbällchen über den Rand meines Tellers hoppelte. Da es mir nicht gelang, es rechtzeitig aufzufangen, musste ich unter den Tisch abtauchen, um es aufzuheben. Im selben Moment vernahm ich, wie die Tür aufging. Statt der Schritte von Frauen hörte ich zwei polternde Paar Herrenschuhe über die Schwelle treten. »Read! Hast du es schon gehört?«

Also Edelherren … hoffentlich nicht die, die mich neulich Nacht fast auf dem Korridor erwischt hatten. Ihre Stimmen glichen denen jedenfalls.

Der zweite Neuankömmling wartete allerdings keine Antwort von Read ab. »Die Ladys mussten bei Dunkelheit im Keller schlafen. Hatten nur Eimer statt Toiletten. Es sollen schon etliche einfach abgereist sein aus Protest.«

Endlich sah ich, wo das Quarkbällchen hingerollt war, und schnappte es mir.

»Oh, bitte nicht diese ansehnliche Lady Da Silva«, fiel ihm der andere ins Wort. »Hoffentlich sind die beiden Monde uns wohlgesonnen, und sie bleibt. Falls du sie nicht nimmst, Read – ich würde mich …«

Aber was er würde, gab er nicht mehr von sich, denn ich krabbelte unter dem Tisch hervor, glitt so elegant wie möglich auf meinen Stuhl zurück. »Was genau dann?« Ich neigte den Kopf, warf dem perplexen Adeligen mit kurz geschorenen braunen Haaren mein Quarkbällchen zu. Selbstverständlich fing er es wie einen Ball auf – was nicht anders zu erwarten war.

»Oh, Lady Da Silva. Euch habe ich hier nicht erwartet.« Er verneigte sich tief vor mir, viel tiefer, als es mein niedriger Stand innerhalb der adeligen Gesellschaft erfordert hätte. »Ich wünsche einen schönen guten Morgen.« Ansonsten lächelte er mich an, wenn auch ein wenig zu siegesgewiss. Nun, sein Selbstbewusstsein verdiente jedenfalls meine Hochachtung.

Prinz Read schien diese Meinung nicht zu teilen, denn er betrachtete den Adeligen wie einen Eindringling. Einen Dieb vielleicht. Oder Schlimmeres.

»Verzeiht, wir wurden einander noch gar nicht vorgestellt. Mein Name ist Graf Roc von Hohenturm.«

Das passte nur zu gut zu ihm – insbesondere zu seiner hochgewachsenen Gestalt und seinen riesigen Füßen. Doch der Name sagte mir selbstverständlich rein gar nichts. Ich rang mir ein Lächeln ab. »Ich freue mich, noch viel mehr von Euren interessanten Meinungen zu hören. Bloß nicht gerade jetzt. Wir sind beschäftigt.« Mit der Gabel deutete ich auf Dahlia und mich. Eine Geste, die Graf Prahar beschämt hätte.

Die Mundwinkel der Prinzessin zuckten.

Immerhin verbeugten sich die zwei Edelherren synchron und traten den Rückzug an. Wo blieben eigentlich die anderen Mädchen?

Ein Tumult vor dem Fenster lenkte meine Aufmerksamkeit ab. Auch Dahlia starrte nach draußen, nur Read musterte mich noch mit zusammengekniffenen Augen, als ob ich die Schuld an diesem merkwürdigen Vorfall mit seinen *Freunden* trüge.

Eine junge Frau schrie auf. Nicht vor Angst, sondern aus Wut, wie es klang. Sehr viele Schritte auf Kies waren zu hören.

Dahlia stürmte als Erste ans Fenster. Ich kurz nach ihr.

Von dort aus hatten wir den besten Blick auf den Hof vor dem Palasteingang. Mehrere Kutschen warteten darauf, an die Reihe zu kommen und vorfahren zu können. Dahlia und ich beugten uns weit über das Fensterbrett, um besser sehen zu können.

»Mein Vater wird davon hören!«, schrie eine der höher gestellten Herzoginnen. An ihr vorbei huschten Pagen, die Koffer in eine Kutsche luden. Herzogin Erika Soundso. Die, die immer einen Hut oder Haarreif trug, der viel zu ausladend für ihre kleine, hagere Gestalt anmutete.

»Eine Lüge! Und ihr alle glaubt es. Oh, dafür werde ich Margerite büßen lassen, und ihre ganze dreckige Familie!«

Nicht gerade die feine royale Art zu sprechen. Eine unglaubliche Menge Wut lag in der Stimme der Herzogin. Was hatte Margerite angestellt? Ich tauschte einen Blick mit Dahlia. Irgendwie wollte ich es gar nicht wissen, aber dann doch erfahren, worum es ging.

»Gehört es sich für Edelfrauen, sich so weit aus dem Fenster zu lehnen?«, fragte Read hinter uns. Um ihn schien immer noch eine Gewitterwolke zu hängen, die seine Laune verdüsterte.

»Ja, das tut es.« Zusammen mit Dahlia drehte ich mich zu ihm um, machte eine abwehrende Handbewegung. »Möchten Eure Hoheit auch wissen, was vor sich geht?«, fragte ich. »Scheint mal wieder um Euch zu gehen.«

Sein Adamsapfel hüpfte. »Wenn es unbedingt sein muss.« Allerdings blitzten seine Augen, worauf meine Mundwinkel zuckten. Soso.

»Und was soll das heißen: mal wieder?«

Statt darauf zu antworten, rückte ich zur Seite, was gar nicht so einfach war, weil der Fensterrahmen kaum genug Platz für uns drei bot und die anderen Fenster zu weit an der Seite lagen für einen guten Blick in Richtung Hof.

Mit der Schulter berührte er meinen Rücken, weswegen ich mich hastig noch weiter vorbeugte.

»Vorsicht.« Plötzlich war da seine Hand, mit der er mich festhielt.

Die Berührung nahm ich auf eine seltsame Art viel zu intensiv wahr. Was war auf einmal los mit mir?

»Herzogin Erika?« Seine Stimme klang verwundert. »Versteht Ihr, was vorgefallen ist? Warum reist sie ab?«

»Tja, langsam gehen die Ersten echt freiwillig«, zog ich ihn auf. »Das würde mir an Eurer Stelle zu denken geben.«

Read schnaubte.

»Nein, keine Sorge – das muss irgendetwas mit einer Intrige von einem oder mehreren der anderen Mädchen zu tun haben«, sagte ich.

»Ich habe nicht um Hilfe geschrien«, ereiferte sich in ebendiesem Moment die junge Herzogin. »Margerite hat das erfunden. Und zum letzten Mal: Ich habe mich nicht eingenässt, Margerite hat die Reste ihrer Wasserflasche in meinen Schoß gekippt.«

»Ich bitte Euch.« Margerites Stimme kam von einer Ecke, die ich nicht einsehen konnte. »Ihr macht Euch vollkommen lächerlich. Nichts läge mir ferner, als Euch so etwas anzutun, liebe Freundin. Das könnt Ihr mir glauben. Aber wer Angst zeigt, muss gehen, so hat es die Königin angeordnet.«

Die hübsche Erika kochte offensichtlich vor Wut. Ihre ganze Haltung glich einem Krieger und keiner Edeldame.

Warum glaubte man ihr nicht? Wegen des unschönen Flecks auf ihrem Schoß? Aus der Entfernung konnte ich nicht ausmachen, ob er immer noch an der entsprechenden Stelle prangte wie eben beschrieben. Oder wollte die Königin lieber einer Herzogin mit einer einflussreichen Familie aus Itdris Glauben schenken statt einer Herzogin aus Sofia, woher Erika stammte? Ob sich auch Amaryllis gegen Erika ausgesprochen hatte? Würden sie nach und nach versuchen, noch mehr der hübscheren Teilnehmerinnen loszuwerden? Zuzutrauen wäre es ihnen.

Wahrscheinlich wälzte Dahlia dieselben Überlegungen wie ich, denn sie musterte mich von der Seite. Unauffällig, doch ich bemerkte es natürlich. Auch ihren Gesichtsausdruck. Ob ich fragen sollte? Aber ihr Bruder hörte mit. Besser ich verschob die Frage, was Margerite ihr noch angetan hatte, auf später.

Vor dem Eingang zum Palast knallte etwas, weshalb ich mich noch weiter nach vorn beugte. Was war da los?

Wieder packte mich eine Hand – dieses Mal um die Taille.

»Ehrlich«, flüsterte mir Prinz Read ins Ohr. »Ich kann das einfach nicht länger mitansehen. Mein Herz bleibt stehen, wenn ich Euch so nah über dem Abgrund sehe.«

Ein wenig ungläubig drehte ich mich zu ihm um. Immer noch hielt er mich fest. »Euer Herz bleibt stehen?«

Dahlia stieß einen gereizten Seufzer aus. »Ich bitte euch. Read! Mutter könnte jeden Augenblick auftauchen, und du weißt, was sie mit jeder der Kandidatinnen machen würde, die nicht Amaryllis ist, aber es irgendwie in deinen Dunstkreis geschafft hat.«

Was … sollte das denn heißen? Irgendwie war mir auf einmal so schwindelig, dass ich keinen klaren Gedanken mehr fassen konnte. Und plötzlich war ich froh, dass mich der Prinz an sich gezogen hatte. Bloß was Dahlia da andeutete, und vor allem, wie Read dreinsah, als läge das wirklich auf der Hand … Immerhin unterbrach er jetzt unseren Körperkontakt.

»Moment mal, das heißt, Eure Favoritin lebt gefährlich, sollte sie nicht Amaryllis sein?«

»Es tut mir leid«, murmelte Read, senkte den Kopf, während ich gleichzeitig »Wie unfair!« ausstieß.

»Ihr müsst Euch doch frei entscheiden können. Es nehmen so viele tolle Mädchen an der Auswahl teil.« Vor allem dachte ich da an Metis.

Mein glühender Blick streifte Dahlias – die ziemlich verwirrt dreinsah.

»Was? Das ist die Wahrheit«, verteidigte ich mich.

»Ja, vielleicht«, antwortete Dahlia. »Aber für gewöhnlich würde keine Adelige so reden.«

Mist! Bei der Mondgöttin, hieß das, sie hatte mich enttarnt?

Die Tür glitt auf, einige Kandidatinnen strömten herein, teilweise wirkten sie wie eine verstörte Herde Schafe. Fast niemand nahm sich Essen vom Büfett.

Read verneigte sich kurz und ging weiter auf Abstand. Was mir nur recht sein konnte, denn ich hatte sowieso mit Dahlia allein sprechen wollen. Dennoch sah ich dem Prinzen lange hinterher, wie er Konversation mit Ivy und Poppy betrieb, die Hände auf dem Rücken verschränkt, was sehr – kavaliersmäßig anmutete. Und dann schwebte die Königin herein. Sofort knicksten alle artig und erhoben sich von ihren Stühlen.

Königin Marigold jedoch hob beide Hände. »Nicht nötig. Ich möchte Euch alle wissen lassen, dass bereits zwei Mädchen freiwillig abgereist sind und ich sechs weitere aussortieren musste, die nicht den Ansprüchen genügten, die ich an eine Königin stelle.«

Wie? Sie waren schon weg? Hastig sah ich mich im Raum um. Mein Herzschlag verlangsamte sich erst wieder, sobald ich Metis und Brynn bei den Brötchenkörben entdeckte. Der Mondgöttin sei Dank. Ich musste noch einmal mit dem Prinzen sprechen. Wegen dieser beiden.

»In einer halben Stunde findet Ihr Euch bitte zur nächsten Auswahl im Ballsaal ein.«

Noch eine Auswahl? Sie würden heute noch mehr Mädchen nach Hause schicken? Reichten nicht acht? Mir fiel wieder ein, dass es hieß, dass die Königin ab heute nur noch die zwanzig vielversprechendsten Kandidatinnen im Schloss haben wollte. Damit waren Amaryllis und Margerite sicher eine Runde weiter. Wahrscheinlich auch Magnolia, die einfach wunderschön war, genau wie Azalea, die darüber hinaus angeblich über fast so viel Einfluss in Itdris wie Margerites Familie verfügte. Beide adelige Familien standen in irgendeinem Verhältnis zum verstorbenen König, wenn mich nicht alles täuschte, doch genau erinnerte ich mich nicht mehr an die Hintergründe, die Graf Prahar mir ins Gehirn zu pflanzen versucht hatte. Als ob das am Ende irgendetwas ausmachen würde. Nein, da verließ ich mich lieber auf meine Intuition und auf meine Schauspielkünste. Damit waren noch sechzehn Plätze zu besetzen. Hinter den vier Favoritinnen. O bitte, Metis und Brynn mussten darunter sein. Mir fiel auf, wie starr die beiden am Büfett verharrten, Metis mit der Brötchenzange in den zitternden Händen.

Ich musste den Prinzen unbedingt allein erwischen … für eine ungestörte Unterhaltung. Gerade als ich mich nach Prinz Read umsah, bemerkte ich, wie er seiner Mutter auf den Korridor folgte. Das konnte er nicht machen! Ich stürzte ihm hinterher, doch der Page an der Tür hielt mich auf. »Noch nicht.

Bitte geduldet Euch, bevor Ihr in den Ballsaal vorgelassen werdet.«

»Ich muss dringend die Waschräume aufsuchen – das ist es.« Die Lüge kam mir so leicht und flüssig über die Lippen wie Honig.

Der Page wirkte betroffen, als hätte ich ihm gerade von einer tödlichen Krankheit zwischen meinen Beinen erzählt, was mir fast ein bisschen leid für ihn tat. Immerhin nickte er, zupfte an seinen goldenen Manschettenknöpfen und ließ mich durch. Selbstverständlich sprintete ich in die Eingangshalle, wo ich den Prinzen vermutete, da es von dort am schnellsten in Richtung Ballsaal ging. Unglücklicherweise war er immer noch in Begleitung seiner Mutter, und ich würde noch tiefer im Ansehen der Königin sinken, wenn ich den beiden hinterherrief. Das kam also nicht infrage. Gerade nahmen sie die Treppe nach oben. Ich sah mich um. Irgendetwas musste ich doch tun können. Die pfauenfarbene Brosche aus der letzten Auswahl! Ich riss sie mir geradezu vom Kleid, zielte, warf und traf Read mitten zwischen den Schulterblättern. Klackernd fiel sie zu Boden, und etwa im selben Augenblick drehte sich Read um. Damit mich weder er noch die Königin sah, drückte ich mich eng gegen die Holzpaneele, die die Treppe verkleideten. *Bitte lass ihn verstehen, dass ich mit ihm reden muss. Bitte lass ihn erkennen, dass die Pfauenbrosche meine ist.* Letzteres müsste er eigentlich wissen, da er mich gestern und heute mit dem Schmuckstück am Ausschnitt gesehen hatte.

Kapitel 19

»Mutter, ich habe etwas unten liegen lassen und komme gleich nach«, hörte ich ihn sagen. Was für ein Glück. Read war bei Weitem intelligenter, als ich angenommen hatte – jedenfalls sofern man durch diesen Vorfall Rückschlüsse darauf ziehen konnte. Seine Schritte die Treppe abwärts hörten sich sogar fast leichtfüßig an, als wäre er erleichtert, von seiner Mutter wegzukommen. Wäre ich auch, wenn meine Mutter Königin Marigold gewesen wäre.

Nachdem ich gehört hatte, wie die Schritte der Königin verklangen, lief ich Read entgegen. Unglücklicherweise kam mir von vorn ein Page entgegen. Tagsüber war hier wirklich alles voller Menschen. Wie überaus lästig.

Read sah mich an, reichte mir meine Brosche zurück. »Das ist Eure, richtig? Eure Zielfähigkeiten sollte ich wohl auch lobend erwähnen?«

Ich nahm sie ihm aus der Hand, tat seine unqualifizierten Kommentare mit einer Handbewegung ab. »Können wir irgendwo in Ruhe reden?«

Er neigte den Kopf, betrachtete mich für eine kurze Weile. »Von Kellern hast du momentan genug, oder?«

Mir fiel auf, wie ungezwungen er mit mir redete. Wahrscheinlich fing man einfach an, Menschen zu duzen, die einen mit einer Brosche abwarfen. Mit hochgezogenen Augenbrauen deutete ich ein Nicken an.

»Dann gehen wir am besten in Vaters Zigarrenzimmer. Es liegt gleich um die Ecke.«

Ein privater Raum des verstorbenen Königs? Eigentlich konnte ich mir vorstellen, was mich dort erwartete: jede Menge mehr grausige Gemälde. Doch wenn es die beste Option war, um reden zu können, ohne belauscht zu werden …

Tatsächlich dauerte es nicht lange, bis wir um die Treppe herumgegangen waren und Read eine Tür im Ostflügel geöffnet hatte.

Wie vermutet, ein Raum mit Kamin, in dem noch Zigarrengeruch hing. Wahrscheinlich bekam man den aus den schweren Vorhängen und Hirschköpfen an den Wänden einfach nicht raus. Auch nicht viele Monde nach dem Tod des Königs. Und wie in vielen Bereichen im Schloss verschandelten grausige Malereien die jagdgrün gestrichenen Wände. Ich blieb vor einem Gemälde stehen, das den König zeigte, wie er einen Wasserdämon – genauer gesagt, eine Fischjungfrau – in einem Netz gefangen hatte und auf ein Boot hievte. Und die Königin stand direkt neben ihm, holte mit einem Speer aus, mit dem sie eindeutig das Herz der Dämonin zu durchbohren gedachte. Einer Dämonin, die einfach friedlich im Wasser gelebt hatte, vermutete ich. Vielleicht ein oder zwei Fischkutter zum Untergehen gebracht hatte, doch die Menschen kannten das Risiko auf See und waren selbst Raubtiere. Ich verzog das Gesicht.

Plötzlich stand Read ganz nah neben mir. »Ich mag die genauso wenig wie du.«

Blinzelnd sah ich ihn an. Meinte er das, was ich dachte? »Die Bilder?«

»Ja. Jemand sollte sie abhängen. Wie viel Tod wollen wir uns noch ins Schloss holen?«

Diese Ansicht hatte ich nun wirklich nicht von ihm erwartet.

»Sobald ich König bin, werde ich das tun«, fuhr er mit leiser Stimme fort, aus der ich einen Hauch Resignation heraushörte.

»Wollt Ihr denn König werden, oder tut Ihr das nur aus Pflichtgefühl?«, platzte es aus mir heraus.

Zuerst schwieg Read ein paar Herzschläge lang. Irgendwann ließ er seine Arme locker hängen und betrachtete gemeinsam mit mir weiter das grausige Gemälde.

»Der Thron ist meine Bestimmung«, sagte er schließlich.

Was für eine wenig konkrete Aussage. »Ist es das, was Ihr Euch wünscht?«, formulierte ich die Frage noch mal anders.

»Du willst wissen, ob es mein Traum ist, Itdris zu regieren?« Sein Blick schweifte zum Schreibtisch seines Vaters, hinter dem uns jede Menge der vorangegangenen Herrscher von kleinen Porträtbildern entgegenstarrten. Allesamt mit den typischen weißblonden Haaren der Familie gesegnet. »Es wird einiges leichter machen«, gab Read zu.

»Was genau?«

Eigentlich hatte ich nicht erwartet, dass Read darauf antwortete, schließlich war meine Frage viel zu intim. Und zu bohrend.

»Antworten zu finden. Auf den Tod meines Vaters und den meines Onkels.«

Was? Damit hatte ich nun ganz und gar nicht gerechnet. Nahm er etwa an, die beiden seien ermordet worden? So klang es zumindest.

Ehe ich nachhaken konnte, und das, obwohl ich spürte, dass er nichts mehr dazu sagen würde, verlagerte der Prinz sein Gewicht, und auf einmal berührten sich unsere Hände.

Es hätte nicht viel gefehlt, und ich wäre zusammengezuckt. Weshalb genau, wusste ich selbst nicht. Das war lediglich ein simpler Hautkontakt. Jedoch war er mir viel zu bewusst, was mich verwirrte. Ich schielte hinunter, direkt auf meine rechte und seine linke Hand.

Read räusperte sich, trat dann einen Schritt zur Seite, was den Kontakt unterbrach. »Also, weshalb wolltest du mich sprechen?«

Vielleicht lag es an dem Einfall des Lichts. Die Sonne schien so grell durch die Fenster, die nach Süden wiesen, dass seine Augen honigbraun statt wie sonst ebenholzfarben aussahen. Sein Blick wirkte weicher als sonst, selbst seine Haare und Haltung … Bei der Mondgöttin, sah ich ihn etwa gerade genauso an wie Jagger seine Kuscheldecke?

»Ich muss zugeben, dass du mich immer wieder überraschst …« Seine Stimme klang heiser. Und er duzte mich immer noch.

»Wegen der Auswahl …«

»Ja?«

»Könnte ich Euch irgendwie davon überzeugen, die Bürgerlichen noch eine Runde weiterzulassen?«

»Schon wieder diese Bitte?«

Kam es mir nur so vor, oder ging er auf Abstand? »Meinst du nicht, dass sie so oder so irgendwann für ihren Mut werden bezahlen müssen?«

»Ihr versteht das nicht«, fuhr ich ihn an. »Die beiden hatten keine Wahl, vor allem Metis nicht, und ich arbeite an einem Plan, sie unversehrt aus dem Schloss zu schmuggeln. Natürlich ist mir bewusst, dass Ihr Amaryllis und nicht sie ehelichen müsst …« Das auszusprechen empfand ich als äußerst seltsam, und auf einmal fühlte sich die Luft zwischen uns eisig an.

»Ach, muss ich das?« Read klang verstimmt, wobei er in seiner für ihn typischen Art und Weise den Kopf in den Nacken legte.

Ich atmete tief durch. »Können wir bitte zum eigentlichen Thema zurückkehren? Das Leben der Bürgerlichen.«

Er nickte heftig, wie um mich abzuwürgen. »Schon klar. Sie sollen leben. Das ist dein einziger Wunsch.«

Am liebsten hätte ich erwähnt, dass er ja bloß Amaryllis und die Bürgerlichen weiterlassen musste, der Rest war auf gewisse Art egal. So oder so. Andererseits ging es auch um mich und um Dahlia. Vor allem um sie und mich laut meinem

Plan. Dazu schien es ihn zu frustrieren, dass er nicht selbst entscheiden konnte, wen er zur Frau nahm, richtig? Ich an seiner Stelle hätte gekämpft – aber letzten Endes war mir sein Schicksal egal.

»Ich nehme an, Ihr kennt die Gerüchte, und sie sind gewiss wahr«, begann ich langsam. »Amaryllis' Eltern werden es auf einen Krieg ankommen lassen. Durch die geänderte Thronfolge in Kankarra erscheint Ihr den anderen Königreichen als überlegener Herrscher, der sich immer mehr nimmt.« Mit Amaryllis, Prinzessin der Seenlande, hätten die Seenlande mehr Kontrolle über den Thron von Itdris. Ein politisches Bündnis, bei dem Amaryllis und Read die Schachfiguren spielten.

»Ich brauche keine Belehrungen«, fuhr er mich an, trat dann einen Schritt zur Seite und tippte mit den Fingern eine Zigarrenkiste auf einer Kommode an.

»Verzeiht mir bitte«, versuchte ich zu retten, was noch zu retten war. Die Stimmung hatte so schnell von neugierig-interessiert zu eisig-desinteressiert umgeschlagen, dass es einem Hieb in meine Eingeweide gleichkam. Obwohl es mir natürlich vollkommen gleich war, ob mich der Prinz auf die eine oder die andere Art ansah. In meiner Nase kribbelte es. Machte ich mir gerade selbst etwas vor? Offensichtlich gedachte Read mich zu ignorieren. Vielleicht ein unterschwelliger Hinweis darauf, dass ich verschwinden sollte, doch so schnell würde ich nicht aufgeben.

Im Grunde behandelte er ja alle Kandidatinnen wie Luft, da sollte ich mich kaum daran stören, dass er es bei mir ebenso tat. Warum hatte er überhaupt in diese Brautschau eingewilligt, wenn er so wenig Interesse daran zeigte?

»Kann ich etwas tun, um Euch umzustimmen?« Ich hasste diese katzbuckelnden Fragen – aber was blieb mir sonst übrig, als die Taktik zu wechseln? Und laut Andras waren Adelige immer daran interessiert, dass jemand für sie die dreckige

Wäsche wusch. Jemanden ausspionierte oder eine schlechte Nachricht überbrachte.

Meine Frage ließ ihn mit einem verächtlichen Lachen herumfahren. »Das fragst du ernsthaft? Was wärst du denn bereit zu tun, um dein Ziel zu erreichen?«

Ich stockte. Meinte er das so, wie ich dachte?

Read machte einen Schritt auf mich zu, sodass er mir nun ganz nah war. »Im Ernst. Wo läge deine Schmerzgrenze, und was wäre etwas Einfaches für dich?«

Ich drückte mich gegen die Wand, konnte seinen Atem auf einmal auf meiner Haut spüren. Unangenehm angenehm irgendwie. »Falls Ihr jemanden sucht, der für Euch gewisse Dinge diskret erledigt …«

»Diskrete Erledigungen? Wie was zum Beispiel?« Er kam mir noch näher.

Das konnte er nicht ernsthaft andeuten? Wollte er wissen, ob ich für ihn mit jemandem das Bett teilen würde? Allein die Vorstellung verschlug mir die Sprache. Selbst Andras hätte das nie von mir verlangt. Plötzlich fehlten mir die Worte, obwohl ich eigentlich etwas anderes hatte andeuten wollen. In einer vollkommen anderen Richtung.

»Keine Sorge.« Read lächelte, löste sich aus meiner Nähe, indem er einen Schritt zurücktrat. »Ich wollte lediglich testen, wie weit du gehen würdest.«

»Ah«, krächzte ich, nicht sicher, wie der Test für mich verlaufen war. »Und hab ich … was auch immer bestanden?«

»Mehr oder weniger.«

Keine wirklich positive Aussage.

»Du hast Glück, Calla. Allein deine Anwesenheit ärgert meine Mutter mehr als eine Zecke zwischen den Hüftfalten, also bin ich gewillt, auch dich weiterzulassen.« Er sagte es ganz komisch, fast wie eine Ausrede. »Und die Bürgerlichen könnten ihr auch ein größerer Dorn im Fleisch werden, je weiter sie kommen.«

Ich war also eine Zecke für ihn. Wie bildhaft und schmeichelhaft zugleich. Und doch beschrieb es wohl genau den Zweck meines Daseins im Schloss.

»Eure Offenheit ist wahrlich erfrischend«, sagte ich in die Stille, die seine Worte hinterließen. »Zwar weiß ich noch nicht, ob ich das gut oder schlecht finde, aber irgendwie finde ich sie.«

»Ist das so?« Seine Mundwinkel zuckten. »Und mir fallen deine Ehrlichkeit und ernst gemeinten Komplimente schon seit deiner Ankunft hier positiv auf.«

Oh, damit konnte er hauptsächlich meinen, was ich zu seiner Schwester gesagt hatte.

»Dahlia blüht in deiner Gesellschaft auf, und allein deshalb musst du noch eine Weile bleiben.«

Oh! »Sorgt Ihr Euch um Eure Schwester?« Das klang tatsächlich so, als würde ihm viel an ihr liegen.

Sein Blick glitt in die Ferne. »Natürlich. Auch wenn wir oft aneinandergeraten, ist sie meine wichtigste Vertraute. Wahrscheinlich hast du schon gehört, dass sie an Presshusten erkrankt ist, was Mutter große Sorge bereitet. Noch dazu hat sie keine Freunde und zeigt kaum mehr Lust an irgendwas – nicht mal mehr an Zuckerleckereien wie früher.«

Dann hatte ich also mit meiner Einschätzung richtiggelegen. Aber ich wollte nicht weiter nachbohren. »Wir sollten uns langsam in den Ballsaal begeben. Eure Mutter wird sich schon um Euch sorgen.«

Read lachte freudlos auf. »Womöglich. Jedes Fehlen einer ihrer Schachfiguren würde sie in Sorge versetzen.«

Ich nickte. Wie konnte ich ihm jetzt deutlich machen, dass es wichtig war, getrennt sowohl dieses Zimmer zu verlassen als auch im Ballsaal anzukommen?

Doch Read kam mir zuvor. »Bitte nimm die Tür, ich werde über einen der Geheimgänge den Raum verlassen.«

Wieder ein Geheimgang? Zwar hätte mich schon interessiert, wo er verlief, andererseits wollte ich nicht, dass Read mich als neugierig empfand.

»Nach der Auswahl wird übrigens ein zweites Reinheitsritual stattfinden«, ergänzte Read.

Wie bitte? Die Information brannte sich in meine Eingeweide – obwohl ich das hätte kommen sehen sollen. Die Idee musste von Margerite oder der Königin selbst stammen. »Natürlich. Dann bis gleich!« Ein winziger Knicks von mir, danach war ich mit wenigen Schritten an der Tür und schloss sie schneller hinter mir, als meine Wahrnehmung mitkam. Von da an sprintete ich in den Nordturm. Selbst wenn das bedeutete, dass ich zu spät zur Auswahl erschien, mir blieb schlichtweg keine Wahl. »Jagger!« Ich keuchte, öffnete das Fenster. Keine Antwort. Kein Flügelrascheln. Verflucht! Wo steckte er? Ich krallte meine Finger in das steinerne Fensterbrett. Das hieß, ich war auf mich allein gestellt, konnte nicht mal Andras eine Nachricht senden. Musste mir selbst eine Lösung für das Problem mit dem Reinheitsritual überlegen. Und mich dazu noch beeilen. Es half alles nichts. Ich musste handeln, und zwar sofort. Also sprintete ich in den Ballsaal zurück, immer noch in meinem petrolblauen Kleid von gestern, mit einer Pfauenbrosche an der Brust, die einen staubigen Schuhabdruck mehr schlecht als recht verdeckte.

Selbstverständlich war ich die Letzte, und die Auswahl hatte bereits begonnen. Ich nahm meinen Platz als Drittletzte in der Reihe ein und tat, als wäre nichts gewesen. So als würden mich nicht alle schief anstarren. Nun, bis auf Read, der mich ignorierte. Dafür betrachtete mich die Königin mit zusammengekniffenen Augen. Sicher gehörte es sich ihrer Meinung nach nicht für eine künftige Königin, in derangiertem Zustand und dann auch noch zu spät zu erscheinen. Aber ich hielt an meiner Haltung mit durchgestrecktem Rücken fest. Wartete ab. Was blieb mir auch anderes übrig? Die Reihe lichtete sich. Ich rückte immer weiter auf, bis die Reihe der Verbliebenen fast so groß war wie die derjenigen, die bereits auf der anderen Seite standen und die neuen Platinringe an ihren Fingern betrachteten. Vor allem die Mädchen weit links von mir wirkten nervös. Verständlich, denn es wurde immer unwahrscheinlicher, je mehr Mädchen unter ihrem Stand aufgerufen wurden, dass der Prinz sich noch einmal den Mädchen weiter vorn in der Reihe widmete. Wie viele würde der Prinz noch mitnehmen? Von zwanzig war die Rede gewesen. Rasch begann ich durchzuzählen.

»Brynn«, sagte er in diesem Moment, was meine Zählung unterbrach.

Ich atmete auf. Immerhin. Mein Blick fiel auf die Schatullen. Jetzt waren lediglich zwei Ringe übrig. Aber noch insgesamt zehn Kandidatinnen in der Schlange. Metis, ich und acht andere. Von jetzt auf gleich wurde mir schlecht. Wenn er nicht mich und Metis nahm … es wäre ihr Todesurteil und in meinem Fall der Untergang der Welt. Außer Andras fand noch einen anderen Weg, wie er die Armee der größten menschlichen Zivilisation kontrollieren konnte. Bis zum Großen Sünderfressen. Doch das war so gut wie unmöglich, solange Read oder Marigold ihr Oberhaupt waren. *Die größte menschliche Macht* – so lautete die Überlieferung, die mit dem Großen Sünderfressen einherging – *würde das Zünglein an der Waage sein.* Ohne sie konnte Andras seine Dämonenbrüder Baka und Bajang in diesem Erntejahr nicht besiegen. Nicht wie sonst ein friedliches neues Erntejahr einläuten.

Gespannt lagen sämtliche Blicke auf Read. »Gräfin Calla Da Silva.«

Mein vollständiger, wenn auch geklauter Name. Sogar den korrekten Titel hatte der Prinz dieses Mal ausgesprochen. Ein Teil von mir atmete auf. Der vorletzte Ring ging an mich. Mir fiel auf, dass Read mich nicht richtig ansah, als er ihn mir hinhielt, ich daraufhin nickte und er ihn mir ansteckte. Seine Finger fühlten sich warm auf meiner Haut an – aber ich mich irgendwie taub. Von Kopf bis Fuß. Nur noch ein Ring. Wenn Metis nicht weiterkam … Sie hatte bereits so viel Schlimmes in ihrem Leben erleiden müssen. Bestürzt stellte ich fest, dass unter den neun wartenden Kandidatinnen Azalea war. Die schöne einflussreiche Gräfin aus Itdris. Mit ihrem Porzellanteint, dem anmutigen Schwanenhals und den rotbraunen Haaren. Zwar wollten ihre schmalen Augen nicht ganz in ihr Gesicht passen, ließen sie zudem viel zu jung wirken, aber genau diese fehlende Symmetrie machte sie interessant. Vermutlich auch für den Prinzen. Verflucht, das war eine viel zu starke Konkurrentin für Metis … Und eine Favoritin der Königin. Ich hätte ihm einen besseren Handel anbieten müssen. Read einen definitiven Vorschlag, wie ich ihm helfen konnte, eins seiner Probleme aus der Welt zu schaffen. In diesem Moment schwor ich mir, Jagger auf ihn anzusetzen. Damit er an Fenstern lauschte, bis wir ein Thema fanden, bei dem Read Hilfe brauchen konnte.

Auf der anderen Seite strich sich Metis nervös über ihre rotbraunen Haare.

Read pflückte den letzten Ring aus der Schatulle des Pagen.

»Miss Me…«

»Ähm.« Die Königin unterbrach ihn, stand wie aus dem Erdboden geschossen auf einmal neben ihm. »Ich erlaube mir, die letzte Kandidatin zu wählen, mein Sohn. Da ich denke, dass dein Urteilsvermögen heute etwas getrübt ist.«

»Nein, Mutter. Ist es nicht.«

Marigold winkte ab. »Da wir ein weiteres Reinheitsritual durchführen, wird danach eventuell noch ein Platz frei, und den kannst du dann vergeben, wie es dir passt.«

Getuschel setzte ein.

Nein, das durfte gerade nicht passieren. Am liebsten hätte ich Read geschüttelt. Wenn er sich jetzt nicht gegen seine Mutter auflehnte! Metis' Leben stand auf dem Spiel. Und zudem plante die Königin ein weiteres Reinheitsritual? Bei allen Dämonenbrüdern, wieso passierte das alles gleichzeitig und gerade jetzt?

»Ich muss dich leider bitten, mir die Wahl zu lassen«, sagte er endlich. »Es geht hier schließlich um meine zukünftige Braut.« Doch seine Mutter winkte ab.

»Du bekommst eine weitere Chance nach dem Reinheitsritual. Wie man hört, ist die eine oder andere Kandidatin doch nicht so rein, wie wir glauben, oder hat sich in den letzten Tagen mit einem der Höflinge … amüsiert.«

Wie bitte? Und wie hoch standen diese Chancen?

»Gräfin Azalea von Braunfels.« Königin Marigold lächelte ihr Gewinnerlächeln.

Kapitel 20

Azalea von Braunfels? Nein, nein, nein! Ich hob beide Augenbrauen nach den Worten der Königin. Und mir wurde noch schlechter. Statt Metis ging nun die schlanke Gräfin auf Read zu. In ihrem rotbraunen Haar steckte ein Diadem, das einer Krone ähnlich sah – als wollte sie sich den Thron visualisieren.

Nein. Einfach nein! Am liebsten hätte ich Metis in die Arme genommen. Sie stand da wie erstarrt, hatte vermutlich nicht begriffen, was das für sie bedeutete.

Die anderen Nichtaufgerufenen tauschten Blicke. »Sollen wir gehen, Eure Majestät?«, fragte Lady Petunia schüchtern.

Die Königin, die immer noch Azalea anstrahlte, winkte nachlässig in ihre Richtung.

»Nein!«, sagte ich mit fester Stimme. »Ihr habt die Königin gehört. Nach dem Reinheitsritual könnten eine oder mehrere von Euch nachrücken.«

Die Königin warf mir einen scharfen Seitenblick zu, aber da sie genau das eben behauptet hatte, konnte sie jetzt nichts dagegen sagen.

Ich betrachtete Read. An seiner Schläfe pulsierte eine Ader. Vielleicht würde er seine Mutter nicht schlagen, sich jedoch sehr wahrscheinlich für diese dreiste Aktion revanchieren. Bitte, bitte, es musste noch jemand ausscheiden. Mir fiel Flora ein, die keine Jungfrau mehr war und mit Andras' Hilfe das erste Ritual bestanden hatte. Wenn ich sie opferte, würden wir Metis' Leben retten. Für Flora würde das Leben einfach wie immer weitergehen. Ich klammerte mich an den Gedanken.

So musste es einfach laufen. Sonst wäre ich schuld an Metis' Tod. Denn ich hatte weder einen Fluchtplan für sie ausgearbeitet noch ein Abkommen mit Read geschlossen, das beinhaltete, dass Metis um jeden Preis überlebte. Wenn er sie nur früher aufgerufen hätte.

Auf einmal stand Dahlia neben mir. »Alles in Ordnung mit dir? Du siehst blass aus.«

Ich sah sie an. »Es ist wegen Metis.«

Dahlia nickte, als würde sie es tatsächlich verstehen, und vielleicht tat sie das sogar. Jedenfalls besaß sie mehr Empathie als Marigold – wobei das nicht schwer war.

Vom Büfett her blickte mich Flora an, eindringlich irgendwie.

»Bitte folgt mir.« Ein Page mit strahlend weißen Handschuhen hatte die Stimme erhoben. Das hieß also, dass wir direkt zum zweiten Reinheitsritual geführt werden würden. Umso besser, wenn man es genau betrachtete. Je schneller Metis weiterkam, desto besser. Sie ängstigte sich sonst nur unnötig lange.

Meine Augenlider flatterten. Ich musste mir etwas einfallen lassen, um diese Runde selbst zu überstehen und Flora durchfallen zu lassen. Im schlimmsten Fall. Im besten Fall würde eine weitere Kandidatin vor uns rausfliegen.

Den ganzen Weg über stand mein Gedankenkarussell nicht still. Gab es einen Weg, Jagger oder Andras direkt auf mein Problem aufmerksam zu machen? Das letzte Mal hatten wir gewusst, was ungefähr am ersten Abend der Brautschau stattfinden würde, und waren entsprechend vorbereitet gewesen. Jedenfalls so halbwegs. Andras war bei mir gewesen sowie Jagger und sein Ablenkungsmanöver, das wir uns zuvor ausgedacht hatten. Damit wir im richtigen Augenblick eine Illusion für mich erschaffen konnten, die alle glauben ließ, ich sei so rein wie ein gebügelter Bettbezug frisch von der Wäscheleine. Bloß an diesem Abend konnte ich weder auf Jaggers noch auf

Andras' Beistand zählen, denn sie hatten beide keine Ahnung, was gerade vor sich ging. Wieder wurden wir in den runden Säulensaal aus dunklem Marmor geführt. Man hatte hier bereits alles für das Ritual vorbereitet. Wie beim letzten Mal, nur dass in diesem Fall lediglich zwanzig Eimer in einem Kreis angeordnet waren statt zweiundvierzig – ich hatte sie blitzschnell gezählt. Also exakt dasselbe Ritual? Wie sollte ich es ohne Hilfe zustande bringen, dass mein Wasser weiß leuchtete statt rot oder in sonst einer Farbe, die der Königin zeigen würde, dass ich eine Halbdämonin war? Plötzlich sah ich vor meinem inneren Auge die Zukunft. Wie mein Wasser violett erstrahlen und alle Anwesenden schreien würden. Aus Angst vor mir.

»Bitte stellt Euch wie bereits beim ersten Mal hinter einem Eimer auf.« Der Page bedeutete uns, uns zu beeilen. Das hieß, die Ersatzkandidatinnen waren nicht mitgekommen? Nein, keine Metis, so weit das Auge reichte.

»Moment, und was ist mit den anderen acht Mädchen? Sie könnten weiterkommen und müssen auch dem Ritual unterzogen werden«, forderte ich. Einfach um Zeit zu gewinnen.

Daraufhin erntete ich missmutige Blicke von den meisten anderen Teilnehmerinnen. Wahrscheinlich hätten sie die Sache einfach gern hinter sich gebracht, aber ich hielt den Lauf der Dinge wie schon so oft auf.

Der Page nickte. »Ich werde auch sie holen lassen.«

Damit hatte ich ein wenig Zeit gewonnen. Nicht besonders viel, wenn man es genau betrachtete. Ich musste mir dringend etwas einfallen lassen. Fieberhaft sah ich mich im Raum um, bewegte mich nicht im Gegensatz zu den anderen auf einen Eimer zu, wagte nicht mal zu blinzeln. Außer Flora wirkte keine der anderen nervös. Ein runder Raum mit Öllampen und gruseligen Gemälden an den Wänden und zwanzig Frauen, die alle mehr oder weniger vorgaben, etwas zu sein, was sie nicht waren, nur um sich das Herz des Prinzen zu schnappen.

Die Königin trat ein, hatte offenbar meine Forderung mitbekommen. »Nein. Lasst uns beginnen. Die Nachrückkandidatinnen können im Anschluss das Ritual noch einmal begehen, sollte es erforderlich sein.« Das Lächeln, mit dem sie mich bedachte, wirkte wie das einer Schlange, die auf dem Weg war, um Beute zu machen. Bedeutete das, sie wollte mich tatsächlich auf diese Art loswerden? Glaubte Margerites Anschuldigungen? Das hieß, sie würde mich genaustens im Blick behalten, um sicherzustellen, dass ich nicht betrog. Damit war Dahlias Theorie, dass Königin Marigold die Information nur als Druckmittel zu verwenden gedachte, wohl hinfällig.

Wenn ich es mir genau überlegte, gab es eine einzige Möglichkeit, mir eine winzige Chance zu verschaffen, wie mir klar wurde. Und ich hasste den Gedanken so sehr und genauso leidenschaftlich, wie er mich plötzlich überrannte. Nicht nur weil es bedeutete, dass ich weiterkommen könnte, was wiederum dazu führen würde, dass Metis ihr Leben lassen musste, sollte sich keine der anderen Anwärterinnen als unrein herausstellen. Flora war es allerdings in jedem Fall nicht. Rein. Wenn ihr Eimer rot leuchtete, würde Read Metis nachwählen. An diesen Gedanken klammerte ich mich, während ich mein eigenes Weiterkommen plante.

Dafür musste ich lediglich die perfekte Position und den idealen Moment erwischen. Wie hoch standen die Chancen, dass es funktionieren würde?

Ich sah mich nach der Stelle um, an der ich es versuchen musste.

»Bitte, meine Damen. Ihr wisst ja, wie es läuft.« Die Königin gestikulierte, und ich zögerte weiter hinaus, den letzten Eimer zu erreichen. Direkt links neben ihm trat gerade Magnolia in ihren Eimer. Da die Königin wegen einer im Weg stehenden Säule keinen guten Blick auf Magnolia hatte, schien sie mir die beste Option. Eilig wechselte ich den Ring mit seinen neun hübschen Steinchen, den ich eben noch von Read erhalten hatte, auf die linke Hand, streifte damit Magnolias Blumenrock aus Tüll.

»O nein!« Ich tat überrascht, krallte mich in ihren Tüllrock. »Ich hab mich irgendwie darin verfangen. Der Ring ...« Um uns herum leuchteten sämtliche Eimer bis auf meinen freien in weißem Licht auf.

Die Königin starrte selbstverständlich zu mir herüber, begierig, den Ausgang meines Rituals zu erfahren. Allerdings wandte sie sich nun augenrollend ihrem Pagen zu, zweifellos um sich über mich auszulassen. Jetzt oder nie.

Magnolia drehte sich zu mir um. Genau in dem Moment schoss die weiße Lichtsäule vor ihr in die Höhe. »Lass los«, zischte sie mir zu. Und genau darauf hatte ich spekuliert. Ihr Mund war mir so nah, also öffnete ich meinen und schloss dabei die Augen – stellte mir vor, was sie für mich tun sollte, während ich die Luft um uns herum geräuschlos einsaugte. Der Hauch von süßlicher Liebe benetzte meine Lippen. Kurzfristig. Denn für meinen Plan brauchte ich nur einen winzigen Teil ihrer Seele, und sie musste ihn mir nicht mal willentlich überlassen. Ein Gefallen – wenige Sekunden lang. Wenn ich ihr alle Liebe genommen hätte, wäre sie nun ein seelenloses Monster – fast wie ich. Der Gedanke nagte an mir, doch es war zu spät, meinen Plan zu stoppen.

Magnolia wirkte wie erstarrt. Genau wie die Versuchskaninchen, an denen mich Andras gezwungen hatte, diese kurzfristige Manipulation zu üben. Und diese, so hatte sich herausgestellt, wirkte auch bei Männern. Nur eben für wenige Sekunden. Verurteilte Verbrecher auf dem Weg vom Gerichtssaal zum Gefängnis hatten Andras und ich zu Übungszwecken abgefangen. Ein Ablenkungsmanöver, ein kurzes Aussaugen, und schon hatten sie ein paar Liedzeilen geträllert oder was immer ich ihnen aufgetragen hatte zu tun, bevor sie verwirrt wieder zu ihrem früheren Selbst zurückgekehrt waren. Es war wirklich das allerletzte Mittel, das ich jemals einsetzen wollte.

Abgesehen von einer kompletten Aussaugung. Schlimm genug, was ich jetzt gezwungen war zu tun: Ein Beinahekuss bei Magnolia – eine kurze Manipulation.

Ruckartig wandte sich Magnolia wieder nach vorn, öffnete den Mund und schrie. »Ein Dämon!« Sie wies zum Fenster ihr gegenüber. Selbstverständlich wandten sich alle zuerst ihr zu und danach dem Fenster – wo absolut nichts zu sehen war.

Selbst die Königin schoss herum, beäugte das Fenster argwöhnisch, wobei sie sämtliche Muskeln anspannte.

»Er war da!« Magnolia stieg aus dem Eimer, die sowieso schon riesigen Augen noch weiter aufgerissen, raste zurück zur Tür. »Ein Dämon!«

Zuerst blieb es still, doch dann stieß die erste Kandidatin ihren Eimer um. Andere taten es ihr gleich. Mädchen flüchteten, nicht alle, aber etwa zehn mit Magnolia und mir, die ihr folgten.

Die Königin hob die Arme. »Bitte bewahrt Ruhe.« Wie selbstverständlich griff sie in ihr Kleid, förderte einen Dolch hervor, während sie bereits zum Fenster lief.

Magnolia wurde wieder still, blinzelte verwirrt.

Die Königin öffnete das Fenster. »Ich kann keinen Dämon ausmachen. Wie hat er ausgesehen?«

»Äh. Da war ein gehörnter Schatten«, brachte Magnolia stockend hervor. Die Wirkung meines Reeva-Seelenkusses verblasste bereits.

Zeit, einen Schritt weiterzugehen.

Alle starrten wie gebannt zum Fenster, vor dem sich die Königin mit gezücktem Dolch platziert hatte.

»Verzeihung.«

Auf mein Wort drehte sich der Page mit dem schütteren Haar zu mir um. Einer der älteren. Perfekt für meine Zwecke.

»Das sollte unter uns bleiben, aber ...« Ich neigte mich zu ihm, und er beugte seinen Kopf genauso vertraulich. Dann sog ich auch an seiner Seele.

Sobald seine Augen glasig wurden, wusste ich, dass es funktioniert hatte. Und da alle abgelenkt waren, hatte niemand etwas bemerkt.

»Nichts zu sehen«, befand die Königin. »Entweder Ihr habt Euch geirrt, meine Liebe – es könnte ein Rabe gewesen sein –, oder er ist weg.«

»Gut.« Der Page neben mir räusperte sich. »Damit gilt das Reinheitsritual als beendet. Alle Teilnehmerinnen haben bestanden. Zwanzig weiße Lichter.«

Ich hielt die Luft an. Würde die Königin nachhaken? Wenn jetzt niemand Einspruch erhob … Ich wagte es nicht, Amaryllis und Margerite anzusehen, meinte jedoch zu erkennen, dass die beiden angstvoll aus dem Fenster schauten.

Die Königin nickte nachlässig. Wahrscheinlich ebenfalls noch in Gedanken.

»Vielleicht war es eine Warnung«, murmelte sie allerdings für alle deutlich hörbar. Und dann etwas lauter. »Bitte seid unbesorgt, wir werden der Sache nachgehen.«

Sie zog in Erwägung, dass ihr jemand eine Warnung sandte? Diese Wendung interessierte mich. Wer und aus welchem Grund? Die Seenlande? Amaryllis' Eltern oder jemand anders wie ein … wirklicher Dämon?

Die anderen Mädchen konnten es kaum erwarten, den Raum zu verlassen, und so zweifelte niemand die Worte des Pagen an. Niemand wies darauf hin, dass sie mein Ritual nicht selbst mitangesehen hatten. Selbst Margerite nicht. Es hatte funktioniert.

»Nun denn … damit müssen die Rituale der Nachzügler nicht abgenommen werden«, sagte die Königin.

Erst in dem Moment ging mir auf, dass in meiner Rechnung etwas schiefgegangen war. Moment … Flora? Ich hatte fest mit rotem Licht gerechnet und dem Pagen doch nur eingeredet, ein Fazit zu ziehen, inklusive dass mein Licht weiß geleuchtet hatte. Ich wirbelte zu Flora herum, die ihre rechte

Hand in ihrem Kleid vergraben hatte. Mein Blick klebte geradezu an der Beule im Stoff. Sie … musste ebenfalls einen Plan B gehabt haben und dazu mehr Vorbereitungszeit als ich. Bloß: Wie im Namen der Mondgöttin hatte sie das angestellt? Gelassen begegnete sie meinem Blick, und mir wurde schlecht. Aber wie auch immer sie das geschafft hatte, war momentan Nebensache. Es hieß: Kein Platz war für Metis frei geworden, und noch schlimmer: Streng genommen hatte ich sie auf dem Gewissen, da ich mir meinen Platz erschlichen hatte. Kälte kroch in jede Pore meines Körpers, während sich mein Blickfeld am Rand schwarz färbte. Ich musste mich zusammenreißen, um nicht zu zittern. Mein Plan würde Metis in den nächsten Augenblicken das Leben kosten. Der Gedanke spulte sich immer wieder in meinem Kopf ab. Durch meine unüberlegte Aktion. Wegen mir würde sie alles verlieren. Ich hatte die unschuldige Metis auf dem Gewissen. Unter mir schwankte der Boden. Meine Zehen fühlten sich so taub an, dass ich glaubte, sie nie mehr bewegen zu können.

Kapitel 21

»Bitte begebt Euch zurück in den Ballsaal.«

Die Worte des Pagen drangen wie durch Watte zu mir durch.

Er stand stramm wie zuvor, nur noch einen Hauch Verwirrtheit in den Augen.

Und ich … ich konnte nicht aufgeben. Meine Fingernägel bohrte ich in das weiche Fleisch meiner Handballen. Wenn ich nahe genug an die Königin herankäme … Ich folgte ihr und den anderen Mädchen zurück in den Ballsaal, versuchte näher zu ihr aufzurücken, ohne dass mein Verhalten als auffällig gewertet werden könnte.

»Irgendwas stimmt nicht mit ihr, und mit Flora auch nicht. Vielleicht benutzen sie … etwas Verbotenes, um uns zu täuschen«, flüsterte Margerite auffällig laut. »Beide haben viel zu lange gezögert, und ausgerechnet dann, als wir alle abgelenkt waren, bestehen sie?« Offensichtlich hatte sie ihre Angst vor dem Dämon hinter sich gelassen und im Schutz des Korridors zu ihren alten Verhaltensmustern zurückgefunden.

Doch das stellte aktuell mein kleinstes Problem dar.

Hatte ich noch genug Kraft, um der Königin einen Teil ihrer Seele zu nehmen? Weil ich mich bei den Trainings oft geweigert hatte, den Reeva-Beinahekuss zu üben, konnte ich es nicht mit Sicherheit sagen. Einfach weil mir die Erfahrung fehlte. Dazu war es gefährlich, den Kuss ausgerechnet an ihr umzusetzen. Durch meinen Magen ging ein Zittern und schließlich auch durch meinen gesamten Oberkörper. Ich musste es tun, bevor wir im Ballsaal ankamen und zu viel Publikum hatten. Aber ich konnte nicht … brachte es nicht über mich. Obwohl ich mich dazu zwang. Ein weiteres Mal schloss ich so weit zu ihr auf, dass ich sie fast berühren konnte, spürte schon den Blick eines Pagen auf mir. Es ging einfach nicht. Was, wenn sie oder jemand anders etwas bemerkte? Ich würde so enden wie all die anderen Dämonen, an deren Bildern ich auf diesem Korridor vorbeiging. Aufgespießt, geköpft oder an einen Scheiterhaufen gebunden. Damit wäre niemandem geholfen. Im Prinzip war mir mein Leben egal. Wenn da nicht das Versprechen gewesen wäre, meinen Fehler wieder zu korrigieren, um Harlyn zurückzuholen. Und das Große Sünderfressen abzuwehren. Gleichzeitig hasste ich den Gedanken und welche Überlegungen ich anstellte im Generellen. Dass Metis als Bauernopfer für ein höheres Ziel sterben sollte und ich es nicht verhindert hatte. Ein Leben gegen das so vieler Menschen … wie oft hatte mir Andras das in Bezug auf Prinz Read gepredigt? Sein Leben gegen das aller anderen. Und nun … ich sah mit an, wie die Pagen vor uns die Türen zum Ballsaal öffneten. Es war zu spät. Die Kälte kehrte zurück, sodass ich am liebsten beide Arme um meinen Körper geschlungen hätte. Ich hatte zu lange gezögert, um die Katastrophe zu verhindern, und wusste tief in mir drin, dass ich Metis nicht retten konnte, ohne so viel mehr aufs Spiel zu setzen. Und ich hasste mich dafür. Hasste mich dafür, dass ich sie nicht retten konnte und so feige war. Scham kroch mir wie Säure den Nacken empor. Ich konnte Metis kaum in die Augen blicken, bemerkte jedoch, dass sie genauso steif dastand, wie sie es vorhin bereits getan hatte. Sie wusste, was kam. Alle wussten es. Wenn sie doch nur geflohen wäre. Bloß wohin, wenn man eine Familie wie ihre hatte? Egal. Überallhin wäre besser gewesen.

Die anderen ausgeschiedenen Kandidatinnen sahen uns entgegen, alle mit mehr oder weniger fragenden Mienen. Natürlich war es der Ausdruck auf Metis' Gesicht, voller Sorge,

Panik, gemischt mit einem Hauch Hoffnung, dass doch alles gut werden würde, der mir das Herz zerriss.

»Alle haben das Reinheitsritual bestanden«, sagte die Königin. Klar, laut und kalt. Sie warf ihre weißblonden Haare zurück. »Damit sind alle bis auf Miss Metis entlassen.«

Mir wurde so schlecht, dass ich fürchtete, meinen Mageninhalt nicht bei mir behalten zu können. Mit ein paar knappen Knicksen traten die Adeligen, die keinen Ring erhalten hatten, den Rückzug an. Niemand begehrte auf. Niemand bis auf Dahlia. Die huschte wie aus dem Nichts an die Seite ihrer Mutter. »Warte, ich könnte eine zweite Zofe brauchen. Du könntest Metis einstellen, und sie wird nichts von dem verraten, was war.« Dahlias Stimme klang flehentlich. Glänzten da Tränen in ihren Augen?

Mein Blick glitt zu Read, der genauso steif dastand wie Metis. Seine Gesichtsfarbe schimmerte ungesund grau im Schatten der flackernden Kerzen auf dem Büfetttisch neben ihm.

»Du kennst unsere Bräuche. Und Miss Metis wusste ebenfalls davon«, hielt ihre Mutter dagegen. »Jeder weiß, was man aufs Spiel setzt, wenn man sich als künftige Königin im Palast bewirbt. Keine Ausnahmen. Es ist Zeit.«

»Bitte, Mutter!«

Die Königin verengte die Augen. »Es gibt nichts zu bitten. Vergiss nicht, dass wir ein starkes Vorbild für unser Volk sein müssen. Nachsicht und Milde führen dazu, dass wir angreifbar wirken.«

Ja, eine Begründung in der Art hatte ich erwartet – was nichts von dem, was vor sich ging, besser machte.

Ein Page rückte mit einem silbernen Tablett an. Auf den ersten Blick erschien es leer, auf den zweiten erkannte ich die weiße Pastille darauf.

Königin Marigold hob den Kopf, schlug Dahlias Hand weg, die nach ihrem Arm zu greifen versuchte. »Wer auch immer im königlichen Palast stirbt, wird auch hier begraben. Es ist also eine Ehre und nichts Schlimmes, so zu gehen. Wie wir alle irgendwann gehen müssen.«

Niemand sagte etwas. Metis wirkte immer noch wie abwesend, starrte ins Leere. Lediglich Brynn atmete heftig und laut. Doch es gab einfach nichts, was wir tun konnten. Jetzt nicht mehr. *Ich hätte sie überreden müssen zu fliehen … Metis und Brynn hier rausschaffen müssen.* Die Gedanken hämmerten in meinem Kopf. Die arme kleine Metis, die immer so angstvoll nach meiner Hand gegriffen hatte. Ein Opfer in Andras' Plan. Eine Figur, die fiel. Am liebsten hätte ich geschrien.

»Möchtet Ihr noch ein paar letzte Worte sagen, Miss Metis?«, hakte die Königin nach. »Etwas, das wir Eurer Familie ausrichten sollen?«

Metis schüttelte den Kopf – ganz leicht und alles andere als vehement, dennoch ahnte ich, was in ihr vorging. Wenn es mein Vater gewesen wäre, hätte ich diesem Monster auch nichts ausrichten lassen.

Dann, vollkommen unvermittelt, öffnete Metis doch noch den Mund. »Ich danke Euch dafür, im königlichen Palast begraben zu werden. Das wird meinen Vater … stolz machen. Und mich auch. Wenigstens etwas Gutes in meinem Leben. Auch wenn es genau damit endet.«

Oh! Sie klang so ernst. Als würde es sie tatsächlich freuen, ihren Vater vielleicht zum ersten Mal in ihrem Leben zufriedenzustellen. Oder ihm sogar etwas vorauszuhaben. Denn die Chancen, dass ihr Vater das ebenfalls erreichte – ein so ehrenvolles Begräbnis –, standen denkbar schlecht. Und in diesem Moment, ganz kurz nur, empfand ich so etwas wie wehmütigen Stolz für Metis.

Sie sah auf. Zu Brynn und dann zu mir.

Ich rang mir ein Lächeln ab, das Zuversicht ausstrahlen sollte. Und ein Abschied war. Oh, Metis … Mir fiel ein, dass sie Brüder hatte. Und eine Mutter. Und diesen schrecklichen

Vater. Ob wenigstens einer von ihnen sie vermissen würde? Sicher nicht die Brüder, die sie zusammengeschlagen hatten.

Der Page mit dem Tablett räusperte sich.

In Zeitlupe schwenkte Metis' Blick zu ihm. Und auch alle anderen im Saal starrten auf die weiße Pastille. Tod durch Gift. Es war unausweichlich. Der Anblick ließ meinen Hals zu eng zum Atmen werden.

Obwohl ich dachte, sie würde es langsam angehen, überraschte mich Metis damit, wie sie die Pastille packte, sie in ihren Mund warf und dann den Kopf in den Nacken legte, um zu schlucken. Man hatte ihr nicht mal Wasser angeboten. Aber sie hatte es einfach hinter sich bringen wollen.

Überraschenderweise drehte sie sich zu mir, die Augen glasig und … leer. »Vergiss nicht, was du mir versprochen hast«, wisperte sie. Und dann, wenige Sekunden später – in denen alle den Atem angehalten hatten und nichts als das Knistern eines Dochts zu hören gewesen war –, sackte Metis in sich zusammen. Ihr beiges Kleid bauschte sich ein letztes Mal auf, dann lag sie mit angezogenen Beinen still und starr auf dem Boden. Tot, Metis war tot. Vor meinen Augen verschwamm die Sicht. Wie schnell es gegangen war. So schnell, dass ich kaum mitkam und einfach nur fassungslos dastand. Die Schuld, die ich daran trug, nagelte mich am Boden fest. Unfähig, etwas zu unternehmen, ihren toten Körper vielleicht in meinen Armen zu wiegen, stand ich einfach nur da. Mein Versprechen … ihre letzten Worte. Damit musste sie gemeint haben, dass ich auf Brynn aufpassen sollte. Mit dem Handrücken wischte ich mir eine Träne von der Wange. Und das, so schwor ich mir, würde ich zu ihrem Andenken tun.

In dieser Nacht weinte ich zum ersten Mal seit dem Tod von Harlyn und Vater mehrere Stunden durch. Jagger versuchte mich zu trösten. Aber ich sah immer wieder die tote Metis vor mir – die ich hätte retten können.

Irgendwann klopfte es. Eine Zofe erschien, was mich gleich hätte stutzig machen sollen. Um diese Zeit.

»Ich brauche nichts«, grummelte ich in mein Kissen. Natürlich war mir bewusst, wie unverantwortlich und selbstsüchtig ich mich aufführte. Wo ich um diese Zeit doch versuchen sollte, Dahlia im Garten zu treffen, um den Plan voranzutreiben.

»Doch, das tust du.« Die Zofe trat ganz nah an mein Bett. Ich hatte sie nie zuvor gesehen. Mausbraune Haare zu einem Dutt geflochten, etwa so alt wie ich.

»Ich möchte meine Ruhe haben«, beharrte ich.

Die Zofe rührte sich keinen Fingerbreit. Ungewöhnlich … Ich hob den Kopf, schob mir den Vorhang aus meinen eigenen nassen Haaren aus dem Gesicht.

Im selben Moment verzerrte sich das Gesicht der Zofe. Statt ihr erkannte ich nun Andras' vernarbtes rotes Dämonengesicht auf dem zierlichen Frauenkörper. Es flackerte, dann war da wieder nur die Zofe. Eine Illusion. Natürlich.

»Also hat dir Jagger alles gepetzt«, murrte ich.

»Ich brauche keinen Jagger, um vieles zu wissen«, erklärte die Dämonenzofe ruhig.

So etwas in der Art sagte er ständig, doch bisher hatte er mir keine Beweise geliefert, wie er das angeblich anstellte.

»Und du brauchst kein Selbstmitleid, um angemessen zu trauern.«

Ich verdrehte die Augen bei seinen Worten.

»Im Ernst, Skylar. Was bringt es, dein Kissen nass zu weinen? Metis kommt nicht zurück.«

Das war mir bewusst.

»Wie viel mehr könntest du für die Zukunft der Welt wohl erreichen, wenn du die Zeit nutzt, die dir bleibt? Schon morgen steht eine weitere Prüfung an.«

»Ja. Verstanden«, murmelte ich. Der Dämon hatte recht. Wie so oft.

»Und gibt es nicht eine zweite nicht adelige Sterbliche, der du versuchen wolltest zu helfen?«

Woher wusste er das? Hatte ich mit Jagger über Brynn geredet? Womöglich.

Zofen-Andras verzog seine Zofenlippen.

»Schon gut.« Halb liegend, halb sitzend robbte ich aus dem Bett. »Aber wenn du angeblich alles weißt, warum hast du nicht beim zweiten Reinheitsritual eingegriffen?«

»Das habe ich. Nachdem wir nun wussten, wie die Königin eure Jungfräulichkeit testet, habe ich Weißglüher-Steine geschmiedet. Sie sind gerade rechtzeitig fertig geworden. Bloß warst du gerade mit dem Prinzen zugange, sodass ich dich nicht allein sprechen konnte. Allerdings habe ich Flora beide Steine ausgehändigt und ihr aufgetragen, den zweiten Stein in einer unauffälligen Ecke auf dem Büfetttisch des Ballsaals zu platzieren. Einem Pagen habe ich gegen Geld eine Nachricht für dich zukommen lassen, damit du ihn findest.«

»Nichts davon ist bis zu mir durchgedrungen.«

»Ich weiß.«

Mehr wollte er nicht dazu sagen? Lag es an mir? Hatte ich zu viel Zeit verschwendet? Vermutlich weil ich zu spät zur letzten Auswahl erschienen war, hatte ich den Stein nicht erhalten. Wenn er jedoch in meinem Besitz gewesen wäre, hätte ich meine Sorgen auf Metis statt auf mich konzentrieren können.

»Unerklärliche Zufälle«, sagte der Dämon schließlich, was mich sofort misstrauisch werden ließ. Das Gefühl, dass er mehr für Metis hätte tun können, es aber aus irgendeinem Grund nicht getan hatte, schlich sich tief in mein Bewusstsein. Dämonen konnte man im Allgemeinen nicht trauen, und dem hohen Dämonenfürsten Andras erst recht nicht. Auch wenn er immerhin gewillt war, die Welt zu retten. Nur würde ich keinen Ton dazu aus ihm herausbekommen. Das wusste ich. Denn »nett« und »auskunftsfreudig« waren keine Adjektive, die auf Andras zutrafen.

Also Weißglüher-Steine? Das war wirklich geschehen? Zumindest erklärte das, wie Flora hatte bestehen können. Und das bedeutete ... wenn ich davon gewusst hätte ... wenn ich nicht mit Prinz Read im Zigarrenzimmer seines Vaters gewesen wäre ... hätte ich kein solches Risiko mit den Aussaugungen eingehen müssen und vielleicht sogar Flora ihren Stein abluchsen oder sie manipulieren können, sodass sie ausgeschieden wäre. Dann hätte Metis überlebt. Auch wenn das Ärger mit Andras bedeutet hätte. Offensichtlich wollte er Flora als Sicherheit behalten, sonst hätte er ihr nicht ein zweites Mal unter die Arme gegriffen. Ich verzog das Gesicht. Alles hätte so viel anders ablaufen können.

»Du hörst mir nicht zu«, sagte Andras gerade, der auf ein Päckchen deutete, das neben meiner Tür auf dem Regal lag. Der Stein. Allerdings zu spät. Und das hatte ich tatsächlich nicht. Zugehört. Weil die letzten Stunden viel zu präsent in meinem Kopf waren. Ein Weißglüher-Stein. Vermutlich sollte ich ihn ab jetzt immer bei mir tragen. Kurz dachte ich an Margerites letzten Kommentar zu mir. Es war noch lange nicht vorbei.

»Also gut.« Er seufzte. »Ich muss dir etwas zeigen, was dir hoffentlich helfen wird, dich danach zu fokussieren. Ein Geheimnis, das doch fast keines mehr ist, und es hat mit Metis zu tun.«

Ein Geheimnis? Sollte das noch irgendetwas für Metis ausrichten können? Ich wischte mir getrocknete Tränenspuren von den Wangen.

»Das hier ist die momentane Lieblingszofe der Königin.« Er deutete auf sich. Auf seine Zofengestalt, besser gesagt. »Die echte hat von mir einen Schlaftrank erhalten und wird bei Sonnenaufgang verwirrt in ihrem Schrank aufwachen.«

Ja, so etwas in der Art hatte ich mir schon gedacht.

»Und was soll das bedeuten?«, hakte ich nach.

»Ich werde diese Illusion gleich über dich stülpen und hier auf dich warten.«

In seiner echten Gestalt? Ein solches Risiko, nur damit ich etwas … sah? Ich runzelte die Stirn. Dann musste es ihm wirklich wichtig sein. Seltsam, denn Metis war ihm offenbar kaum wichtig genug für einen ordentlichen Rettungsplan gewesen … »Schaffst du es, eine zweite Illusion herzustellen, um mich zu spielen, oder wirst du dich in meinem Schrank verstecken?«

Andras hob die Hand. »Das hat dich nicht zu interessieren.«

Also wahrscheinlich Letzteres. Seine Kräfte waren nicht mehr das, was sie mal waren. Irgendwie musste er sich jedoch verbergen, falls jemand in dieses Zimmer kam.

»Zuerst gehst du in die Küche und holst dort eine Platte mit Trauben und Käse«, wies Andras mich an. »Das isst die Königin gern als Nachtessen, und du bringst es ihr. Ihr Gemach findest du im Südturm im ersten Stock. Das letzte Zimmer. Nicht zu verfehlen, da Wachen dort patrouillieren.«

»Und dann?«

»Dann wirst du schon sehen.«

Wunderbar. Aber da ich sowieso etwas zu tun brauchte, um mich abzulenken, nickte ich. »Leg los.«

Es kitzelte ein wenig, als er die Illusion um mich legte wie einen Kokon. Einen Herzschlag später sah ich den echten Andras vor mir stehen, und sobald ich mich erhob, erkannte ich, dass mir an meiner Stelle das Gesicht der Zofe aus dem Spiegel neben der Tür entgegenblickte. Ich war sie. Nun, für einen gewissen Zeitraum zumindest. Ich wirkte kleiner, als ich tatsächlich war … dämonische Magie.

»Tu lediglich das, was ich dir gesagt habe. Beobachte und kehre dann zurück zu mir«, sagte Andras zum Abschied.

Ich nickte, weil ich nichts dergleichen versprechen konnte.

Obwohl ich barfuß über den Steinboden huschte, sah es so aus, als würde ich flache Seidenschuhe tragen, und es fühlte sich auch dementsprechend an. In die Küche also. Mir war, als hätte ich es nahe vom Eingang klappern hören. Vermutlich lag dort im Untergeschoss die Küche.

Auf dem Weg dorthin hielt ich mich nicht mal damit auf, ein paar Rüstungen *umzugestalten*. Weil ich wissen wollte, was Andras mir zeigen wollte. Es musste sich um etwas Wichtiges handeln. Etwas, das mit Metis zusammenhing, und offensichtlich dachte er, ich müsse es mit eigenen Augen sehen, um es zu glauben. Also, was konnte es sein? Mein Gehirn wollte mir keine einleuchtenden Möglichkeiten ausspucken, also schritt ich einfach noch schneller voran. Mit gesenktem Kopf, wie eine Zofe es tun würde, nahm ich die Treppenstufen nach unten.

Die Küche sowie die schon bereitstehende Platte für das Nachtmahl der Königin zu finden, stellte kein Problem dar. Genauso wenig, wie das Gemach der Königin zu finden. Mehrere Bedienstete der Königin nickten mir zu, sahen mir aber kaum in die Augen. Ein wenig so wie bei einer Totgeweihten, was natürlich bei der Lieblingszofe der Königin unsinnig war.

Anstandslos wurde mir die Tür zu den Gemächern der Königin geöffnet.

»Majestät.« Ich knickste, den Kopf gesenkt, und versuchte dabei das Holzbrett mit den Trauben samt Käse auszubalancieren, ohne dass etwas verrutschte.

»Belinda? Ich bin im Badetrakt.« Königin Marigolds Stimme. Im Badezimmer also. Da konnte ich bloß hoffen, nicht gleich einer nackten Königin gegenüberzustehen.

Die Schiebetüren zum Badetrakt waren nicht komplett geschlossen, standen eine Handbreit auf, sodass ich sie locker mit dem Ellenbogen aufschieben konnte. Die Königin lag in einem Holzbadezuber, der so lang war, dass sie sich bequem darin ausstrecken konnte. Einer der Pagen, exakt der mit dem schütteren Haar, den ich vorhin mit einem Beinahekuss manipuliert hatte, stand am Fenster, blickte hinaus auf den goldenen Mond und nicht zur Königin. Neben den Monden erhellten Dutzende mehr oder weniger weit heruntergebrannte Kerzen den Raum. Die Szenerie hatte etwas Bedrohliches, Düsteres an sich. Zuerst fiel mir der Geruch auf, und erst da wurde ich misstrauisch.

Die Königin winkte mich zu sich, und ich erkannte, dass ein Schemel so neben dem Zuber platziert war, dass dort bequem das Tablett mit den Speisen abgestellt werden konnte. Erst aus der Nähe betrachtet verstand ich, in was sie da badete. Und nein, es war kein Wein, wie es auf den ersten Blick wirkte. Ich versuchte mir nichts anmerken zu lassen, stellte das Tablett ab und trat einen Schritt zurück. »Schrubb mir noch den Rücken, bevor du gehst.« Ihr Befehl an mich. Aber ich konnte nur immerzu auf das rote Badewasser blicken.

»Hiermit.« Die Königin hielt mir eine Bürste an einem langen Holzstiel entgegen. »Ich bin heute zu ausgelaugt, um es selbst zu tun. Ein denkbar anstrengender Tag liegt hinter mir.« Sie seufzte.

Mit Verzögerung nahm ich ihr die Bürste ab. Das war Blut. Die Königin badete in mit Wasser verdünntem Blut. Denn als sie ein Knie hob, perlte es leichter als dickflüssiges Blut von ihr ab.

»Gero, du weißt, was zu tun ist.« Die Königin setzte sich auf und beugte sich nach vorn, damit ich an ihren Rücken herankam. »Beseitige das Problem unten am Fluss. Außerhalb der Stadt. Stromabwärts.«

Kapitel 22

Das Blut … und das, was die Königin von sich gegeben hatte, konnte nur eins bedeuten … Das hier war Metis' Blut. Und sie würde ihre Leiche nicht mal wie versprochen im Palast beisetzen, sondern wahrscheinlich im Fluss beseitigen. Ich musste mich zusammenreißen, um weiter meine Rolle zu spielen, anstatt zu schnauben, zu schreien oder meiner Wut sonst wie Ausdruck zu verleihen. Die Frau vor mir, deren Rücken ich gerade mit einer Bürste in langsamen Strichen abrieb, war die größte Lügnerin unter den zwei Monden. Meine Brust hob und senkte sich, während sich der Page verabschiedete. Mir fiel auf, dass seine Hände und vor allem die Ränder um seine Fingernägel herum blutrot verfärbt waren.

Doch wie hatte die Königin das angestellt? Sie konnte doch nicht in vergiftetem Blut baden wollen, und wenn sie eine tote Metis hierhergebracht hätte, wäre das Blut längst geronnen, oder nicht? Mir wurde schlecht, und das lag nicht am Eisengeruch. Die weiße Pastille musste Metis lediglich betäubt haben, und dann hatte die Königin zusammen mit ihrem treuen Pagen die arme Metis hier ausbluten lassen, ehe man heißes Badewasser auf das Blut gekippt hatte? So in etwa stellte ich es mir zumindest vor. Kein schöner Gedanke, und mein Magen rebellierte bereits. Obwohl ich einiges gewohnt war, von dem Tag an, als mein Vater und Harlyn gestorben waren.

Das hier … Meine Finger verkrampften sich um die Bürste … war eigentlich der perfekte Moment, um die Königin büßen zu lassen. Wenn ich jetzt meine Kräfte anwandte und sie dazu brachte, sich selbst zu ertränken … Sofort hörte ich Andras' Stimme in meinem Kopf, die mich ermahnte, nichts Riskantes zu tun. Nichts, was die Königin misstrauisch mir gegenüber werden ließ. Was, wenn sie sich befreite und verstand, was vor sich ging? Oder wenn sie die echte Belinda tötete, an meiner Stelle? Andras' Plan sah vor, sie in ein paar Wochen zu entmachten, sobald ich Dahlia geheiratet hatte. Wenn ich die mächtigste Frau in Itdris werden wollte, musste ich Dahlia so schnell wie möglich auf den Thron bringen. Spätestens dann würde ich eine Gelegenheit bekommen, Marigold umzubringen. Ich biss mir auf die Unterlippe. Der Gedanke hielt mich aufrecht. Jedenfalls aufrecht genug, um darauf zu warten, dass sie mich entließ und dann auch tatsächlich zu gehen. So lange führte ich die Bewegung aus, starrte aus dem Fenster in die Dunkelheit, wo der goldene Vollmond inzwischen aus meinem Blickfeld verschwunden und dafür der silberne Sichelmond aufgegangen war.

Taub – schon wieder schlich ich kurz darauf in mein Zimmer. Andras wartete an der Tür zum Badezimmer auf mich. In seiner echten Gestalt, was bedeutete, dass er wirklich Kräfte sparen musste.

Jagger saß auf dem Fußende meines Betts und sah mich erwartungsvoll an.

»Das hätte ich lieber nicht gesehen.«

»Du hättest mir nicht geglaubt«, sagte Andras schlicht, der mit einer genauso schlichten Bewegung seiner Hand die fremde Gestaltenhülle von mir nahm. Hautfetzen lösten sich beim Sprechen von seinen Wangen. »Mit den eigenen Augen lernen ist immer das Beste.«

Selbstverständlich … Doch irgendetwas steckte noch dahinter, so viel war klar. Andras verfolgte mit allem, was er tat, ein Ziel. Einfach so persönlich im Palast zu erscheinen, um mir eine Königin zu zeigen, die im Blut von Metis badete …

Wozu der Aufwand? schließlich hatte ich zuvor schon gerüchteweise von den grausamen Praktiken der Königin gehört. Auf Fragen dazu würde er allerdings kaum antworten. Letztendlich spielte es keine Rolle. Andere Dinge hingegen schon: Metis' letzter Wunsch würde nicht in Erfüllung gehen. Statt in den Katakomben des Palastes beigesetzt zu werden, war sie auf dem Weg zum Fluss, wo Gero ihren Körper hineinwerfen würde.

»Sowohl der Prinz als auch die Prinzessin sind heute früh zu Bett gegangen«, informierte mich Andras. »Du kannst also ruhen, wenn du das möchtest.«

Wollte ich das? Aber nicht nur um diese Frage kreisten in den nächsten Stunden meine Gedanken. Jagger leistete mir Gesellschaft, zusammengerollt in seiner Kuscheldecke am Fußende meines Bettes. Kurz vor Sonnenaufgang döste ich ein und wurde kurz darauf vom Morgenglockengeläut geweckt.

Wie in Trance machte ich mich halbwegs zurecht, schlüpfte in ein hellgrünes Kleid, das meine Knöchel sanft umspielte. Mir wäre alles egal gewesen an diesem Morgen, und am liebsten hätte ich Weiß getragen, um angemessen zu trauern. Doch Risha hatte mir auf Anraten von Graf Prahar ausschließlich Kleider in Blumenfarben eingepackt. Wie es Brauch war. Blumenhafte adelige Damen in einem Schloss voller Monster und Tod. Wirklich passend. Auf dem Weg nach unten begegnete ich Magnolia, die versuchte, ein Gespräch in Gang zu setzen und irgendetwas aus mir herauszubekommen. Mein Verhältnis zu Flora und Ivy. Ob Ivy und ich nicht früher Freunde gewesen seien und gegen Flora gestichelt hätten? Ich brummte etwas davon, dass ich nach meinem Unfall das Gedächtnis verloren habe und nichts mehr aus meiner Kindheit wisse. Womit ich stets alle abspeiste und weiter abzuspeisen gedachte. Zwar ließ sie sich nicht so leicht abschütteln, aber spätestens im Speisesaal richtete sie ihre Aufmerksamkeit auf Read, der glücklicherweise schon an einem Apfelstück herumkaute und somit anwesend war.

Mit meinem Blick suchte ich den Raum nach Dahlia ab, fand sie schließlich neben Ivy. Die beiden steckten die Köpfe zusammen, und zwar so, als würde Ivy die Prinzessin trösten.

Auf einmal stand Amaryllis neben mir. »Oh, ist dein Platz neben der Prinzessin schon besetzt?«, raunte sie mir zu. »Wie schade, da wird sie wohl eine neue Gespielin haben und dich nicht mehr eine Runde weiterlassen. Tja, das passiert, wenn man Frauen als Partnerinnen vorzieht.« Amaryllis biss von ihrer Karotte ab, was definitiv Provokation war, starrte mich in ihrer überlegenen Art an.

»Wag es nicht, Gerüchte über Dahlia zu streuen, sonst wirst du mich kennenlernen«, sagte ich gefährlich ruhig.

»Oh, da gruselt es mich richtig. Und das von einer so mächtigen Da Silva wie dir. Halt dich lieber mal ran.« Mit ihrer Karotte deutete sie auf Ivy, die eine Hand auf die Schulter der Prinzessin gelegt hatte. Ein Anblick, der mich nicht so erschütterte, wie er wahrscheinlich sollte. Ivy zeigte ernsthaftes Interesse an Dahlia, soweit ich das beurteilen konnte, und ich verspürte keinen Stich der Eifersucht. Auf irgendeine Weise passte sie auch gut zur Prinzessin. Und irgendwie freute mich das für Dahlia, obwohl ich mich gleichzeitig dafür hasste, denn ich würde diese Beziehung niemals zulassen können. Gleichzeitig bemerkte ich sehr wohl, dass mich der Gedanke bei ihrem Bruder mehr stören würde. Wenn Read so etwas wie eine Seelenverwandte gefunden hätte. Seltsam.

Ich seufzte. Dahlia wirkte aufgelöst und wenig prinzessinnenhaft, und ich konnte mir gut vorstellen, woran das lag. Auf dem Weg zu ihr schnappte ich mir eine Morgenausgabe des Amtsblatts und dankte der Mondgöttin dafür, dass die Königin nicht anwesend war oder zumindest noch nicht. Ich setzte mich auf den freien Stuhl an Dahlias anderer Seite, murmelte einen Morgengruß, der mir absolut lächerlich vorkam, wenn man bedachte, was vor wenigen Stunden vorgefallen war. Zwar spürte ich Brynns Blick auf mir, doch sobald ich aufsah, blickte sie in eine andere Richtung. Sie war immer noch hier. Was für eine Familiengeschichte konnte das rechtfertigen? An ihrer Stelle wäre ich vergangene Nacht noch geflohen. Für sie würde es genauso wenig Gnade geben wie für Metis. Und ich musste sie davor bewahren.

Da Ivy und Dahlia in ein Gespräch vertieft waren, goss ich mir eine Tasse Kaffee aus der Kanne vor mir ein und schlug das neue Amtsblatt auf. Ich hätte darauf vorbereitet sein sollen und war es doch nicht. Natürlich wurde über die ausgeschiedenen Kandidatinnen berichtet. Eine große Fotografie von Metis starrte mir entgegen. Vorwurfsvoll, und darunter die Schlagzeile *Sie wusste, worauf sie sich einließ. Erste Bürgerliche im Kampf um Prinz Read tot.*

Der Anblick ließ mich den Kaffee, von dem ich erst zwei Schlucke genommen hatte, wieder hochwürgen. So etwas verbreiteten sie? Würde die Bevölkerung ähnlich denken? Dass es in Ordnung war, weil Metis gewusst hatte, worauf sie sich einließ? Mir dagegen kam es so himmelschreiend ungerecht vor, dass ich am liebsten mit der Hand auf den Tisch gehauen hätte. Ob Dahlia wusste, wie schrecklich Metis aus diesem Leben geschieden war? Ich vermutete, dass das nicht der Fall war, und wollte es ihr auch nicht erzählen. Was hätte es auch geändert? Außer Dahlia noch mehr ins Unglück zu stürzen, wenn sie die Wahrheit über ihre Mutter erfuhr. Es waren eben nicht bloß Gerüchte. Die Königin badete tatsächlich im Blut junger Frauen, um ihre Jugend zu erhalten. Das sagte man Blutbädern nach – ob es stimmte, wusste ich nicht. Nur dass es eine Ungerechtigkeit in diesem Palast darstellte, die ich zu beheben gedachte.

»Es tut mir so leid. Wirklich schrecklich, was passiert ist«, wisperte ich Dahlia zu, drehte dann demonstrativ das Amtsblatt um, sodass die grässliche Schlagzeile über Metis nicht mehr zu sehen war. »Die haben ja keine Ahnung.«

Dahlia drehte sich halb zu mir um, verharrte immer noch sehr nah bei Ivy – was mir ein Bauchgrummeln verursachte. Was war das da zwischen den beiden?

Ivy strich Dahlia eine Haarsträhne aus dem Gesicht, ehe sie sich nach vorn zu mir beugte. »Was kümmert dich eine Bürgerliche? Verstehst du überhaupt, was Dahlia durchmacht?«

Was wollte sie mir damit sagen? »Hör mal, es geht dich zwar nichts an, aber ich habe mich die ganze Zeit für die Bürgerlichen eingesetzt«, zischte ich zurück. Obwohl es nicht gerade klug war, eine Information zu enthüllen, die meine Schwachstelle offenlegte. Doch ich konnte nicht anders. Es brach einfach aus mir heraus.

»Das stimmt«, beschwichtigte Dahlia ihre neue Freundin Ivy sofort. Dennoch starrte mich Ivy weiterhin feindselig an.

»Seltsam, wo ich gerade erfahren habe, dass du vor zehn Erntejahren auf Magnolias Geburtstagsfeier diejenige gewesen bist, die mir Ameisen in mein Kleid gesteckt hat.«

Ich oder, besser gesagt, die echte Calla hatte was?

»Ivy«, wisperte ich, damit nicht noch mehr Mädchen etwas von unserer Unterhaltung mitbekamen oder gar Read, der gerade in unsere Richtung sah. »Falls das wahr ist, tut es mir leid, aber ich kann mich wirklich an nichts vor meinem Unfall erinnern. Das solltest du wissen.«

»Sicherlich.« Sie musterte mich abschätzig. »Wie praktisch, und dann warst du auch noch ewig lang im Kloster. Ich erkenne dich wirklich kaum wieder. Dabei waren du und ich früher die Außenseiterkinder auf allen Festen.«

Ich zuckte lediglich mit den Schultern. Was wollte sie damit ausdrücken? Dass sie glaubte, ich sei nicht die echte Calla? War sie mit ihr so eng befreundet gewesen, wie Magnolia es angedeutet hatte? Und Außenseiterkinder? Weil Ivy aus Nurnendal stammte? Wie auch immer, ich sollte vorsichtig im Umgang mit ihr sein. Behutsam, obwohl das eine Eigenschaft war, die ich noch nie besessen hatte.

Da in diesem Augenblick die Königin samt diesem furchtbaren Pagen Gero den Speisesaal betrat, unterbrachen wir unsere Unterhaltung. Wenn ich es genau bedachte, tat es mir auf einmal gar nicht mehr leid, Gero einen winzigen Teil seiner Seele geraubt zu haben. Ein kleines bisschen seiner Liebe, die sich längst in freie Energie verflüchtigt hatte.

Erwartungsvoll sah ich die Königin an, obwohl ich innerlich kochte und am liebsten zugeschlagen hätte. Sah ihre Haut heute tatsächlich straffer aus als gestern? Vor allem an ihrem Kinn schlackerte nichts mehr. Und ich hasste sie so sehr dafür. Königin Marigold hatte Metis auf irgendeine Art ausgesaugt. Ihre Jugend, ihre Energie. Ich konnte nicht mal annähernd ausdrücken, wie furchtbar ich das fand.

»Unsere zwanzig Favoritinnen!« Königin Marigold breitete die Arme aus, als würde sie sich tatsächlich freuen, uns zu sehen. Was in meinem Fall unmöglich der Wahrheit entsprechen konnte. Und bei den anderen Adeligen wohl eher ausschließlich diejenigen betraf, die am höchsten gestellt waren. Tatsächlich wirkte ihr Lächeln beinahe echt, sobald sie Amaryllis und Margerite ansah.

Bei Flora, Ivy und vor allem bei mir machte sie sich nicht mal die Mühe, in unsere Richtung zu lächeln. Ich blinzelte. Wann war eigentlich Flora so nah an mich herangerückt? Während sich Ivy ihre Haare ums Handgelenk schlang, starrte Flora zwischen mir und der Königin hin und her, als wollte sie etwas sagen. Aber ich war das alles so leid. Sämtliche Spielchen am Hof. Obwohl es nicht die feine Art war, konzentrierte ich mich in den nächsten Stunden nur auf meine Wut. Ich aß nichts, bestand eine Prüfung, von der ich kaum etwas mitbekam und in der es um gute Haltung und ein königliches Auftreten ging. Danach versuchte ich vor der nächsten Auswahl mit Brynn zu reden, bot ihr an, sie aus dem Palast zu schmuggeln, doch sie wehrte sich so vehement dagegen, dass ich glaubte, dass sie einen eigenen Plan hatte, um zu entkommen. Irgendeine Agenda verfolgte sie auf jeden Fall. Mein Herz füllte sich mit Hoffnung. Und es konnte doch möglich sein, dass sie sich selbst zu retten vermochte? Vielleicht würde sie einen letzten Wunsch äußern, wie noch einmal auf die Toilette gehen zu können, und dann durch einen der Geheimgänge fliehen? Das wäre eine Option, nicht wahr? Letztlich entschied ich mich, ihr nicht zu verraten, was ich Metis versprochen hatte. Was würde es auch nützen? Nachdem sie ihre extrem langen Haare an den Enden glatt gestrichen hatte, warf Brynn mir einen scharfen Blick zu. »Lass es einfach. Ich weiß, was ich tue. Und du solltest dich um dich selbst kümmern.« Damit ließ sie mich stehen, strebte zum Büfett und ich sah ihr nach. Wie das Licht der Kronleuchter sich in der Brosche brach, die sie heute an einer Haarspange trug. Die Brosche des Prinzen.

Read fragte nach einem Tanz, und ich gewährte ihn ihm. Bekam jedoch nicht viel mit, nahm wieder alles wie durch Watte wahr. Sollte Andras davon erfahren, er wäre entsetzt gewesen. Tief entsetzt, ganz und gar. Sicherlich hatte Read keine Ahnung, was seine Mutter tat, da er schon die Dämonenjagd nicht guthieß. Ich betrachtete sein Profil, als er sich nach den Musikern umsah, die aufgehört hatten zu spielen. Oh. »Heute seid Ihr wenig gesprächig, dabei hatte ich gehofft, Ihr nehmt meine Entschuldigung an.«

Seine Worte kamen nur mit Verzögerung bei mir an. Aber jetzt erinnerte ich mich, dass er gerade über unsere kleine Auseinandersetzung im Zigarrenzimmer seines Vaters philosophiert hatte, und darüber, dass es ihm leidtat, dass Metis ihr Leben hatte lassen müssen. Wegen der Sturheit seiner Mutter.

Da ich nicht genau wusste, wie ich darauf am besten antworten sollte, und mir lieber die Zunge abgebissen hätte, als mich ernsthaft selbst zu entschuldigen, schwieg ich. Eine fadenscheinige, nicht ernst gemeinte Entschuldigung hätte ich genauso wenig über die Lippen gebracht. Einfach weil er mehr verdiente als das. Immerhin hieß das, zumindest nahm ich es an, dass er nicht vorhatte, Brynns Leben in ähnlicher Weise enden zu lassen wie das von Metis.

Glücklicherweise endete das Lied, und Greenhorn trat in die Mitte des Saals, offenbar um eine Ankündigung zu machen. »Auf Wunsch des Prinzen wird es heute noch drei Einzelgespräche geben. Er wird diejenigen unter Euch auswählen, mit denen er sich heute Abend unter vier Augen unterhalten will.«

Tat er das? Ich musterte den Prinzen, der sich gerade vor mir verneigt hatte und immer noch vor mir verharrte.

»Als Erste wähle ich Gräfin Da Silva«, sagte der Prinz mit lauter, klarer Stimme.

Oh! Wahrscheinlich sein Versuch, den Zwist zwischen uns aufzulösen und unsere Unterhaltung fortführen zu können. Nichts, weswegen ich mir etwas einbilden sollte. Vermutlich lag es nur an der Aufmerksamkeit, die mir gerade von allen Seiten zuteilwurde, jedenfalls brannte mein Nacken wie nach einem Feuerameisenbiss. Vor allem Reads Blick lastete intensiv auf mir. Es war geradezu lächerlich, wie schön er aussah, wenn er diesen Blick aufsetzte.

»Nun.« Read machte einen Schritt zurück. Sogleich kam mir der Abstand zwischen uns übertrieben groß vor. »Setzen wir uns? Hofmarschall Greenhorn hatte die interessante Idee, dass ich mich mit einzelnen Kandidatinnen über unsere jeweiligen Träume austausche. Wie wir uns unsere Zukunft vorstellen. Ein Klassiker.«

So, wie er es sagte, konnte ich nicht ganz heraushören, ob er es auch so meinte.

Auf dem Weg zu den Erkerbänken griff Read nach zwei Brausegläsern. Gut, kein Blutbeerensaft. Immerhin.

»Träume?« Ich lachte, ehe ich an meinem Glas nippte und die Beine übereinanderschlug.

Der Prinz musterte mich intensiv. Wieder wirkte er viel zu ernst und gleichzeitig viel zu schön.

Es gab kein Entrinnen. Irgendetwas musste ich antworten. Natürlich ohne Harlyn zu erwähnen oder etwas, was nicht zu einem Traum eines adeligen Einzelkindes passen würde. »Die Welt zu einem friedlicheren Ort machen«, sagte ich schließlich. »Egal wie.«

»Mhm.« Read nickte, als würde er tatsächlich verstehen. »Das möchte ich auch. Dämonen aus dem Weg räumen.«

Ich blinzelte. Hatte ich mich gerade verhört? Andererseits hatte ich ja die Gemälde im Schloss noch in Erinnerung, auf denen seine Familienmitglieder Dämonen wie mich abschlachteten.

Read legte den Kopf in den Nacken. »Manchmal denke ich, dass das Große Sünderfressen gar nicht so schlecht wäre. Die übelsten Monster dieser Welt würde es schließlich ausradieren.«

Plötzlich fiel es mir schwer, mein Glas so zu halten, dass es nicht zersprang. Dämonen aus dem Weg räumen …

»Ihr wisst schon, dass das Große Sünderfressen nicht vor dem Königshaus haltmachen würde?«

Reads Blick wanderte zu seiner Mutter, die uns gemeinsam mit Amaryllis von der anderen Seite des Saals beobachtete. »Ja, das weiß ich.«

Oh! Also war es nicht Reads Wunsch, seine Mutter zu beschützen?

»Eine der zehn Kapitalsünden ist das Eingehen eines Handels mit einem Dämon«, begann ich. Töten selbstverständlich auch, doch über Metis wollte ich nicht reden. Über die Beziehung der Königin zu den Dämonen, die sie angeblich hasste, sich aber dann verhielt, als hätte sie einiges im Tausch mit Dämonen erhalten, schon. Vor allem dachte ich da an die Mondkristalle. Außerdem an magische Fakten, Wissen, Macht … Andeutungen von Read über seine Mutter …

»Sehr schlau von Euch«, raunte mir der Prinz zu. »Tatsächlich könnte es gut sein, dass sie einen Handel abgeschlossen hat, fast schon offensichtlich. Nur was er beinhaltet, ist mir nicht ganz klar.«

Die Information in meinem Kopf setzte sich wieder und wieder in neuer Kombination zusammen. »Meint Ihr einen Handel, um auf den Thron zu gelangen?«

Es hieß, dass Read den Tod seines Vaters und seines Onkels untersuchte. Passte das zusammen? Oder ging es um die ursprüngliche Thronbesteigung? Marigolds Thron als Königin an König Yorinds Seite?

Ein Tusch ertönte. »Zeit für die nächste Unterredung!«, rief Greenhorn von irgendwo in der Nähe.

Prinz Read hob beide Augenbrauen. Eine verschwörerische Geste.

»Jedenfalls freue ich mich, wenn ich morgen die Familien der Teilnehmerinnen kennenlernen darf und mir so einen besseren Eindruck verschaffen kann. Bei Euch wird Euer Vater und, wie ich las, auch Eure Amme anreisen? Es tut mir wirklich leid, was Eurer Mutter widerfahren ist.«

Wie bitte? Ich musste etwas nicht mitbekommen haben. Wollte er das Thema Königin Marigold nicht weiterverfolgen?

Greenhorn räusperte sich übertrieben laut, doch Read nahm nicht den Blick von mir.

»Der Telegraf Eurer Familie war schnell, zugegeben.« Prinz Reads Lippen zuckten. »Die der meisten anderen Familien jedoch ebenso.«

Mein Vater und meine Amme? Damit konnte er nur Graf Prahar und Risha meinen. Natürlich, sie hatte sich als Ersatz für Callas tote Mutter ausgegeben, weil sie unbedingt beim morgigen Kennenlernen der Familien dabei sein wollte. Mutig und typisch für Graf Prahars Haushälterin. Kurz dachte ich daran, wie sie mir in den Wochen vor der Brautschau so viel beigebracht hatte. Sie hatte sogar gleich zu Beginn meiner Zeit im Anwesen des Grafen, um mich als Adelige auszubilden, wenig Angst gezeigt und mich in jeder freien Minute in meinem Zimmer im Keller des Anwesens besucht. Obwohl sie wusste, was ich war. Eine Halbdämonin.

Der Gedanke an den Grafen und Risha rettete mich halbwegs durch die Auswahl und den Abend. Und natürlich die Tatsache, dass Read gesagt hatte, dass er sich auf meine Familie freue, was hieß, dass ich heute nicht ausscheiden würde. Am Ende verteilte er achtzehn Schmuckkästchen an seine Auserwählten.

Lady Rose und Baroness Alissa gingen leer aus. Auf den Gesichtern der beiden las ich jedoch Erleichterung. So als ob sie nach gestern keinen weiteren Tag in diesem Palast hätten verbringen wollen. Und da ging mir auf, dass sich diese beiden absichtlich nicht angestrengt haben mussten, um die Prüfung der Körperhaltung zu bestehen. Damit waren noch achtzehn Mädchen im Rennen. Wobei immer noch im Raum stand, dass am Ende Amaryllis gewinnen würde. Das Gerücht Nummer eins momentan, obwohl es deutlich mehr als nur ein Gerücht war.

Nach der Auswahl verabschiedete ich mich von niemandem. Ging, ohne mich noch einmal umzusehen, nach draußen in den dunklen Garten. Das Schmuckkästchen verstaute ich in meiner Rocktasche, wo es bei jedem zweiten Schritt gegen meinen Oberschenkel schlug.

Draußen zirpten die Grillen in der Dunkelheit. Wie von allein trugen mich meine Füße zum kleinen See, der friedlich dalag. Noch nicht mal Jagger hatte mich entdeckt – was gut war, sagte ich mir. Zeit, meine Gedanken zu sortieren. Der silberne Sichelmond hing vor mir in der Luft, zum Greifen nah. Ich streckte die Hand danach aus – weil es so viel Sinn ergab.

Tat dann mit der anderen Hand so, als würde ich mir den Mond wie einen Ring an den Finger stecken. Es fühlte sich so vertraut an, die ganze Bewegung. Wie nach Hause kommen.

»Was tut Ihr da?« Reads Stimme. Er – hier an seinem See. Verflucht, er musste glauben, ich sei hier, um ihn zu treffen.

Kapitel 23

Für einen Moment schloss ich die Augen. Vielleicht hatte mich sogar mein Unterbewusstsein hergeführt, in der Hoffnung, den Prinzen zu sehen. Wie unglaublich erbärmlich von mir. »Ich … Der Halbmond – er sieht aus wie ein Ring, und es ist so eine Tradition von mir, ihn mir an den Finger zu stecken, wenn er günstig steht.« Wieso fühlte ich mich überhaupt dazu genötigt, das zu erklären? Ich hätte auch einfach schweigen können.

»Das ist …« Offenbar rang der Prinz nach Worten. »Absolut originell.«

Zwar drehte ich mich nicht zu ihm um, meinte jedoch ein Lächeln aus seinen Worten herauszuhören. Originell? Noch nie in meinem Leben hatte jemand dieses Wort mit mir in Verbindung gebracht.

Da war etwas in seinen Augen. Ein Funke. Interesse? Nein, mehr als das. Die Frage, ob er nach mir gesucht hatte, lag mir auf der Zunge – aber wieso sollte er? Und es war unsinnig, so etwas zu fragen.

»Du hast verwirrt gewirkt heute Abend«, murmelte Read – weswegen ich ihm schon Gedankenlesefähigkeiten unterstellte. »Ist es wegen Metis?« Er sog die Lippen zwischen die Zähne, was ihn um ein halbes Jahrzehnt jünger erscheinen ließ.

Ich nickte. Weil es so war. Zum Teil jedenfalls.

Er atmete tief ein, und ich merkte, wie mein Körper ihm das gleichtat. Es fühlte sich viel zu menschlich an. Atmen im Einklang, wie ein normales Mädchen – nicht wie ein Monster.

»Immerhin hat sie eine anständige Bestattung erhalten. Nicht weit von meinem Vater entfernt.«

Also hatte er keine Ahnung, was seine Mutter betraf. Meine Atmung wurde flacher. Es hatte keinen Sinn. Ich würde es nicht ansprechen. Entweder würde er es nicht glauben, oder die Information würde uns entzweien. Vielleicht fand er es irgendwann selbst heraus. Ja, das war deutlich besser. Am besten lenkte ich ihn lediglich in die richtige Richtung.

»Trotzdem …«, presste ich hervor. »Es hätte nicht sein müssen.«

»Meine Mutter … ist schwierig«, erklärte Read gedämpft, als wüsste ich das nicht längst selbst. »Vor allem seit dem Tod meines Vaters. Sie ist nicht mehr dieselbe wie davor.«

Das sollte irgendetwas entschuldigen?

»Gut, sie hatten schon länger Probleme gehabt. Mein Vater hatte sich genau genommen schon eine Weile vor seinem Tod seltsam verhalten, sich immer mehr zurückgezogen. Vor allem von Mutter und von mir. Dahlia war sein Liebling. Von ihr konnte er nie genug kriegen.«

Oh, das klang eine Spur bitter. Welcher Vater bevorzugte eins seiner Kinder? Das war nicht gerecht. Ich rief mir in Erinnerung, dass König Yorind ähnlich wie Marigold sein weißblondes Haar lang getragen und einen ebenso stechenden Blick gehabt hatte. Das wusste ich von den zahllosen Gemälden von ihm. Wahrscheinlich hatte er die wahre Natur seiner Frau erkannt und war deshalb auf Abstand gegangen. Nur wer war ich, dass ich schlecht über Reads Mutter reden konnte? Und schon gar nicht, wenn sie die momentane Königin von Itdris war. Und vielleicht musste man so grausam und kalt werden, um ein riesiges Land wie dieses zu regieren, ohne dass sich andere trauten, einen vom Thron zu stoßen. Ohne ein Gewissen. Allerdings rechtfertigte nichts, aber auch gar nichts, was diese Frau mit Metis angestellt hatte. Oder mit Dämonen wie Fischjungfrauen, die ihr nichts getan hatten. Ich biss die

Zähne zusammen, wünschte dieser Frau, dass sie am eigenen Leib erfuhr, was sie anderen antat. Genauso viel Schmerz mindestens, wie Dahlia gerade wegen ihrer Taten empfand.

»Freust du dich darauf, morgen deine Familie zu sehen?«

Wieder diese Frage an mich. Um Zeit zu gewinnen, drehte ich mich zu ihm um, sah Read an. Obwohl es so dunkel war, meinte ich jede Einzelheit in seinem Gesicht erkennen zu können. Seine markanten Wangenknochen, die gerade Nase und seine tiefdunklen Augen.

Was sollte ich ihm antworten? Dass es nicht meine richtige Familie war und ich mich mehr als alles andere freuen würde, wenn morgen meine Mutter, mein Vater und Harlyn in den Palast kommen würden? Doch an ihrer Stelle würden Graf Prahar und seine Haushälterin Risha anreisen. Ich wollte nicht undankbar sein, schließlich hatte ich die beiden inzwischen in mein Herz geschlossen. Obwohl sie am Anfang zurückhaltend oder gar abweisend zu mir gewesen waren – natürlich ihr gutes Recht, da sie von Andras gewusst hatten, wer ich war. Was ich war … Ich dachte zurück an meine Zeit im Keller des Anwesens und an die abschätzigen Blicke während meiner Lektionen. Zumindest am Anfang, kurz nachdem mich Andras dort abgeliefert hatte, war es so gewesen. Graf Prahar hatte mich in die Welt der adeligen Gesellschaft eingeführt, Risha hatte mich darin geschult, wie eine Lady zu gehen, zu essen und gar zu atmen. Und dazwischen hatte ich Bücher über Adelige gelesen, vor allem Biografien der Da-Calla-Familie. Und die Namen der anderen Adeligen auswendig gelernt – das jedoch mehr schlecht als recht. Am Schluss hatte Risha sogar ein wenig geweint, als ich mit der Kutsche zum Palast aufgebrochen war. Unglaublich, dass das erst wenige Tage zurücklag. Es fühlte sich wie eine Ewigkeit an.

»Langweile ich dich?« Read hatte seinen Kopf seitlich geneigt und sah selbst gelangweilt aus, obwohl ich das auf den zweiten Blick als gespielt und eher belustigt einschätzte.

»Verzeiht. Es ist nur … ich habe an meine Familie gedacht.«

»Das … finde ich schön.« Er sah mich an, so direkt, und … er lächelte?

»Ich muss eine Halluzination vor mir haben«, sagte ich. »Denn ich kann einfach nicht glauben, dass Ihr lächelt.«

»Das?« Er deutete auf seine Lippen. »Ich glaube, da hat mich etwas gestochen.«

Meine Brust hob und senkte sich vor unterdrücktem Lachen. »Kommt mir auch so vor.«

Dann wurde er wieder ernst. »Du bist ein Einzelkind, oder?«

Es fühlte sich unsagbar schrecklich an, Harlyn zu verleugnen, doch ich tat es trotzdem. »Ja.«

Er nickte, so als hätte ich ihm viel mehr verraten. »Und du hast bloß noch deinen Vater.«

Dieses Mal schwieg ich, da es eine Feststellung von ihm gewesen war. »Manchmal fühle ich mich auch so, als wären nur noch meine Schwester und ich da. Und dann … doch allein.« Er unterbrach sich, betrachtete den Nachthimmel. Im nächsten Moment streckte er eine Hand aus, wie um mit dem Zeigefinger den Sichelmond anzustupsen. »Kennst du das Gefühl, nirgendwo dazuzugehören?« Seine Stimme war auf einmal ganz leise.

»Ihr seid der Kronprinz«, antwortete ich schlicht. »Es gibt nicht viele wie Euch.«

»Ja, aber wer bist du?«

Die Frage überraschte mich. Ahnte er etwas? Stellte mich Read gerade auf die Probe, und ich war ihm bereits viel zu nahe gekommen? Mitten in sein aufgespanntes Netz gerannt? »Ich … bin jemand, der auch oft nicht dazu passt. Der anders ist.«

Die Antwort schien ihn zufriedenzustellen. Read wandte seine komplette Aufmerksamkeit wieder mir zu, die Gesichtszüge weich wie geschmolzene Butter. »Es ist offensichtlich, dass du anders bist.«

»So wie Ihr?«, fragte ich zurück, obwohl ich mir selbst nicht erklären konnte, wieso ich genau das fragte. Vermutlich wurden wir beobachtet, und da ich noch nicht weit genug mit Dahlia war, konnte ich den Moment sowieso nicht nutzen, um ihm zu befehlen, sich selbst zu ertränken. Allein der Gedanke schüttelte mich. Noch ein Toter nach Metis. Wieder ein Leben, durch mich genommen. Read mit bleichem Gesicht aufgebahrt … am liebsten hätte ich mich übergeben.

»Ist dir nicht gut?« Read stützte mich am Unterarm, als fürchtete er, ich könnte umkippen.

Tatsächlich rumorte es in meinem Bauch, doch umkippen war das Letzte, was mein Körper im Sinn hatte. Statt zu antworten, rang ich mir ein Lächeln ab. »Ihr habt meine Frage noch nicht beantwortet«, sagte ich, um ihn abzulenken.

Read überraschte mich damit, dass er ein offenes Lächeln aufsetzte. Ein Lächeln, mit dem er sich selbst zu einem völlig anderen Menschen machte. Mein Magen schlug einen Salto, was vermutlich daran lag, dass das Bild von einem toten Read durch meinen Kopf geisterte.

Der absolut lebendigste Prinz Read, den ich je gesehen hatte, nickte nun. »Du hast recht. Seltsam, aber du und ich scheinen uns ähnlicher zu sein, als uns lieb ist.«

Sehr richtig.

»Anders«, fuhr er fort.

»Auf eine gute Weise anders?«

»Jedenfalls nicht langweilig anders.« War er mir gerade nähergekommen? In meinem Magen rumorte es immer noch, jetzt allerdings anders. Oh, dieses Wort … konnten wir damit aufhören?

Read seufzte. »Wir werden beobachtet.« Und dann, einfach so, ging er wieder auf Abstand.

Natürlich tat er das.

»Read? Calla?« Dahlias Stimme.

Ich drehte mich zu ihr um. Dahlia lief auf uns zu, genauso

barfuß wie ich. Trotz der Dunkelheit konnte ich erkennen, wie aufgelöst sie war. »Was ist los?« Ich machte einen Schritt auf sie zu.

Bevor sie antwortete, wischte sich Dahlia übers Gesicht. Ihr Brustkorb hob und senkte sich. »Mutter will mich wegen meines Presshustens fortschicken. In eine Erholungsklinik. Morgen schon. Und gleich für drei Wochen.«

Was? Nein, das durfte nicht sein. Wenn Dahlia abreiste und so lange wegblieb, wie sollte ich da …? Meine Fingerspitzen fühlten sich beim bloßen Gedanken daran taub an.

»Ach, Dal.« Read zog seine Schwester in die Arme. Eine Geste, die ich so nicht von ihm erwartet hätte. Und ich stand einfach nur da wie eine stille Beobachterin.

»Kannst du nicht gegen deine Mutter aufbegehren?«, fragte ich.

Über die Schulter ihres Bruders hinweg warf mir Dahlia einen Blick zu. »Ich bin minderjährig, und sie ist die Regentin. Du kennst sie.«

Durchaus, ja … dennoch … ich musste mich an jeden Strohhalm klammern. Wenn ich in Bezug auf Dahlia versagte, wie sollte ich dann die stärkste Macht der Menschen auf Andras' Seite bringen, um seine Brüder zu schlagen? Ich brauchte die Befehlsgewalt über das Militär von Itdris. Über Dahlia konnte ich genau das erreichen. Auch wenn ich dafür sowohl Reads und in gewisser Weise auch Dahlias Leben opfern musste. Um alle anderen Menschen auf dem Kontinent zu retten. Bei dem Gedanken rumorte mein Magen wie bei einer Lebensmittelvergiftung.

»Es muss doch etwas geben, was du ihr anbieten kannst, im Tausch für eine andere Lösung?«, hakte ich nach.

»Du machst seltsame Vorschläge«, sagte Read langsam. »Aber mir gefällt seltsam und dass dir Dahlias Schicksal nicht egal ist.«

Fast hätte ich irgendeine Emotion gezeigt, hatte mich jedoch schnell wieder im Griff. »Ihr habt im Palast sicher auch gute Ärzte oder könnt welche kommen lassen?«

»Mutter möchte mich auf eine Kur schicken. Meeresluft, Ruhe, doch wir alle wissen, dass sie mich aus dem Weg haben möchte, damit ich Read nicht in seine Brautwahl reinrede.«

Das ergab Sinn. »Du meinst, sie hat Angst, Read könnte nicht Amaryllis heiraten«, sagte ich leise, woraufhin mich beide anstarrten, als würde ich ihnen leidtun und nicht sie mir.

»Alle wissen davon«, fuhr ich fort, da sich die Stille nach meinem letzten Satz zu lange zog. »Davon, dass die Seenlande Itdris den Krieg erklären werden, wenn Amaryllis nicht die nächste Königin wird.«

»So wollen es die Seenlande, und so will es meine Mutter.« Mit düsterem Blick drehte sich Read vollständig zu mir um.

»Und was wollt Ihr?«, fragte ich mit rauer Stimme, schon wieder ungläubig, woher das gekommen war.

Dahlia und Read sahen sich an, als teilten sie ein Geheimnis, ehe sich Read wieder mir zuwandte. »Eigentlich will ich mehr Zeit. Zeit, um die richtige Partnerin zu finden, doch Mutter vergönnt mir das nicht. Aus offensichtlichen Gründen.«

Ich konnte es einfach nicht ansprechen, aber ich musste es. Obwohl es gefährlich war, mich damit in Verbindung zu bringen. »Glaubt Ihr, das hat etwas mit dem Großen Sünderfressen zu tun, von dem die Tempelführer sprechen?«

Wieder tauschten die Geschwister einen Blick. »Mutter denkt, das sei eine Erfindung dieser Nachtbringer-Sekte.« Read unterbrach sich, als hätte er zu viel gesagt.

»Ja, das denken wohl einige.« Ich nickte. »Wenn man die falschen Götter anbetet.« Und die falschen Götter anzubeten, also Dämonen, stellte eine der Kapitalsünden dar, für die man gefressen wurde. Von Dämonen wiederum. Was für eine Ironie!

»Sie beten Dämonen an«, unterbrach mich Read scharf.

»Das meine ich – nur eben, dass sie sie für Götter halten.

Wegen des Jahreswechselmythos.« Ein Mythos, der eigentlich nicht bloß ein Mythos war, sondern mehr als das. »Auch dass Andras immer schwächer wird, ist ein Fakt. Die Apokalypse könnte kurz bevorstehen.«

Dahlia sah mich betroffen an. »Können wir bitte nicht jetzt darüber reden?«

Das musste heißen, dass sie es wie ich als erwiesen ansahen, dass uns in den nächsten Erntejahren die Apokalypse bevorstand. Laut Andras war das schon in diesem Erntejahr der Fall. Wenn kein Wunder geschah.

»Du solltest dich erst mal beruhigen«, sagte Read, wobei er seine Schwester ansah. »Warum besuchst du nicht deine Blumen, und morgen früh reden wir gemeinsam mit Mutter. Vielleicht fällt mir eine Lösung ein.«

Dahlia lachte. »Eine andere Lösung, als im Gegenzug anzubieten, Amaryllis zu heiraten?«

Sowohl Read als auch ich zuckten zusammen – bloß konnte ich es besser verbergen als er.

»Wie gesagt«, wiederholte Read. »Beruhige dich. Deine Blumen werden dir dabei helfen.«

Blumen … also da war ich nicht unbedingt seiner Meinung, dass das irgendetwas brachte. Aber Adelige hatten es nun mal mit Blumen. Blumennamen für ihre Töchter, Geburtsblumen …

In meinem Kopf hallten immer noch Dahlias Worte in Bezug auf das Angebot nach. Read sollte anbieten, Amaryllis zu heiraten? Der Gedanke erzeugte Brechreiz in mir, und das nicht nur, weil ich dann den Palast verlassen müsste und alles verloren war.

Dahlia stieß ein Schluchzen aus, das sich allerdings so anhörte, als wollte sie damit all ihre heftigen negativen Gefühle begraben. »Begleitest du mich, Calla?«

Das kam … unerwartet, war jedoch praktisch für mich. »Natürlich.«

Reads Lächeln verblasste. Ob er unsere Unterhaltung hatte fortführen wollen?

Kurz überlegte ich, ob ich Dahlia bitten sollte, allein vorzugehen, doch das war Unsinn. Read bedeutete mir nichts und Dahlia alles – in Bezug auf meine Mission. Vielleicht wollte Read weiter mit mir darüber reden, wie anders wir waren. Innerlich verdrehte ich die Augen, obwohl ich mich selbst gerade verabscheute, weil ich das tat.

Dahlia zeigte ein schwaches Lächeln, und ich war irgendwie froh, dass sie das überhaupt wieder fertigbrachte. Schweigend führte mich Dahlia tiefer in den Garten hinein, und ich blickte nicht zurück. Obwohl ich spürte, dass Read uns hinterhersah.

Wir passierten hohes Farngras, und irgendwann hielt Dahlia auf einer kleinen Lichtung zwischen hohen Hecken an. Erst mit Verzögerung begriff ich wieso. In einer dunklen Ecke leuchtete es. Dahliablüten. Und gleich vier davon. Ich riss die Augen auf. Bisher hatte ich es für einen Mythos gehalten. Blumen, die nachts in ihrer vollen Pracht blühten und blau leuchteten. Unglaublich! Ehrfürchtig trat ich näher. Ein wenig wie eine weiße Lilie, mit blauem Leuchten darum. Wunderschön. Und so selten.

»Darf ich sie anfassen?«, hauchte ich.

Die Ehrfurcht in meiner Stimme schien Dahlia zu belustigen. »Natürlich.«

Ich wagte es nicht, mit mehr als meinen Fingerspitzen über die weißen Blüten zu streichen. Sie erschienen mir so kostbar. Andererseits hätte es mir klar sein müssen; wenn es einen Ort gab, an dem man sie fand, dann im königlichen Palast. Schon weil die Prinzessin nach dieser Blume benannt worden war. »Tagsüber sieht man sie nur als Knospe, in Weiß ohne Glühen?«, hakte ich nach, obwohl ich die Antwort kannte. Meine Faszination wollte allerdings noch mehr hören. Die kleinsten Fitzelchen an Informationen. Egal was.

»Genau. Und nachts ist sie für diejenigen Geschöpfe da, die sich verlaufen haben, sagt man.«

Wie passend … irgendwie für uns beide.

»Hier bist du.« Ich fuhr herum. Wenn ich auf etwas nicht vorbereitet gewesen war, dann auf die Stimme der Königin.

»Dahlia.« Gut, dass sie das hinzufügte, sonst hätte ich geglaubt, sie hätte sich um mich gesorgt. Und nach mir gesucht. Ich kräuselte die Lippen. Dahlia wirkte ebenso überrascht wie ich. »Mutter. Ich bin immer hier, und das weißt du. Gibst du uns bitte noch einen Augenblick?« Obwohl sie offensichtlich versuchte, mit fester Stimme zu reden, bröckelte ebendiese jetzt.

Die Königin lächelte schief. Zynisch schief. »Vielleicht sollten wir die Blumen in einer Vase in deinem Zimmer arrangieren, damit du nicht immer des Nachts Ausflüge unternehmen musst.«

Dahlia wirkte genauso schockiert wie ich. Mein Blick huschte zu den vier Blumen, ehe ich mich schützend vor sie schob. Niemand durfte sie ausreißen oder sonst wie Hand an sie legen. Sie mussten leben.

Kapitel 24

»Mutter, ich bitte dich. Es sind meine Geburtsblumen.« Die Worte kamen hastig über Dahlias Lippen. Wo eben die Worte der Königin hart und selbstbewusst in der Luft gehangen hatten, klirrten jetzt unsichere Wortfetzen.

»Spionierst du mir hinterher, wie du es früher bei Vater getan hast?«, fragte Dahlia, nachdem die Stille, die auf ihre letzten Worte folgte, unaushaltbar geworden war.

Der König … war immer noch präsent im Palast. Ein Echo von ihm verharrte in seinem Zuhause, und damit meinte ich nicht den Geruch in seinem Zigarrenzimmer.

»Ich muss lediglich mit dir reden.« Zwar ignorierte mich die Königin weitestgehend, doch jetzt blitzte etwas in ihren Augen, was ich auf mich bezog. »Allein.«

»Das kann warten«, behauptete Dahlia.

»Nein. Es geht um deinen Onkel.«

Ganz leicht zuckte Dahlia zusammen. Ihr toter Onkel, der König von Kankarra? Der die Schwester von König Yorind geheiratet hatte. Sie, die Schwester von König Yorind, war bei der Geburt ihres ersten Kindes in Kankarra gestorben, erinnerte ich mich. Und das Baby mit ihr. Daher hatte Dahlias Onkel auf seinem Sterbebett Dahlia zu seiner Nachfolgerin ernannt. Etwas überraschend, da er noch mehr Neffen und andere enge Verwandte gehabt hatte, aber so war es vor Kurzem geschehen. Was konnte jetzt noch mit ihm sein?

»Gleich, Mutter. Bitte geh schon vor. Ich verspreche, ich klopfe schneller an deine Tür, als du glaubst.«

Das schien die Königin zu besänftigen, oder in ihr lebte noch ein kleines Fünkchen Nachsicht für ihre Tochter.

»Also gut, ich nehme dich beim Wort.« Die Königin packte den Saum ihres nachtblauen Kleides, das im Licht der Dahliablüte stellenweise heller schimmerte, und wandte sich zum Gehen.

Sobald sie fort war, fühlte sich mein Brustkorb viel leichter an.

Dahlia blinzelte mich an. »Danke, dass du meine Blumen beschützt hast.«

»Dafür ist wirklich kein Dank nötig.« Ich rückte von meiner Position direkt vor den Blütenblättern ab und ging auf Dahlia zu.

In ihren Augen schimmerte es dennoch. Irgendwo zirpten Grillen. Um diese Jahreszeit noch. Dahlia legte den Kopf in den Nacken, und ich konnte plötzlich nur noch daran denken, dass das hier der perfekte Moment war. Ich sollte noch einen Schritt auf sie zu machen, ihren Kopf mit beiden Händen packen und sie küssen. Wenn sie es wollte, würde es sogar noch einfacher sein, sie danach meinem Willen zu unterwerfen. Mit einem Teil ihrer Seele in mir. Als meine Marionette. So wie Andras es wollte. Aber ich … ich konnte einfach nicht. Sah immer wieder vor mir, wie Metis zusammengebrochen war. Wie ich einen Teil von Magnolias Seele genommen hatte und danach noch ein winziges bisschen von Gero, dem Pagen. Ich konnte es nicht noch mal jemandem antun. Danach würde Dahlia nicht mehr sie selbst sein.

Rasch redete ich mir ein, dass ein besserer Moment kommen würde und dass dieser hier nicht optimal war, denn die Königin hatte uns zusammen gesehen und könnte misstrauisch werden, wenn sie eine Veränderung an ihrer Tochter bemerkte, sobald diese bei ihr in den Gemächern eintraf. Es war nicht auszuschließen, dass Marigold bereits Erfahrungen mit Reeven wie mir gesammelt hatte. Oder besser gesagt: Halb-Reeven.

Dahlia seufzte, starrte immer noch in den Nachthimmel. »Ich sollte gehen. Wenn meine Mutter etwas durchsetzen will, findet sie immer Mittel und Wege, es zu bekommen.«

Sicherlich sprach Dahlia da aus Erfahrung. Was sie in ihrer Kindheit wohl alles hatte erdulden müssen?

»Wir können einfach beim Frühstück darüber sprechen, was noch möglich ist, um deine Abreise hinauszuzögern«, sagte ich aus einem Impuls heraus. »Einfach bis es nicht mehr nötig sein wird, dich wegzuschicken.«

Dahlia lächelte. »Ich mag deine Art zu denken, und vor allem deine direkte Art.«

Meine direkte Art?

»Du sagst einfach, was du denkst. Ohne Umwege«, erklärte Dahlia, als hätte ich laut gedacht.

»Gern geschehen?« Ich formulierte es wie eine Frage, was Dahlia kichern ließ.

Sie hustete, klopfte sich auf die Brust. Ein Huster, der sich sehr gepresst anhörte. Nicht ansteckend, sondern angeboren, wie man sagte.

»Ich begleite dich zu den Gemächern deiner Mutter. Aber mit hinein bringen mich keine drei Feuerdämonen.«

»Das ist mehr, als ich verdiene.« Dahlia deutete einen Knicks an, woraufhin ich auch lächeln musste. Der Knicks war ungefähr so schlecht wie meiner am ersten Tag bei Graf Prahar.

Nach gestern Nacht würde ich mich vermutlich übergeben, wenn ich noch einen Fuß über die Schwelle der Gemächer der Königin setzen würde. Das Blutbad leuchtete immer noch so lebendig vor meinen Augen, als hätte ich es gerade vor mir.

»Wo hast du deine Schuhe gelassen?«

Dahlias Frage überraschte mich. »Am Kellereingang.«

Sie runzelte die Stirn. »Also hat dir mein Bruder seinen geheimen Fluchtweg gezeigt?«

Ich lachte auf. »Na ja, so geheim kann er nicht sein, wenn er ihn mir verrät und du ihn ebenso kennst.«

Daraufhin bedachte mich Dahlia mit einem schrägen Blick, ging aber los.

Ich konnte mich kaum von den Dahliablüten loseisen, doch es gab Wichtigeres, als diese reine, mächtige Schönheit zu betrachten.

Wir nahmen den Weg, den ich gekommen war, und ich fragte Dahlia dabei leise über ihren Presshusten aus. Sie antwortete mir bereitwillig, dass sie seit ein paar Erntejahren immer schlechter atmen konnte.

»Und Margerites Familie hat Gerüchte darüber verbreitet?«

»Nicht bloß darüber.« Dahlia seufzte. Sie öffnete die Geheimtür zum Kellerraum mit dem Kohleberg. »Kann ich dir ein Geheimnis anvertrauen?«

»Unbedingt sogar.« Ein gutes Zeichen, wenn wir jetzt schon so weit waren. Ich befahl mir, sie so offen wie möglich anzulächeln, was – so stellte ich überrascht fest – wenig problematisch für mich war. Allerdings fühlte es sich nicht so natürlich an wie bei Read.

Dahlia blieb stehen, sah mich im Licht der Öllampe so intensiv an, als wollte sie mich hypnotisieren. »Letzten Sommer habe ich mich mit der Tochter der Köchin im Palast sehr gut verstanden. Zu gut, wenn es nach meiner Mutter geht.« Sie warf mir einen bedeutungsschweren Blick zu. »Margerite hat das Gerücht verbreitet, dass wir gesehen wurden, wie wir uns auf einer Parkbank geküsst haben. Eine Küchenhilfe und ich.«

Oh. Oh! Jetzt verstand ich. Obwohl es vorher schon den Anschein gemacht hatte, als wäre Prinzessin Dahlia in ihrer Partnerwahl nicht ausschließlich auf Männer beschränkt. Ein wichtiger Punkt für Andras, mich zu wählen. Und die Tatsache, dass es kaum noch junge Halb-Reeven unter den Monden gab.

»Ja und?«, hakte ich nach. Das war nicht wirklich ungewöhnlich. Schließlich konnte man lieben, wen man wollte. Obwohl ich ahnte, worauf das hinauslief.

»Mit einer Bediensteten. Ein gefundenes Fressen für Margerite. Sie haben sich den Mund über mich zerrissen. Mutter war außer sich und hat Elaine und ihre Mutter hinausgeworfen. Elaine hat mir noch nicht mal auf meine Briefe geantwortet, die ich ihr habe senden lassen.« Ihre Schultern sackten nach vorn.

»Das tut mir leid.« Ich streckte eine Hand aus, um Dahlias Oberarm zu drücken. »Vermisst du sie?«

Noch während ich die Frage stellte, schoss mir ein noch fürchterlicherer Verdacht durch den Kopf. Wenn Elaine nicht erreichbar war … hatte sie eventuell ein ähnliches Schicksal wie Metis ereilt? Es war doch seltsam, dass sie sich nicht gemeldet hatte. Konnte die Königin ihren Tod komplett vertuscht haben? Ihre Mutter bedroht haben, damit die nichts sagte, oder etwas in dieser Richtung? Zumindest war ich mir sicher, dass die Königin vor nichts zurückschreckte und immer bekam, was sie wollte. Nun ja … außer Amaryllis als neue Königin, dafür würde ich sorgen.

»Irgendwie schon. Aber ich denke, es war lediglich ein leichtes sommerliches Verliebtsein, das wir ausgekostet haben. Nichts Ernstes.« Ihr Kopf ruckte nach oben, bis sich unsere Blicke begegneten. Ganz plötzlich.

Der Moment setzte mir mehr zu, als ich zugegeben hätte. Da lag so viel Hoffnung in ihren Augen. Doch ich … konnte ihre Erwartungen nicht erfüllen, obwohl ich es so gern getan hätte. Weil Dahlia es verdient hatte. Die wahre Liebe. Jedoch: Etwas anderes stand mir bevor. Etwas absolut anderes. Noch dazu konnte ich ihr nichts von meinem Verdacht gegen ihre Mutter erzählen. Egal was ich tat, ich durfte mich nicht zu sehr in Intrigen verstricken, nicht zu sehr auffallen. Der Königin nicht zu sehr in die Quere kommen. Ich atmete tief ein. Leichter gesagt als getan.

»Ich möchte dir auch etwas zeigen«, sagte ich aus einem Impuls heraus. »Etwas, das meine Laune immer aufhellt. Deine sicher auch.«

»Ja?« Dahlia lächelte, als müsste ich sie davon erst überzeugen. Und genau das hatte ich vor.

Wir schlichen beide mit unseren Schuhen in der Hand durch die Gänge. Bis wir auf die erste Ritterrüstung stießen.

»Wieso bleiben wir hier stehen?« Dahlia verstand offensichtlich noch nicht. »Willst du wieder einem armen Ritter die Hand abreißen?« Sie konnte ihr Prusten kaum verbergen, tarnte es aber mit einem Hustenanfall. Ein Anfall, der gar nicht so sehr gespielt wirkte. Allerdings hustete sie wirklich wenig, wie mir bewusst wurde. Ein Umstand, der wohl kaum eine Kur rechtfertigte. Andererseits: Frische Luft sollte tatsächlich Wunder bewirken, also waren Spaziergänge im Garten nicht schlecht für sie. Wobei Meeresluft sicher die beste Option bei Presshusten darstellte.

»Man muss den Dreh ein wenig raushaben …« Ich griff mir das Schultergelenk des Ritters, dann den unteren Teil seines Rückens. Dahlia beobachtete mich aufmerksam.

Zuletzt drehte ich noch an der anderen Schulter, bis mein Kunstwerk vollbracht war. »Tadaa«, sagte ich, obwohl Dahlia längst aufmerksam hinsah. Ihre Mundwinkel zuckten. Zweifellos eins meiner besten Werke. Eine Ritterrüstung nach vorn gebeugt, mit den Händen vor dem Unterbauch, als müsste er dringend eine Toilette aufsuchen.

»Eins noch.« Blitzschnell schob sich Dahlia zwischen mich und den Ritter, öffnete sein Visier. »So sieht es ein wenig aus, als ob er verzweifelt schreien würde.«

»Gefällt mir.« Ich nickte großmütig. »Du hast definitiv Talent und meine Kunst verstanden.«

»Jetzt, wo du es sagst. Tatsächlich wurde das eine oder andere Museum nach mir benannt.« Sie grinste.

Zuerst wusste ich nicht, ob sie scherzte oder es der Wahrheit entsprach.

»Nein, natürlich nicht.« Sie winkte ab. »Ich bin lediglich die Zweitgeborene.« Sie schob einen Seufzer hinterher.

Irgendetwas schwelte in ihr, das war offensichtlich. Bevor ich sie darauf ansprach, legte ich dem Ritter locker meinen Arm um die Schultern. »Und wärst du gern Thronfolgerin?«

»Hm, wenn du so fragst: irgendwie schon. Aber vor allem, da ich denke, dass der Thron für Read eine Bürde ist. Und für mich wäre es in Ordnung. Ich meine, ich könnte keine viel schlimmere Königin sein als meine Mutter.« Dahlia lachte freudlos auf.

»Sicher nicht.« Ich lächelte. »Und du wärst die mächtigste Frau unseres Kontinents. Wie viel du erreichen könntest.«

Dahlias Blick schweifte aus dem Fenster. Dorthin, wo man nur den runden Mond sehen konnte. »Ich denke, Mutter hat unrecht. Ein milder Regent zu sein bedeutet nicht, jeden Moment Gefahr zu laufen, gestürzt zu werden.«

Eine gute Voraussetzung. In Dahlia keimte die Veranlagung, und ich würde sie nicht zu sehr dazu überreden müssen, die Geschicke des Landes zu übernehmen. Sobald ich mir ihre Seele genommen hatte.

»Besser wir lassen deine Mutter nicht länger warten«, sagte ich schließlich und meinte es auch so. Warum nur beschlich mich das Gefühl, dass Königin Marigold ihre Tochter für den Kontakt zu mir bestrafen wollte? Hatte sie mitbekommen, dass Dahlia Read überzeugt hatte, mich weiterzulassen statt ihre Favoritinnen wie Azalea? Oder passte es ihr generell nicht, dass eine Da Silva so viel Zeit mit ihren Kindern verbrachte? Dieses Rätsel würde ich sicher bald lösen können, versprach ich mir selbst.

Letztlich brachte ich Dahlia bis zu den Gemächern der Königin, verabschiedete mich allerdings noch vor der letzten Biegung von ihr. Und von da sprintete ich, so schnell mich meine blanken Füße trugen, die Gänge entlang bis zu meinem Zimmer. Es war mir vollkommen egal, wer mich so sah, die Königin jedenfalls nicht. Schließlich befand sich die Giftschlange ja in ihren Gemächern. Ein seltsamer Gedanke durchfuhr mich.

Schon bald würde Dahlia die Regentin sein und damit die Königin, weswegen sie und ich in die großen Gemächer am Ende dieses Korridors ziehen mussten. Oder gab es noch eine vergleichbare Unterkunft für das Königspaar? Das wäre mir deutlich lieber. Obwohl es natürlich alles in allem keine Rolle spielte. Das Verhindern des Großen Sünderfressens schon. Und dass Harlyn zu mir zurückkehrte und mir vergab, dass sie und Vater wegen mir ums Leben gekommen waren. Ich schluckte, passierte die Ritterrüstung auf meinem Korridor und rückte gedankenverloren das Kurzschwert zurecht. Alles würde gut werden. Diese düsteren Gedanken in meinem Kopf waren nicht verwunderlich in meiner Situation. Und wer von uns wollte schon wirklich auf diesem Thron sitzen? Read, Dahlia und ich, wenn, dann nur aus pflichtbewussten Gründen. Es musste sein. So leise wie möglich schlich ich in mein Zimmer, damit keins der anderen Mädchen auf dem Korridor durch meine Schritte aus dem Schlaf schreckte. Um diese Uhrzeit wollte ich wahrlich kein Gespräch mit Ivy, Azalea oder Poppy führen müssen oder Magnolia begegnen. Ich erschauderte. *Die Mondgöttin bewahre es …*

»Jagger!« Ich wisperte seinen Namen, riss das Fenster auf, wisperte noch mal.

»Du musst etwas erledigen. Sofort«, erklärte ich, sobald ich sein schwarzes Köpfchen in der Dunkelheit ausgemacht hatte. »Flieg zum Südturm und belausch die Königin. Sie will etwas mit Dahlia besprechen, und es soll um den verstorbenen König von Kankarra gehen. Schnell.«

Jagger, der sich gerade erst nach oben aufs Fensterbrett geschwungen hatte, salutierte mit einem Flügel, ehe er loszischte. »Für dich immer«, hörte ich ihn noch zwitschern, dann verschluckte ihn der Nachthimmel.

Ich wartete eine Weile und dann noch eine zweite Weile länger. Nutzte die Zeit, um mir zu überlegen, wie ich Read morgen begegnen wollte, vor allem, falls es wirklich so weit kommen sollte und Dahlia uns verlassen müsste. Dann … würde ich eine völlig neue Strategie brauchen. Und ich wusste, was Andras sagen würde. Dass ich so viele Anwärterinnen wie möglich aussaugen sollte. Read würde ich jeweils nur für wenige Sekunden beeinflussen können. So wie Gero. Was alles viel komplizierter machte. Der echte Reeva-Kuss funktionierte bei mir ausschließlich bei Frauen. Weil bei Zwillingen die Aszendenten oft aufgeteilt waren. Harlyn wäre es möglich gewesen, den Reeva-Kuss bei Männern anzuwenden. Ich schluckte, verbot mir, an den Tag des Unfalls zu denken. An meine Schuld daran … An allem. Wenn der Unfall nie geschehen wäre, hätten wir mit Harlyns Hilfe Read immerhin am Leben lassen können …

Ziemlich viel Zeit verging, bis ich nach Mitternacht Jagger wiedersah. Mit klopfendem Herzen löschte ich zuerst meine Öllampe und ließ ihn dann ins Zimmer. »Hast du etwas herausgefunden?«

»Danke, Jagger«, zwitscherte Jagger. »So lieb von dir, dass du diese gefährliche Mission übernommen hast, Jagger.« Er sah etwas verstimmt aus, weswegen ich einfach auf die hellgelbe Babydecke auf meinem Bett deutete. Er stürzte sich geradezu auf den Stoff, drehte sich selbst zu einer Rolle zusammen. Um ihn zu beruhigen, schlug ich mit bedachten Bewegungen die Ecken ein und zupfte an der Decke herum.

»Ich erzähle ja schon«, grummelte er, obwohl ich ihn nicht weiter gedrängt hatte. »Also, die Königin hegt irgendeinen Verdacht in Bezug auf den verstorbenen König von Kankarra.«

So weit war ich auch schon gewesen.

»Es sind Gerüchte aufgetaucht, dass er gar nicht tot ist, nur sie glaubt nicht daran. Oder will es zumindest nicht wahrhaben. Ein weiteres Gerücht, das jedoch durchaus wahr sein könnte, besagt, dass der Aufruf seiner Nachfolgerin manipuliert wurde. Manche Adelige zweifeln an, dass der König aus freiem Willen Dahlia als seine Nachfolgerin benannt hat. Die

Königin will, dass sich ihre Tochter darauf vorbereitet, in Zweifel gezogen zu werden und dieser üblen Nachrede mit hoch erhobenem Haupt zu begegnen.«

Der tote Onkel ... ja irgendetwas stimmte da definitiv nicht. Aber wer hatte berechtigtes Interesse daran, dass Dahlia Königin wurde? Marigold? Hatte sie die Thronfolge in Kankarra manipuliert, und wenn ja, wie? Mir fiel ein, dass Read den Tod seines Onkels und den seines Vaters ebenso kritisch betrachtete und nach Antworten suchte. Was war mit den beiden geschehen?

Jagger gähnte. »Mein Schlafrhythmus ist total durcheinander. Dank dir und Andras und euren Aufträgen.«

»Glaubst du, ich möchte hier sein?« Der Gedanke an König Yorind und dessen Schwager entglitt mir wieder. Ich würde später darüber nachdenken. Vorerst beeinflusste die Tatsache, dass da etwas nicht stimmte, meine Mission nicht allzu sehr.

Jagger sah sich um. »Sieht nicht so übel aus. Und solange dich niemand als Bürgerliche enttarnt, kommst du hier auch lebend raus.«

Ich warf ihm einen schiefen Blick zu.

»Oder als Halbdämonin«, ergänzte Jagger flüsternd.

Ich seufzte.

»Was?« Jaggers Stimmchen schrillte. »Also ich finde das toll. Du bist keine Langweilerin. Das Gegenteil eines Trübsal-Blaskonzerts.«

Keine Langweilerin ... und doch hätte ich in diesem Moment alles dafür gegeben, wieder in mein langweiliges Leben von früher zurückzukehren. Mit Harlyn und Vater. Gut, seit dem Tod meiner Mutter war ich zu einer selbstsüchtigen, verbitterten jungen Frau geworden – das erkannte ich jetzt. Aber wenigstens hatte ich immer Harlyn gehabt. Und ein richtiges Zuhause. Andererseits ... Mutter hatte einen großen Fehler begangen. Einen sehr großen sogar. Alles in mir zog sich zusammen. Wie konnte sie nicht gewusst haben, dass unser biologischer Vater ein Dämon gewesen war? Hatte er sie wirklich dermaßen täuschen können? Doch darum ging es heute nicht. Ich rieb mir über die Augen, versuchte mit dieser Geste auch meine Gedanken fortzuwischen. Ehe ich Jagger einen Themenwechsel vorschlagen konnte, klopfte es. Bei der Mondgöttin! Mit aufgerissenen Augen bedeutete ich Jagger abzuhauen, und das tat er sofort, zischte in Flughund-Geschwindigkeit durch das offene Fenster davon. Wer konnte mich um diese Zeit besuchen wollen? Andras? Read? Dahlia? Amaryllis? Hastig schob ich Jaggers Kuscheldecke unter meine eigene, setzte mich dann darauf. Es klopfte ein zweites Mal

»Ja?«, forderte ich den Besucher auf, hereinzukommen. In dem Moment entdeckte ich den Zipfel der hellgelben Decke, der über die Matratze ragte, unter meiner Decke hervorlugte wie ein neugieriges Entlein. Mist!

Ein Page stieß die Tür auf. Selbstbewusst und so gar nicht pagenmäßig. Auch verneigte er sich nicht vor mir, was mir sofort seltsam vorkam. Er schloss die Tür hinter sich, und obwohl ich den heftigen Impuls verspürte, ihm zuzurufen, es nicht zu tun, sondern die Tür offen zu lassen, schwieg ich. Etwas hier lief schrecklich falsch, wie in einer anderen Dimension ab. Und doch musste ich wissen, was genau vor sich ging. Gleich würde ich erfahren, was das sollte.

Einen Herzschlag später verwandelte sich der Page. Zwar blieb seine Uniform dieselbe, doch seine Haut schälte sich und der Kopf – verformte sich zu dem eines Dämons.

Kapitel 25

Die zehn Kapitalsünden:

Du sündigst, wenn du

1. *einen Mord begehst*
2. *Ehebruch begehst*
3. *deine Nachkommen nicht beschützt*
4. *dich selbst tötest*
5. *Diebstahl begehst*
6. *das Eigentum anderer mutwillig zerstörst*
7. *andere körperlich verletzt oder ausbeutest*
8. *die Umwelt zerstörst*
9. *Ressourcen verschwendest*
10. *einen Handel mit Dämonen eingehst*

Ein Dämon wie Andras, die rote Haut eines Brandopfers, allerdings kleiner und kompakter als der Dämonenfürst.

Der Geruch von verbrannten Holzscheiten umwehte ihn.

»Du bist …« Ja, wer von beiden? Ich beendete den Satz nicht – das übernahm der Dämon. »Bajang, Andras' Bruder.«

Der ältere der Zwillinge also. Bajang und Baka, die bisher an jeder Jahreswende von Andras besiegt worden waren – nur um ein paar Monde später wiederaufzuerstehen und es erneut zu versuchen.

»Wieso bist du hier?« Ich stand auf, brachte meine Worte

fest und selbstsicher hervor. Jedenfalls hoffte ich, dass sie so rüberkamen.

»Es wurde Zeit, dass wir uns kennenlernen.« Seine buschigen Augenbrauen hüpften. Sie wirkten wie nachlässig mit Kohle gezeichnet.

»Ich bin mir nicht sicher, ob wir dasselbe Zeitverständnis haben. Du als Dämon, der seit unzähligen Erntejahren lebt, und ich, die ich gerade mal achtzehn Erntejahre erlebt habe.«

Er lachte trocken auf. »Ich mag dich.«

War das so? Ich biss mir auf die Unterlippe, fragte mich, ob Jagger uns belauschte. Würde er Andras informieren, was vor sich ging? Ich hoffte es, denn man durfte sich bei Dämonen niemals darüber hinwegtäuschen lassen, wie gefährlich sie waren, auch wenn sie noch so sehr um einen herumschlichen wie ein streunender Hund oder so taten, als wären wir Freunde. Nicht mal bei Andras konnte ich auf irgendwas vertrauen, daran musste ich mich selbst immer wieder erinnern – und erst recht nicht bei seinen Brüdern, die nach der Apokalypse strebten.

»Genau genommen meine ich, dass es Zeit wird, dass du die Geschichte aus meiner und Bakas Perspektive hörst. Andras hat da sehr viel ausgelassen.«

Nun … jetzt war ich gespannt. Den Kopf geneigt, bedeutete ich ihm fortzufahren. Sicherlich war er nicht hier, um mich zu töten, sonst hätte er es längst getan. Aber um mir alles über den Konflikt zwischen ihm, Baka und Andras zu erzählen? Unwahrscheinlich. Da musste definitiv mehr dahinterstecken, wenn er mich ausgerechnet jetzt besuchte. Im Palast der größten Dämonenjägerfamilie des Landes. Ausgerechnet heute Nacht. Nachdenklich kniff ich die Augen zusammen.

»Ich fasse mich kurz, da wir nicht viel Zeit haben.«

Das war mir ebenfalls recht.

Bajang entblößte eine Reihe spitzer Zähne. »Von Andras hast du die Geschichte über unsere Familie gehört, nehme ich an? Aber wahrscheinlich nicht die komplette. Nicht die wahren Hintergründe des Großen Sünderfressens.«

»Das Große Sünderfressen ist der Weltuntergang«, brachte ich hervor, unsicher, was er meinte. »Was kann man da an den Hintergründen falsch verstehen?«

»So habe ich das nicht gemeint.« Er deutete ein Lächeln an. Ein Lächeln im Gesicht eines Dämons. Bei ihm wirkte es ganz anders als bei Andras. Andras lächelte immer gequält und so, als müsste er gerade woanders sein. Weil ihm die Zeit davonlief. Sein Bruder lächelte … nachsichtig, und er schien wirklich anwesend zu sein. So richtig. Auch mit den Gedanken. So wie ich es bei den Vätern meiner früheren Klassenkameraden oft gesehen hatte. »Hast du schon einmal darüber nachgedacht, was das Wort bedeutet? Das Große Sünderfressen. Was, wenn es wirklich ausschließlich die größten Sünder holt? Sünder wie Königin Marigold. Mörder.«

Ich blinzelte, kratzte mich an der Wange. Bisher hatte ich angenommen, dass alle, die eine Sünde begangen hatten, würden dran glauben müssen. Nach den Regeln der zehn Kapitalsünden wären das so ziemlich alle erwachsenen Menschen auf der Welt. Dennoch ein interessanter Gedanke. Mord. Die erste Sünde. »Wie? Und falls ja: Wie kann man sicher sein, dass nur die Königin geholt wird?« Meine Gedanken überschlugen sich. »Und nicht auch Sünder, die einmal … nach ihrem Hund getreten oder eine andere der zehn Kapitalsünden begangen haben?«

»Weil es um Sünden geht, die den Tod betreffen – der Teil der gravierenden Kapitalsünden. Menschen, die andere umgebracht haben. Das Große Sünderfressen vergilt Gleiches mit Gleichem.«

»Also holt sich das Große Sünderfressen lediglich Mörder? Und falls ja, wieso weiß niemand davon? Alle glauben, es geht um sämtliche Kapitalsünden.« Das alles erschien mir äußerst merkwürdig.

Wieder ein nachsichtiges Lächeln von Bajang. »Andras ist ein Meister darin, die Tatsachen zu verdrehen. Es nützt ihm einfach mehr, wenn er an der Macht bleibt und das Große Sünderfressen nicht eingeleitet wird. Daher verbreitet er die entsprechende Propaganda. Damit die Menschen alles daransetzen, das Große Sünderfressen zu verhindern. Soweit sie daran glauben und etwas dagegen unternehmen können, versteht sich.« Er beobachtete mich genau.

»Weil es mit seinem Tod startet? Wenn Andras das erste Mal stirbt und nicht mehr über das neue Erntejahr herrscht?«

»Richtig.« Bajang machte einen Schritt auf mich zu, was zu meiner Überraschung nicht bedrohlich wirkte. »Denk einfach mal darüber nach. Bisher hat unser großer Bruder am Ende jedes Erntejahres mich und meinen Zwillingsbruder getötet. Aus unserer sterbenden Energie heraus konnte ein neues Erntejahr geboren werden. Er ist ein Brudermörder, und zwar tausendfach … ihn würde das Große Sünderfressen zuerst holen. Wer weiß, ob er dann je wiederauferstehen würde so wie Baka und ich.« Er hob beide Kohlenaugenbrauen.

»Andras hat Angst, dass er … vergeht?« Ich verschränkte die Arme vor der Brust. »Bloß wenn er fort ist, wie kann dann ein neues Erntejahr beginnen? Spätestens im Jahr darauf muss doch wieder ein Jahresendkampf stattfinden?«

»Baka und ich haben eine Lösung für die Energiefreisetzung gefunden, die weniger brutal ist. Du verstehst sicher, dass wir dir noch nicht alles verraten können. Jedenfalls jetzt noch nicht. Andras könnte unseren Plan sabotieren.«

Weil ich alles petzen könnte, wollte er es mir also nicht anvertrauen. »Aber wieso predigen dieses Wissen über das Große Sünderfressen nicht die Tempeldiener? Das verstehe ich nicht.«

Bevor er antwortete, leckte sich Bajang über die Lippen. »Viele Tempeldiener ahnen es und beten Dämonen an. Die Nachtbringer, zum Beispiel. Sie wissen es, doch sie glauben nicht daran, dass die breite Bevölkerung das ebenfalls tun wird. Und was sollte es bringen, das publik zu machen? Was könnten Sterbliche ausrichten?«

Ich dachte an die größte Macht der Sterblichen – laut Andras die Waffe, die ihm helfen konnte, Bajang und Baka ein weiteres Mal zu besiegen.

»Wie seid ihr zwei eigentlich so stark geworden?«, platzte es aus mir heraus.

Jetzt grinste der Dämon. »Andras hat in diesem Erntejahr ganz schön viel Angst vor uns, oder?«

Darauf antwortete ich lieber nicht. Schließlich konnte ich Bajang wohl kaum trauen. Bisher hatte ich noch keine echten Beweise für seine Behauptungen gesehen, und sein auf mich gerichteter Blick verursachte mir Gänsehaut.

»Wir haben einen Weg gefunden, Energie zu sparen, sagen wir so.« Bajang ging es augenscheinlich viel um Energie.

Ich schwieg. Was sollte ich darauf auch sagen?

»Überleg mal«, fuhr Bajang schließlich fort. »Die erste Sterbliche, die beim Großen Sünderfressen fallen wird, ist die Königin.«

»Weil sie so viele junge Mädchen getötet hat?«, fiel ich ihm ins Wort.

»Ja, und Dämonen, Halbdämonen … und weil sie darüber hinaus noch größere Sünden begangen hat.«

Welche größere Sünde als Mord an unschuldigen Mädchen konnte es geben? Wieder dachte ich an die arme Metis und die Königin, die in ihrem Blut gebadet hatte.

»Aber mein Bruder Andras wird die Königin niemals opfern.«

Diese Aussage überraschte mich – fast noch mehr als das Auftauchen des Dämons. »Wieso? Er hat mir letzte Nacht erst gezeigt, was für ein schlechter Mensch sie ist. Damit ich … verstehe.« Ich dachte an Andras' Worte vor wenigen Stunden, hier in diesem Zimmer. Wieso in aller Welt sollte er die Königin schützen wollen? Dafür gab es wirklich keinen ersichtlichen Grund.

»Hat er das?« Bajang betrachtete mich von oben bis unten. »Du wirst schon bald verstehen warum. Doch lass mich dir eins sagen, und das ist eine Tatsache: Andras wird unter keinen Umständen die Königin von Itdris töten.«

Das ergab keinen Sinn. Ganz langsam schüttelte ich den Kopf. »Du irrst dich. Er hat mich extra geschickt, um …« Mitten im Satz stoppte ich mich. Es ging ihn nichts an, und ich hatte keine Ahnung, wie viel er bereits wusste.

»Du wirst noch erkennen, was dahintersteckt. Hinter allem.« Bajang lauschte, als hätte er etwas vernommen. »Ich muss gehen, aber wir werden uns bald wieder begegnen.« Noch ehe er den letzten Satz fertig ausgesprochen hatte, verschoben sich seine Gesichtszüge, verschwammen, und dann sah ich wieder den Pagen vor mir. »Alles Gute, Skylar!« Er ging, ohne dass ich eine Antwort darauf gefunden hätte. Wahrscheinlich, weil einfach zu viele Fragen durch mein Hirn geisterten. Allen voran: Was sollte das alles? Weshalb hatte sich Bajang extra die Mühe gemacht, mich persönlich aufzusuchen? Ausgerechnet jetzt? Nun, offenkundig wollte er einen Zweifel in mir säen. Gegenüber Andras. Eventuell mochte das lediglich eins von mehreren Zielen seinerseits sein. Langfristig konnte er nur eines im Sinn haben: Andras zu besiegen, seinen Todfeind. Wenn er mich auf seine Seite brachte, konnte das wirklich gefährlich für Andras' Plan werden. Das Große Sünderfressen … Ich ließ mich aufs Bett fallen. Die Königin … Was sollte das alles bedeuten? Hatte ich Bajang und Baka vielleicht wirklich falsch eingeschätzt, und sie waren gar nicht so böse und hinterhältig, wie Andras und die Bücher mir weismachen wollten? Konnte Andras wirklich durch das Große Sünderfressen vergehen, das seine Brüder über uns bringen würden? »Jagger, bist du da?«

Keine Antwort. Also war er tatsächlich weggeflogen. Zu

Andras oder um im Garten zu patrouillieren? Er musste mitbekommen haben, dass Bajang hier gewesen war, oder nicht?

Der Drang zu laufen überwältigte mich. Ich konnte nicht hierbleiben. Nicht einfach auf meinem Bett sitzen, bis der Sonnenaufgang kam. Wahrscheinlich wäre es schlauer gewesen, hier in meinem Zimmer zu warten, bis Andras die Zeit fand, mich zu besuchen. Eilig schien er es damit ja nicht zu haben. Ob Read noch im Palastgarten zu finden war? Vielleicht schwamm oder einen Steinhaufen errichtete, um in Ruhe nachdenken zu können? Der Gedanke sirrte wie eine Stechmücke durch meinen Kopf – was sich seltsam anfühlte. Als hätte eine fremde Macht die Kontrolle über meinen Körper erlangt. Wieso dachte ich auf diese Art an den Prinzen? Jeder Moment, den ich an ihn dachte, war bereits ein verlorener Moment für meine Mission. Er spielte keine Rolle. Lediglich wie und wann ich ihn aus dem Weg räumte, war von Bedeutung.

Ich riss die Tür auf und wäre fast wieder einen Schritt zurückgesprungen. Magnolia stand direkt vor mir – mit ihren riesigen Kugelfischaugen und erhobener Faust, als ob sie gerade bei mir hatte klopfen wollen. Sie wirkte ebenso erschrocken wie ich.

»Ja?«, fragte ich, musterte sie. Seltsamerweise trug sie kein Nachtgewand, sondern ein schlichtes schwarzes Kleid – mit ihrem üblichen tiefen Ausschnitt, wie es ihr Stil war. Wie ungewöhnlich. Allerdings steckten ihre blonden Haare wie immer in einem strengen Dutt, und jemand hatte sie mit so viel Paste geglättet, dass sie eng an ihrem Kopf anlagen.

Magnolia starrte nur wie ein verschrecktes Reh. Ich fragte mich schon, ob ich so fürchterlich aussah, dass sie in eine Schockstarre gefallen sein könnte, da schossen zwei Schatten auf mich zu. Von links und rechts. Arme packten mich, drückten mich zurück in mein Zimmer. Rasselnd atmete ich ein. Es ging einfach viel zu schnell. Amaryllis und Margerite. Was sollte das? »Hey!«

Blitzschnell stopfte mir Magnolia einen Lappen in den Mund, der nach nassem Hund schmeckte, während die anderen beiden mich immer noch festhielten. Na toll! Sie arbeiteten also zusammen. Und mit diesem Knebel brachte ich kein Wort mehr hervor, lediglich ein »Hmm, hrrr!«. Obwohl ich mich mit aller Kraft wehrte, die Fersen in den Boden rammte, schleppten sie mich weiter. Blöderweise kam ich durch den Knebel auch nicht an meine Reeva-Kräfte heran, dafür musste ich saugen können. Auch wenn ich es sowieso nicht tun wollte. Nicht noch mal. Dennoch fühlte es sich erschreckend an, so von meinen Kräften getrennt zu sein, die mir zumindest beim zweiten Reinheitsritual einen Ausweg geboten hatten. Was für Optionen blieben mir darüber hinaus? In meinem Kleid hatte ich keine Waffen versteckt. Die lagerten immer noch in den versteckten Taschen im jadegrünen Kleid meiner Ankunft, das im Schrank hing. Bisher hatte ich nicht angenommen, dass ich Waffen benötigte. Vor allem nicht, wenn ich mich unauffällig bewegen wollte.

Amaryllis lachte. Legte ihren Kopf in den Nacken, ähnlich wie Read es gern tat – jedoch hatte es bei ihr etwas viel Hässlicheres an sich. Schadenfreude. Genau wie die anderen beiden trug sie ein schwarzes Kleid, nur ihres war aus reiner glänzender Seide gewebt. »Endlich ist der Zeitpunkt gekommen. Du wirst für das zahlen, was du getan hast.«

Ich kam nicht mehr mit. »Waff?«

Jetzt lachte auch Margerite. »Seht sie euch an. Verwuschelte Haare, schlecht zurechtgemacht. Einfach erbärmlich. Was findet der Kronprinz an ihr?«

»Nach heute Nacht sicherlich nichts mehr.« Sie zerrten mich weiter – am Bett vorbei. Was sollte das?

»Seht mal, sie hat eine Kuscheldecke dabei.« Margerite zeigte auf den Zipfel von Jaggers Decke, so groß und lang wie ein Entlein, dann zerrte sie sie unter meiner Tagesdecke hervor. »Wie alt bist du? Das sollte Read sehen.«

»Oh, das brennt sicher schön.« Amaryllis kicherte. »Magnolia, sei so gut und reich mir die Öllampe.«

Sie würden doch nicht … Nein! Jagger würde es das Herz brechen.

Zunächst zögerte Magnolia, und ich nutzte den Moment, um mich zu schütteln, bis ich beinahe Margerites Umklammerung von mir gelöst hatte, aber nur fast. Schon packte sie einfach weiter unten meinen Arm. Sie zerrten mich bis zum Fenster. Und obwohl Magnolia zögerte, reichte sie Amaryllis dennoch die Lampe. Durch einen Dreh schoss die Flamme in die Höhe.

Für einen Augenblick sah ich Jaggers entsetztes Gesichtchen draußen auf dem Fensterbrett. War er gerade zurückgekommen? Ausgerechnet jetzt? Mit aufgerissenen Augen bedeutete ich ihm abzuhauen, und das tat er, soweit ich das erkennen konnte. Durch das Licht der Öllampe war es nun schwer, nach draußen zu sehen. Ach, Jagger. Und seine Lieblingsdecke, die auch mir viel mehr bedeutete, als ich vor diesen drei Furien zugeben würde. Aus dem Wollknäuel gestrickt, das alles war, was mir von meinem Vater geblieben war.

Ich änderte meine Strategie, trat nach Amaryllis' Beinen, die mir jedoch geschickt auswich.

»Kleines Biest.« Sie schüttelte sich ihre dunkelblonde Haarmähne, die wie frisch frisiert saß, aus dem Gesicht. »Du bekommst, was du dir selbst eingehandelt hast. Als Strafe. Irgendetwas ist faul an dir, und irgendwie hast du sowohl dem Prinzen als auch Dahlia den Kopf verdreht.«

»Zum Glück wird es gleich mit dir vorbei sein.« Margerite klang amüsiert. Wie gern hätte ich ihnen Kontra gegeben – auf die eine oder andere Art. Aber sie waren zu dritt.

Zwar gelang es mir, mich von Amaryllis mit einem Ruck zu lösen, als die nach der Öllampe griff, doch Margerite trat mir von hinten in die Kniekehlen und schlug mir dann mit etwas auf den Kopf, von dem ich vermutete, dass es die Metallvase vom Tisch war. Etwas knackte, wonach ich stark annahm, dabei handelte es sich lediglich um einen meiner Halswirbel – jedenfalls hoffte ich das. Meine Sicht verkleinerte sich, als wären Teile meiner Augen durch den Schlag in Mitleidenschaft gezogen worden.

»Kleines Biest.«

Etwas zischelte, rauchte. Ich brauchte kurz, um zu begreifen, dass Amaryllis und Magnolia die Flamme der Öllampe bis zum Anschlag hochgedreht hatten und sie unter die Babydecke hielten. Jaggers größten Schatz! Sein einziger Besitz. Das durften sie nicht! Mein Erinnerungsstück an Vater. Am liebsten hätte ich losgeheult. Einfach weil ich es nicht verhindern konnte. Aber selbst das bekam mein angeknackster Kopf nicht hin. Meine Sicht kam langsam wieder auf hundert Prozent – exakt in dem Moment, als Amaryllis die fast zur Hälfte brennende Decke aus dem Fenster warf. Einfach so. Sie schmiss sie hinaus, als wäre es nichts. Die Zeit schien sich zu verlangsamen, und ich hörte meinen Herzschlag auf einmal doppelt so laut wie sonst. »Schooop!« Ich bekam etwas aus meinen Stimmbändern, verschluckte mich dann sofort an meiner eigenen Spucke. Erbärmlich. Ich war erbärmlich und konnte nichts gegen die drei hinterhältigen Adeligen unternehmen.

Margerite lachte, während Magnolia murmelte: »Hoffentlich stecken wir nichts damit in Brand.«

Amaryllis winkte ab. »Ach bitte, was kann uns schon passieren?«

Mit dem Ellenbogen versuchte ich sie in ihrer Hüftregion zu treffen, doch Amaryllis wich mir geschickt aus.

»Und jetzt sie hinterher.« Margerite genoss es ganz offensichtlich, diesen Satz auszusprechen.

Sie? Ich? War ich gemeint?

Amaryllis grinste mich verschlagen an. »Faule Äpfel muss man aussortieren. Und du bist eindeutig Faulobst. Unrein – versuchst uns alle hinters Licht zu führen.«

Sie wollten mich ernsthaft … umbringen? Vom höchsten Turm werfen? Zugegeben … ein epischer Tod. Aber auch ein Tod, für den ich nicht bereit war.

Sie schleiften mich noch einen Schritt weiter, sodass Amaryllis schon mit dem Rücken gegen den Fensterrahmen stieß. Das konnten sie nicht tun. Wenn ich heute Nacht starb, hatte Harlyn keine Chance mehr. Und ich wäre schuld. Dann hatte die Welt keine Chance mehr. Ein Schicksal, das ich nicht mehr abwenden könnte. Von unterhalb des Fensterbretts außen an der Mauer meinte ich ein Fiepen zu vernehmen. Ein Jagger in Schockstarre, wie damals, als er zufällig auf seine tote Mutter gestoßen war. Und das war der Moment, in dem ich beschloss, nicht länger das Opfer in diesem Spiel zu sein. Ich würde mich schlichtweg weigern. Und stattdessen für alle kämpfen, die ich liebte.

Zuerst versuchte ich mich so schlaff wie möglich zu geben, gummiartige Gliedmaßen vorzutäuschen. Tatsächlich brachte das Margerite und Amaryllis aus dem Konzept.

»Was ist mit ihr?«, fragte Magnolia, die uns bis dahin mehr beobachtet als mitgewirkt hatte.

Dann trat ich Margerite die Beine weg.

Kreischend ließ sie tatsächlich meinen Arm los, und ich sah meine Chance. Ich musste es nur auf den Korridor schaffen. Ehe Amaryllis wusste, was geschah, schubste ich sie schon zur Seite, wo sie mit der Schulter hart gegen die Mauer schlug. Direkt neben dem Fenster.

Magnolia atmete schrill ein, tat jedoch nichts – genau wie ich es von einer Mitläuferin wie ihr erwartet hatte. Hastig riss ich mir den Knebel aus dem Mund. An meine Dolche im Schrank kam ich nicht schnell genug heran, ohne dass Amaryllis und Margerite mich zurückgerissen hätten, und ich bereute, dass ich nicht einen Dolch unter mein Kopfkissen gelegt hatte. Aber der Korridor versprach Rettung. Ich sprintete los. Bloß ein paar Schritte. Das konnte ich schaffen. Allerdings hörte ich, wie die anderen die Verfolgung aufnahmen. Zu allem Überfluss strauchelte ich, wahrscheinlich bedingt durch die Schmerzen an meinem Hinterkopf, doch ich zwang mich weiterzurennen. Das Adrenalin tat ein Übriges. Nur noch ein kleines Stück … Jemand griff von hinten nach meinen Haaren, weshalb ich mich nach unten wegduckte. Wieso bitte waren diese Mädchen so schnell?

Kaum dass ich diesen Gedanken zu Ende gedacht hatte, warf sich jemand auf mich, riss mich mit sich zu Boden. Verflucht! Amaryllis – ich erkannte es an ihren Haaren auf mir und diesem herben Rosenduft. »Du Miststück!«, flüsterte sie, offenbar in der Absicht, niemanden auf dem Korridor aufzuwecken, wofür es hoffentlich schon zu spät war. Doch noch öffnete sich keine Tür, und es waren weder Wachen noch Pagen zu sehen. Margerite und Magnolia hielten sich auf Abstand – wahrscheinlich wollten sie die Drecksarbeit Amaryllis überlassen, oder hatten im Gegensatz zu ihr Angst, entdeckt zu werden. Sie waren nicht mal ganz aus meinem Zimmer getreten.

Kapitel 26

»Runter von mir!«, brüllte ich umso lauter. Ich nahm all meine Kräfte zusammen, kam in eine günstige Position und rammte ihr meinen Unterarm gegen den Hals.

Amaryllis stieß ein Röcheln aus, griff sich an die Kehle, was ich für einen neuen Fluchtversuch nutzte. Nicht mehr weit. Höchstens ein paar Schritte.

Jemand packte mich am Kleid, und ich fragte mich schon, welche überirdischen Kräfte in dieser Prinzessin schlummerten, da riss ich mich los, schubste Amaryllis, zerfetzte dadurch meinen Rock, aber das war mir gleich. Denn ich hatte die Ritterrüstung bereits erreicht. Den Ritter, der mit seinem Kurzschwert in seiner Nase bohrte. Ich riss ihm ebendiese Waffe aus den Handschuhen, richtete sie direkt auf Amaryllis, die über den Boden auf mich zukroch. »Weg von mir!« Ein gutes Gefühl, vor allem, als Amaryllis in ihrer Bewegung innehielt und die Augen aufriss. Noch mehr Adrenalin, als ich für möglich gehalten hätte, strömte durch meinen Körper. Ein Schwert auf Amaryllis zu richten, hätte ich definitiv schon früher machen sollen.

Erst jetzt öffnete sich erst eine und dann noch eine Tür auf dem Korridor. Poppy und Azalea streckten ihre Köpfe ins Freie, Poppy so nah bei mir, dass ich ihre verängstigten und verquollenen Augen sehen konnte. Offensichtlich hatte sie schon wieder geweint.

Sofort riss Amaryllis die Arme in die Höhe, als wollte sie sich ergeben. »Rettet mich vor diesem Monster. Sie will mich umbringen!«

Ich konnte es nicht fassen. Wie dreist sich Amaryllis als Opfer darstellte. Jetzt war ich diejenige von uns beiden, die die Augen aufriss.

Schritte ertönten aus Richtung der Treppe, als hätten ihre Worte wirklich Wachen herbeschworen.

»Sie wollte mich aus dem Fenster werfen«, zischte ich, damit es jeder hören konnte. »Mit ihren Komplizinnen.« Mit dem Kinn deutete ich auf Margerite und Magnolia, die immer noch wie erstarrt vor meinem Zimmer standen.

Azalea schwenkte den Kopf in ihre Richtung.

»Was bitte macht ihr da?« Hinter Azalea trat Ivy aus ihrem Zimmer.

»Sie will mich umbringen, weil sie den Prinzen für sich will. Weil ich seine Favoritin bin«, behauptete Amaryllis ohne das leiseste Zittern in der Stimme. Fast hätte ich ihr selbst geglaubt. Überzeugend war sie, das musste ich ihr lassen.

Männerschritte erklangen hinter mir, und erst jetzt wagte ich einen schnellen Blick über meine Schulter. Mehrere Wachen, die Eimer mit Wasser schleppten, sprinteten auf uns zu. »Wo brennt es?«

Brennen? »Meint Ihr die brennende Decke?« Ich hob beide Augenbrauen. »Die hat Prinzessin Amaryllis aus meinem Fenster geworfen. Das am Ende des Korridors.«

Der vorderste Wachmann mit mehr goldenen Bommeln als alle anderen an seiner Uniform und einem Brandschutzhelm verneigte sich vor Amaryllis – was seltsam anmutete. Wasser schwappte aus seinem Eimer vor meine Füße. Die anderen Wachen rannten an uns vorbei, auf mein Zimmer zu.

»Ist unten im Garten ein Feuer ausgebrochen?«, fragte ich den Hauptmann.

»Ja, doch das konnte schon gelöscht werden. Der Kronprinz war glücklicherweise in der Nähe und hat es mit seinem Jackett ausgeschlagen.«

Read? Hatte er direkt unter uns gestanden?

»Calla!« Seine Stimme – hinter mir. Wie ein Echo aus den Bildern, die ich vor meinem geistigen Auge gesehen hatte. Er war hier? Wieso? Er hätte einfach seine Wachen schicken können. Erst jetzt senkte ich das Schwert, lehnte es an die Ritterrüstung. Natürlich hatte Read längst bemerkt, dass ich damit auf Amaryllis gedeutet hatte, als wollte ich sie bedrohen.

»Was ist passiert?« Seine Stimme klang von eben noch alarmiert auf einmal ganz ruhig.

Amaryllis reichte ihm ihre zitternde Hand, damit er ihr aufhalf. Doch Read zögerte, und so stürzte der Hauptmann nach vorn, um ihr aufzuhelfen. Amaryllis verzog den Mund. »Calla wollte mich umbringen.«

Schon wieder diese dreiste Lüge. »Welchen Grund hätte ich dazu? Sie und ihre Freundinnen wollten mich aus dem Fenster werfen. Aber zuerst haben sie noch Feuer gelegt.«

»Hört nicht auf sie, Eure Hoheit. Margerite und Magnolia können bezeugen, dass es genau andersherum war«, säuselte Amaryllis.

Aus den Augenwinkeln bemerkte ich, wie sich immer mehr Türen öffneten, Mädchen auf den Korridor traten – auch die, die im Stockwerk unter uns schliefen und sich, sobald sie Read entdeckten, ihre Haare glatt strichen.

Der Prinz wiederum ließ seinen Blick über die Szenerie schweifen. »Ich möchte mit Calla unter vier Augen sprechen«, sagte er unvermittelt.

Für Amaryllis kam diese Aufforderung überraschender als für mich. Da ich es jedoch kaum erwarten konnte, von hier wegzukommen, sah ich den Prinzen einfach nur aufmerksam an. »In den Garten oder ins Zigarrenzimmer?«

Um mich herum keuchten einige Mädchen auf, da ich so frei und vertraut mit Read redete. Und genau darauf hatte ich es angelegt gehabt – obwohl ich mich sogleich dafür schämte. Seit wann begab ich mich auf das Niveau von Amaryllis und Margerite?

»Zigarrenzimmer«, sagte Read, sah mir fest in die Augen. Wir wussten beide, dass damit das Zigarrenzimmer seines Vaters gemeint war und nicht seins. Also würde uns hoffentlich niemand nachspionieren.

Ich nickte, bedeutete ihm vorzugehen. Je schneller wir verschwanden, desto besser.

Zuerst führte mich Read über die Treppen zwei Stockwerke tiefer, doch dann bog er in einen Seitenkorridor ab.

Ich runzelte die Stirn, stellte jedoch keine Fragen. Der Steinboden fühlte sich kalt unter meinen Füßen an, und ich war froh, dass in der Mitte des Korridors ein Teppichläufer auslag. Kaum hatten wir ihn erreicht, blieb Read stehen. »So geht es schneller«, murmelte er in meine Richtung. Zwar wunderte ich mich, wie wir von hier schneller in die Eingangshalle kommen sollten, doch da schob Read schon ein Bild mit einem Dämon auf dem Scheiterhaufen zur Seite, das darunter einen ins Mauerwerk eingelassenen Hebel freilegte. Er machte sich daran zu schaffen, und schon glitt ein Teil der Wand beiseite. Ein Geheimgang. Oh, interessant! Den sollte ich mir auf jeden Fall merken. Unauffällig prägte ich mir die Lage sowie den Öffnungsmechanismus ein. Read bedeutete mir, zuerst einzutreten. Und plötzlich befand ich mich auf einer eisernen Wendeltreppe – so eng, dass einem beim Abstieg wahrscheinlich schwindelig werden würde. Dennoch zögerte ich nicht.

Nachdem Read eine Öllampe entzündet hatte, indem er an einem Rädchen drehte, schloss er die Tür hinter sich. »Niemand hat uns gesehen«, flüsterte er, als wären wir zwei Spione auf einer Mission. Womit er natürlich nicht ganz unrecht hatte. Bei mir zumindest, und weil er herausfinden wollte, ob mehr hinter dem Tod seines Vaters und Onkels steckte. Mir fiel auf, dass der Treppenabsatz, bevor es in die Tiefe ging, ganz schön eng für zwei Personen war. Beinahe berührte mich der Prinz, weswegen ich mir schon die Haarsträhnen aus dem Gesicht schob und nach dem Geländer griff, um den Abstieg zu beginnen.

»Warte. Wir können auch hier reden. Ich muss wissen, was da los war. Wieso ist eine brennende Decke aus deinem Fenster gefallen?«

Ich zog die Nase kraus. Hatte er mein Fenster beobachtet? Wie hatte er überhaupt so schnell reagieren können?

»Sie haben mich bedroht«, brachte ich lahm hervor.

Reads Haare waren in der vorderen Partie etwas durcheinandergeraten. Ein seltsamer Impuls in mir forderte mich auf, ihm seine dunklen Strähnen ordentlich zur Seite zu schieben – was ich aber selbstverständlich nicht tat. Obwohl ich es wollte. Was absolut unangebracht war. In dieser Situation und allgemein. Selbst wenn ich ihn gern ansah oder gern berührte – jeder Moment mit Read, bei dem es nicht um die Mission ging, war ein verschwendeter Moment.

»Wieso?«

»Es ist recht offensichtlich, dass ich Amaryllis ein Dorn im Fleisch bin.« Mehr sagte ich erst mal nicht. Wollte auf keinen Fall das Reinheitsritual zur Sprache bringen.

»Sie wollte dich aus dem Fenster werfen?« Wieder fiel mir auf, dass mich der Prinz duzte. Und dass er sowohl klug kombinierte, was vorgefallen war, als auch erschüttert klang.

»Ich denke mir das nicht aus, falls Ihr das glaubt. Das ist die Wahrheit.« Ich atmete schwer. Wie würde das hier ausgehen? Noch dazu dachte ich an Dahlia, die uns schon bald verlassen würde, wenn wir Marigold nicht aufhielten. Ein Gedanke durchzuckte mich. Wenn ich es schaffte, Dahlia in einen Geheimgang wie hier zu locken, könnte ich sie aussaugen, wonach ich sie verkünden lassen würde, dass sie die Absicht hatte, mich zu heiraten. Nur was, wenn sie dennoch fortgeschickt wurde? Es war zum Verzweifeln.

»Alles in Ordnung?« Auf einmal war da Reads Hand an meinem Oberarm. »Du wirkst niedergeschlagen. Dabei hast du dich eigentlich ganz gut verteidigen können.« Mit der freien Hand tat Read so, als würde er ein Schwert schwingen. Lächelte er etwa?

»Es ist nur … sie hat ein Erinnerungsstück von meiner Mutter verbrannt.« Auf die Schnelle war mir nichts Besseres eingefallen. Wie alle anderen glaubte Read, meine Mutter sei die verstorbene Gräfin Da Silva gewesen. Graf Prahars Frau. Obwohl es eigentlich eine Erinnerung an meinen tatsächlichen Vater war. Das Wollknäuel, aus dem ich die Decke gefertigt hatte. Auf einmal fühlte sich mein Herz ganz schwer an. Niemals mehr würde ich etwas von ihm in der Hand halten, jetzt, da sie verbrannt war. Ich wich Reads Blick aus, biss mir auf die Unterlippe. Konnte ich wegen dieser Lüge ernsthaft ein schlechtes Gewissen entwickeln?

»Meinst du dieses Stück Stoff?« Unter seinem Jackett zog Read Jaggers Decke hervor. Angekokelt und kaum halb so groß wie vorher. Eher wie ein großer Waschlappen. Dennoch! Ich riss die Augen auf. Jagger würde vor Freude in Ohnmacht fallen, wenn ich sie ihm zurückgab. Tränen verschleierten mir die Sicht, als ich sie entgegennahm. »Danke«, hauchte ich, brachte auf einmal nicht mehr hervor als das.

»Das muss dir nicht peinlich sein. Ich freue mich, dass du dich freust.« Read ließ meine Hand los, um wenig später mein Kinn zu umfassen und meinen Kopf zu heben. Jetzt musste ich ihn ansehen. Natürlich hätte ich mich auch von ihm befreien können – doch ich wollte nicht. Auf einmal wollte ich ihn ansehen, und noch viel mehr wollte ich, dass er mich ansah. Mit diesen tiefgründigen Augen – in einem Gesicht, das so schön wie das eines Mondkindes war. Wie in den alten Büchern beschrieben.

»Ich kann nicht anders«, flüsterte er. »Seit Tagen verspüre ich den Drang, dich zu berühren. Aber wenn du mich jetzt dazu aufforderst, werde ich es lassen.«

Mein Gehirn schien nur aus Nebel zu bestehen. Hatte ich

mir diese zwei Sätze von ihm eingebildet? Plötzlich wollte ich so sehr, dass ich sie mir nicht eingebildet hatte, auch wenn das kindisch klang. In beiden Fällen war es das Naheliegendste, einfach zu schweigen. Also tat ich das, presste Jaggers Decke an meine Brust.

Read schien das als Einladung zu verstehen, denn er neigte sich zu mir, immer näher, bis sich unsere Nasenspitzen fast berührten. Ich hielt den Atem an. Was taten wir hier? Es fühlte sich geheim an, intim und noch … viel verwegener. Ganz nach meinem Geschmack.

Zuerst strich sein Atem über meine Lippen, dann seine Wimpern über meine Stirn. Etwas durchzuckte meine Muskeln, jedoch war es nicht der Impuls zu fliehen – im Gegenteil. Stattdessen berührte ich mit der Handfläche seine Wange – einfach um sicherzugehen, dass das hier Wirklichkeit war. Kein Traum, keine Illusion. Einfach ein gestohlener Moment, in dem ich nicht das Monster und er nicht der steife Prinz sein musste.

»Calla.« Er hauchte meinen Namen. Ein klein wenig stach es in meinen Rippen, weil er nicht meinen echten benutzt hatte, aber woher sollte er ihn auch wissen. Ich wischte den Gedanken fort. Wo wir uns aufhielten, stellte eine perfekte Oase zwischen den Tagen dar, zwischen den Welten, die ich nicht kaputtmachen wollte. Morgen schon würden wir vergessen haben, was an diesem Ort geschehen war, doch jetzt fühlte es sich heilsam für mich an, hier so eng mit ihm zu stehen. Heilsam für meine aufgewühlten Gefühle. Andras musste nichts davon erfahren. Niemand sah uns in diesem Geheimgang.

Dann berührten nach Reads Wimpern zuerst eine seiner Fingerspitzen und danach seine Lippen meinen Mund. Sanft und vorsichtig wie eine Liebkosung. Ein Kuss. Mein erster, streng genommen, wenn man von den Reeva-Küssen absah. Und inzwischen wusste ich, dass ich sowieso keinen Mann mit einem Reeva-Kuss aussaugen konnte. Glück und Unglück in einem und mein Zwillingsbonus. Außerdem war ich in der Lage, das kurze Saugen zu unterdrücken, auch wenn Andras meinte, dass das große Aussaugen aller Liebe, die der Seele gleichzusetzen war, automatisch mit großen Gefühlen kam. Davon waren Read und ich immerhin weit entfernt, weswegen er sicher davor war.

Zuerst musste ich mich daran gewöhnen, dass mir jemand so nah war, aber die flatternden Gefühle in meiner Brust wollten mehr – weshalb ich meine Mauern fallen ließ und einfach im Moment lebte. Read seufzte an meinen Lippen, umfasste meine Hüften und schob mich dann weg von der Treppe, mit dem Rücken gegen die Wand. Seinen Körper presste er gegen meinen, was jedoch nichts Bedrohliches an sich hatte. Nicht das Geringste. Im Gegenteil: Auf einmal konnte es nicht nah genug für mich sein. Er vertiefte den Kuss, saugte an meiner Unterlippe. Jemand saugte an *mir!* Fast hätte ich aufgelacht. Wie ironisch. Natürlich hätte ich um keinen Preis der Welt diesen Kuss unterbrochen. Schon gar nicht mit einem Lachen. Stattdessen schlang ich meine Hände um Reads Hals, weil ich mich festhalten musste, wollte – auch wenn er mich so fest gegen die Wand drückte. Wie gut er sich anfühlte. Nicht dass ich viele Vergleichsmöglichkeiten hatte, aber diese harte Brust und der flache, muskulöse Bauch … Und wie gut er küsste. Sein Atem ging schwer, fiel mir auf.

»Calla.« Er seufzte dieses Wort. Putz bröckelte neben meinem Kopf zu Boden. Er hatte sich so heftig mit der Hand abgestützt, dass ein Teil der Steinwand herausgerieselt kam. »Ich hatte solche Angst um dich. Wegen des Feuers und wegen dem, was sich oben auf dem Korridor abgespielt hat.« Er sog rasselnd Luft in seine Lunge. »Ich sollte hier aufhören, sonst kann ich mich nicht mehr zurückhalten.« Er sah mich nicht an. Seufzer unterbrachen seine Worte. Oh … Tausend Gedanken schossen mir durch den Kopf. Was meinte er damit …?

Doch nicht …? Konnte es sein, dass der Kuss für ihn mehr bedeutet hatte als eine kurze Ablenkung? Oder hatte er auch einfach einen Moment lang seine Hormone die Oberhand gewinnen lassen, so wie ich? Wie auch immer. Ich strich mir die Haare glatt. Davon, was geschehen war, durfte niemand erfahren. Nicht die Königin, nicht die anderen Mädchen, und schon gar nicht Dahlia. Denn Dahlia würde davon erfahren, sobald es die Runde machte, und ich hatte keine Lust darauf, aus jedem Schatten einen Angriff von eifersüchtigen Anwärterinnen zu erwarten und mir dazu noch das Vertrauen der Prinzessin zurückerkämpfen zu müssen.

»Es ist nichts passiert«, sagte ich daher nur. »Niemand darf es wissen.« Ich sah ihn fest an.

Augenblicklich hörte er auf, so heftig zu keuchen, sah mich anders an als zuvor.

»Ich meine wegen der anderen Anwärterinnen«, schob ich schnell hinterher. »Ein Mordversuch an mir reicht mir für heute.« Ich lachte auf, doch Read schien das gar nicht lustig zu finden. Er rieb sich übers Gesicht.

Das Schweigen zwischen uns breitete sich aus, kribbelte geradezu auf meinen Unterarmen. Ich sollte etwas sagen. »Es ist ja nicht so, dass Ihr mich heiraten wolltet.« Wieder lachte ich auf. »Euch bleibt sowieso nichts anderes übrig, als Amaryllis …« Er fuhr zu mir herum – und ich fühlte mich sofort zurückversetzt zu unserem Gespräch im Zigarrenzimmer. Wut flackerte in seinen Augen. Würde es jetzt immer so zwischen uns enden?

»Ich sollte meine Mutter von dem Vorfall in deinem Zimmer unterrichten.« Read sprach den Satz kalt wie eine Ohrfeige aus. Das hieß, dass er mir glaubte, dass Amaryllis versucht hatte, mich umzubringen? Und dass er die Angelegenheit nicht auf sich beruhen lassen wollte?

»Versprich dir aber nicht zu viel davon«, fuhr er fort. »Ich nehme an, sie wird dazu nur sagen, dass es einer Königin würdig sei, Nebenbuhlerinnen mit harter Hand zurechtzuweisen.«

Mit harter Hand zurechtzuweisen? Gut, Aussagen wie diese passten zu Königin Marigold. Ja, eindeutig.

»Wenn du bis ganz nach unten gehst, kommst du zu einer Holzwand, die sich beiseiteschieben lässt«, sagte Read. »Ich nehme an, du willst das Chaos auf deinem Korridor erst mal umgehen.«

Ich nickte.

Read fuhr sich durch die Haare. »Ich nehme eine andere Abkürzung in den Südturm.« Und damit drehte er sich um, drückte mit der Schulter gegen die Geheimtür und glitt mit ihr auf den Korridor.

Ich blieb allein zurück mit Jaggers Decke, die ich krampfhaft zusammenpresste. Nach ein paar tiefen Atemzügen, die nichts, aber auch gar nichts besser machten, wandte ich mich der Wendeltreppe zu, schob dabei den Deckenrest in die verborgene Tasche in meinem Kleid. Besser, ich vergaß, was in den letzten Minuten passiert war. Der Weg verschwamm vor meinen Augen, nur was machte das schon? Automatisch begab ich mich auf den Weg nach draußen in den Garten. Schlich von einem Geheimgang zum nächsten. Und der Gedanke, dass ich dort Read nicht begegnen würde, machte mir das Atmen gleich leichter. Viel leichter.

Meine Füße führten mich zur blauen Dahliablüte, ohne dass ich den Weg bewusst eingeschlagen hatte. Erst dort blieb ich zum ersten Mal stehen, schnaufte durch. Kam es mir bloß so vor oder leuchteten die Blumen nicht mehr ganz so hell wie vorhin? Ich musste meine Gedanken ordnen. Dringend. Was sollte ich in Bezug auf Dahlias Abreise unternehmen? Schwer atmend ließ ich mich auf eine Bank fallen. Zu allem Überfluss schlich sich immer wieder die Wiederholung von einem Kuss zwischen Read und mir in mein Gehirn. Wieder und wieder spielte er sich vor mir ab – auch alles, was Read gesagt hatte.

Wie er sich mir gegenüber verhalten hatte … Fast anbetungsvoll, bis ich erwähnt hatte, wen er heiraten musste. Oder besser gesagt: bis wir den Kuss beendet hatten. Ein Gedanke durchzuckte mich. O nein, was, wenn meine Reeva-Kräfte auf irgendeine Weise doch bei ihm wirkten? Wenn ich ihn in mich verliebt gemacht hatte … ganz aus Versehen. War so etwas möglich? Vielleicht wusste Andras doch nicht alles, und sämtliches Reeva-Wissen hatte ich von ihm. Schließlich war es nicht so, dass man sich dazu einfach Bücher in der Bibliothek ausleihen konnte. Ich knabberte an meiner Unterlippe. Andererseits, was machte das schon? Read war ein Bauernopfer, das bald fallen würde. Ich konnte tun, was immer ich … Ein Rascheln unterbrach meine Gedanken, und auf einmal sah ich Gero, den Pagen, vor mir stehen. Ich sprang auf, obwohl ich streng genommen nichts Verbotenes getan hatte. Kam er, um mir zu sagen, dass ich wieder ins Bett gehen konnte? Dass die Brandlöschungseinheit mit ihren Eimern fort war? Aber wie hatte er mich gefunden?

Kapitel 27

Lächerliche Gedanken. Etwas anderes war viel naheliegender. Und tatsächlich. Für einen winzigen Moment nur deutete Gero auf sein Gesicht, das verschwamm, Andras' Antlitz zeigte und sich dann zurück in das des Pagen verwandelte.

Andras. Schon wieder.

»Mein Bruder hat dich besucht«, sagte er anstelle einer Begrüßung.

»Bajang.« Ich nickte knapp.

»Was hat er gesagt?«

Zwar wollte ich ihm alles erzählen, doch irgendetwas hielt mich zurück. Was, wenn Bajang in gewissen Punkten doch recht hatte? Wenn es besser war, das Große Sünderfressen einzuleiten? Falls Andras wirklich die Königin schützte und das Große Sünderfressen verhindern wollte, musste er eigene Pläne haben, die er vor mir verschwieg. *Andras wird die Königin niemals opfern,* hatte Bajang behauptet, und es hatte wie eine unumstößliche Wahrheit geklungen. Also brauchte ich glaubwürdige Informationsfetzen, die nicht andeuteten, dass ich an ihm zweifelte. »Er möchte, dass ich dich nicht weiter unterstütze. Wollte mir unseren Plan ausreden«, sagte ich schließlich. Das naheliegendste Ziel dieses Besuchs. Mich auf die Seite der Dämonenbrüder zu bringen und gegen ihren großen Bruder aufzustacheln.

Andras neigte den Pagenkopf hin und her. »Das passt zu ihm. Sicher hat er einen Plan für den Jahreswechsel, und dieses Mal bist du eine Schachfigur darin. Die Dame.«

Also Letzteres bezweifelte ich.

»Wie auch immer. Etwas in der Art habe ich von meinen Brüdern erwartet. Fall nicht auf sie rein. Geh keinen Handel mit ihnen ein, aber das brauche ich dir sicherlich nicht zu sagen.« Er seufzte, als hätte er seine eigenen Erfahrungen damit bereits gemacht und bereut. »Was auch überraschend für mich kam, war der Anschlag auf dein Leben durch Amaryllis und Margerite.«

Deswegen war er hier?

»Ich möchte, dass du beiden ihre Seele nimmst. Damit es nicht noch mal gefährlich für dich wird.«

»Beide aussaugen?« Mir wurde schlecht – allein bei dem Gedanken wurde mir übel, weshalb ich nicht mehr als diese zwei Worte hervorbrachte. Selbst bei diesen beiden Kandidatinnen würde ich es kaum übers Herz bringen, ihnen ihre Seelen zu nehmen. Der Prozess war nicht mehr rückgängig zu machen. Sie würden als Schatten ihrer selbst ein bedauernswertes Dasein fristen.

»Du wirst ihnen befehlen, freiwillig abzureisen. Dann können auch Amaryllis' Eltern keinen Krieg anzetteln, wenn ihre Tochter aus eigenem Antrieb heimkehrt. Es wäre nicht Reads Schuld. Sag Amaryllis, sie soll behaupten, dass sie Read nicht leiden könne, oder etwas in der Art.« Andras erklärte das mit so fester Stimme, dass es wie beschlossen klang. »So gewinnen wir immerhin Zeit. Das Problem, dass die Seenlande fürchten, Itdris könnte durch das neuerliche Bündnis mit Kankarra erstarken, besteht natürlich weiter. Gleiches gilt für das Gerücht, dass Königin Marigold einen Krieg anzetteln will, um sich noch mehr Länder von Orianda unter den Nagel zu reißen.«

Ich hörte nur mit halbem Ohr zu – natürlich wusste ich von den Ängsten des Fürstenhauses der Seenlande, zu dem Amaryllis gehörte. Und es passte definitiv zu Marigold, dass sie jetzt, wo sie den Königinnentitel bald an Reads künftige Braut abtreten musste, etwas zu unternehmen gedachte. Vielleicht sogar Königin von Sofia, Nurnendal oder den Seenlanden werden.

Doch einen Reeva-Kuss einsetzen? Nein, das ging einfach nicht. Ich grub meine Zehenspitzen in den Rasen. »Gibt es keinen anderen Weg?«

»Willst du abwarten, bis sie dich mit einem Nachttopf erschlagen?« Die Augen des Dämonenpagen funkelten. »Sag nicht, sie sind dir wichtiger als Harlyn.«

»Nein, das nicht …«

»Siehst du. Die beiden stehen unserem Plan im Weg, also nimm sie aus dem Spiel. Sollte Dahlia länger fortbleiben, musst du dem Prinzen noch eine Weile den Kopf verdrehen.«

Hm, da war etwas dran. Aber vielleicht konnte ich Zeit gewinnen … »Ich habe das Gefühl, dass ich Prinz Read durch meine Kräfte auf irgendeine Weise in mich verliebt gemacht habe. Wenn wir das nutzen …«

Andras hob eine Hand. »Unsinn. Du bist eine Zwillings-Halb-Reeva. Unter Zwillingen werden die Kräfte so aufgeteilt, dass jeweils nur ein Geschlecht manipuliert werden kann. Abgesehen von euren kurzfristigen Tricks natürlich, die bei allen funktionieren.«

Damit meinte er sicherlich, was ich mit dem echten Gero beim zweiten Reinheitsritual angestellt hatte.

»Und was wäre, wenn Read gar nicht auf dem Nur-männlich- oder Nur-weiblich-Spektrum liegt?« Ich klammerte mich am allerletzten Strohhalm fest. Vielleicht schloss ich noch weitere Geschlechter mit ein?

»Schluss damit. Wir haben dich und deine Kräfte ausreichend getestet. Denk an die Männer in der Schenke.«

Die Schenke … Meine Laune verdüsterte sich augenblicklich. Dieser Abend war einfach furchtbar gewesen. Und meine Kräfte hatten nicht angeschlagen. So viele widerliche Küsse und kein Erfolg. Dennoch hatte mich Andras alle betrunkenen männlichen Gäste küssen lassen, und es war ihm egal gewesen, dass sie mich dabei angegrapscht hatten. Alles für den Test.

Das Geflatter von Flughund-Flügeln durchbrach die Stille der Nacht. Ich atmete auf. Jagger hatte uns genau zum richtigen Zeitpunkt gefunden. Ich hörte ihn jammern, ehe ich ihn sah. Schnell setzte ich mich zurück auf die Holzbank und fing ihn wie einen Ball mit Händen und Bauch auf. Er stürzte sich geradezu auf mich wie auf einen Rettungsanker. »Meine Decke, meine Decke!«

»Schhht, nicht so laut«, wisperte ich ihm zu, sah dann zu Andras auf. »Ist jemand in der Nähe, der uns belauschen könnte?«

»Nicht so spät in der Nacht oder, besser gesagt, so früh am Morgen. Gut, Jagger wird dir dabei helfen, einen Plan auszuarbeiten in Bezug auf Amaryllis und Margerite, und dann solltest du noch zwei Stunden ruhen. Du siehst mitgenommen aus.«

Ein tolles Kompliment. Mitgenommen wirkte auch Jagger, der in meinen Armen schluchzte.

Andras wandte sich zum Gehen, und ich konnte einfach nicht glauben, was in dieser Nacht alles geschehen war. Nachdenklich schaukelte ich den trauernden Jagger, der sich mit seinen Flügelspitzen an meinen Schultern festkrallte. Viel zu viel für eine Nacht.

»Schhht. Ich habe den Rest deiner Decke hier.« Rasch griff ich in die versteckte Tasche in meinem Kleid. »Sieh her.«

»Was?«, kiekste mein Flughund-Freund. »O ihr Monde! Immerhin etwas.« Jauchzend vor Freude drückte er sein Gesichtchen in den Stoff, hustete, vermutlich aufgrund des Brandgeruchs, seufzte dann vor Glück auf.

Niedlich. Und ein kleiner Trost. Eine Weile sah ich Jaggers freudigem Gebaren zu. Einfach herzerwärmend, wie er mit der Decke sprach, als wäre sie sein Baby. Am meisten beschäftigte mich allerdings der Besuch von Bajang. Was konnte er im Schilde führen, und was hatte er damit gemeint, dass die Königin viel Schlimmeres getan hatte, als junge Mädchen ermorden zu lassen? Was bei allen Dämonen konnte schlimmer sein? Babys? Nein, es musste sich um etwas anderes handeln. Nur gut, dass diese grausame Frau nicht die rechtmäßige Erbin des Throns war, sondern lediglich eine Angetraute von König Yorind. Sonst hätte Bajang vermutlich sie statt mich aufgesucht und gebeten, ihm ihr menschliches Heer zu überlassen, um Andras in der großen Schlacht des Erntejahres unter der Erde zu besiegen. König Yorind war der rechtmäßige König gewesen und theoretisch immer noch, bis Read alt genug war. Und das würde er in ein paar Monden sein. Deswegen brauchte Bajang mich. Deswegen brauchte Andras mich. Ich zupfte an meiner Unterlippe. Die mächtigste Waffe der Menschen ... und ich würde sie mehr oder weniger steuern, wenn ich Dahlia ausgesaugt hatte. Alles an diesem Satz fühlte sich falsch an. Unsagbar falsch. So als würden nur rückgratlose Menschen diesen Plan ausführen können.

»Decke. Verbrannt«, brachte Jagger zwischen zwei Schluchzern hervor. »Zu klein zum Einwickeln.«

»Ich weiß.« Sanft streichelte ich über sein Öhrchen. »Es tut mir so leid.«

Da es nichts brachte, jetzt mit ihm zu reden, und es zudem gefährlich war, falls wir zusammen gesehen wurden, bat ich ihn, mich gleich oben in meinem Zimmer zu treffen.

»In Ordnung.« Er schluchzte, rieb sein Köpfchen an meinem Unterarm. »Ich bin übrigens sehr froh, dass du noch lebst. Hatte Angst um dich. Aber Andras war beschäftigt und sagte, du kommst schon mit drei Sterblichen klar.«

Ich nickte. Normalerweise, ohne Knebel im Mund, wäre es ein Leichtes gewesen. Allerdings musste es am Ende selbst Andras mit der Angst zu tun bekommen haben. Ansonsten hätte er nicht die Bitte geäußert, dass ich Amaryllis und Margerite mit einem Kuss aus dem Rennen um Prinz Reads Hand beförderte. »Bis gleich, bester Freund!«

Jagger rang sich ein Lächeln ab und salutierte. Fast so wie immer.

In meinem Zimmer wartete er bereits auf mich. Aus einem Handtuch bereitete ich Jagger eine Ersatzdecke, die natürlich nicht so flauschig war wie seine alte. »Riecht nicht so wie meine«, jammerte er leise an meiner Seite.

»Deine alte könnte ich waschen.« Auch wenn er sich nicht mehr darin einwickeln konnte, dazu war sie jetzt zu klein. Ich brachte es nicht über mich, ihn auszuquartieren an diesem frühen Morgen, also hatte ich einen Stuhl und den Hocker so vor der Tür verkeilt, dass ein Eindringling nicht einfach so hereinkommen konnte und wir genug Zeit haben würden, Jagger verschwinden zu lassen, sobald jemand versuchte, die Tür zu öffnen. Durchs offene Fenster.

»Stell dir vor, Prinz Read ist auf meiner Decke herumgetrampelt.«

»Doch nur um das Feuer zu löschen.« Ich stupste seine Nase an.

»Ja, aber so brutal!«

»Du hättest sie sowieso nicht retten können und auch nicht mehr gebrauchen. Immerhin hat Read den Rest für uns aufgehoben.«

»Stimmt schon.« Jagger bekam einen Schluckauf, was zu niedlich aussah.

»Weißt du, was? Ich könnte den Rest deiner Schmusedecke in eine neue einarbeiten, dann hast du sie irgendwie doch noch bei dir.« Und ich auch. Als Erinnerung an Vater um mich herum.

Jagger riss die Augen auf, bedankte sich überschwänglich für diese geniale Idee, was mich lächeln ließ.

Trotzdem übermannte mich die Müdigkeit, und ich schlief ein. Bis etwa zwei Stunden später der Morgengong ertönte.

»Den hasse ich auch«, sagte Jagger und gähnte.

»Du solltest besser abhauen«, riet ich ihm. »Sicherlich taucht bald ein Dienstmädchen auf.«

Und ich musste mich beeilen und dringend Dahlia aufsuchen. Ob sie noch etwas bei ihrer Mutter erreicht hatte?

»Sag, Jagger – kannst du dir einen Reim auf die Sache mit Dahlia und Reads Onkel machen? Dem toten König von Kankarra, der gar nicht tot sein soll?«

»Hm. Vielleicht musste er fliehen?«

Ein König auf der Flucht, aber warum? »Und wieso hat er Dahlia als Nachfolgerin ernannt?«

»Vielleicht wollte er das gar nicht und wurde reingelegt.«

Daran hatte ich auch schon gedacht. Und wieso flirrte bei diesem Satz das Bild von Königin Marigold vor meinen Augen? Sie war brutaler als brutal drauf und laut Bajang so grausam, wie man es sich kaum vorstellen konnte. Ich atmete tief ein. »Drück mir die Daumen, dass Dahlia nicht fortgeschickt wird. Das würde alles … verkomplizieren.«

Jagger rutschte in seinem Handtuchkokon zur Bettkante. »Oder würde dir mehr Zeit mit dem Prinzen verschaffen, ehe du ihn töten musst.«

Was sollte das denn heißen? »Du vergisst, dass mich bis dahin die anderen Mädchen ertränkt oder Königin Marigold aus dem Wettbewerb ausgeschlossen haben könnte.« Ganz davon abgesehen, dass ich jeden Tag Gefahr lief, als Halbdämonin enttarnt zu werden.

Jagger sah mich schief an. »Nie im Leben wirft dich der Prinz raus.«

Was wusste ein Flughund schon darüber? »Du hättest sehen sollen, wie er im Geheimgang zu mir war.«

»Ihr wart allein in einem Geheimgang?« Jagger versuchte sich an so etwas wie an einem Pfeifen, was grässlich misslang. »Und neulich allein in einem Keller? Macht er so etwas auch mit anderen Kandidatinnen?«

Darauf würde ich nicht antworten, stattdessen rauschte ich

aus der Tür, wäre fast mit dem hellblauen Tüllmonster, das ich heute trug, am Türgriff hängen geblieben.

Dahlia war nicht beim Frühstück, also verschwendete ich keine Zeit und verließ den Speisesaal sofort wieder. Einer schrecklichen Vorahnung folgend und weil vom Vorhof Geräusche zu hören waren, sprintete ich, so schnell es in diesem lächerlich breiten Kleid möglich war, zum Haupteingang. Und tatsächlich, links, wo die Kutschen hielten und über den verschlungenen Weg nach unten in die Stadt gelangten, wartete eine mit Koffern voll beladene Kutsche. Und davor eine völlig aufgelöste Dahlia, die mit ihrer Mutter diskutierte. »Bitte lass mich bleiben. Ich huste kaum noch.«

Mir fiel auf, dass sich Read im Schatten nahe der endlosen Treppe hielt, über die ich vor ein paar Tagen hierhergekommen war.

»Mach dir doch selbst nichts vor. Deine Brust hebt sich schwer, und du rasselst beim Atmen. Husten ist nur ein Nebensymptom von Presshusten.« In der Stimme der Königin lag etwas Endgültiges.

»Mutter, sie könnte doch auch hier …«, warf Read ein, wurde jedoch sofort von seiner Mutter unterbrochen.

»Es ist bereits entschieden, und ab hier bestimmen die Ärzte im Sanatorium an der Küste, wann sie zurückkommen kann.«

Erst jetzt bemerkte Dahlia, dass ich neben den Wachen ins Freie getreten war. »Calla!« Sie winkte mich zu sich, Tränen standen in ihren Augen. Mit ihrem luftigen weißen Kleid und der hellblauen Schleife um die Taille wirkte sie wie eine Braut – eine zerbrechliche Braut, die am liebsten vor dem Altar fliehen würde.

»Mutter, gib mir wenigstens die Chance, mich in Ruhe von Calla zu verabschieden.«

Zwar seufzte Königin Marigold zuerst, trat dann allerdings zur Seite. »Wenn es sein muss. Read, du passt auf, dass sie in die Kutsche steigt, und dann leistest du deinen Gästen beim Frühstück Gesellschaft. Ich werde mein Essen auf dem Zimmer einnehmen.«

Ich musterte sie. Wahrscheinlich wollte sie dabei ihre Füße in Blut baden oder etwas ähnlich Abartiges tun.

Sobald sie sich weit genug entfernt hatte, schlang ich die Arme um Dahlia. »Gibt es keinen Ausweg?«, hauchte ich in ihr Ohr.

Sie schien mich gar nicht mehr loslassen zu wollen.

»Nein.« Ihre Stimme zitterte. »Aber ich werde so schnell es geht zurückkommen. Auch wenn ich dafür Ärzte bestechen muss.« Sie strich über mein Haar – genau wie ich es sonst bei Jagger tat.

Mir kam der Gedanke, dass auch Andras etwas dazu beitragen könnte, Dahlia schneller zurückzuholen. Wenn er sich beispielsweise in die Illusion eines Arztes verwandelte, der Dahlias Entlassungspapiere unterzeichnen konnte.

»Ich bin sicher, du bist schneller zurück, als du denkst«, antwortete ich.

Dahlia zitterte. »Ich habe meinem Bruder gesagt, dass ich ihn umbringe, sollte ich zurückkommen, und du bist nicht mehr da.«

Ich lachte leise. »Du vergisst deine Mutter in dieser Gleichung. Denk an Metis.« Letzteres war mir verbitterter über die Lippen gekommen, als ich es beabsichtigt hatte.

»Hoffen wir mal, dass sie ab jetzt Read die alleinige Auswahl überlässt.«

Wie zuversichtlich Dahlia war. Gerade wenn es eng wurde und ihre Lieblingskandidatinnen wackelten, würde Marigold so viel intrigieren, wie es nur ging.

Erst jetzt entließ mich Dahlia aus ihrer Umarmung, hielt mich jedoch weiterhin an den Händen fest. Ihre weißen Netzhandschuhe kitzelten auf meiner Haut. »Bitte geh nicht freiwillig. Warte hier auf mich. Der Gedanke wird mir Kraft geben, dass wenigstens ein freundliches Gesicht hier sein wird, wenn ich zurückkehre.«

Freundliches Gesicht? Ich hob beide Augenbrauen und schielte dann in Richtung Read. Nun, er machte echt selten ein freundliches Gesicht. Komischerweise wirkte er jetzt sogar unterkühlter als sonst. Als gefiele ihm ganz und gar nicht, was er sah.

»Gut, ihr beide seid zwar nicht der Inbegriff an Fröhlichkeit, aber ihr seid …« Dahlia rang nach Worten. »Alles, was ich habe. In den letzten Tagen habe ich unsere Gespräche so genossen, Calla. Wenn ich bloß daran denke, dass wir das nie wieder tun könnten, würde ich am liebsten in Tränen ausbrechen.«

»Ich werde alles daransetzen, dass ich so lange wie möglich hierbleibe«, versprach ich.

Tränen schimmerten in Dahlias Augen. »Danke!« Dann küsste sie mich auf die Wange. »Je eher ich gehe, desto schneller bin ich zurück, nicht wahr?« Sie versuchte sich an einem Lächeln. »Ich schreibe dir und werde jeden Tag an dich denken.« Sie lächelte mich an, ehe sie lauter in die Richtung ihres Bruders hinzufügte: »Und dir schreibe ich vielleicht auch! Gelegentlich.« Ihr weißblondes Haar lockte sich an den Schläfen, und ich strich es ihr glatt.

»Du wirst sie dort alle umhauen mit deiner Anmut. Sie werden dir jeden Wunsch von den Augen ablesen.«

Darüber musste Dahlia tatsächlich lachen. So richtig. Nicht nur gespielt. »Danke, Calla. Für alles. Du bist so erfrischend. Und ehrlich.«

»Und habe ein stets fröhliches Gesicht?«, hakte ich nach.

Dahlia kicherte. »So weit würde ich nicht gehen. Auf bald!« Sie wartete nicht darauf, dass ihr ein Page in die Kutsche half, sondern kletterte selbst hinein, lehnte sich dann noch einmal zu uns nach draußen. »Pass gut auf Calla auf, Brüderchen. Sonst …« Sie fuhr sich mit ihrer behandschuhten Hand einmal über die Kehle.

Read – ganz der Spaßversteher – brummte etwas Unverständliches.

Wir winkten der Kutsche hinterher – Read und ich. Dahlia neigte sich undamenhaft weit aus dem Kutschenfenster, um ausgiebig zurückzuwinken. Bis ihr Gefährt in einer Staubwolke den Hügel hinab verschwand.

In die Stille hinein, die darauf zwischen mir und dem Prinzen folgte, fragte ich: »Frühstück?«

Doch Read drehte sich einfach wortlos um. War er immer noch sauer wegen gestern Nacht? Weil ich impliziert hatte, dass er Amaryllis heiraten musste? Wenn er wüsste, dass mir das wirklich so was von egal war. Ein heißer Stich durchfuhr mich dennoch bei dem Gedanken, was jedoch höchstwahrscheinlich meinem Hunger geschuldet war und sonst nichts. Ich atmete ein. Laut und rasselnd. Vor allem, um die Stimme in meinem Kopf zu übertönen, die mich als Lügnerin bezeichnete.

Kapitel 28

Seufzend folgte ich ihm zum Frühstückssaal.

Dort waren die anderen Anwärterinnen offenbar damit beschäftigt, ihre knurrenden Mägen mit Tee zu füllen. Sobald wir eintraten, sprangen Magnolia und Flora artig auf, um vor dem Prinzen zu knicksen. Wie erbärmlich! Gerade noch so hielt ich mich zurück, sonst hätte ich die Augen verdreht.

Ohne Dahlia fühlte sich der Raum irgendwie leer an. Das schien Ivy auch zu denken, die sich stumm und wie in Zeitlupe umsah, wobei sie die Spitzen ihres roten Haares flocht. Siebzehn Mädchen und ich und der Prinz. Das Fehlen von Metis schnitt mir ebenfalls in die Bauchgrube. Dahlia würde immerhin wiederkommen. Wahrscheinlich.

Irgendwann, die Zeit verflog, während ich an einer Birne herumknabberte, ergriff ein Page das Wort und erklärte, dass heute keine Prüfung anstand, sondern eine Gartenparty mit unseren Familien, die der Prinz eingeladen hatte. Richtig, das hatte ich ganz vergessen. »Allerdings werdet Ihr mir jetzt in die Küche folgen, wo Ihr alle Küchlein verzieren werdet, mit dem Prinzen. Das ist so Brauch und eine Aktivität, die die Königin Euch gern zusammen mit dem Prinzen umsetzen sehen würde.«

Große Mondgöttin. Backwerk verzieren. Auch das noch. Gab es eine profanere Tätigkeit? Konnten wir nicht lieber einen Drachen zähmen oder uns sonst wie nützlich machen?

Der Page, der wie ein jüngerer Bruder von Gero aussah mit seinen imposanten langen Wangen, die beim Sprechen

Falten warfen, verneigte sich, verschwand, ließ uns aber die Tür offen.

Ich konnte das einfach nicht, stellte ich wenig später fest. Nicht mit einer Schürze dastehen und nicht begeistert mit Zuckerguss und Streuseln um mich werfen, so wie es Lady Primrose tat. Ich wischte mir Streusel in Form von Blüten aus dem Ausschnitt, die sie dort unabsichtlich hingeschleudert hatte. Eine Lady Primrose in ihrem Element. Sie hatte sich sogar die erdbeerblonden Locken mit einem Kochlöffel hochgesteckt. Als gäbe es nichts Wichtigeres auf der Welt, als Gebäck für die königliche Gartenparty zu verschönern. Unfassbar.

Prinz Read sah in der Küche ebenfalls wenig begeistert aus. Ungefähr so, wie ich mich fühlte. Zusätzlich musste er sich gebückt halten, weil die Decke im Kellergeschoss so niedrig war.

»Ich brauche eine Pause, meine Damen, mein Rücken tut weh.«

Geseufze setzte ein, doch der Prinz verabschiedete sich dennoch mit einem Winken. Am liebsten hätte ich es ihm gleichgetan, bloß waren da die Köche, die uns beobachteten und wahrscheinlich alles der Königin … Ach, auch egal. Kurz entschlossen band ich mir die Schürze ab.

»Wo bitte willst du hin?«, zischte mir Ivy zu. Gerade sie tat entsetzt? Ganz in der Nähe steckten Amaryllis und Margerite die Köpfe zusammen, tuschelten offensichtlich über mich. Wahrscheinlich heckten sie einen neuen Mordplan aus.

»Mein Zimmer aufräumen«, sagte ich nur. »Mein Vater ist ziemlich penibel, was das angeht.« Die Lüge ging mir leicht über die Lippen, doch ich war mir nicht sicher, ob Ivy sie mir abkaufte.

Die Küche lag ganz in der Nähe des Geheimgangs, den Read mir neulich gezeigt hatte. Genau das, was ich brauchte. Ich musste Jagger finden und ihn bitten, Read hinterherzuspionieren. Irgendetwas war mit ihm, und ich musste wissen was. Weshalb und wohin er sich davonschlich. Wobei ich eher diejenige war, die schlich und er der, der selbstbewusst von dannen schritt. Also sah ich kurz nach, ob niemand in der Nähe war, und schlüpfte durch die verborgene Tür zur Wendeltreppe.

Tatsächlich fand ich Jagger im Schatten unter meinem Fensterbrett. Dort so hoch oben, dass ihn niemand vom Boden aus erkennen konnte. Rasch erklärte ich ihm, dass er nach dem Prinzen Ausschau halten musste. »Im Sonnenschein?« Jaggers Augen wurden groß.

»Fast alle sind in der Küche, und in der Mittagssonne geht niemand raus. Bitte.« Etwas sagte mir, dass ich nicht verpassen durfte, was gerade mit Read vor sich ging. Alles war heikel. Zwar hatte Dahlia ihm geraten, mich bei der Auswahl nicht fallen zu lassen, aber wer wusste schon, was in ihm vorging, so launisch, wie er war?

Ich blieb allein zurück, saß auf dem Bett und knetete meine Hände. Da mir die Sonne wirklich zu hell schien so kurz vor Mittag, schloss ich alle Fensterläden bis auf die des Fensters, durch das ich Jagger zurückerwartete, wodurch es angenehm dunkel im Zimmer wurde.

Gleich würde ich Graf Prahar und Risha wiedersehen. Ob sie irgendwelche Neuigkeiten brachten? Oder Ermahnungen? Wahrscheinlich Anweisungen, dass ich mich gerader halten sollte. Hoffentlich hatte niemand unbequeme Fragen in Bezug auf Calla und ihre Vergangenheit gestellt. Wenn herauskam, dass die echte Calla in einem Kloster eine Abtreibung hatte durchführen lassen, war ich geliefert. Das Reinheitsritual hätte ich damit nie bestanden. Und wenn dann noch herauskam, dass sie sich danach umgebracht hatte – dann war es endgültig mit mir vorbei.

Kurz dachte ich an meinen letzten Abend im Anwesen des Grafen zurück. War das wirklich erst fünf Tage her? In den letzten Tagen meiner Ausbildung bei ihm war er tatsächlich mir gegenüber aufgetaut. An diesem Abend hatte er mich mit Tränen in den Augen angesehen. Mir eine Decke gereicht, damit ich mich in dem Sessel vor dem Kamin einkuscheln konnte. Und da hatte ich gewusst, dass es sich für ihn so anfühlen musste, als würde er Calla ein zweites Mal verlieren.

»Du wirst es schaffen. Dein Selbstbewusstsein und dein Durchsetzungsvermögen werden dir immer den Weg leiten«, hatte er stockend hervorgebracht. »Denk an die Geschichte von der kleinen klugen Ratte.«

Ich hatte genickt, unfähig, den Blick vom Grafen abzuwenden. Seine zerfurchte Stirn hatte blasser gewirkt als sonst. »Die Leute sagen immer, es kommt auf Mut an«, fuhr er fort. »Doch ich denke, das Glück ist mit den Selbstbewussten. Du zweifelst nicht, du handelst. Dir fliegen die Lösungen für alle Probleme nur so zu.« Und dann hatte er meine Schulter gedrückt. »Du wirst eine großartige Königin abgeben. Die beste, die Itdris je gesehen hat.« Hinter ihm hatte sich Risha über die Augen gewischt und ihre Schürze glatt gezogen. Ich hatte den Grafen einfach nur anstarren können, bis sich meine Augen trocken wie ein Holzscheit angefühlt hatten. Ich, eine gute Königin? Für Harlyn ja. Aber sonst? Was sollte ich mit einer Krone anfangen? Mittlerweile sah ich immer nur einen toten Read und eine Dahlia mit glasigen Augen, wenn ich daran dachte, den Thron zu besteigen, und an das Große Sünderfressen, das Andras dadurch verhindern konnte. Eilig schob ich den Gedanken fort. Daran wollte ich jetzt nicht denken, sondern an den Besuch von Graf Prahar und Risha.

Armer Graf Prahar. Für ihn musste es auch nicht leicht sein. Anstelle seiner Tochter musste er Andras dienen, da Callas Drei-Jahres-Dienst nie angetreten wurde und Andras nun Treue von ihrem Vater einforderte aus Mangel an weiteren lebenden Nachkommen von Calla. Tja, wirklich schade, dass Andras durchaus Tote zurückholen konnte, bloß niemanden, der sich willentlich das Leben genommen hatte. Vielleicht war genau das Callas Absicht gewesen. Ob sie davon gewusst hatte und einfach ihren Dienst bei Andras nicht hatte antreten wollen? Genau kannte ich den Deal zwischen ihrer Familie und Andras nicht, doch ich vermutete, dass Callas Mutter einen Handel mit Andras eingegangen war, um endlich ein Kind zu empfangen. Calla. So wie Graf Prahar es angedeutet hatte, waren er und seine verstorbene Frau nicht mit Fruchtbarkeit gesegnet gewesen – bis Calla als einziges Kind zur Welt gekommen war.

Es klopfte, und ich fuhr zusammen. Ein Dienstmädchen? Oder waren Graf Prahar und Risha schon da? »Ja?«

Auf meine Aufforderung öffnete sich die Tür, und Read stand darin. Aufrecht und schön wie immer in seiner makellosen Uniform. Er sah mich an.

Ich sah ihn an. Er war hier. Zu mir gekommen in mein abgedunkeltes Zimmer. Der Gedanke ließ mich schwer ausatmen.

»Können wir uns unterhalten?«, fragte er leise und beinahe schuldbewusst.

»Können wir.« Ich nickte lahm. Bei allen Dämonenbrüdern, konnte ich noch dümmlicher lächeln? Am liebsten hätte ich mich geohrfeigt. Ob alles zwischen uns wieder gut war? Noch wusste ich es nicht, aber ich würde es bald erfahren, vermutete ich. Bloß falls meine Kräfte doch bei ihm wirkten … wie echt war es dann, was zwischen uns ablief? Und wieso in Andras' Namen interessierte es mich überhaupt? Immer noch stand er da, sah mich einfach an. So durchdringend und einfühlsam, wie er es noch nie getan hatte. Und was noch viel seltsamer war: Auf einmal verspürte ich den Drang, Read alles zu beichten, ihm zu erzählen, was in mir vorging. Dass ich hierhergekommen war, im Begriff, ihm und seiner Schwester wehzutun, und es jetzt nicht mehr über mich brachte. Dahlia auszusaugen nicht, und gerade jetzt, wo Read mich so ansah, konnte ich es mir auch nicht mehr vorstellen, ihn aus dem

Weg zu räumen. Kurz schloss ich die Augen. Nein, das war wirklich das Allerletzte, was ich tun sollte. Ich würde unweigerlich auf dem Scheiterhaufen enden, oder sonst wo. Read würde mir nicht mehr über den Weg trauen. So wenig, wie er Dämonen traute … Die Tür knarrte, als er sie hinter sich schloss, was sie noch nie zuvor getan hatte. Irgendwie hatte das Geräusch etwas Endgültiges an sich, rüttelte mich aber auch auf. Schluss mit den unsinnigen Gedanken!

Sobald ich meine Augen wieder öffnete, stand Read direkt vor mir. Hatte sich lautlos auf mich zubewegt. »Ich muss mich bei dir entschuldigen, Calla.«

Blinzelnd sah ich zu ihm auf, doch da hatte er sich schon neben mich aufs Bett gesetzt.

Read und sich entschuldigen? Bevor ich nachfragen konnte, hatte er sich rücklings auf mein Bett fallen lassen. Der Kronprinz von Itdris lag auf meinem Bett. Und außer uns beiden war niemand zugegen. Wirklich gut, dass die Tür verschlossen war. Andras würde mir sicher raten, die Situation zu nutzen, um ihn zu bezirzen. Jagger würde damit herausplatzen, dass er es ja gesagt habe. Dass der Prinz Interesse an mir habe, weil er mich so ansah wie Jagger seine Kuscheldecke – oder etwas in der Art.

»Ich war ungerecht zu dir. Und wütend auf meine Mutter, weil sie mich zwingen will, Amaryllis zu heiraten«, fuhr er fort, starrte dabei nach oben an die Decke.

Ganz langsam ließ ich mich auch nach hinten sinken, verschränkte die Hände auf dem Bauch, bis mir aufging, dass ich dalag wie in einem Sarg. Also legte ich meine Arme locker neben meinem Körper ab. Ich lag mit Read auf meinem Bett …

»Meinst du, ich könnte dir irgendwie dabei helfen, das Problem zu lösen?«, hakte ich nach einer Weile nach. Dabei versuchte ich nicht an den Lösungsvorschlag von Andras zu denken, der miteinschloss, dass ich Amaryllis und Margerite wie Blutbeeren aussaugte und damit meinem Willen unterwarf.

»Helfen?« Read drehte seinen Kopf zu mir, sodass ich seinen Atem an meiner Wange spüren konnte – was mich in den Moment zurückversetzte, in dem er mich geküsst hatte.

»Brauchst du eine Kutsche zur Flucht, die ich lenken könnte?« Jetzt drehte ich mich auch zu ihm.

Er lachte. »Das ist ein wirklich großzügiges Angebot, aber ich fürchte, dass wir damit am nächsten Baum landen würden.«

Ich lachte nicht, weil das, was er sagte, unangenehme Erinnerungen in mir wachrief. »War das wirklich der einzige Grund, weswegen du nach Dahlias Abreise so kalt zu mir warst?« Ich wusste nicht, was ich als Antwort erwartete, nichtsdestotrotz brauchte ich eine Erklärung. Von der Amaryllis-Sache hatte er schließlich schon früher gewusst. Und ich wollte ihn damit von dem Thema Tod durch Kutschenunfall ablenken.

»Du hast recht.« Auf einmal lag sein kleiner Finger auf meinem, und ich war mir viel zu bewusst, was diese winzige Bewegung bedeutete. Und wie nah er mir war. Auf meinem Bett. »Wie soll ich das erklären?« Mit der freien Hand fuhr sich Read übers Gesicht. »Dahlia und du, ihr habt euch so fest umarmt, als wärst du nur wegen ihr hier. Als würdest du meine Schwester als Lebenspartnerin vorziehen. Bei dem Anblick habe ich mich wie ein Verlierer gefühlt.«

Oh! Das war … wahrscheinlich einfach gut beobachtet, obwohl es nicht der Wahrheit entsprach. Nicht ganz jedenfalls.

Read spielte mit meinen Haaren, drehte sich dabei zur Seite, damit er mich ansehen konnte. Unsere kleinen Finger berührten sich immer noch. Er seufzte, wartete ganz offensichtlich eine Antwort von mir ab.

Andras würde wollen … ich schloss die Augen. Was wollte ich? Eigentlich nichts mehr, als alles klarzustellen. Dass ich hier war, um die Welt zu retten, und das ausschließlich mit seiner Schwester konnte, obwohl da irgendein Funke in mir war, der ansprang, wenn Read mich berührte. Und wenn er das tat, konnte ich nicht anders, als daran zu denken, ihm noch näher zu kommen. Ihn zu küssen. Weil meine blöden Hormone wahrscheinlich wollten, dass ich endlich erste echte Erfahrungen mit Jungs sammelte. Letzteres hätte ich nie im Leben laut gesagt.

»Das alles hier ist ungewohnt für mich«, gab ich irgendwann zu. »Ich habe noch keinerlei Erfahrungen in der Liebe gesammelt.« Nach meinen Worten drehte ich mich ebenfalls auf die Seite, um ihn anzusehen. »Bisher habe ich Jungs nicht mal angesehen. Mädchen auch nicht wirklich.«

Jetzt grinste er. »Das war … kaum zu bemerken.«

Meinte er das ernst oder das Gegenteil? Ich hob beide Augenbrauen.

»Bei den zwei Monden.« Er seufzte. »Ich liebe es, wenn du das mit den Augenbrauen machst.«

Er … liebte das? Dieser Satz grub sich tief in meinen Magen, machte etwas mit mir. Obwohl ich der Sache noch nicht wirklich traute. Aber vielleicht sollte ich wenigstens für diesen einen Moment meine Schutzmauern fallen lassen? Das hier war schließlich Read. Der übertrieben anständige, doch genauso übertrieben mürrische Kronprinz. Und er wollte Amaryllis nicht heiraten. Der Gedanke ließ mich lächeln. Beinahe jedenfalls. Das war es wohl endgültig für die verwöhnte Prinzessin, die mich gestern hatte umbringen wollen. Sie würde schon bald ihre Koffer packen müssen. Auf die eine oder andere Weise.

Seine Hand glitt von meinen Haaren bis zu meiner Wange. Eine simple Bewegung, die dennoch ein Feuer in mir entfachte. Auf eine gewisse Art fühlte es sich aufregend an, mit ihm hier zu liegen. Wahrscheinlich, weil es so verboten war. Und wir jederzeit entdeckt werden konnten.

Er beugte sich zu mir, und ich wusste, was gleich kommen würde. Ich wusste und ich wollte es. Diese kleine Ablenkung von allem. Nur ein paar gestohlene Augenblicke. Obwohl ich mir wünschte, er würde dieses Mal meinen richtigen Namen seufzen und nicht wieder »Calla«.

Dieses Mal blieb er jedoch vollkommen still, während er seine Lippen auf meine presste. Küsste mich auch rauer als gestern, voller Verlangen – obwohl das gestern schon zu spüren gewesen war, heute war es jedoch irgendwie roher. Er fuhr mit den Händen über meinen Körper, streichelte meine Hüfte, und einfach alles daran fühlte sich gut an. Ich wollte mehr. So viel mehr. Mich fallen lassen, so angesehen werden, wie Read mich ansah. Ich verlor mich in unserem Kuss.

»Calla?«

»Hm?« Meine Gedanken fühlten sich total benebelt an. Hatte Read gerade anders geklungen? Wie in einem Traum?

Die Tür wurde aufgedrückt. »Was ist los mit dir? Hast du einen Plan, wie wir Dahlia …« Die Stimme stockte. Ivy? Es war Ivy! Ich schoss vom Bett hoch. Doch natürlich hatte sie mich längst mit Read gesehen. Knutschend. Verdammt! Mit Verzögerung setzte sich Read ebenfalls auf.

Ich sah Ivy an.

Ivy sah mich an. Und auf einmal hoben sich ihre Mundwinkel. Beinahe konnte ich hören, was sie dachte. Sie würde Dahlia sofort berichten, was sie eben mitangesehen hatte. Per Brief oder sobald die Prinzessin zurück war. Weil sie sich damit als Siegerin im Kampf um das Herz von Dahlia sah. Was gleichzeitig das Ende für Andras' Plan bedeutete. Zwar konnte ich sie danach immer noch küssen, aussaugen, umstimmen, aber wie glaubhaft wäre das dann noch?

»Beachtet mich einfach gar nicht. Das ist wirklich zu gut.« Immer noch lächelnd drehte sie sich um und verschwand in Richtung Gang, wobei sie die Tür hinter sich zuzog.

Bei allen lebenden Dämonen! Ich musste sie aufhalten. Umstimmen. Das war die einzige Lösung für das Dahlia-Problem. Ich machte mich von Read los, der mich zurück aufs

Bett ziehen wollte. »Lass sie doch«, murmelte er an meinem Hals.

Doch ich konnte Ivy nicht »lassen«. Dahlia war meine Chance, die Welt zu retten. Ivy durfte das nicht ruinieren.

Kapitel 29

»Ich muss mit ihr reden«, sagte ich, stürmte los, ehe Read etwas dazu sagen konnte.

Ivy war schnell. Verflucht schnell. Und mein Herz klopfte umso heftiger. Hatte ich gerade in einem egoistischen Moment alles ruiniert? Andras' Plan, das Große Sünderfressen und vor allem Harlyns Zukunft?

»Warte bitte!« Obwohl sie mich gehört haben musste, beschleunigte Ivy ihre Schritte, sah nicht zurück. »Du kannst Dahlia nicht davon erzählen.«

»Ach nein?« Jetzt blieb Ivy doch stehen. Sie hatte beinahe die Ritterrüstung mit dem Kurzschwert erreicht, das immer noch neben dem Ritter lehnte, anstatt in seinen Händen zu stecken. »Ich denke, sie sollte wissen, dass du nur mit ihren Gefühlen gespielt hast.«

»Also jetzt übertreibst du wirklich.«

Ivy lachte, warf ihre langen roten Haare nach hinten und ging weiter in Richtung Treppe. »Ich werde ihr telegrafieren, und dann kann sie ja entscheiden, was sie davon hält. Am Ende wird sie mich wählen, dagegen kannst du jetzt nichts mehr machen.« Ivy klang siegessicher, nahm die ersten Stufen die Treppe hinab.

Ob sie direkt zum Telegrafenraum laufen würde? Ihr letzter Satz ärgerte mich mehr, als ich zugeben wollte. Ich konnte also nichts dagegen tun? Nichts dagegen, dass sie meine und Harlyns Zukunft zerstörte? Nichts dagegen, dass sie die Zukunft unserer Welt aufs Spiel setzte? Oh, wenn Andras davon erfuhr! In meinem Kopf tobten die Gedanken, während ich ihr folgte. Wir begegneten einigen Pagen und Dienstmädchen, doch ich sagte nichts mehr und Ivy auch nicht, obwohl sie mir immer wieder Seitenblicke zuwarf. Wahrscheinlich rechnete sie durchaus mit einem Angriff meinerseits. Tiefer und tiefer stürmten wir durch die Gänge und die Treppen hinab, bis in den ersten Stock, wo das Telegrafenamt lag. Der Korridor öffnete sich vor uns – menschenleer. Nur Tastengeklapper hinter verschlossenen Türen hallte über den Steinboden. Ich musste handeln, ehe es zu spät war. Und mir blieb nicht mehr viel Zeit, mich zu entscheiden, was ich tun wollte. Eigentlich hatte ich keine Wahl. Nur diese eine Option.

Also packte ich Ivy, drückte sie gegen die Wand, umfasste ihren Hals und küsste sie. Zwar riss sie noch die Augen auf, doch es war zu spät. Die Reeva-Magie in mir paralysierte sie, ließ sie zu Wachs in meinen Händen werden. Ich schloss die Augen und saugte. Saugte die Liebe aus ihrem Körper, bis ihre Seele mir gehörte. Und am liebsten hätte ich dabei geweint. Weil es nicht mehr rückgängig zu machen war. Weil sie jetzt mir gehörte und alles so ungerecht erschien. Eine Träne lief mir über die Wange, als ich von ihr zurücktrat. »Du wirst niemandem erzählen, was du eben in meinem Zimmer gesehen hast. Es ganz vergessen und dich unauffällig verhalten. Und du wirst Dahlia nicht telegrafieren. Niemals.« Am liebsten hätte ich ihr befohlen, die Koffer zu packen und abzureisen, doch ich brachte es einfach nicht über mich. Noch dazu waren ihre Eltern hier. »Freu dich auf den Besuch deiner Eltern und verhalte dich wie immer«, befahl ich ihr zum Abschied.

Ivys Mundwinkel hoben sich, und bis auf die Tatsache, dass der Glanz in ihren Augen trüb wirkte, war alles wie immer.

Und ich hasste mich dafür. Hasste mich so unendlich dafür.

Sobald ich mich umgedreht hatte, wurde mir bewusst, dass ich keine Ahnung hatte, wohin ich nun gehen sollte. Zurück zu Read? Womöglich war er längst fort. Am besten, ich suchte

Jagger – vom Garten aus. Da hatte ich einen optimalen Blick auf die Außenmauern des Palasts, wo er irgendwo abhängen würde, um zu lauschen.

Tatsächlich fand ich ihn im Schatten von Königin Marigolds Gemächern. Außen am westlichen Teil des Südturms. Aber hier konnte ich schlecht mit ihm reden – denn einige Bedienstete trugen bereits Tische nach draußen für das Gartenfest. Immerhin machte sich niemand die Mühe, nach oben zu sehen, weshalb Jagger unentdeckt blieb. Einige der Mägde knicksten zwar vor mir, huschten dann jedoch sofort mit gesenktem Kopf weiter. Also pfiff ich leise vor mich hin und bedeutete ihm schließlich mit den Händen, dass wir uns in meinem Zimmer treffen mussten, dringend.

Oben musste ich nur wenige Augenblicke auf ihn warten. In meinem leeren, Read-losen Zimmer. Natürlich war er längst gegangen. Was hatte ich auch erwartet? Dass er ewig hier sitzen und meine Rückkehr ersehnen würde? Lächerlich. Und wir konnten immer noch später darüber reden, was passiert war. In meinem Magen rumorte es. Ich knetete meine Finger, war mir der Seele von Ivy in meiner Brust viel zu bewusst. Sie pulsierte in mir wie ein zweites Herz. Es war zum Heulen. Hieß es nicht sogar, dass die Opfer einer Reeva starben, wenn die Reeva mit deren Seelen in ihrer Brust verschied? Wenn das wahr sein sollte, musste ich besonders gut darauf achten, nicht von Amaryllis oder sonst wem umgebracht zu werden. Sollte dieser Fakt stimmen. Testen konnte ich es nicht, und wieder einmal fragte ich mich, ob ich alles, was ich von Andras über Reeven wusste, uneingeschränkt glauben konnte.

»Bin da, bin da«, wisperte Jagger. »Ich musste bis zum Ende zuhören, du wirst es nicht glauben.«

Das würde er auch nichts von dem, was ich ihm zu berichten hatte.

»Read hat sich mit seiner Mutter gestritten. Ich bin sicher, dass noch mehr Leute das mitbekommen haben. Zuerst wegen irgendeiner Familiensache, wegen der Read auf sie sauer ist, und dann wegen dieser Amaryllis. Stell dir vor, die Königin hat ihn so unter Druck gesetzt – du willst nicht wissen, mit was –, dass er eben zugestimmt hat, Amaryllis zu heiraten.«

»Was? Das kann nicht sein. Er war eben noch hier und hat mir das Gegenteil erzählt.«

»Eben?« Jagger flatterte vom Fenster bis zu meinem Bett. »Das kann unmöglich sein. Ich habe die beiden bestimmt eine halbe Stunde belauscht. Nein, länger sogar. Bis gerade … jetzt.«

»Nein, er lag vor ein paar Momenten noch hier, dann bin ich nach unten in den Garten zu dir gelaufen und wieder nach oben …« Ich deutete auf die zerwühlten Bettlaken, und da kam mir ein furchtbarer Gedanke. Das konnte unmöglich sein, oder? »Ein Read war eben bei mir, aber wenn der echte Read Familiengeheimnisse wusste, und seine Mutter so lange mit ihm unten in ihren Gemächern gesprochen hat, ohne etwas zu merken …« Mir wurde schlecht. »Dann muss ein Dämon bei mir gewesen sein, der seine Illusionskräfte eingesetzt hat, um mich zu täuschen.« Alles um mich herum drehte sich. Der Satz fühlte sich allerdings viel zu wahr an. So musste es gewesen sein. Verflucht! Einer der Dämonenbrüder hatte sich in Read verwandelt und mich an seiner statt geküsst. Der Gedanke drehte mir den Magen um.

»Was?« Jagger kreischte das Wort, während ich die Unterhaltung mit dem falschen Read noch einmal im Kopf durchging. Andras hätte keinen Grund dafür gehabt. Blieben noch … »Bajang oder Baka. Bajang hat mich gestern schon einmal besucht.« Ich setzte mich, vergrub das Gesicht in den Händen. Es war nur logisch, dass er zurückgekehrt war, jetzt, wo er sich im Schloss auskannte und wusste, wie ich tickte. Wahrscheinlich hatte er mich schon länger ausspioniert, um Informationen zu sammeln. Ich hatte einen Dämon geküsst. Aber wieso? Was hatte er davon?

»Andras ist heute in der Unterwelt mit den Heerführern beschäftigt«, sagte Jagger, der auf mein zerwühltes Bett schielte. Er verzog besorgt die Augen zu einer Kugelform. »Ich denke auch, dass es einer seiner Brüder war, der dich getäuscht hat. Tut mir leid. Hast du mit ihm … gekuschelt?«

Ich beschloss, nicht darauf zu antworten, doch mein bester Freund wusste sicher auch so, was los war.

»Du weißt, was Andras sagen würde«, wisperte Jagger. »Du musst die Königin und Read aufhalten. Sie haben vor, heute Abend beim Ball mit den Eltern der Kandidatinnen zu verkünden, dass Amaryllis Reads Auserwählte ist. Damit die Seenlande Itdris nicht den Krieg erklären. Laut der Königin sind Amaryllis' Eltern in Begleitung einer riesigen Flotte angereist. Dutzende Schiffe ankern vor dem Hafen unten in der Stadt, bereit anzugreifen. Deshalb … Und nach der Verkündung ihrer Verlobung wollen sie die übrigen Mädchen morgen nach Hause schicken. Auch dich. Damit wäre alles ruiniert.«

Ich schloss die Augen. Was für unsagbar schlechte Neuigkeiten. Ganz fürchterliche, um genau zu sein. Read hatte also keine Wahl. Damit lief die Zeit noch schneller für uns. Oder besser gesagt, gegen uns. Mit einer Hand fasste ich mir an die Stirn. Das waren fatale Neuigkeiten, die mich schwindelig werden ließen. Andras würde von mir erwarten, Amaryllis sofort auszusaugen. Aber konnte ich das noch mal? Zwei an einem Tag? Ivys Seele drückte jetzt schon auf meinen Brustkorb. Ihre Energie würde noch eine lange Weile in mir schlummern. Und dann noch mein schlechtes Gewissen. Gut, es war Amaryllis, trotzdem …

»Ich verstehe das einfach nicht. Wozu die Eile der Seenlande? Und was hat Read dazu bewogen zuzustimmen? So plötzlich?«

»Ich glaube, er war sauer wegen etwas.« Jagger überlegte. »Der Abreise seiner Schwester. Die Königin meinte, dass er doch einsehen muss, dass du Dahlia viel näher stehst als ihm, dass sie dich liebt und er dich vergessen soll.«

Oh! Also hatten es inzwischen echt viele mitbekommen, dass ich mich um Dahlia bemüht hatte. Und Bajang musste die Abreiseszene beobachtet haben, sonst hätte er nicht Reads Reaktionen und die Entschuldigung an mich so angemessen spielen können. Er war wirklich überzeugend gewesen. Was für ein Dilemma. Mit meiner gespielten Liebe für Dahlia stand ich mir damit selbst im Weg.

»Vielleicht könntest du dich mit Graf Prahar beraten«, schlug Jagger vor. »Er sollte bald eintreffen.«

Ich musste meine Nerven beruhigen und einen Plan erstellen. Aber falls Graf Prahar und Risha schon hier im Palast waren, würden sie mir sicher dabei helfen können. Tief atmete ich ein und aus. Ruhig bleiben. Bis heute Abend blieb uns noch genug Zeit, um etwas zu unternehmen. Zwar nicht mehr allzu viel, aber doch etwas.

»Ich werde mich in der Eingangshalle aufhalten, bis sie ankommen.«

»Gut, ich warte hier auf euch und halte ein Schläfchen«, verkündete Jagger.

Auf dem Weg nach unten ging ich immer wieder im Kopf durch, was an diesem Vormittag passiert war. Dahlias Abschied, Bajang, der mich in Gestalt von Read besucht hatte, und Ivy, die ich hatte aussaugen müssen, um Schlimmeres zu verhindern. Nicht zu vergessen das, was Jagger belauscht hatte. Der echte Read würde sich noch heute Abend für Amaryllis entscheiden. Ihm blieb schlichtweg keine Wahl, so offensichtlich, wie die Seenlande Itdris mit einem Krieg drohten. Dazu spielte diese Heirat Königin Marigold in die Karten. Noch mehr starke Verbündete durch diese Verbindung, als wenn Read eine kleine Gräfin heiratete, noch mehr Macht für ihre Familie. Auf einmal atmete ich viel zu heftig – selbst mein Tempo, mit dem ich die Treppenstufen nach unten nahm, rechtfertigte es nicht, dass ich derart hyperventilierte.

Im Eingangsbereich musste ich nicht lange warten, bis eine Kutsche vorfuhr. Rasch huschte ich nach draußen. Und tatsächlich, eine Kutsche mit dem Da-Silva-Wappen fuhr vor. Ein silbernes Wappen mit einer Calla-Orchidee in der Hand eines Gentlemans. »Stieftochter!« Risha konnte nicht an sich halten, so schien es. Sie sprang aus der Kutsche und zog mich in eine feste Umarmung. »Ich konnte nicht länger warten, auch wenn wir viel zu früh dran sind.«

Ich lächelte, wobei mich ihre krisseligen blonden Locken überall im Gesicht kitzelten. Heute ganz ohne Schürze und dafür in einem edlen Kleid – natürlich, denn sie gab sich ja für eine vornehme Amme aus.

»Du musst mich ab jetzt Stiefmutter nennen«, fuhr sie glucksend fort. »Hat der kleine Dreifischgrätenhoch gut auf dich aufgepasst?«

»Ja. Nur leider ist seine Kuscheldecke verbrannt worden. Ich muss den übrig gebliebenen Rest in eine neue Decke einnähen.«

»Oh, davon musst du mir mehr erzählen.« Zuerst einmal ließ sie mich allerdings los, und zum ersten Mal fiel mein Blick auf Graf Prahar. Mit seinem Stock und den silber-schwarzen Haaren wirkte er stets wie ein Ermittler im Dienst. Jedenfalls wenn man sich den glitzernden silbernen Anzug wegdachte. Er zwirbelte an seinem Schnurrbart. »Schön, dich zu sehen, Tochter.«

Das kam fast einer Liebeserklärung gleich. Und seine Mundwinkel waren beinahe rekordverdächtig weit gehoben – für seine Verhältnisse.

Ich knickste höflich, was meinerseits einer Liebeserklärung gleichkam. »Ihr seid früh dran. Aber ich kann Euch gern mein Zimmer im Palast zeigen.« Da ich es so glockenhell vorgebracht hatte, erkannte ich an ihren aufmerksamen Gesichtsausdrücken, dass sie verstanden, wie dringend ich mit ihnen reden musste. Also folgten sie mir ohne ein weiteres Wort schnellen Schrittes bis ganz nach oben in den Nordturm.

In meinem Zimmer hatte sich Jagger selbst in das kratzige weiße Handtuch eingerollt, die Nase in den gelben Stoffrest vergraben und blinzelte uns müde entgegen.

»Armes Jagger-Baby.« Risha stürzte sich geradezu auf den Flughund, hob ihn auf ihren Arm und klopfte auf seinen Rücken, als müsste er ein Bäuerchen machen. »Ich habe gehört, was mit deiner Decke passiert ist. Keine Sorge, wir finden eine Lösung.«

Jagger hob den Kopf, geschmeichelt und in seinem Element, wenn Risha ihn wie ein Baby behandelte. »Die neue muss aber auch so gut riechen wie die alte. Nach mir. Deshalb müsst ihr den Rest meiner alten in die neue einnähen.«

»Auf jeden Fall.« Risha lächelte, rubbelte mit den Fingerknöcheln über sein Haupt. »So wird es geschehen, Master Jagger, versprochen.«

Graf Prahar stampfte einmal mit seinem silbernen Gehstock auf den Boden, ehe er sich auf einem Stuhl niederließ und wie immer mit einer Hand über den Knauf fuhr, als gehörte der poliert. »Besser, du lieferst deinen Bericht sofort und so effizient wie möglich ab, ehe man uns zur Gartenparty ruft.«

Ich wollte ihm nicht die Illusion nehmen, dass es jemanden kümmern würde, wenn die Da-Silva-Familie nicht rechtzeitig im Garten erschien, nickte daher. »Ihr habt natürlich recht wie immer.«

Graf Prahar hob das Kinn, offensichtlich fand er nicht, dass er diese für ihn offensichtliche Tatsache noch bestätigen musste. Am Ende zeigte er jedoch ein winziges Lächeln auf seinen Lippen, was mein Herz leichter werden ließ.

Seufzend setzte ich mich auf mein Bett, neben Risha und Jagger. Es hinauszuzögern brachte ja nichts. Also begann ich von vorn und endete mit den Ereignissen dieses Tages. Nur dass ich fürchtete, dass Read doch auf meine Reeva-Kräfte ansprang und mich deswegen irgendwie … mochte, verschwieg ich. Vielleicht war das inzwischen sowieso hinfällig, da ihn die Vernunft gepackt hatte, und sein Anstand gleich dazu, da er Amaryllis heiraten wollte, um einen Krieg zu verhindern.

Niemand sagte etwas, nachdem ich geendet hatte. Jagger rieb seinen Kopf an Rishas Arm.

»Nun …« Graf Prahar Da Silva klopfte mit seinem Gehstock gegen das Stuhlbein. »Die einzige Lösung scheint zu sein, dass du Amaryllis ausschaltest.«

Ausschalten. So nannte er es immer.

»Ich weiß nicht, ob ich das weiterhin tun kann«, sagte ich, ohne ihn anzusehen. »Es ist zu grausam.«

»Du hast es bereits getan. Was bedeutet da einmal mehr? Gerade in diesem Fall? Es könnte einfach alles entscheiden.«

Damit hatte er nicht ganz unrecht.

»Du hast keine andere Wahl, Liebes«, sagte Risha. »Denk daran, dass es lediglich ein kleiner Meilenstein ist auf dem Weg, Gutes zu tun. Es tut mir leid. Du hast Zeit bis heute Abend.«

Der Graf knackte mit den Fingerknöcheln. »Dass der Prinz dich nach Hause schickt, ist keine Option. Nicht nach all unserer intensiven Vorbereitung.«

Möglicherweise. Jedoch fühlte ich mich gerade als die größte Bürde der Menschheit überhaupt. Nicht als deren Retterin. Und zum ersten Mal fragte ich mich, wie mein leiblicher Vater, der ein Voll-Reeva gewesen sein musste, mit alldem umgegangen war. Hatte er nie Gewissensbisse in Bezug auf seine Kräfte gehegt? Bloß hatte ich keine Ahnung, wer er war, und konnte ihn nicht fragen. Mutter hatte nie davon gesprochen, dass wir von einem anderen Mann oder, besser gesagt, Dämon, abstammten. Kein Wunder, denn sie war ja mit einem anderen Mann verheiratet gewesen.

»Wir alle müssen gewisse Opfer bringen«, sagte der Graf

leise. »Ich habe dir das bisher nicht im Detail erzählt, aber meine verstorbene Frau und ich konnten keine Kinder bekommen. Der einzige Ausweg war der Handel mit einem Dämon.«

Das hatte ich mir bereits selbst zusammengereimt.

»Allerdings sind danach die nächsten sechshundertsechsundsechzig Generationen dazu verdammt, jeweils drei Erntejahre dem Dämon zu dienen, wenn er das einfordert.« Graf Prahar tauschte einen Blick mit Risha. »Wir dachten, das sei ein geringer Preis dafür, dass wir eine nachfolgende Generation haben würden. In Wahrheit war der Preis fürchterlich hoch. Calla hat nie überwunden, wie sie gezeugt worden war.« Er starrte in die Ferne, und ich wollte gar nicht, dass er weitersprach. Ganz offensichtlich tat es ihm zu weh. Und ich hatte eine Ahnung, wie es danach abgelaufen war.

Risha wanderte mit der Hand langsam, jedoch bestimmt bis zu seinem Oberarm. Bis der Graf zu ihr aufsah, mit einem schwachen Lächeln auf den Lippen.

»Aber Risha und ich sind sehr froh, dass Andras dich in unser Leben gebracht hat«, sagte der Graf schließlich. Mit erstaunlich viel Schwung drehte er sich zu mir um, sah mich offen an. »Du bist ihr wahrlich ähnlich, meiner kleinen Calla. Und eine Bereicherung für unser Leben. Ehrlich gesagt, weiß ich gar nicht mehr, was wir vor deiner Ankunft gemacht haben und weshalb uns die Langeweile bis dahin nicht umgebracht hat.«

Schimmerten da Tränen in seinen Augen? Das war einfach zu nett für ihn, und reichlich ungewöhnlich.

Er räusperte sich, brach den Blickkontakt zu mir ab und nestelte an einem seiner Manschettenknöpfe herum. »Wir sollten keine Zeit verlieren. Risha, mach sie zurecht. Sie muss so hübsch aussehen, dass sich der Prinz sofort für sie entscheidet, sobald Amaryllis freiwillig abreist.«

Von freiwillig konnte da kaum die Rede sein, doch ich widersprach ihm nicht.

»Der Jahreswechsel ist nur noch eine Mondphase entfernt.« Risha stand auf, legte Jagger vorsichtig auf dem Bett ab, wo er kurz darauf selig schlummerte. »Wir werden keine weitere Chance bekommen.« Das wusste ich natürlich selbst viel zu gut.

Also schwirrte Risha fast zwei Stunden um mich herum, kramte sogar die Haarutensilien aus meiner Reisetasche hervor, die ich noch gar nicht benutzt hatte. Zudem wählte sie das silber-weiße Kleid aus mit rauschigem Rock, der glitzerte, sobald die Sonnenstrahlen darauf fielen. Außerdem drückte sie mir die silberne Haarspange nahe meiner linken Schläfe so beherzt ins Haar, dass ich aufkeuchte. Etwas übertrieben, aber was wusste ich schon von Mode. Die letzten drei Erntejahre hatte ich in einer Höhle bei Andras gelebt, danach im Keller bei Graf Prahar und davor in einem muffigen Theaterfundus nach Kostümen gewühlt.

Graf Prahar hatte uns bereits verlassen, um ein frühes Mittagessen einzunehmen, wofür er wahrscheinlich einige Köche aufscheuchen würde. Schließlich schien Risha zufrieden mit ihrem Werk, zupfte an meinen Haarspitzen. »Du bist so wunderschön.«

Sicherlich nicht. Schön war Amaryllis mit ihren dunkelblonden Haarwellen, nicht ich mit meinen Ebenholzhaaren, die nichts Besonderes waren. Dazu kamen meine harten Gesichtszüge und die dichten Augenbrauen, die mich noch steifer und unnahbarer wirken ließen. Das wusste ich von dem Porträt, das ein Bühnenbildner im Theater spaßeshalber von mir angefertigt hatte. So sahen mich die Menschen.

»Irgendwann wirst du es erkennen«, versprach Risha.

»Ich sollte gehen«, gab ich zurück. Wenn ich Amaryllis vor dem Fest abfangen wollte, war das meine Chance. Ich musste sie lediglich irgendwo unauffällig abpassen oder, noch besser: sie in eine Falle locken. Vielleicht hatte sie noch nicht davon gehört, dass ihr der Thron sicher war – und würde eine gute

Gelegenheit, mich zu töten, nicht ungenutzt verstreichen lassen.

»Und ich sollte den Grafen suchen.« Risha wischte sich die Hände an Jaggers Handtuch ab, der im Schlaf grunzte.

Amaryllis war nicht im Eingangsbereich zu finden, wo nur noch wenige Kandidatinnen auf ihre Familien warteten, darunter eine zitternde Poppy. Also musste Amaryllis bereits ihre Eltern durch den Palast oder den Garten führen. Wahrscheinlich Letzteres. Überraschenderweise fand ich Amaryllis, wie sie kurz vor der Tür zur Terrasse mit Margerite tuschelte. Gut, vielleicht hatte das Fürstenpaar der Seenlande aktuell andere Pläne zu verfolgen, als über den Rasen zu flanieren.

»Was willst du?«, schnauzte mich Amaryllis an, sobald ich neben ihnen stehen geblieben war. Sie taxierte mich von oben bis unten.

»Mit dir reden.«

»Ja natürlich.« Sie lachte glockenhell. »Verzieh dich einfach in irgendeinen der Schatten, aus denen du gekrochen bist.«

»Können wir kurz sprechen? Es geht um Read«, sagte ich erneut.

»Nichts, was du sagst, könnte mich interessieren.« Amaryllis hakte sich bei Margerite unter, die mein Kleid fasziniert betrachtete, dann rauschten die beiden nach draußen.

Na fantastisch! Andererseits hätte ich es sowieso nicht fertiggebracht, sie auszusaugen.

Gut, Planänderung. Vielleicht konnte ich noch einmal mit Read reden. Mit dem echten – und ihn von seinem Plan abbringen. Womöglich gab es noch eine andere Lösung? Eine politische, auf die wir bisher noch nicht gekommen waren, um einen Angriffskrieg zu verhindern. Also folgte ich Amaryllis und Margerite, hörte hinter mir bereits die nächsten hohen Schuhe heranklappern.

Read war auf der Gartenparty nicht schwer zu finden. Ich

erspähte ihn unten auf dem Rasen, nicht weit von der Terrasse entfernt, in eine Traube von Kandidatinnen und deren Eltern gehüllt. Und sie alle redeten gleichzeitig auf ihn ein, wie es aussah. Das wurde heute einfach immer besser und besser. Wenigstens war Ivy nirgends zu sehen – ihr Anblick hätte mich jetzt nur zusätzlich belastet. Belastet … Sogleich schämte ich mich allein für diesen Gedanken.

Das Orchester spielte sommerliche Klänge, obwohl die kalte Jahreszeit nahte. Seufzend schnappte ich mir ein Glas voll Prickelbrause vom Tablett eines Pagen und begann den Abstieg. Seltsamerweise fand mich sein Blick sofort, obwohl ich erwartet hätte, mir Reads Aufmerksamkeit hart erkämpfen zu müssen. Er betrachtete mich von oben bis unten, ließ sich Zeit dabei. Und ich kostete diese Blicke aus. Offenbar hatte Risha doch die richtige Wahl mit diesem Kleid getroffen. Der Gedanke pochte heftiger in meiner Brust als Ivys Seele. In diesem Moment hätte ich alles für seine Gedanken gegeben.

Kapitel 30

Offensichtlich bemerkten jetzt auch die Adeligen um ihn herum, dass den Prinzen irgendetwas ablenkte, weshalb sich alle zu mir umdrehten.

Ich hatte allerdings genug damit zu tun, nicht auf der Treppe über mein Kleid zu stolpern.

Fast war ich bei ihm. Einige Adelige machten mir den Weg bereitwillig frei, andere nicht. Vor allem Amaryllis funkelte mich an. Aber auch Brynn, deren harten Blick ich ebenfalls auf mir spürte. Auf ihrem schwarzen Kleid zeichneten sich graue Spuren wie von staubigen Händen ab, wie mir auffiel, und sie trug erstaunlich viel Goldschmuck für eine Bürgerliche. Doch das hatte mich nicht zu interessieren oder zu kümmern.

»Eure Hoheit.« Ich knickste, tat so, als würden wir nicht aus allen Richtungen angegafft. »Dürfte ich um ein kurzes Gespräch unter vier Augen bitten?«

Er sah mich an. Lag da Erstaunen in seinem Blick? Darüber hinaus noch etwas anderes. Bewunderung vielleicht.

Schließlich nickte er. »Gehen wir eine Runde?« Er reichte mir seinen Arm, und mir wurde leichter ums Herz, auch wenn er mich ausdruckslos musterte. Vielleicht konnte doch noch alles gut werden. Vielleicht gab es noch eine Chance.

»Read!« Amaryllis' erzürnte Stimme verfolgte uns, doch Read blickte nicht zurück. Als wäre nichts gewesen, führte er mich von der Menge weg, in Richtung der Mauer über dem Fluss. Dort, wo die Klippen lagen und man einen wunderschönen Ausblick von einer halbrunden Plattform hatte. Wind zupfte an meinen Haaren, Grashalme kitzelten an meinen Knöcheln, und irgendwie fühlte sich der Moment so unwirklich an. Unwirklich schön. Wie wir hier standen und auf den Fluss hinuntersahen. Read so schön wie immer und so starr wie immer. Niemand in der Nähe – alle Gäste respektierten die Privatsphäre des Prinzen. Wenigstens etwas. Auch wenn ich wusste, was sich unter uns abspielte, spähte ich hinunter. Eine ganze Armada an Schiffen lag im Hafen und an den breiteren Stellen des Flusses vor Anker. Sicher die Eltern der adeligen Anwärterinnen. An ziemlich allen Schiffen flatterten die blau-silbernen Banner der Seenlande.

»Read …« Aus einem spontanen Impuls heraus ergriff ich zuerst das Wort. In meinem Kopf spukte der Moment herum, in dem wir uns im Geheimgang geküsst hatten – gefolgt von dem Moment, in dem ich seinen Doppelgänger geküsst hatte. Ich konnte unmöglich länger leugnen, dass ich ihn mochte. Und es noch mehr mochte, ihn zu küssen. Den richtigen. Die Erkenntnis übermannte mich einfach so wie eine Welle. »Ich fürchte, Ihr habt einen falschen Eindruck von mir gewonnen.«

»Ist das so?«, hakte er nach. Seine weiche Stimme überraschte mich, aber jetzt – endlich drehte er sich so, dass er mir direkt in die Augen sehen konnte. »Denn ich hätte wetten können, dass du, wenn ich dich fragen würde, ob du den Platz an meiner Seite willst, geantwortet hättest, dass du gedenkst, den Platz an Dahlias Seite einzunehmen.«

Ich blinzelte. Seit wann redete er so unverhohlen mit mir? Und so hastig? Lag das an dem bevorstehenden Verlobungsdruck, den die Königin auf ihn ausübte? Was hatte Read oder seine Mutter mit Amaryllis und ihren Eltern besprochen? Die Möglichkeit, dass ihre Ehe bereits besiegelt war, drückte meinen Magen in die Tiefe. Tiefer, als die Klippen nach unten führten.

Mein Blick fiel auf seine Lippen, und ich beschloss, ihm einfach die Wahrheit zu sagen. Oder zumindest den größten Teil davon. Er hatte es verdient, und Andras und ich brauchten sowieso einen neuen Plan – so wie es aussah. Also hob ich den Kopf. »Ich bin in dieses Schloss gekommen, um das Ende der Welt zu verhindern. Dafür hätte ich alles geopfert, auch Euch. Aber dann … habe ich Euch kennengelernt. Und wenn ich Euch jetzt ansehe, kann ich nur noch daran denken, wie sich Eure Lippen auf meinen anfühlen. Und als Ihr mich geküsst habt, war mir plötzlich alles andere egal. Ich hätte dieses Königreich aufgegeben, und alles darüber hinaus. Und genau das macht mir Angst.« Es war die Wahrheit, und sie sprudelte aus mir heraus. »Wenn Ihr mich noch einmal küsst, könnte ich alles hinter mir lassen und … schuld daran sein, wenn diese Welt stirbt.«

Read sah mich an, lange und intensiv, während jede meiner Poren vor Hitze kribbelte, brannte – sich nach ihm sehnte. Geradezu lächerlich, welche Wirkung der Prinz auf meinen Körper hatte. Dennoch stand ich still da und wartete seine Reaktion ab. Ich fürchtete schon, er hätte nichts verstanden, bis er doch den Mund aufmachte. »Also hast du wie ich das Gefühl, dass meine Mutter die Welt untergehen lassen wird?«

Die Frage überraschte mich. Eigentlich hatte ich Abneigung von ihm erwartet, ein gewitterwolkenverhangenes Gesicht, das mich anklagend ansah. Aber klar, Read war ein intelligenter junger Mann. Selbstverständlich hatte er seine Mutter durchschaut.

Sein Adamsapfel hüpfte, dann nahm er meine Hand. »Ich bin froh, dass wir offen darüber reden können. Außer mit meiner Schwester kann ich das mit niemandem.«

Verständlich. Und dennoch überraschend.

»Meine Mutter …«, fuhr Read fort, »ist die grausamste Königin, die dieses Land je gesehen hat – ohne Zweifel. Sie hat ihre Hände überall im Spiel, und seit dem Tod meines Vaters ist es besonders schlimm geworden. Und jetzt ist auch noch mein Onkel gestorben … irgendetwas stimmt nicht an der Sache – Dahlia fühlt es auch. Ich werde heute noch eine Armee an Männern losschicken, um den Tod meines Onkels in Kankarra zu untersuchen. Gerüchten zufolge ist er sogar noch am Leben.«

Ich nickte. Die Gerüchte hatte ich schon von Jagger gehört. »Der Jahreswechsel naht, und ich fürchte, es könnte unser letzter sein.«

»Du glaubst also den Nachtbringer-Anhängern.«

»Ihr nicht?«

»Doch … irgendwie schon. Obwohl Mutter alles, was damit zu tun hat, abstreitet.«

Was hatte er auch erwartet?

Jetzt nahm Read auch meine andere Hand in seine. Ein bisschen fühlte es sich so an, wie mit ihm vor einem Traualtar zu stehen. Der Wind wehte mir das Haar über die Schulter, bauschte mein Kleid auf. Reads Blick bohrte sich weich wie Jaggers Fell in meinen. Ich konnte mich kaum an ihm sattsehen – und das, obwohl wir so viel Dringendes zu besprechen hatten. Read und Dahlia verstanden, was auf dem Spiel stand! Würden vielleicht sogar auf meiner Seite kämpfen.

»Ich bin ebenso wie du im Begriff, etwas sehr Unüberlegtes zu tun«, murmelte Read und fügte dann lauter hinzu: »Wenn wir uns unter anderen Umständen kennengelernt hätten … Wenn ich nicht Amaryllis heiraten müsste, um einen Krieg mit den Seenlanden zu verhindern, würdest du in Erwägung ziehen, bei mir zu bleiben?«

Die Frage zog mir zuerst den Boden unter den Füßen weg und katapultierte mich dann mit dem Kopf zwischen die Wolken. Read würde also wirklich Amaryllis heiraten, aber sein Herz wollte … mich? Konnte das sein?

Gerade wollte ich ihm antworten, da schob sich vollkommen unerwartet eine Hand zwischen uns. »Das reicht nun.« Die Königin lächelte kalt auf mich herab. Wie hatte ich sie nicht kommen sehen können? Hatte sie sich so leise angeschlichen? Meine Sinne mussten durch Reads Anblick und dem Inhalt seiner Worte völlig aus dem Gleichgewicht geraten sein. Was für ein unerwartetes Geständnis von Read, ging mir auf, und mein Herz raste noch mehr bei dem Gedanken.

»Mein Sohn wird nun weiter mit den Gästen Konversation betreiben und kann nicht einzelne Kandidatinnen vorziehen. Allerdings muss ich sehr wohl mit Euch reden, Lady Da Silva. Bitte folgt mir.«

Passierte das gerade ernsthaft? Andererseits hatte ich keine Wahl. Selbst Read hob lediglich entschuldigend beide Schultern. Zwar sah ich noch, wie mir Graf Prahar und Risha vom Rand der Rasenfläche zuwinkten, bloß hatte ich keine Zeit, um mit ihnen zu reden. Doch das konnte ich gleich nachholen. Sie waren der Königin gefolgt und versuchten ein Auge auf mich zu haben? Der Gedanke rührte mich.

Die Königin führte mich tiefer in den Garten, zwischen das hohe Gras bis zu Dahlias Blüten, die heute nicht blau leuchteten. Klar, das taten sie nur nachts. Hier waren wir ganz allein, hörten nicht mal mehr die Musik des Orchesters. Was bitte sollte das werden? Ein zweiter Gedanke schoss mir durch den Kopf. Ich war allein mit der Königin, ohne Zeugen. Was, wenn ich sie aussaugte? Laut Bajang wollte Andras nicht, dass man der Königin etwas antat. Aber falls ich es doch wagte … das würde letzten Endes zeigen, wem ich trauen konnte. Andras oder Bajang.

Ich leckte mir über die Lippen, dachte an Metis. Noch dazu hatte es die Königin mehr als verdient, und ich könnte Metis rächen. Mit einem Seelenkuss. Vielleicht war sie sogar die einzige Frau auf der Welt, die es verdient hatte, von einer Reeva ausgesaugt zu werden. Und womöglich war heute meine letzte Chance dazu. Jedoch war sie sicher keine einfache Gegnerin, konnte sich dazu gegen Dämonen zur Wehr setzen, wie ich wusste. Dennoch: wenn nicht heute, wann dann? Wenn ich sie nicht erledigte, wer dann? Am Ende des Tages war es ein vertretbares Risiko. Ein eiskalter Gedanke durchzuckte mich wie ein Gewissensbiss. Wieso maßte ich mir an, so über das Schicksal eines Menschen entscheiden zu können? Dann wäre ich nicht besser als sie. Andererseits … der Zweck heiligte auch hier die Mittel, nicht wahr?

Die Königin war zum Stehen gekommen, baute sich vor mir auf. »So, kleine Da Silva. Ab hier möchte ich eins klarstellen: Du wirst niemals in diesem Palast als Partnerin von einem meiner Kinder geduldet werden. Nur damit wir uns verstehen. Nie.«

Damit meinte sie sicher ausschließlich sich selbst. Sie würde meine Anwesenheit nicht dulden. Ich hob beide Augenbrauen.

»Und ab sofort ist Schluss. Ich sehe doch, wie du versuchst, sowohl Read als auch Dahlia den Kopf zu verdrehen.«

Auf gewisse Weise lag sogar Wahrheit in ihren Worten, aber ich bezweifelte, dass sie alles sah, was dahintersteckte.

Offenbar erzürnte es sie, dass ich nicht darauf antwortete, denn ihre Augen wurden schmal.

Ein Grund mehr, weiter zu schweigen.

»Wenn du dich heute nicht zusammenreißt, wird deine Familie dafür büßen, lass dir das gesagt sein. Verhalte dich ruhig, dann könnt ihr alle morgen gemeinsam lebend abreisen. Haben wir uns verstanden?«

Sie drohte mir mit dem Leben von Graf Prahar und Risha? Ich blinzelte, konnte nicht fassen, was die Königin da von sich gegeben hatte. Und das war der Moment, in dem mein Herz überschnappte. Blitzschnell machte ich einen Schritt auf Königin Marigold zu, packte sie im Nacken und drückte meine Lippen auf ihre. Ich rief meine Reeva-Seite an die Oberfläche, schloss die Augen, saugte, bekam den ersten Fetzen ihrer trüben Seele zu fassen, doch dann ganz plötzlich entzog ihn mir eine andere Kraft wieder. Wie? Die Königin war nicht von meinem Kuss paralysiert worden? Das war noch nie vorgekommen, und die Erkenntnis ließ mich beinahe taub zurück.

Wie war das möglich? Ich riss die Augen auf, konnte nicht mehr denken, denn eine eisige Faust schloss sich um meine Kehle. Die Königin hatte meine Hand weggeschlagen, mich gepackt, und drückte jetzt mir mit ihrer Hand voller Ringe die Luftröhre zu. Bei allen lebenden Dämonen! Was ging hier vor? Mit beiden Händen umschloss ich ihr Handgelenk, versuchte, ihre Hand wegzuziehen, die mir die Luft abschnürte, doch diese Frau zeigte übermenschliche Kräfte.

»Wusste ich es doch, dass etwas mit dir nicht stimmt.« Sie lächelte, als hätte sie gerade einen Krieg gewonnen. Ein Windstoß spielte sanft mit ihren langen weißblonden Haaren. Die Szene erinnerte mich an die grausigen Wandgemälde, wo sie in ähnlichen Posen abgebildet war. »Eine Reeva also. Das ist ja noch viel besser als alles, was ich mir gedacht hatte. Wusstest du, dass mich mein Schmuck vor Dämonenangriffen bewahrt und mir die Kraft von zehn Männern verleiht, um mich gegen Abschaum wie dich zu verteidigen?«

Nein, das hatte ich nicht gewusst. Nur dass die Königin schon einmal irgendwelche magischen Kristalle, wahrscheinlich Mondkristalle, für ihr Reinheitsritual benutzt hatte. Das hieß, sie besaß noch mehr dämonische Artefakte oder Mondkristalle für Zwecke wie diesen? Wieso hatte ich daran nicht gedacht? Ich röchelte, fand jedoch keine Worte und auch keine Kraft mehr.

»Nun, ich muss mich korrigieren: Deine Familie wird diesen Palast nicht mehr lebend verlassen. Eine Dämonin einzuschleusen – das ist Hochverrat und wird in meinem Palast mit dem Tod bestraft. Eigentlich auch mit Folter, aber dafür habe ich heute am Verlobungstag meines Sohnes leider keine Zeit.« Die Königin grinste schmal, hob ihren Arm, wodurch meine Füße vom Boden abhoben. Die Kraft von zehn Männern, wie sollte ich dagegen bestehen … Meine Gedanken wurden zu Brei … lockten mich in einen dunklen Schlaf. Read, Dahlia, Graf Prahar, Risha, Metis … Ihre Gesichter flatterten vor meinen Augen. Und dann wurde tatsächlich alles um mich herum schwarz.

Ich erwachte in einem modrigen, düsteren Raum. Etwas kratzte über den Boden. Das Nächste, was ich bemerkte, war, dass ich lediglich mein seidenes Unterkleid trug. Was bei allen Dämonen …? Erst da fiel mir ein, was geschehen war. Die Königin! Die Kraft von zehn Männern … Sie wusste Bescheid über mich. Wo war sie? Und wo war ich? Hatte sie Graf Prahar und Risha etwas angetan?

Unfähig, den Kopf zu drehen, begriff ich mit Verzögerung, dass ich mich in einer recht großen Gefängniszelle befand. In diesem Verschlag, der eher für Tiere geeignet war und den ich bei der Übernachtung im Keller bereits gesehen hatte. Ganz vorn im Kerker. Stroh auf Steinboden. Ein Eimer, Gitterstäbe, ein niedriges Deckengewölbe über mir … sonst nichts. Keine Fluchtmöglichkeit. Niemand auf der anderen Seite, den ich ansprechen konnte. Lediglich eine einsame Öllampe hing neben der Tür, die zur Kellertreppe führte, und wie in einem Verhörraum standen zwei Stühle an einem runden Tisch direkt vor meiner Zelle. Wie hatte es bloß derart weit kommen können? Ich war aufgeflogen, was nicht nur für mich das Ende bedeuten könnte. Wenn Amaryllis Read heiratete … konnte ich nicht mehr Andras' Plan umsetzen, nicht mehr Harlyn zurückholen und vielleicht nie den Jahresendkampf zu Andras' Gunsten beeinflussen. Zudem war es kaum eine Option, dass Andras direkt mit Read in Kontakt trat, um ihn auf seine Seite zu bringen. Die königliche Familie hasste Dämonen und würde ihnen kaum Glauben schenken. Und wenn Read Amaryllis nicht heiratete, würde ein Krieg Read und seine Armee ablenken. Und Harlyn würde nie mehr lebendig werden.

Ob Andras schon davon erfahren hatte, was geschehen war? Dass die Königin mich enttarnt hatte? Am liebsten hätte ich an den Gitterstäben gerüttelt und laut geschrien. Aber irgendetwas stimmte nicht. Ich konnte mich nicht mit den Händen vom Boden abdrücken. Alles kribbelte. Mein Mund wollte sich um nichts in der Welt öffnen. Und da verstand ich: Eine Illusion lag über mir! Eine Illusion, die mich verdeckte und mich zum Schweigen verurteilte? Wieso? Was für einen Sinn hatte das? Und von welchem Dämon stammte die Illusion? Tausend Gedanken krochen wie Ameisen durch meinen Kopf. Was sollte das? Wie viel Zeit war vergangen? Lebte Graf Prahar noch? Und Risha? Ihr Tod würde auf mein Konto gehen, und der Gedanke trieb mir Tränen in die Augen. Bitte nicht. Bitte alles, nur das nicht. Welcher Dämon arbeitete mit der Königin zusammen, sodass sie über so viel Wissen über Dämonen verfügte? Andras oder Bajang? Und was steckte dahinter? Was machte Read gerade? Hatte er sich inzwischen mit Amaryllis verlobt? Hatten sie Brynn bereits vergiftet, weil die Verlobung ihr Aus bedeutete und Bürgerliche nicht einfach nach Hause gehen durften? Mit aller Kraft stemmte ich mich gegen meine unsichtbaren Fesseln. Drückte, zog, presste. Aber nichts. Jede Anstrengung vollkommen vergebens. Meine Gliedmaßen wollten sich nicht bewegen. So hilflos hier zu sitzen und nichts tun zu können, machte mich noch kribbeliger und noch verzweifelter, als es die Illusion um mich schon tat. Ich konnte nichts tun, außer abzuwarten in diesem paralysierten Zustand. Mein erster Impuls war, Ivy zu rufen, damit sie mich befreite. Bloß ohne meinen Mund öffnen zu können, war das nicht möglich. Damit war ich zum Nichtstun und Abwarten verdammt. Das Einzige, was sich regte, war mein viel zu schneller Herzschlag, gefolgt von der zunehmenden Panik in meiner Brust. Ruhig bleiben. Eine Lösung finden, ermahnte ich mich. Wie Graf Prahar es immer gepredigt hatte. *Nicht zweifeln, handeln!* Nur dass Letzteres in meiner Situation kaum möglich war. Nun … ich musste, nein, würde auf den richtigen Moment warten.

Allzu lange blieb ich nicht allein. Gerade als ich mich fragte, ob sich irgendwer anders fragte, wo ich steckte – allen voran Jagger oder Andras –, öffnete sich die Tür, und ich kam herein. Ich. In meinem weißen Gartenpartykleid, hübsch zurechtgemacht. Ich! Moment mal. War das eine weitere Illusion? Die andere Calla sah nicht mal in meine Richtung, bewegte sich mechanisch und abgestumpft bis zu einem der Stühle am Vernehmungstisch, wo sie sich setzte und die Hände im Schoß verschränkte.

Übelkeit stieg in mir empor. Was stimmte hier nicht? Was hatte die Königin mit mir vor? Wieso war ich eigentlich nicht längst tot?

Kapitel 31

Meine Doppelgängerin nestelte an der Tischplatte herum, schob ihre Hände recht weit darunter. Etwas klirrte, dann fiel ein Schlüsselbund zu Boden. Sie hob ihn auf und schlenderte dann zu meiner Zelle. Kratzend rastete der Schlüssel ein, den sie ausgewählt hatte, drehte sich im Schloss. Kam sie, um mich zu retten? Ich verstand gar nichts mehr. Alles fühlte sich wie in einem Traum an. Einem sehr makabren Traum, um genau zu sein.

Mitten in meinen Überlegungen öffnete die falsche Calla meine Zelle und trat ein. Ihr Blick streifte mich – und erst jetzt erkannte ich sie. Harlyn! Meine Schwester Harlyn! Meine tote Schwester. Was in aller Welt …? Hatte Andras sie schon von den Toten zurückgeholt? Sie war älter geworden, exakt wie ich – in den letzten drei Erntejahren gealtert, aber es war eindeutig sie!

Geschickt streckte meine Zwillingsschwester ihren Arm durch das Zellengitter, verschloss die Tür und drehte den Schlüssel. Sie sperrte uns beide ein? Danach zog sie den Schlüssel ab und warf ihn auf den Tisch. Wie einstudiert – oder ferngesteuert. Jemand musste sie kontrollieren, es war eindeutig. Dann stand sie einfach nur da, knetete die Finger, wobei ihre Gesichtszüge immer ängstlicher wurden. Am liebsten hätte ich sie in meine Arme gezogen, was leider aufgrund der Illusion nicht möglich war. Noch dazu wirkte dieser ängstliche Gesichtsausdruck wie gespielt. Sie spielte … mich. Eine angstvolle Calla, wurde mir klar. Harlyn … das letzte Mal hatte sie mit neun Erntejahren so getan, als wäre sie ich.

Wir mussten nicht allzu lange warten, bis jemand in den Keller kam und Harlyn entdeckte.

Knarrend öffnete sich die Kellertür, und ein gehetzter Read stürzte herein. Read? Read! Ausgerechnet.

Mit aller Macht stemmte ich mich gegen meine unsichtbaren Fesseln, doch es nützte nichts. Meinen Kiefer bekam ich nicht auf und auch sonst kein Schnaufen oder Wimmern zustande.

Read! Wenn er doch nur auf mich aufmerksam werden würde! Bloß wie? Fieberhaft versuchte ich mir einen Plan auszudenken. Auf die Schnelle, paralysiert.

»Calla.« Atemlos überwand Read die letzten Schritte bis zu unserem Gitterverlies. Natürlich sah er dabei nicht mich an, sondern meine tote Schwester. Die jetzt überhaupt nicht mehr tot aussah, sondern lebendig, wenn auch ein wenig … leblos. Wie von einer Reeva ausgesaugt, was in ihrem Fall natürlich gar keinen Sinn ergab.

Ein Sturm wuchs in meinem Inneren bis auf Orkanstärke. Wie er sie ansah – so wie er es bei mir tun sollte. Hätte tun sollen. Mir wurde übel.

Er fluchte, wobei seine Flüche vor allem Verwünschungen seiner Mutter beinhalteten. Dann erst bemerkte Read den Schlüsselbund auf dem Tisch. Rasch schnappte er ihn sich, probierte mehrere metallene Schlüssel aus. Es schepperte, kratzte, bis es endlich im Schloss knackte und sich der entsprechende Schlüssel drehen ließ. »O Himmel, Calla.« Ohne zu zögern oder eine Sekunde zu verschwenden, zog er meine tote Schwester in seine Arme. »Ich hatte keine Ahnung, was meine Mutter vorhat, das schwöre ich dir.« Zitterte da seine Stimme? Und was wusste er?

In Zeitlupe schlang meine Schwester – meine schöne Schwester – ihre Arme um ihn, fast wie ich es einmal getan hatte.

»Komm, ich bring dich hier raus«, raunte er, das Gesicht in

ihren Haaren vergraben. »Als wir vorhin im Garten geredet haben, und die Art, wie du mich angesehen hast … ich wusste einfach, dass ich mir das zwischen uns nicht eingebildet habe.« Seine Worte strömten einem Sturzbach gleich aus ihm hervor. »Ich kann nicht aufhören, an dich zu denken, seit unserem Kuss, und eigentlich schon vorher – seit der Schiffstaufe.« Er sagte es so ehrlich, so wahrhaftig. Es musste die Wahrheit sein. Bloß sagte er es leider nicht zu mir.

Ein Kloß kroch meinen Hals empor, doch abgesehen davon bewegte sich nichts.

Read führte Calla aus der Zelle, schloss sie immerhin nicht zu – wozu auch? Andererseits konnte ich nicht mal durch die Tür robben.

»Also wirst du Amaryllis nicht heiraten?«, fragte Harlyn hoffnungsvoll.

»Nein, ich kann es nicht. Nicht, wenn ich dich dadurch verliere. Aber ich habe einen Plan, und gemeinsam werden wir einen Weg finden. Nur, zuerst müssen wir deine Familie retten.« Er führte sie zur Kellertür. Nein! Sie durften nicht gehen. Nicht einfach so. Das hier war eine Falle. Harlyn hatte gewusst, wo ich war, und irgendwer musste es Read erzählt haben. Ein abgekartetes Spiel. Ich musste Read warnen und mich befreien. Bloß wie? Ich hatte keine Chance. Keine Anstrengung von mir zeigte irgendein Ergebnis. Bevor die Tür hinter den beiden zufiel, drehte sich Harlyn noch einmal um. Sie starrte in meine Richtung, ein schiefes Lächeln im Gesicht. Das konnte kein Zufall sein. Sie wusste, wo ich mich befand. Sie wusste Bescheid. Für den Moment vergaß ich zu atmen. Stille umfing mich, sobald sie fort waren, und ich hätte heulen können. Irgendetwas hatte meine fremdgesteuerte Schwester mit Read vor, und ich konnte sie nicht einfach so gehen lassen. Wann würde die Königin kommen, um mich zu töten oder in meinem Blut zu baden? Zum Nichtstun verdammt zu sein, war schon immer ungefähr das Fürchterlichste, was ich mir vorstellen konnte, und jetzt war ich in genau diesem Albtraum gefangen.

Am liebsten hätte ich losgeheult.

Ich wusste nicht, wie viel Zeit vergangen war, als etwas an der Tür kratzte. Besuch. Wenn das die Königin war …

Allerdings öffnete im nächsten Moment Andras die Kellertür und Jagger schoss durch den Spalt. »Wo ist sie? Calla!« Er klang aufgeregt. Dabei war es für ihn viel zu gefährlich, hier zu sein. Wenn ihn jemand entdeckte!

Andras sah sich um, nahm dann die Gestalt von Gero an. »Sie ist in dem Kerker da drüben.« Er deutete auf mich. »Eine Illusion verhüllt sie.«

Kreischend drehte Jagger ab, direkt auf mich zu. Er sirrte mitten durch die Lücke zwischen zwei Gitterstäben. »Wo? Wo?«

Schon kam Andras näher, und jetzt traten mir Tränen in die Augen. Sie waren gekommen, um mich zu retten, riskierten dabei selbst so viel.

Andras hob eine Hand, führte eine Wischbewegung aus, und schon im nächsten Moment kribbelten meine Muskeln, als würden sie aus hundertjährigem Schlaf erwachen. Endlich.

»Ca!« Jagger stürzte sich auf mich, umarmte mich seitlich an meinem Hals.

Sich mit einem Flughund im Nacken aufzurichten, konnte ich nicht gerade als angenehm beschreiben, doch es war das Beste, was mir heute passiert war, also beschwerte ich mich nicht.

»Die Lage ist ernst«, sagte Andras sachlich. »Graf Prahar ist im Gegensatz zu Risha die Flucht nicht gelungen. Er wird gleich auf einem Scheiterhaufen brennen. Und du musst zusehen, dass nicht alles vor die Hunde geht, Skylar. Die Fürstin der Seenlande ist fürchterlich erzürnt darüber, dass Read ihre Tochter für dich hat fallen lassen. Im Hafen und flussabwärts liegen einige Schiffe ihrer Flotte. Sie könnte mit einem sofortigen Angriff drohen.«

Ich verstand. Das war nicht nur eine unglückliche Ablenkung, sondern auch der falsche Einsatz für die königliche Armee von Itdris, von der wir bald jeden Mann brauchen würden. Aber natürlich profitierten Baka und Bajang von dieser Entwicklung. Also steckten sie dahinter?

»Danke!« Mehr brachte ich nicht hervor. Graf Prahar!

»Schnell, sie schichten den Scheiterhaufen an den Klippen hinten im Garten auf«, japste Jagger.

»Geht ihr. Ich kümmere mich um den Konflikt mit den Seenlanden.« Andras seufzte. »Auch wenn ich nicht viel Hoffnung habe, diesen Krieg noch verhindern zu können.«

Ich nickte. Was hätte ich auch sonst tun sollen? Alles in mir drängte, Read hinterherzurennen und Graf Prahar zu retten. Wenn jetzt auch noch er wegen mir starb … weil ich mich nicht an den Plan gehalten und versucht hatte, die Königin auszusaugen … Mir wurde eiskalt ums Herz, so als wäre dieses Organ längst erfroren.

»Moment noch.« Andras hob die Hand, und plötzlich klebte statt Jagger eine Meise an meinem Hals, und ich trug die Uniform der Küchenhilfen. »Das hält nicht lange vor. Vielleicht eine Stunde. Mehr kann ich nicht für euch tun. Meine Kräfte werden anderswo gebraucht. Ich werde versuchen herauszufinden, was hier los ist. Welcher Dämon sich eingemischt hat.«

Ich massierte mir den Nacken. »Danke!« Im Gehen rief ich ihm zu, dass ich Harlyn gesehen hatte, was wohl hieß, dass seine Brüder sie zurückgeholt haben mussten, wahrscheinlich, um den Prinzen mit einem Reeva-Kuss zu beeinflussen. Das war alles, was mir dazu einfiel.

Andras schwieg auf diese Enthüllung hin, vermutlich geschockt wie in den letzten tausend Erntejahren nicht.

Wir rochen das Feuer, bevor wir es sahen.

»Zu spät!« kreischte Meisen-Jagger. »Wir sind zu spät.« Er flatterte über mir in seiner vorübergehenden Vogelgestalt.

Nein, das durfte nicht wahr sein! Ich konnte es nicht glauben, wollte es nicht, beschleunigte meine Schritte, sah mich dabei um. Überall Gäste, doch ich konnte weder Read, Harlyn noch die Königin oder Brynn irgendwo entdecken. Hoffentlich war Brynn klar, dass sie abhauen musste. Laut Andras war immerhin Risha dieses Kunststück gelungen – wenigstens etwas.

Dann erreichten wir eine kleine Anhöhe im Garten und hatten endlich einen guten Blick. Direkt auf den Scheiterhaufen, der in diesem Moment anfing zu qualmen. Graf Prahar stand an den Pfahl gefesselt ganz ruhig da. Als hätte er sich seinem Schicksal ergeben. Mit gerecktem Kinn. Sein Gehstock war nirgends zu sehen.

»Der Verräter brennt«, sprach Gero, der dem Scheiterhaufen am nächsten stand, die traditionellen letzten Worte aus. Der echte Gero.

Nein, das konnte nicht gerade vor meinen Augen passieren. Wir kamen zu spät! Was sollte ich tun? Der Rauch vernebelte uns die Sicht, das Feuer kitzelte schon an den Füßen des Grafen. Wen konnte ich beeinflussen …? Konnten wir Wasser aus dem kleinen See beschaffen, um die Flammen zu löschen? Bloß befand sich der See ganz schön weit entfernt von hier. Zudem würde man mich aufzuhalten versuchen. Hinter Graf Prahar ging es steil in die Tiefe bis zum Fluss. Die Klippen. Doch selbst wenn ich ihn hinunterstieß, würde er das nicht überleben. Keinen Sturz aus dieser Höhe. Alles in mir gefror. Jeder Muskel und jede Nervenzelle.

»Dahinten«, zwitscherte Jagger, und ich betete, dass ihn niemand außer mir hören konnte. Das Geflüster und Geknacke der Flammen hallte von überall zu mir herüber – immerhin. »Read und du …?«

»Harlyn«, flüsterte ich. »Sie tut so, als wäre sie ich.«

Kurz stockte Jagger, ehe er fortfuhr. »Sie rennen in Richtung See. Du musst sie einholen.«

Aber ich musste … mein Blick schnellte zurück zu Graf Prahar. Er starb direkt vor mir, wegen meiner falschen Entscheidungen! Ganz im Gegensatz zu der Zukunft, die er sich für mich gewünscht hatte. Das Glück war heute nicht mit den Selbstbewussten. Ich war nicht wie die clevere Ratte aus seinen Erzählungen, ganz und gar nicht. Nein, nein, nein! Zwar hatte ich gehandelt, doch vollkommen falsch, und hierfür hatte ich keine Lösung. Gar keine. Wenn ich doch nur nicht versucht hätte, die Königin auszusaugen. In meinen Augen sammelten sich Tränen, rannen über meine Wangen.

»Du musst«, beharrte Jagger. »Folge ihnen. Für den Grafen kommt jede Hilfe zu spät. Du kannst nichts mehr für ihn tun.«

Und dann begann Graf Prahar laut zur Mondgöttin zu beten. Dabei war er kein bisschen gläubig. Glaubte nicht an das Universum, die Kraft der Monde, und hatte mich immer für den kindischen Glauben an die Mondgöttin ausgelacht. Doch jetzt … bedankte er sich. Bei der Mondgöttin, bei der Königin und bei allen! »… gleich werde ich mit meiner Frau vereint sein, und dafür danke ich Euch allen und der Mondgöttin.« Er legte den Kopf in den Nacken. Und er würde die echte Calla wiedersehen. Im Himmelreich der Göttin. Etwas, das er nicht laut aussprach, jedoch meinte. Wenn jemand das wusste, dann ich. Ich wischte mir über die Augen.

»Ca!«, flüsterte Jagger eindringlich. »Was, wenn Harlyn vorhat, Read zu töten? Lauf ihnen hinterher. Jetzt! Rette wenigstens ihn.«

Er hatte ja recht. »Bitte sieh du nach, ob du die Königin findest. Warn mich, falls sie zu uns unterwegs ist«, sagte ich zum Abschied zu meinem besten Freund. »Und pass auf dich auf.«

»Das werde ich«, versprach die kleine Meise, die Jagger war.

»Du aber auch auf dich. Ich würde notfalls für dich sterben, das weißt du.«

Daran wollte ich lieber gar nicht denken. »Nicht du auch noch.« Ich biss mir auf die Unterlippe. »Finde mich. Dann wird alles gut werden.« Vor allem, wenn ich Read vor Harlyn warnen konnte, die irgendein falsches Spiel trieb.

Ich sprintete los, hinter mir Graf Prahars immer lauter werdende Gebete, die in Schmerzensschreie übergingen. Er hauchte sein Leben aus, weil ich einen Fehler begangen hatte … und ich musste das wiedergutmachen. Würde sein Opfer nie vergessen. Bloß zuerst musste ich Read beschützen. Vor meiner toten Schwester, die von einem Dämon zurückgeholt worden und nicht mehr sie selbst war. Es graute mir vor dem, was ich gleich am See vorfinden würde, und doch stellte umkehren keine Option dar. Andererseits gab es kaum noch etwas auf dieser Welt, was mich erschüttern konnte. Wenn man ganz unten angelangt war, erschien einem jeder Atemzug wie ein Geschenk.

Ende Band 1

Danksagung

Danke, danke, dass du bis hierhin gelesen hast, und ich hoffe, Skylars Geschichte hat dir in Band 1 gefallen. Bald schon geht es weiter, versprochen. Auf Instagram habe ich für euch wie immer mehr Infos zum Buch und den Link zur Playlist, schaut gern vorbei: @nina.mackay

Einen riesigen Dank möchte ich meiner Agentin Kathrin aussprechen sowie dem Piper Verlag, allen voran Paulina und Catrin, die zuerst an THE DARKEST QUEEN geglaubt haben und hilfreiche Anmerkungen hatten.

Ein besonderer Dank geht an Michaela für ihre schlauen Anmerkungen im Lektoratsprozess.

Danke auch an meine Testlesenden, die mir helfen, jedes Buch noch besser zu machen. Jean, Elisa und Lisa – danke für euer wunderbares, wertvolles Feedback.

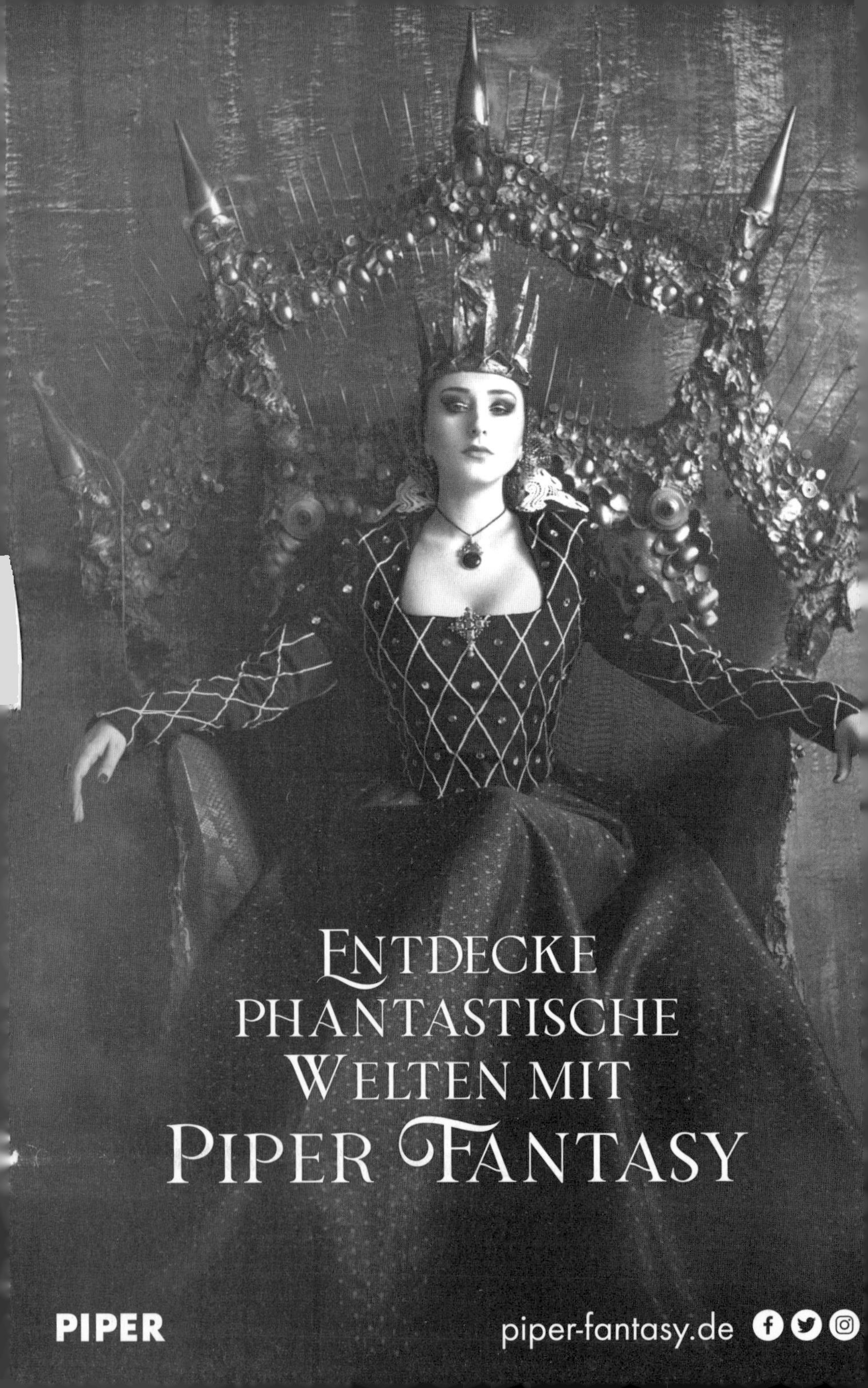
ENTDECKE
PHANTASTISCHE
WELTEN MIT
PIPER FANTASY
PIPER
piper-fantasy.de